트랜스내셔널리즘과 재외한인문학

송 명 희

지식과교양

머리말

2000년대 초반부터 시작된 재외한인문학 연구를 이번 저서 『트랜스내셔널리즘과 재외한인문학』을 통해 마무리 지으려고 한다. 미국, 캐나다, 아르헨티나 등 미주지역 재외한인문학 연구는 『미주지역한인문학의 어제와 오늘』(2010)(공저)과 『캐나다한인 문학연구』(2016)를 통해 묶어낸 바 있다. 이번 저서에서는 두 권의 책에서 싣지 않았던 재미한인, 중국조선족, 재일한인, 중앙아시아 고려인문학에 대한 연구를 정리하였다.

책의 제목에 트랜스내셔널리즘(transnationalism)이란 단어를 사용한 이유는 21세기의 삶 자체가 국민국가의 경계를 넘은 국제적 이동과 트랜스내셔널리즘이 보편적 현상이 되고 있기 때문이다. 우리나라 인구의 14%에 해당되는 720만 명이 대한민국이라는 국가의 경계를 넘어 전 세계로 이동하여 새로운 삶을 살고 있다. 이처럼 세계화 시대에는 누구라도 자신이 태어난 나라에서 평생을 살지 않고 여러 가지 이유로 거주지를 여러 곳으로 옮겨가며 살아간다. 재외한인들이야말로 트랜스내셔널리즘의 구체적인 증거가 아닐까 생각한다.

전 지구적 세계화 시대에는 국문학 연구자들도 연구의 시야를 세계로 넓혀 재외한인들의 문학활동에 대해 관심을 갖지 않을 수 없다. 세계 곳곳에서 문단을 만들어 문학활동을 하고 있는 재외한인작가들은 우리와 전혀 떨어져서 존재하는 것이 아니라 상호교류와 교섭의 밀접한 관계에 있다. 교통통신의 발달과 인터넷과 모바일의 비약적 발전은 세계를 실시간으로 연결시키며 지역이나 공간적 거리를 축소시키고, 시공간의 제약이 없는 소통을 통해 국경을 초월하게 만들었다. 따라서 민족문학을 국민국가(nation-state)의 단위로 제한하여 연구하는 속지주의는 이제 의미가 없어졌다.

베네딕트 앤더슨(Benedict Anderson)은 민족을 상상의 공동체라고 했다. 모국을 떠나 있는 재외한인들의 마음속에 잠재된 민족주의는 앤더슨에 의하면 장거리 민족주의(long distance nationalism)라고 할 수 있다. 장거리 민족주의는 지역적 장소에 구애받지 않는다. 디아스포라가 보편화된 시대에는 자연스럽게 초국가적이고 국경을 초월한 장거리 민족주의가 대두하게 된다는 것을 나는 재외한인들의 디아스포라 문학에서 발견하게 된다.

재외한인들의 문학을 연구하면서 잘 알지 못했던 재외 한인들의 디아스포라의 비극적 역사에 대해서 알게 되었고, 그들의 새로운 땅에서의 정착을 위한 고난에 찬 삶의 역정에 대한 이해도 깊어졌다. 아시아지역의 한인들이 일제 강점의 불행한 역사 속에서 반강제적으로 이주가 이루어진 데 비해 미주지역의 한인들은 1965년 개정이민법이 제정됨으로써 자발적으로 이주한 사람들이 대부분이다. 지역마다 이주의 역사적 배경도 아주 다르다.

재외한인문학 연구를 위해 재외한인문단이 형성된 여러 나라를 찾아 한인문인들을 만났던 경험은 그들의 문학을 단지 활자화된 텍스트로 읽기보다는 그들의 진솔한 삶의 텍스트로 읽게 만들어 주었다. 그들의 삶과 문학은 모국으로부터의 이주와 거주국에의 적응 사이에 작동하는 정치적 관계, 문화적 차이, 그리고 정체성의 문제들을 껴안고 있다.

　지식과교양의 윤석산 대표님과 편집진에 감사드리며, 이 책을 부경대학교 인문사회과학연구소의 인문학총서 제1권으로 내게 된 것을 기쁘게 생각한다.

2017년 3월
송 명 희 씀.

6

차 례

제1부
미주지역 한인문학의
의의와 전망

* 이 글은 경주에서 열린 제2회 세계한글작가대회(2016.9.20.-9.23)에서 「미주
  지역 한글문학 및 문단의 상황과 의의 그리고 전망」이란 제목으로 발제한 글
  을 부분 개고한 것임.

1. 디아스포라 시대와 노마디즘

자크 아탈리(Jacques Attali)의 말대로 21세기는 노마드의 시대이다. 현대의 노마디즘(nomadism)은 공간적인 이동만을 가리키는 것이 아니라, 버려진 불모지를 새로운 생성의 땅으로 바꿔가는 것, 곧 한자리에 앉아서도 특정한 가치와 삶의 방식에 매달리지 않고 끊임없이 자신을 바꾸어 가는 창조적인 행위를 뜻한다. 자발적인 이주자들도 현대의 노마드의 한 유형이라고 할 수 있다.

현재 재외한인은 전 세계 220개국 중 181개국에 718만 4,872명(2015, 외교부)이 분포되어 있다. 이는 남한 인구(5,098만 5,560명)의 14%에 달한다. 미주지역에는 미국 223만9천 명, 캐나다 22만4천 명, 중남미 10만5천 명 등 총 256만 8천286명의 한인이 살고 있다. 한편 2016년 5월 법무부 출입국 외국인정책본부 자료실에 따르면, 국내

체류 외국인은 약 195만 명으로 남한 인구의 약 4%에 달한다. 그리고 2021년이 되면 그 수가 300만 명이 넘을 것으로 전망되고 있다.

그야말로 디아스포라(diaspora)의 시대라는 것을 남한 인구의 14%에 달하는 재외한인의 수나 4%의 국내 거주 외국인의 통계에서 인정하지 않을 수 없다. 21세기에는 국민국가의 경계를 넘는 국제적 인구 이동과 트랜스내셔널리즘(trans-nationalism)이 보편적 현상이 되었으며, 기존의 문화에서 관습처럼 굳어져 왔던 다양한 경계들(boundaries)이 무너지고 있다.

그동안 국민국가의 강고한 시스템 속에서 재외한인들은 모국과 거주국, 주변과 중심, 피부색과 언어의 문제로 정체성 갈등과 문화적 혼란을 겪어 왔다. 그런데 교통통신의 발달과 인터넷과 모바일로 시공간의 경계를 초월하여 세계가 연결되는 21세기에는 정주민적 고정관념과 위계질서로부터 해방되는 노마디즘의 사고가 필요하다. 세계화 시대에는 재외한인들이 갖고 있는 혼종의 주체성과 문화, 경계성이 결코 마이너스 요인이 아니라 플러스 요인으로 작용한다.

하지만 최근 영국의 브렉시트 사태나 미국 대통령 선거에서 보듯이 지금 세계는 정주와 이주, 정주민과 이주민, 백인세계와 제3세계 사이의 눈에 보이지 않는 전쟁의 와중에 놓여 있다.

2. 미주지역 한인문학의 현황

한인들의 전 세계적인 해외이주는 세계 여러 지역에 재외한인문단을 만들도록 작용했다. 미주지역에서 가장 먼저 문단 커뮤니티를 만든 나라는 캐나다이다. 캐나다는 1977년에 〈캐나다한인문인협회〉(당시 〈캐너더한국문인협회〉)를, 미국은 1982년에 〈미주한인문인협회〉를, 아르헨티나는 1994년에 〈아르헨티나한인문인협회〉를 결성하였다. 브라질에서는 1983년에 〈열대문화동인회〉를 조직했다. 문단 창립에 앞장선 인물들은 캐나다-이석현, 김창길, 장석환 등, 미국-송상옥, 전달문, 김호길 등, 아르헨티나-김한식 등, 브라질-황운헌 등으로 이주 전 한국에서 등단한 기성작가들이다. 현재 재미한인문단에 600여 명, 캐나다한인문단에 250여 명, 아르헨티나와 브라질 한인문단에 100여 명의 문인이 활동을 하고 있다. 즉 미주지역에는 문단이 형성된 지 길게는 40년에 이르며, 문인 1천여 명이 활동하고 있다.

미국에는 〈미주한인문인협회〉 이외에 〈재미시인협회〉, 〈재미소설가협회〉, 〈재미수필가협회〉, 〈미주아동문학가협회〉, 〈미주기독교문인협회〉, 〈미주크리스찬 문인협회〉, 〈해외문인협회〉 그리고 〈국제펜클럽한국본부 미서부지역위원회〉와 〈한국문협 미주지회〉 등도 결성되어 있다. 이들은 『미주문학』, 『외지』, 『재미수필』, 『해외문학』, 『미주 PEN문학』, 『미주시학』 등의 계간 또는 연간지를 발행하고 있으며, 지역별로 『뉴욕문학』, 『시카고문학』, 『워싱턴문학』, 『샌프란시스코문학』, 『오레곤문학』, 『달라스문학』 등도 발간하고 있다.

캐나다에는 토론토를 중심으로 〈캐나다한인문인협회〉와 밴쿠버를 중심으로 〈(사)한국문인협회 캐나다밴쿠버지부〉, 〈캐나다한국문인협회〉, 〈캐나다한인문학가협회〉, 에드먼턴에 〈에드몬튼한인얼음꽃문학회〉, 캘거리에 〈캘거리한인문인협회〉, 사스캐추완에 〈사스캐츠완문학회〉 등과 〈국제펜클럽한국본부 캐나다지역위원회〉 등이 결성되어 있다. 이 단체들은 『캐나다문학』, 『바다 건너 글동네』, 『한카문학』,

『얼음꽃문학』,『맑은 물 문학』,『밀밭』 등의 기관지를 발행하고 있다.

〈아르헨티나한인문인협회〉에서는 『로스안데스문학』을, 브라질의 〈열대문화동인회〉에서는 『열대문화』를 발간해오고 있다.[1)]

미주지역을 비롯하여 재외한인 문인단체들은 2000년을 전후하여 인터넷 홈페이지나 카페를 개설함으로써 사이버 상에서 한국을 비롯하여 세계 각처의 한인문단과 소통한다.[2)] 사이버 공간에서 활발히 이루어지는 21C의 커뮤니케이션은 속지주의적인 문학의 경계를 사라지게 만들었다.

현재 재외한인문학에 관심을 갖고 연구하는 이들이 늘고 있으며, 미주지역 한인문학에 대한 연구서도 꾸준히 발간하고 있다. 조규익의 『해방전 재미한인 이민문학』1(1998), 유선모의 『소수민족문학의 이해-한국계편』(2001), 이동하·정효구의 『재미한인문학연구』(2003), 유선모의 『한국계 미국 작가론』(2004), 임진희의 『한국계 미국여성문학』(2005), 박영호의 『미주한인소설연구』(2009), 최미정의 『재미한인 디아스포라 시문학연구』(2010), 송명희(외)의 『미주지역한인문학의 어제와 오늘』(2010), 송명희의 『캐나다한인 문학연구』(2016) 등의 연구서가 있다.

이밖에 김현택(외)의 『재외한인작가연구』(2001), 김종회(편)의 『한민족 문화권의 문학 1,2』(2003, 2006), 정은경의 『디아스포라 문학』(2007), 이영미의 『한인문화와 트랜스네이션』(2009), 김종회

---

1) 『열대문화』는 1986년부터 1995년까지 제9호까지 발간되다 한때 중단되었으나 2012년 제10호로 다시 속간되었다.
2) 한때 '세계한민족작가연합(World Korean Writers Network)'라는 웹사이트가 존재했지만 현재는 사라졌다.

의 『한민족문학사1,2』(2015), 김종회의 『한민족 디아스포라 문학』
(2015) 등에서 미주지역한인문학을 일부 다루고 있다.

자료집으로는 조규익(편)의 『해방전 재미한인 이민문학』2-6
(1998), 미주문학단체연합회(편)의 『한인문학대사전』(2003), 한미문
학진흥재단(편)의 『한미문학전집-시선집』(2011), 김환기(편)의 『아
르헨티나 코리안 문학 선집』(총 2권)(2013)과 『브라질코리안문학선
집』(총 2권)(2013) 등이 있다.

이러한 연구의 기저에는 국민국가의 경계를 초월하여 한민족을 하
나의 문학권으로 인식하는 전향적 사고가 작용하고 있다. 김종회 교
수는 북한문학과 재외한인문학을 포함한 문학을 '한민족문학'으로 범
주화하여 『한민족문학사』를 간행했다.

3. 장거리 민족주의와 사이버문화

민족을 상상의 공동체(imagined community)로 규정한 베네딕트
앤더슨(Benedict Anderson)은 모국이라는 지역적 장소에 구애받지
않는, 특히 세계화 시대에 점점 대두되는 새로운 형태의 민족주의를
장거리 민족주의(long-distance nationalism)로 명명하였다.

그는 모국에서 다소 멀리 떨어져 정착한 이주민이 모국의 간섭에
저항하거나 모국과 차별화가 필요하다고 느낄 때 등장하는 크리올 민
족주의(creole nationalism), 지배를 정당화시키는 위로부터의 관주
도 민족주의(official nationalism), 민족의 공용어를 가지는 유럽적 기
원을 가진 언어적 민족주의(linguistic nationalism), 모국이란 지역적

장소에 구애받지 않는, 특히 세계화 시대에 점점 대두되는 새로운 형태의 장거리 민족주의(long-distance nationalism)로 민족주의의 유형을 분류하였다.[3]

앤더슨이 민족을 상상의 공동체로 규정한 것은 같은 민족 구성원일지라도 실제로 서로 알거나 만나거나 이야기를 들어본 적이 없다는 데서 근거한다. 하지만 그들의 마음속에는 공동체의 이미지가 여전히 살아 있다는 것이다. 그런데 신용하는 민족을 "언어 · 지역 · 혈연 · 문화 · 정치 · 경제생활 · 역사의 공동에 의하여 공고히 결합되고 그 기초 위에서 민족의식이 형성됨으로써 더욱 공고하게 결합된 역사적으로 형성된 인간 공동체"라고 앤더슨을 비판했다.[4]

오늘날 세계 각처에서 재외한인들이 모국어인 한글로 문학을 하면서 모국과 네트워크를 유지한다는 것은 무엇을 말하는가. 그것은 언어 · 지역 · 혈연 · 문화 · 정치 · 경제생활 · 역사 등의 모든 것을 공유하지는 않지만, 그리고 멀리 떨어져 서로 알거나 만나거나 이야기를 나눠본 적이 없어도 그들의 마음속에 한민족이라는 공동체의식을 품고 있다는 증거이다.

무엇이 그것을 가능하게 했는가? 그것은 앤더슨이 말한 지역적 장소에 구애받지 않는 '장거리 민족주의'가 크게 작용했기 때문이라고 생각한다. 디아스포라가 보편화된 세계화 시대에는 초국가적이고 국경을 초월하는 장거리 민족주의와 같은 새로운 형태의 민족주의가 대

---

3) Benedict Anderson, "Western nationalism and eastern nationalism: is there a difference that matters?", *New Left Review* II, 9(2001): pp.31-42.
4) 신용하, 「'민족'의 사회학적 설명과 '상상의 공동체론' 비판」, 『한국사회학』40-1, 한국사회학회, 2006, 33면.

두하게 된다.

국가와 지역적 장소에 구애받지 않는 장거리 민족주의는 교통통신의 발달, 특히 인터넷과 모바일의 발전이 세계 각처와 실시간 소통을 가능하게 한 데서 기인한다. 장거리 민족주의란 어떤 의미에서는 통신혁명이 가져온 사이버 민족주의라고 호명해도 무방할 것이다. 이처럼 인터넷과 모바일 기술은 지역이나 공간적 거리를 축소시키고, 시공간의 제약이 없는 소통을 통해 계층과 연령, 국경과 인종을 초월하게 만들었다.

세계화 시대에는 누구라도 자신이 태어난 나라에서 평생을 살지 않고 여러 이유로 거주지를 여러 곳으로 옮겨가며 살아간다. 그러나 몸이 태어난 나라에서 살지 않는다고 해서 마음속에 품고 있는 민족이라는 공동체 의식마저 갖지 않아야 할 이유는 없을 것이다. 특히 그것을 가능하게 하는 것은 문학이라고 생각한다. 앤더슨이 말한 상상의 공동체는 동일한 민족언어를 사용하는 공동체에 초점이 맞추어져 있다. 그리고 인쇄매체인 소설과 신문은 민족이라는 상상의 공동체를 재현하는 기술적 수단이라고 했다.

1965년 개정이민법 제정 이후 급격하게 늘어난 재미한인들은 고학력 중산층 출신의 자발적인 이민자들로, 대도시를 중심으로 코리아타운을 형성하며 한인커뮤니티에 의존해 살아왔다. 한인작가들은 문인협회라는 커뮤니티를 통한 문학활동과 미주지역에서 발간되는『한국일보』,『중앙일보』,『조선일보』같은 현지의 한글신문과 한국어방송 등을 통해 한인 공동체와 연결된다. 즉 상상의 공동체 의식을 형성하는 데 있어 문학은 이미 커다란 기여를 해왔다. 이러한 배경에는 미국이나 캐나다가 이민자 정책으로 다문화주의를 채택함으로써 소수민족의 문화적 다양성을 인정한 것도 크게 작용했다.

재외한인들은 모국을 떠나 있어도 모국과 내적 정서적으로 결합되어 있다. 이에 부응하여 한국 정부는 2009년 '재외국민참정권법'을 통과시켜 2012년 총선부터 한국에서 행해지는 선거에서 투표권을 행사하도록 전향적 조처를 취하였다. 즉 재외한인을 모국을 떠난 이민자가 아니라 거주지를 옮겨간 재외국민으로 호명하며 한민족의 혈통을 지닌 국민 공동체로서 자부심을 갖고 모국의 발전에 관심을 가져줄 것을 기대하고 있다. 뿐만 아니라 국내에 들어와 활동하는 동안의 편의를 위해 주민등록증도 발급해주고 있다.

아시아지역, 즉 중국조선족, CIS고려인, 일본의 조총련계 한인들은 과거 북한과 긴밀한 관계를 유지했지만 대한민국 정부가 수립된 후, 특히 1960년대 이후에 자발적으로 이민한 미주지역 한인들은 한국과 네트워크가 긴밀하다. 따라서 그들은 공간적 거리를 뛰어넘어 한국과 정서적 거리가 가까울 수밖에 없고, 그 어느 지역 한인문단보다도 한국과 활발하게 소통한다. 미주지역 한인들은 거주국에서의 성공적 정착을 지향하면서도 내적 · 정서적으로 한인으로서의 강한 민족 정체성과 애착, 생활습속과 문화를 유지하려는 경향이 강하다.

특히 미주지역은 모국에서 등단한 기성문인들이 중심이 되어 문단을 형성한 만큼 한국문단과 네트워크가 잘 형성되어 있다. 이는 현지 한인문단에서 등단한 이후 모국문단에서 재등단을 하거나 모국의 문예지에 작품 발표, 한국에서의 작품집 출판, 또는 모국문인들의 빈번한 초청행사 등에서 잘 확인된다. 하지만 이런 현상은 미주지역 한인문학의 발전을 위해 긍정적 측면도 있지만 부정적 측면도 있는 것이 사실이다.

4. 미주지역 한인문학의 블루오션

중심과 주변의 경계를 가로지르며 유동하는 정체성과 디아스포라의 현실은 말할 필요도 없고, 문화적 혼종성(hybridity)과 통문화성(cross-cultural) 그리고 융합(convergence)은 21세기 문화의 핵심적 키워드이다. 혼종성과 크로스오버가 현대문화의 주도적 흐름이 된 만큼 특정 지역이나 민족 그리고 단일한 문화의 경계를 뛰어넘는 새로운 문학의 탄생은 디아스포라의 경험을 가진 재외한인작가들로부터 가능할 것이다. 왜냐하면 재외한인들이야말로 문화적 혼종성과 크로스오버를 누구보다도 자연스럽게 구현할 수 있는 존재들이라서이다.

문화적 혼종성이 '서로 다른 문화가 뒤섞이면서 생기는 정체성의 이중성, 경계성, 중간성'을 의미한다고 할 때에 재외한인작가들은 모국과 거주국, 주변과 중심, 피부색과 언어의 경계로 인한 정체성 갈등과 문화적 혼란을 겪는 주변적 존재가 아니라 이중성, 경계성, 중간성을 누구보다도 능숙하게 구사할 수 있는 존재들이다. 자발적 이주자들의 단일한 거주지나, 문화, 관습 등에 구애받지 않는 자유분방함과 노마드의 삶이야말로 21세기의 새로운 문학을 탄생시키는 데 결정적인 장점으로 작용할 것이다.

따라서 미주지역 한인문학은 한국문학과 지나치게 긴밀한 네트워크와 모국 추수적 활동에서 벗어나서 디아스포라 경험이 가져온 노마드의 정체성, 경계성, 문화적 혼종성을 장점으로 구현한 문학적 블루오션을 적극 개척해야 한다고 생각한다. 미국의 이창래, 러시아의 아나톨리 킴, 일본의 현월 등은 한인으로서 자신이 가진 경계성을 문학적 장점으로 활용함으로써 주류사회에 충격을 일으킨 성공적 사례라고 할 수 있다.

그리고 문학적으로 성공한 작품들은 번역이 되어 모국을 비롯하여 전 세계적으로 확산되는 만큼 거주국의 현지어로 창작을 함으로써 주류사회에 적극적으로 진입하고, 그를 통해 모국 및 세계와 소통하는 전략이 필요하다.

(『세계시민』 2016년 겨울호(7), 시와진실, 2016)

제2부

재미한인문학

미 서부 지역의 재미작가 연구[1]

1. 들어가며

세계 각국에 퍼져 한국어나 현지어로 활발히 작품 활동을 하고 있는 재미한인문학, 재일한인문학, 중국조선족문학, 중앙아시아 고려인 문학 등 재외한인문학에 대한 연구는 21세기의 국문학자와 비평가들의 주요한 관심사로 떠오르지 않을 수 없다. 세계화 시대를 맞아 재외한인문학은 국문학계와 비평계에서 좀 더 일찍 관심을 기울였어야 했을 분야이며, 한국문학과 재외한인문학과의 유기적 교류는 앞으로 더욱 크게 활성화되어야 한다. 왜냐하면 정정호가 지적했듯이 이민문학의 양성은 소수민족으로 해외에서 살아가는 생활상을 통해 해당국 국

---

1) 이 논문은 2001년 9월 7일(현지 날짜) 미국 LA에서 열린 「국제펜클럽한국본부 미 서부지부」 창립세미나에서 발표한 원고를 개고한 것임.

민들에게는 한국의 문화를 알릴 수 있는 좋은 계기가 될 것이며, 국내 한국인들은 이주민들의 삶과 생활을 이해하여 동포 간에 서로를 이해하고 교류하는 데 큰 힘이 될 것이기 때문이다.[2] 실제로 미국에서 작가로 성공한 한인작가들-강용흘, 김용익, 김은국, 이창래-이 작품의 소재나 무대를 한국적인 것으로 설정함으로써 성공을 거둔 것으로 평가되고 있듯이[3] 이들은 의도하였든 의도하지 않았든 한국문화를 해외에 소개하는 역할을 훌륭히 수행하고 있다.

하지만 막상 재미한인문학에 대한 연구를 시작하려고 했을 때에 국내에 소개된 텍스트 및 정보는 극히 한정된 것에 불과했다. 특히 국내에서 이미 작가로서 일정한 평가를 받은 후에 이민을 떠난 경우에는 그래도 그 이름과 작품이 알려져 있지만[4] 이민 후에 작품 활동을 시작한 경우는 국내에 알려지기 힘든 상황이다. 다만 현지에서 그들의 영어로 쓴 작품이 크게 주목을 받게 되면 국내에서도 호의적으로 소개되며, 번역·출판되기도 한다.

가령, 제1세대 재미작가인 강용흘의 『초당』(1931) 이후, 김은국의 『순교자』(1964), 『심판자』(1968), 『잃어버린 이름』(1970)과 같은 작품들은 미국에서 작가로서 성공함으로써 국내에서도 번역되고, 작가의 이름도 널리 알려진 경우에 속한다. 강용흘의 『초당』은 김은국의 『순교자』, 이미륵의 『압록강은 흐른다』(독일, 1946)와 함께 3대 재외한인소설로 꼽히는 작품이다. 그리고 최근에는 뉴욕시립대 헌터칼리

---

2) 정정호, 「21세기 한국문학의 위상」, 『펜문학』 2001년 여름호(59), 국제펜클럽 한국본부, 2001, 39면.

3) 명계웅, 「21세기 미주한인문학의 좌표」, 『펜문학』 2002년 봄호(62), 국제펜클럽한국본부, 2002, 287-296면.

4) 소설가 송상옥, 시인 고원과 같은 경우.

지의 문예창작과 교수로 있는 이창래의 첫 소설『네이티브 스피커』 (1995)가 미국언론의 화려한 찬사를 받으며 PEN상, 헤밍웨이상, 아 메리칸북상 등 문단의 6개 주요상을 수상하자 이에 대한 언론의 소개 와 함께 그의『네이티브 스피커』가 국내에 1995년에 번역되고,『제스 처라이프』도 2000년에 번역 소개되었다. 미아 윤(윤명숙)의『파란 대 문집 아이들』(2001)도 미국 현지에서『안네 프랑크의 일기』와 비교 된다는 소식과 함께 국내에 번역 소개되었다.

해방 이후 미국으로의 이민이 증가하면서 미국에서 한국어로 문학 을 하는 작가들의 숫자가 늘어나고, 이들을 중심으로 지역 별로 문단 이 형성되어 문예지를 발간하고 있으며, 최근 이 문단을 중심으로 한 문학 활동이 매우 활발히 이루어지고 있음을 볼 수 있다. 뿐만 아니라 이들은 다른 지역의 한인작가들과는 달리 국내의 문예지를 통해 등단 을 하는 등 국내문단과도 활발한 교류를 하고 있다. 이들은 하와이 등 으로 이민했던 미주이민 1세대와는 달리 교육수준이 매우 높으며, 경 제적으로도 안정되어 있고, 국내와의 교류도 활발하다. 이들의 높은 교육수준과 경제적 안정이라는 조건이야말로 이들로 하여금 문학 활 동을 할 수 있는 원동력으로 작용한다. 즉 문학을 통해서 자신의 삶을 표현하고 싶은 한 차원 높은 욕구의 실현은 이들이 높은 교육수준으 로 인해 지적 능력을 갖추었을 뿐만 아니라 경제적으로도 어느 정도 안정되었기 때문에 가능한 일이다.

그런데 이들은 이미 성인이 되어 이민을 했기 때문에 영어 사용에 는 한계가 있다. 즉 일상대화인 말하기는 가능하지만 창작 활동인 글 쓰기는 어려운 세대이다. 따라서 이들은 한국어로 창작 활동을 한다.

하지만 재미작가에게 거는 가장 큰 기대는 영어로 한국인의 삶과 문화를 그려냄으로써 한국문화를 미국에 알려주기를 기대하는 마음일 것이다. 따라서 한인작가들끼리의 단체도 필요하고, 한국에서의 등단도 중요하지만 더욱 중요한 것은 미국사회에서 영어로 작품을 쓰고, 미국 내에서 작가로 성공하는 것일 것이다. 세계는 그야말로 글로벌 시대를 맞고 있다. 한국 문학과 문화를 세계 무대에 알리기 위해서는 국내 작품의 번역도 필요하지만 작가적 역량과 영어 등 현지어의 구사능력을 충분히 갖춘 재외한인들의 창작 활동에 기대하는 바가 크다고 하지 않을 수 없다. 언어적 소통을 극복하지 않고서는 한국 문화와 문학이 결코 세계 무대에서 제대로 평가받을 수 없기 때문이다. 미국의 한인사회에서 어린 시절에 부모를 따라 이민하여 미국에서 교육을 받은, 영어 사용에 능통한 세대를 1.5세대라고 지칭하는 것을 들었다. 글로벌 시대에 한국문화를 세계에 알리는 역할은 바로 영어로 창작이 가능한 1.5세대들에 의해 가능할 것이다.

본고는 현재 미국에서 한국어로 창작활동을 하고 있는 미국 서부 지역의 한인작가를 중심으로 한 연구로서 두 개의 텍스트를 토대로 하여 썼다. 그 첫째의 텍스트는 한국소설가협회에서 '미주이민 100년사 기념 작품집'으로 발간한 『나는 지난여름 네가 그 땅에서 한 일을 알고 있다』(개미, 2001)이다. 둘째는 '세계한민족작가연합(World Korean Writers Network)'이라는 인터넷 홈페이지이다.[5] 이 홈페이지에는 한국을 비롯하여 미국, 러시아, 일본, 중국 등 모두 14개국에서 활동하고 있는 한민족 작가들의 네트워크가 구축되어 있었다. 미국을 클릭하자 미국에는 미동부, 미중부, 미서부 등으로 지역별로 미

---

5) 현재 이 홈페이지는 인터넷 상에서 사라지고 없다.

국에 거주하는 문인들의 홈페이지가 구축되어 있었다.

2. 미 서부 지역의 작가와 작품

1)『나는 지난여름 네가 그 땅에서 한 일을 알고 있다』를 중심으로

　한국소설가협회에서 미주 이민 100년을 기념하여 2001년에 발간한 '미주이민 100년사 기념 작품집'인『나는 지난여름 네가 그 땅에서 한 일을 알고 있다』에는 모두 16명의 소설작품 16편이 수록되어 있다. 이 작품집은 미주 이민 100년을 맞아 그동안 한국작가들이 이민에 대해서 쓴 작품들도 있어 재미작가만의 작품집은 아니다. 따라서 이들 가운데 일부의 작가들-송상옥, 이언호, 이자경, 신상태, 전상미, 김혜령-만을 재미작가로서 본고에서 다룰 수 있다. 그런데 이들 가운데서도 서부지역 거주의 작가로 한정할 때 뉴욕에서 거주하고 있는 신상태는 제외되며, 송상옥(1938-), 이언호(1940-), 이자경(1944-), 전상미, 김혜령(1962-) 등만이 대상이 된다.

　송상옥은「흑색 그리스도」등의 작품으로 이미 국내에서 작가로서 명성을 얻은 후에 도미한 작가이다. 그는 1959년『동아일보』의 신춘문예와『사상계』신인작품 추천을 통해 등단했고, 제14회「현대문학상」, 제2회「한국소설문학상」을 수상했으며, 소설집『바다와 술집』, 『토요일, 아무 일도 없었다』와 장편소설『환상살인』,『겨울 무지개』등 여러 권의 창작집과 장편소설을 발간했다. 이번 소설집에는「기묘한 삶」이라는 단편소설을 수록하고 있다.

「기묘한 삶」은 아메리칸 드림을 안고 미국에 이민 왔지만 청소부→사무직→농사짓기→자동차로 국경을 오가는 농산물 판매상 등의 직업을 전전하며, 진정한 자기를 찾고자 하지만 그 어떤 일을 통해서도 자기를 찾지 못하고 내적 방황을 겪는 중년 남성을 그리고 있다. 특히 돈을 벌기 위해서는 청소부와 같은 블루칼라로 살아갈 수밖에 없는 계층의 변동은 주인공에게 내적 부적응을 빚어낸다. 현재의 서술시간 사이사이에는 이민하기 이전 한국에서의 초등학교 시절과 중학생 시절에 대한 회고가 삽입되는데, 삽입된 과거는 가난, 전쟁, 우정과 같은 것들을 환기시킨다. 주인공의 직업의 전전과 거듭되는 내적 방황을 통해서 작가는 아메리칸 드림의 허구성을 드러내고 있다. 주인공의 미국생활은 단지 철저한 이방인으로, 아무의 간섭도 받지 않고 자유스러움을 한껏 즐길 수 있다는 점 외엔, 당초 이민에서 기대했던 모험심과 환상을 충족시켜 줄 새로움이 전혀 없는 삶이다. 따라서 주인공은 자신의 삶이 낭비이고 허송세월이란 자괴감에서 벗어나지 못한다. 그렇다고 하여 서울로 돌아가는 문제 역시 용이하지 않다. 여기에 이민자들이 가진 이럴 수도 저럴 수도 없는 고민과 갈등이 집약되어 있지 않은가 여겨진다.

> 대체 나는 무엇을 잃고 사는가-하고 그는 곰곰이 생각해보았다. 고국에서 산 사십여 년의 세월, 그동안에 알게 되었던 사람들, 친구들, 그 긴 시간과 많은 사람들이 내게 줄 수 있는 그 무엇, 거기서는 완전히 보장돼 있었던 것처럼 보였던 앞으로의 삶…… 그런 것들이 내게서 다 사라져 버렸단 말인가.[6]

---

6) 송상옥, 「기묘한 삶」, 한국소설가협회, 『나는 지난여름 네가 그 땅에서 한 일을 알

그처럼 그를 사로잡았던 광대한 들판도 이제 한갓 의미 없는 대상으로 변해가고 있었다. 거기다 그는 무엇보다도 뜨내기 같은 생활에 완전히 지쳐버렸다.[7]

아무튼 피부색깔과 사고방식이 다른 현지인들과의 의사소통마저 자유롭지 못한 주인공의 삶은 진정한 자기를 찾지 못한 채 비인간화의 과정이었음이 거듭 고백된다. 작품의 결말은 중학생 시절의 절친한 친구 '달훤'의 소식을 수소문해 보겠다는 결심, 즉 우정이 있는 인간적 삶을 회복함으로써 어정쩡한 현재를 극복하겠다는 의지를 보여준다. 이 작품은 재미한인들이 보편적으로 겪고 있는 미국과 한국 그 어디에도 속하지 못하는 이민자로서의 정체성의 위기와 미국사회에서의 부적응 및 그로 인한 내적 갈등을 형상화했다.

이언호의 「비둘기와 금발미녀」, 전상미의 「겨울이 오기 전에」는 미국사회의 소수자이며 사회적 약자인 이민자와 노인 및 정신장애자들의 문제가 오버랩 된 작품이다. 「비둘기와 금발미녀」를 쓴 이언호는 1972년에 『동아일보』 신춘문예와 『현대문학』을 통해서 등단했으며, 장편소설 『길 가는 사람들』, 『황색의 천사』, 희곡집 『소금장수』, 『길동의 섬』 등을 발간했고, 제14회 「백상예술대상」 희곡상을 수상하기도 했다.

「비둘기와 금발미녀」에서 주인공 부부는 미국에 이민하여 15년째 세탁업에 종사하는 인물이지만 그렇다고 이 작품이 이민자의 문제를 본격적으로 형상화하고 있는 것은 아니다. 오히려 작품의 초점은 옆

고 있다』, 개미, 2001, 74면.
7) 송상옥, 「기묘한 삶」, 위의 책, 75면.

집에서 커피숍을 운영하는 다리를 저는 커리 노파와 정신병원에서 휴가 나온 그녀의 막내딸 엘리자에게 맞추어져 있다. 금발의 엘리자는 노파의 재혼한 남편으로부터 열세 살부터 열일곱이 될 때까지 성폭행을 당해 정신병자가 되고 만 불행한 여성이다. 작품의 서사는 '비둘기'란 매개물을 통해 전개되는데, 주인공 부부와 노파 모녀에게 '비둘기'는 자유와 휴식, 평화, 인간화의 상징으로 인식된다.

언제부터인가 커피숍에서 금발머리 계집이 밖에다가 마른 빵을 뿌렸다. 그러면 비둘기 떼들이 몰려들었다. 그 후로는 우리 가게가 있는 그라나다 힐스(Granada Hills) 북쪽 맨 마지막 샤핑 센터는 비둘기의 공원같이 되었다. 세탁업을 하는 우리 부부는 주차장에서 비둘기들이 노니는 것을 내다보며 잠시 일손을 멈추고 휴식을 취하기도 했고 그들이 퍼레이드를 벌이듯 나는 모습을 보며 아름다웠던 시절의 추억에 잠겨보기도 했다. 아내는 그때 그 얘기를 하고 또 하고 노래의 후렴을 부르듯 하며 즐거워했다.[8]

하지만 이들이 누리는 즐거움에 찬물을 끼얹는 "귀하는 리스 계약서를 계속 위반하고 있다. 비둘기에게 먹을 것을 주지 마라! 다시 계약을 위반하면 강제 퇴거시키겠다."라는 관리사무소가 보낸 편지가 배달된다. 뿐만 아니라 관리사무소 측은 비둘기 집을 치워버리고 비둘기들이 즐겨 앉던 곳에 바람개비까지 설치해 놓았다. 왜냐하면 비둘기들이 건물을 버려놓기 때문이다.

엘리자는 갈 곳 없는 비둘기를 상자 속에 가두어 놓음으로써 그녀

---

8) 이언호, 「비둘기와 금발미녀」, 위의 책, 233면.

의 비둘기에 대한 사랑을 표현하지만 '나'는 그 비둘기를 "구속되어서 배부르게 먹느니 자유로우면서 굶주리는 게 낫지 않겠느냐는 생각"과 그 간힌 비둘기의 눈빛이 이민 초기에 친구들의 꼬임에 빠져 슈퍼마켓에서 물건을 훔치다가 경찰서 보호실에서 겁에 질려 떨던 아들의 눈빛을 연상시켰기 때문에 놓아준다. 즉 두 사람은 비둘기에 대한 사랑법에 차이를 보이고 있다. 그뿐 아니라 작품에서는 여권신장, 개고기를 먹는 코리안의 식습관, 어린 아들이 물건을 훔쳐 경찰에 끌려갔던 이민 초기의 일, 또는 식당에서 흡연을 하면 벌금에 감옥행까지 해야 하는 등 이민자로서 겪게 되는 문화적 규범의 차이로 인해 문화충격을 경험했던 데 대한 문제가 제기된다.

엘리자는 비둘기를 쫓기 위해 설치한 바람개비를 뽑다가 몸에 상처를 입고 발작을 일으켜 정신병원으로 돌아가고, 비둘기에게 먹이를 주던 노파는 포드 밴의 범퍼에 치어버린다. 주인공 부부와 노파 모녀의 일상, 그리고 인간세계에서 쫓겨난 존재인 비둘기를 통해서 드러나는 것은 이주민, 정신병자와 노인 등 국외적 존재들이 겪는 소외감이며, 작가는 이들 존재에 대한 연민을 나타내고 있다.

전상미는 『백 번째의 장미나무』 등의 장편소설을 쓴 작가로서 『미주크리스천 문예지』(1987)와 『미주 한국일보』의 신춘문예(1988)를 통해서 등단했다. 그의 「겨울이 오기 전에」는 양로병원에서 여생을 살고 있는 이민 노부부의 삶을 보여주고 있다. 이 작품에는 이민자의 문제, 미국에서의 한흑 갈등, 노인문제 등이 복합적으로 드러난다. '기준'이라는 친구에게 고백하는 형식으로 쓴 이 작품의 주인공은 화가이자 교장이었던 '최달호'인데, 그는 4·19 때 아들을 잃어버린 상처를 안고 살아가는 사람이다. 그는 퇴직 후, 이혼하고 절절 매는 딸을 돕기 위해서 도미했지만 LA 폭동사건 때 딸이 경영하던 식당이 불에 타버리고, 딸마저 흑인이 쏜 총에 사망함으로써 부부가 양로병원에 들어왔다. 여기서 죽은 아들의 애인이었던 은희를 만나게 되는데, 은희는 목사인 시각장애인 남편을 돌보는 틈틈이 양로병원에 봉사활동을 하러 왔다가 최달호 부부를 만나게 된다. 최달호는 은희의 배려로 인간적 따뜻함을 맛보는가 하면, 감나무 뒤로 초가지붕이 납작하게 엎드려 있는 고향 풍경의 그림을 완성하고자 한다. 그러던 중 은희 부부는 중국으로의 선교활동을 위해서 떠나가고, 그는 골다공증으로 혼자서는 운신조차 못하는 아내의 장례를 먼저 치른 후 죽기를 소망하며, 고국과 고향에 대한 강한 그리움과 회귀의식에 사로잡혀 있다. 그는 미국이 노인복지의 천국이라고 하지만 그 복지가 정말 따뜻한 인간적 피가 흐르는 복지는 아니라고 말하고 있다.

> 미국은 노인들의 천국이라고 하지만 실감이 안 났었네. 월페어 나오고 노인 아파트 월세 싸고 의료 혜택 좋은 것이 천국은 아니라고 보네. 이런 모든 혜택을 즐기며 활발하게 사는 노인들도 많지만, 거의가 집에서 손자들 봐주고 살림살이나 도우며, 식구들 집에 올 때까지 목 길게 빼고 기다리는 노인들도 많다네. 손자 손녀들 커가면서 말이 안 통하는 할머니나 할아버지 필요가 없게 되는 시기에 노인들은 독립해서 노인 아파트로 이사 나가는 것일세.[9]

이 작품의 제목 '겨울이 오기 전에'의 '겨울'은 인생의 죽음을 의미한다. 그 죽음을 맞기 전에 고향에 대한 그리움을 담은 한 폭의 그림

---

9) 전상미, 「겨울이 오기 전에」, 위의 책, 370-371면.

을 완성하고자 하는데, 주인공에게 그럴 힘이 남아 있을지 의문이다.

이민자 노인의 고독과 고향에 대한 간절한 그리움, 인간적 따뜻함에 대한 소망 등이 가슴을 뭉클하게 만드는 이 작품은 자신의 노후복지에 대해서는 전혀 고려하지 않은 채로 자식에 대해서라면 이민도 불사하고 여생과 퇴직금까지도 아낌없이 헌신하는 희생적인 한국의 부모상에 대해서 재고하게 만드는 한편 복지천국이라고 일컬어지는 미국의 복지제도가 정작 노인들의 실존적 문제인 고독과 죽음에 대한 불안을 해결해 주지 못하는 문제점도 드러낸다. 특히 양로병원에 내팽개쳐진 채로 죽을 날만을 기다리는 노인들의 소외감이 탁월하게 그려졌다.

이자경의 「육손이」는 일종의 정치풍자소설로서 본고의 이민자 문제와는 주제를 달리하기 때문에 여기서는 논외로 하겠다.

2) 「세계한민족작가연합(World Korean Writers Network)의 미 서부 홈페이지」를 중심으로

세계한민족작가연합(World Korean Writers Network)의 미 서부 지역의 홈페이지에는 모두 38명의 회원 명단이 떠있어 동부나 중부에 비하여 작가가 많은 편이다. 하지만 정작 자료를 입력한 회원은 22명에 불과했다. 그리고 자료를 입력한 회원들의 정보사항도 일정하지 않았다. 따라서 통계학적 처리를 하기에는 자료가 미비했다.

이들 가운데 장르에 있어서 박경숙 한 사람만이 소설로 장르를 등록하고 있으며, 시와 소설을 병행하는 작가에 김혜영, 이성호, 시와 수필을 병행하는 작가에는 고원, 구은희, 김인자가 있고, 시와 시조를 같이 쓰는 시인에는 김호길, 오정방 등이 있다. 그리고 나머지 김병현, 김인자. 김한주, 문인귀, 미미박, 석상길, 성귀영, 손희숙, 이세방, 이숭자, 정연해, 정용진, 최석봉, 최선호, 황춘성은 오로지 시 장르만을 창작하는 시인이다. 즉 대부분의 문인들이 시 장르에 편향되어 있다는 특징을 발견할 수 있다. 한국에서도 문인의 수가 가장 많은 장르가 시인 것과 연관이 있을 것이다.

이들의 등단지는 매우 다양했다. 『현대문학』, 『자유문학』, 『문학사상』과 같은 전통이 있는 문예지를 비롯하여 『동아일보』의 신춘문예로 등단한 경우도 있었고, 『문예운동』, 『시조문학』, 『창조문학』, 『문학세계』, 『한국시』, 『문학과 의식』, 『세기문학』, 『믿음의 문학』 등 이들 대부분이 국내의 문예지를 통해서 등단했다. 그리고 『미주 한국일보』 등 현지 신문을 통해서 등단한 경우에도 다시 모국의 문예지를 통해서 재등단한 경우가 많았기 때문에 이들이 쓴 작품이 모국에서 읽혀지고, 평가받기를 원하는 열망이 강렬한 것으로 생각됐다.

전적으로 소설 장르로 등록한 작가는 앞에서도 말했듯이 박경숙 한 사람이다. 하지만 김혜령은 중편소설 1편과 5편의 단편소설을 홈페이지에 올려놓고 있다. 이성호는 소설집 『하얀꽃 피는 엄마의 나라』를 출간한 것으로 되어 있지만 홈페이지에는 3편의 시만이 올려져 있다.

서울 출생인 김혜령(1962-)은 1988년에 『문학세계』에 소설과 시가, 『현대문학』에 소설이 당선된, 즉 시와 소설을 함께 쓰는 작가로서 중편소설 「두 개의 현을 위한 변주」, 단편소설 「반달」, 「산불」, 「별들의 인사」, 「비」, 「해오라기」 등 모두 6편의 작품이 홈페이지에 올려져 있다. 그의 작품은 문체면에서 시적인 서정과 묘사력이 뛰어나며, 작품마다 일정한 문학적 성취를 이룩한 역량을 보여주었다. 특히 이민자로서 미국사회에서 적응하는 문제, 이민자의 눈에 비친 미국사회와 미국인 등 이민 세대가 겪음직한 다양한 사건이 시적 서정이 넘치는 문체로 그려졌다.

　단편소설 「반달」은 미국사회의 주변인으로 살아갈 수밖에 없는 이민자의 삶의 애환을 그려내고 있다. 주인공은 열여덟에 부모를 따라 처음 미국에 왔을 때 느꼈던 해방감은 잠시이고, 5년이 넘도록 대학에도 갈 수 없었으며, 병든 아버지를 대신하여 가장 노릇을 수행해야만 했다. 그는 주경야독으로 7년 만에 대학을 졸업하고 제약회사의 말단 기능사원으로 취직을 했지만 1년도 안 되어 감원 대상이 된다. 그는 아는 것이 힘이라는 신념으로 대학원 공부를 하여 직장을 얻었지만 2년 만에 다시 감원 대상이 된다. 미국사회 전체의 불황 때문에 임시직을 전전해야 하는 신세, 한 가족의 가장으로 가족을 부양할 의무가 있음에도 그 의무를 실행할 수 없는 무력감과 소외감을 이 작품은 설득력 있게 그려내고 있다.

　주인공이 느끼는 무력감은 "이 세상으로부터 사라지고 싶은 욕망"으로 표현되며, 이것은 이민자라는 주변인 의식과 결합함으로써 더욱 핍진한 작품세계를 만들고 있다. 이민 초기에 아버지를 대신해 "늦은 밤에 혼자 가게를 지킬 때면 그는 자신이 들판에 박혀 보초서는 허수아비 같이 느껴졌"던 소외감은 그 후로도 결코 사라지지 않는다. 왜냐하면 대학을 졸업하고 대학원을 졸업하여 좀 더 안정된 직장인으로 살아가고 싶은 그의 열망은 미국사회 전체의 불황으로 다시 좌절되고 말았기 때문이다. 그는 대학 졸업 후 말단사원으로 1년, 대학원 졸업 후 중간계층에서 2년 정도를 보내지만 곧 감원 대상이 되고, 그 후 임시직에서 임시직으로 전전하며 미국사회의 주변인 상태를 벗어나지 못한다. 소설은 현재 서술시간에서도 다시 실직된 상태에서 시작된다. 그의 심정은 다음과 같은 표현에서 절절히 표현된다.

> 그는 일 년이 멀다하고 이력서를 다시 쓰고, 전화를 기다리고 면접을 하고, 온갖 이유로 거절당하고, 또 겨우 몇 개월 능력을 팔고는 다시 온갖 이유로 거리에 뱉어지는 이 세상에서 사라지고 싶었다.

> 능력이 넘친다는 말을 듣지 않으려고 이력서에 적어 넣었던 경력을 하나씩 지워 나갔다. 평생 자랑으로 남을 줄 알았던 논문제목이 지워져 나가고, 그 논문을 쓰느라고 새웠던 고통과 희열의 밤들이 그의 인생에서 삭제되어졌다. 그럭저럭 십 년 넘는 시간 동안 몸으로 직접 부딪쳐 익힌 기술과 업적도 하나 둘 없던 일이 되어 버렸다. 그렇게 해서라도 그는 세상에 자신을 맞추어야 했다.

주인공이 느끼는 소외감은 비단 사회적 존재로서만이 아니다. 만약 그가 사라진다고 하더라도 아내는 출근길에 합승차선을 쓰지 못하게 되었다는 사실, 하나의 수입원이 사라졌다는 사실에만 허둥댈 것이라고 생각한다. 그는 자신이 가입한 주택융자보험과 생명보험을 생각해낸다. 하지만 보험회사에서 사라지는 것만으로 보험금을 줄 것 같지 않아 다리 위를 서성이며, "어차피 그게 그거라면 죽어도 그만 아닌가"라고 생각한다. 즉 마른 강바닥을 내려다 보며 자살까지도 고려하게 된다. 그는 미키 루니가 예비천사로 출연하는 크리스마스 이야기 〈아름다운 생〉이란 영화를 떠올리는데, 이 세상에서 사라지고 싶었던 영화의 주인공 사내는 예비천사의 도움으로 이 세상에서 사라졌다 돌아와 보니, 모든 일이 다 해결되어 있다. 그는 자신에게도 그런 기적이 일어나지 않을까 꿈꾸다가 이내 그것이 헛된 망상임을 깨닫고 현실로 돌아온다. 즉 "이젠 똑똑히 보리라. 뛰어들 것도, 열고 나올 것도 없이 말라비틀어진 강을, 때로는 사라지고 때로는 성난 물결로 몸부림치며 도시의 강바닥을 기어가는 이승의 강을"이라고 거친 세상을 다시 헤쳐 나가야 한다고 다짐을 하게 된다. 그런 그의 눈에 열흘 전 고장 나서 회사 앞에 세워둔 자신의 차가 견인되어 가는 모습이 들어온다. 그는 열흘 동안의 휴식조차 용서하지 않는 이 세상의 냉혹성을 깨닫는데, 실직되었다고 일자리를 찾는 일을 그만둘 수도 없는 현실성에 대한 인정이다. 그는 견인되어 가는 차를 뒤쫓아 가다가 넘어져 입술에선 피가 나고, "앞발을 들어 올린 개처럼 어디론지 끌려가는 차의 뒷모습"과 자신을 동일시한다. 뿐만 아니라 "불이 환히 켜진 가게 안에는 웬 중년사내가 구부정한 등을 돌리고 혼자 앉아 있는 모습"은 바로 어느새 중년의 나이가 되어버린 그 자신의 뒷모습이기도 한 것이다.

「두 개의 현을 위한 협주곡」은 중편소설로서 결혼 20주년 기념잔치를 하고 사흘째 되는 날 이혼한 부모와 아들의 이야기이다. 작품은 모두 4장으로 구성되었으며, 첫 장 〈시계〉와 마지막 장 〈거리의 악사들〉은 1인칭 아들의 시점에서, 제2장 〈하지 이후〉는 1인칭의 아버지의 시점에서, 제3장 〈물속에 잠긴 달〉은 3인칭으로 어머니 은재를 초점화자로 제한하여 서술된다. 이처럼 시점의 다양한 변화는 다소 혼란스럽기는 하지만 각기 이들이 처한 서로 다른 입장을 드러내기에는 적합한 서술방식이라고 하겠다. 새로운 땅에서 새로운 삶을 꿈꾸며 떠나온 그들에게 과연 새로운 삶이 주어졌었던가? 부모의 미국에서의 부적응은 이들의 결혼 20년 만의 이혼, 불안정한 직업, 아버지의 알코올 중독 등으로 증명되며, 이런 부모를 지켜보는 아들은 학교로 돌아가지 않고 긴 여행을 통해서 자아 찾기에 나선다. 알코올 중독으로 교통사고를 내고 입원한 아버지는 아들에게 여행을 하라고 돈을 준 뒤 돌아올 아들을 기다린다. 그는 아들이 테라스에 내어놓은 화분을 돌보며 "검은 흙을 뚫고 나올 아이, 내 안의 빛을 뿜는 아이"에 대한 기다림을 통해서 죽은 둘째아들에 대한 상처를 극복하는 희망을 보여준다. 어머니 은재는 한국으로 다시 되돌아가서 그림을 통해서 새로운 삶을 시작함으로써 자아 찾기란 과제에 어느 정도 성공할 듯한 가능성이 암시되고, 아들 영진은 긴 방황 끝에 학교로 복귀함으로써 그 역시 어린 시절에 동생을 잃은 원초적 상처로부터 벗어나 새 삶을 시작할 희망이 제시된다.

제목으로 사용된 '두 개의 현'이란 바로 절망과 희망, 좌절과 극복의 두 현을 의미한다. 인생은 절망만도 희망만도 아니라는 의미일 것이다. '두 개의 현을 위한 협주곡'은 바로 좌절과 절망 뒤에 다가올 희망에 대한 긍정적 제시라고 읽을 수 있다. 그리고 이민 1세대와는 달리 미국의 명문대학에 입학한 이민 2세대를 통해서 1세대의 좌절을 극복하는 희망을 제시하기도 한다.

작가 김혜령은 그녀의 소설에서 이민자의 삶을 핵심적 소재로 다루었다. 여섯 편에 달하는 그녀의 소설에서 주인공은 모두 이민자들이다. 그런데 이들의 이민에 대한 동기가 도피성 이민이며, 이민 이후의 미국에서의 삶도 뿌리를 내리지 못하고 있을 뿐만 아니라 이민 이전에 발생한 갈등으로 인해서 이민 이후의 삶까지 황폐해지는 경우가 대부분인 것으로 그려졌다. 한국에서도 미국에서도 정착하지 못하고 부유하는 존재로 이민자를 파악한 것은 이민 그 자체에 대해서 다소 부정적인 작가의식을 드러내는 것 같다. 특히 작품의 주인공들처럼 도피성 이민으로는 결코 미국사회에서 적응하고 성공할 수 없음을 드러내 준다.

이민자들에게 이민 당시 미국은 새로운 삶을 시작할 희망의 땅으로 기대되지만 미국 내에서의 현실은 그들에게 희망을 주지 못하고, 결국은 절망과 좌절에 빠지게 만든다. 즉 한국에서부터 안은 갈등은 미국이라는 땅에서도 해결되지 못한 채로 미국이라는 새로운 사회에서의 부적응이라는 이중의 갈등을 갖게 된다. 이것이 미국 내에서의 이민자들의 보편적 삶의 모습인지, 소설이란 문제적 개인의 문제적 삶을 다루기 때문인지는 알 수 없다. 아무튼 그녀의 작품들은 미국이란 새로운 땅이 결코 희망의 새 천지가 아니라는 사실을 일깨워준다. 그녀의 작품이 보여주는 세계는 미국 역시 생존경쟁이 치열한 나라이며, 만약 미국이 새로운 희망의 땅이라는 환상을 갖고 이민한 사람이 있다면 그 꿈은 깨어질 수밖에 없다는, 더욱이 이민자로서는 주변인적 삶을 벗어날 수 없다는 냉정한 시선이 유지되고 있다. 또한 인생에서 좌절과 절망은 한국이냐 미국이냐의 땅의 문제가 아니라 삶을 살아가는 사람들의 마음에 달렸다는 사실도 말하고자 하는 것 같다. 인생의 문제들은 회피나 도피라는 소극적 자세로서는 결코 해결되지 않으며, 좌절과 절망을 마주봄으로써 오히려 좌절과 절망으로부터 빨리 벗어날 수 있다는 메시지를 전해주는 것도 같다.

박경숙은 1956년 충남 금산 출생으로 동덕여대 국문과를 졸업했다. 1994년 『미주 한국일보』 신춘문예에 소설로 등단했고, 1995년에는 미주 크리스천 문인협회에 시가 입상되었는데, 다시 1999년에 한

국의 『믿음의 문학』을 통하여 소설가로 재등단했다. 그녀의 소설은
튼튼한 내러티브를 가지고 있으며, 특히 작품들은 희곡으로 재구성하
여 연극무대에 그대로 올려도 될 정도의 연극적 요소를 가지고 있다.
홈페이지에는 단편소설 「인연」, 「그 집과 건너 집 사이」, 「구멍 뚫린
신발 이야기」, 중편소설 「둘째딸」이 수록되어 있다. 이 네 작품 중에서
「구멍 뚫린 신발 이야기」를 제외한 나머지 세 작품은 이민자가 주인공
으로 등장한다. 하지만 이민자로서 살아가는 삶의 애환은 「인연」에서
의 '혜주'라는 인물을 통해서만 제대로 표현되고 있지 않은가 한다.

1인칭 인물은 주인공이기보다는 '혜주'라는 인물의 관찰자로서 등
장한다. 혜주와는 이민 오기 전 고향의 먼 인척이기도 한 관찰자 '나'
는 혜주의 할머니인 용마루댁 시절로부터 이어져 오는 혜주와 오래된
인연을 가지고 있다. 나는 소녀시절부터 그녀의 생모마저 달아나버
린 어린 혜주를 예뻐하다가 결국 미국에 이민 온 혜주가 낳은 사생아
까지 거두게 되는 이상한 인연을 갖게 된다. 작중의 '나'는 미국의 중
산층으로 살아가는 전업주부이다. 어린 시절부터 남의 아이인 혜주를
그토록 예뻐하던 나에게는 아직까지 아이가 없다. 작품은 한국의 용
마루댁의 손녀인 혜주가 근처에 살고 있으니 찾아봐 달라는 어머니의
전화로부터 시작된다. 작품은 현재와 과거가 교차되며 용마루댁의 내
림굿 모습, 용마루댁과 그 아들들의 기구한 인생 스토리가 삽입되고, 혜
주가 어떻게 태어나고 자랐으며, "전생의 인연이 있는 게야! 무당집
손녀하고 너하고…… 어째 남의 아이를 이뻐할 수가 있냐"라는 이웃
집 아주머니의 핀잔을 들을 정도로 혜주를 예뻐하고 돌봤던 나의 어
린 시절도 삽입된다. 나는 LA 다운타운의 히스패닉 밀집지역의 허름
한 아파트에서 살고 있는 혜주를 찾아간다. 혜주는 무당인 할머니의

내력을 알 수 없도록 미국으로 시집을 오기 위해서 혼인신고부터 하고 미국으로 건너올 날만 기다리던 중 지병이 있는 신랑이 죽었다는 연락을 받게 된다. 서류상으로 과부가 되어버린 혜주는 할머니의 성화에 미국으로 건너오게 되지만 그녀가 알고 있는 미국이란 "미국 하면 다 좋은 줄" 아는 수준이었다. 즉 미국에 대한 정확한 정보가 없는 채로 오직 할머니가 무당이라는 집안의 내력을 숨길 수 있다는 이유 때문에 중매쟁이를 통해서 소개받은 사람과 약혼식만 하고 혼인신고를 하는 우를 범하게 된다. 그리고 아무런 목표도 계획도 없이 미국에 오게 된다. 그녀는 영어학교에 다니던 중 유학생과 연애를 하게 되고, 임신이 되어 살림까지 차리지만 남자는 아이가 태어나기도 전에 그녀를 떠난다. 아마도 무당 할머니를 두었다는 사실을 고백했기 때문인 것 같다. 그녀는 태어난 아이를 이웃집에 맡기고 술집에 취직을 하여 살아가고 있다. 그 뒤 혜주의 아이를 돌보는 히스패닉 여인으로부터 혜주가 집에 돌아오지 않고 있어 부득이 아이를 아동보호소에 맡길 수밖에 없다는 연락을 나는 받게 된다. 나는 아홉 살 어린 시절, 용마루댁의 내림굿판을 보던 그때부터 "그때 이미 나는 여자의 생식능력을 말살당했던 것은 아닐까? 용마루댁의 후예를 맡아 기르기 위해서"라고 하는 이상한 인연의식에 빠져든다. 용마루댁과 그의 아들의 기구한 운명, 그 한의 뿌리로 인생을 망치고야 만 혜주, 그리고 혜주의 아들로 이어지는 한의 가지를 차단하고 온전하게 아이를 탈 없이 키울 수 있을지 나는 자신이 없지만 혜주의 아이를 맡아 기를 수밖에 없는 알 수 없는 인연을 자신의 현실로 받아들인다.

박경숙의 「인연」은 이민자로서의 삶보다는 나와 혜주 사이에 얽힌 불가사의한 인연과 혜주의 아이를 맡아 기를 수밖에 없는 운명의 힘에 대해서 쓰고 있다. 이것은 한국인이 가지고 있는 숙명론 또는 불교적 인연관을 드러내준다. 그럼에도 불구하고 혜주의 삶을 통해서 드러나는 것은 한국인들이 가지고 있는 도피적인 이민의 동기, 미국사회의 소수자로서 살아가야 하는 이민자의 주변인적 삶의 모습이다. 처음부터 확고하지 않은 동기에 의해서 이루어진 이민은 결국 미국 현지에서의 현실 부적응의 문제로 이어질 수밖에 없다는 것을 박경숙의 소설은 보여준다.

3. 나오며 – 이민자들의 부유하는 삶과 정체성

송상옥, 김혜령, 박경숙의 소설은 이민 동기를 도피성으로 파악하며, 도피성 이민자들의 현지 부적응의 문제를 다루었다. 이언호의 소설은 미국사회에 대한 문화적 차이나 국외자의 소외의식을 그렸으며, 전상미의 소설은 현지에서의 생활 기반도 상실하고 그렇다고 다시 고향으로 돌아갈 수도 없는 이민 노인의 문제를 다루었다.

이들 소설은 미국에 대한 정확한 정보나 이민의 뚜렷한 목표나 계획이 없이 막연한 환상을 품고 한국사회를 벗어나기 위한 수단으로 이민을 선택하게 되거나 또한 자식 뒷바라지를 위한 노년층의 이민은 성공할 수 없다는 것을 공통으로 보여준다. 더욱이 작중의 인물들이 한국사회에서 안고 있던 개인적 갈등은 결코 이민을 했다고 해서 사라지는 것이 아니며, 뚜렷한 목표나 계획이 없이 이루어지는 이민은 결국 미국사회에서의 부적응으로 이어질 수밖에 없음을 그려냈다.

재미작가들의 소설은 미국사회의 주변인으로 살고 있는 이민자들

의 미국 내 정착과정의 부적응의 문제를 다룸으로써 한국에서 이민을
고려하는 사람들에게 이민에 대한 확고한 동기가 있어야 한다는 메시
지를 던져준다. 미국은 결코 한국사회에서 일어난 갈등을 해결해 주
는 희망의 땅이나 환상을 충족시켜주는 장소가 아닌 것이다. 그곳은
그곳대로 냉혹한 생존의 논리가 지배하는 장소이다. 따라서 확고한
목표가 없는 도피성 이민으로는 결코 냉혹한 생존경쟁에서 살아남을
수 없다는 사실을 일깨워 준다.

한마디로 도피적 이민자들은 떠나온 모국과 현재 살고 있는 미국
사이에서 부유하는 존재들이다. 그들은 미국과 한국 그 어디에도 속
하지 못한 채 정체성의 위기를 겪는다. 그들이 겪는 정체성의 위기는
크게 둘로 대별된다.

> 하나는 미국으로 귀화하여 정착한 상태에서 미국인으로서 겪는 갈
> 등이고, 다른 하나는 국적은 미국이지만 아직까지도 한국인이라는 의
> 식을 갖는 가운데 겪는 갈등이다. 즉 전자가 미국인으로 동화되어가는
> 과정에서 미국사회와 부딪치는 온갖 현실문제에 주목했다면, 후자는
> 완전한 미국인으로 동화되지는 못한 본질적 원인을 한국(인)과 결부
> 시켜 고민하는 가운데 형상화되는 것이다.[10]

재일한인문학에 대해서 그들의 문학이 중심과 주변의 경계를 어떻
게 가로지르면서 유동하는 정체성을 형성해 가는지 주목해야만 재일

---

10) 윤병로, 「세계문학 속의 한국문학의 위상」, 『비교한국학』4, 국제비교한국학회,
    1998, 10면.

한인문학을 제대로 이해할 수 있다고 한 지적처럼[11] 재미한인문학도 모국과 미국의 경계에서 부유하는 특수한 문학으로 이해할 필요가 있다.

이미 살펴본 대로 재미한인문학은 내용면에서 한국과 미국 그 어디에도 속하지 못하고 경계에 서서 부유하는 존재로서 겪게 되는 갈등을 작품화하고 있다. 뿐만 아니라 재미작가들의 작가적 위치 또한 한국문단이라는 중심으로부터도 벗어나 있고, 미국문단이라는 중심에도 편입되지 못한 변경에 위치하는 특수성을 띠고 있다.

따라서 이들의 문학을 이해하는 시각으로 탈식민주의(post-colonialism)를 적용시켜 볼 수 있을 것이다. 실제로 탈식민주의 이론을 최초로 구성한 에드워드 사이드(Edward W. Said)가 '미국에 사는 아랍인'이란 묘한 위치에서 탈식민주의 이론서 『오리엔탈리즘』을 저술했듯이 대체로 탈식민주의는 서구 대도시에 이주한 비서구 지식인들에 의해 주도되었고, 이들 '이산(diaspora)' 지식인들은 모국과 서구 어디에도 속하지 않은 집단으로서 이들의 삶에서 중심과 주변의 경계는 애매하며, 자신의 정체성이 무엇인지 특정하기 어렵다.[12] 바로 이들의 경계가 애매한 정체성으로부터 탈식민주의 이론이 제기되어 나왔듯이 재미한인문학의 이해에도 탈식민주의 시각으로 접근할 때에 놀랍게도 적절한 이해가 가능할 수 있을 것으로 생각된다.

한국계 재미학자인 일레인 킴(Elaine,H,Kim)도 강용흘, 아인즈 인

---

11) 이연숙, 「디아스포라와 국문학」, 『21세기에 구상하는 새로운 문학사론-2001년 민족문학사연구소 심포지엄 발제집』, 민족문학사연구소, 2001.
12) 하정일, 「한국문학과 탈식민(postcolonial)」, 『시와 사상』30, 시와사상사, 2001, 29면.

수 펜클, 패티 킴 등의 작품을 검토하면서 "한국계 미국작가들은 미국의 정신세계에서 배제되어 생긴 불안정 상태에 대항하여 미국 속에 굳건히 남아 싸워야 한다. 그들은 미국과 한국에서 경험한 대로, 미국의 제국주의를 인종 차별과 연관시킴으로써 일을 할 수 있다"라며 탈식민주의 시각을 제안한 바 있다.[13)]

이민자들은 시간이 지날수록 단순한 개인의 정체성의 문제가 아니라 미국사회에서 소수민족이요, 유색인종으로서 겪어야 할 뿌리 깊은 집단적 갈등에 직면하게 될 것이다. 이민자들이 미국인으로서 정체성을 획득하는 과정에서 미국사회가 안고 있는 인종 갈등 및 인종 차별주의가 심각한 장애요인으로 대두될 것이 명약관화하기 때문이다. 뿐만 아니라 지난 LA 폭동에서도 표출되었듯이 한흑 간의 갈등과 같은 미국 내의 유색인종들끼리의 갈등 역시 중요한 문제로 대두될 것이 뻔한 이치이다. 하지만 위에서 검토한 소설들은 미국사회를 확고한 사회학적 상상력을 갖고 접근하고 있지 않음으로써 이와 같은 갈등이 핵심적 사건으로 취급되지 못했다.

여담이지만 오래 전에 국내 대학에 적을 두고 한국여성과 결혼하여 살고 있는 재일교포 교수에게 당신의 정체성은 일본인인가 한국인인가라고 질문한 적이 있다. 그는 물론 한국인으로서의 국적은 포기하지 않았지만 자기는 '일본인'도 '한국인'도 아닌 '재일교포'라고 대답했다. 그는 결국 국내에서 활동하고 있는 아내와 떨어져서 사는 것을 감수하며 자신이 성장한 일본으로 돌아가 그곳에서 교수생활을 하고

---

13) 일레인 킴, 「한국계 미국문학 속의 흑인(성)과 미국인의 정체성」, 김우창·피에르 부르디외 외, 『경계를 넘어 글쓰기』, 민음사, 2001, 434면.

있다. 그를 이해하는 가장 정확한 시각은 그가 한국에도 일본에도 속하지 않는 그 중간의 경계에 서 있는 존재라는 점일 것이다.

마찬가지로 재미한인문학도 한국문학과 미국문학, 그 중간에서 부유하는 '제3의 정체성'을 가진 문학으로 이해할 때에 그들의 문학적 특징이 제대로 파악될 수 있을 것이다.

참/고/문/헌

〈기초자료〉

• 한국소설가협회,『나는 지난여름 네가 그 땅에서 한 일을 알고 있다』, 개미, 2001.

•「세계한민족작가연합(World Korean Writers Network)」의 미서부 홈페이지.

〈단행본〉

• 김우창 · 피에르 부르디외 외,『경계를 넘어 글쓰기』, 민음사, 2001.

〈논문〉

• 명계웅,「21세기 미주한인문학의 좌표」,『펜문학』2002년 봄호(62), 국제펜클럽한국본부, 2002, 287-296면.

• 윤병로,「세계문학 속의 한국문학의 위상」,『비교한국학』4, 국제비교한국학회, 1998, 3-12면.

• 이연숙,「디아스포라와 국문학」,『21세기에 구상하는 새로운 문학사론-2001년 민족문학사연구소 심포지엄 발제집』, 민족문학사연구소, 2001, 55-70면.

• 정정호,「21세기 한국문학의 위상」,『펜문학』2001년 여름호(59), 국제펜클럽 한국본부, 2001.

• 하정일,「한국문학과 탈식민(postcolonial)」,『시와 사상』30, 시

와사상사, 2001.

• 일레인 킴, 「한국계 미국문학 속의 흑인(성)과 미국인의 정체성」,
김우창 · 피에르 부르디외 외, 『경계를 넘어 글쓰기』, 민음사,
2001, 413-435면.

(『비평문학』16, 한국비평문학회, 2002)

재미한인문학과 민족 정체성[1]
- 미 동부지역 워싱턴 문단을 중심으로

1. 탈식민주의와 'Korean-American'

　탈식민주의(post-colonialism)는 법적 제도적으로는 더 이상 식민지가 아니지만 문화적 정신적으로 여전히 식민지가 계속되고 있는 식민지 시대 이후의 문제를 극복하기 위한 비평방식이다. 하지만 최근 탈식민주의 문학은 과거의 "반외세 국수주의적 성향을 초월해 보다 포괄적이고 복합적인 민족주의를 지향"해야만 하며, "민족문화에 대한 찬양을 넘어서서" 보다 복합적이고 중요한 문제들, 이를테면 "망명의식, 소유권 및 상속권 박탈의 문제, 파생과 제휴의 문제, 정체성의 위기, 중심문학과 주변문학, 소속과 자리 뺏김의 문제, 그리고 지배문화의 불가시적인 억압과 임의적인 정체성 부여문제" 등을 다루

---

1) 원래 제목은 「재미동포문학과 민족정체성」이었으나 용어를 통일하기 위해 '재미동포문학'을 '재미한인문학'으로 바꾸었다.

어야 한다고 김성곤은 말한다[2].

에드워드 사이드(Edward W. Said)는 '미국에 사는 팔레스타인인'이란 망명객의 위치에서 쓴 탈식민주의 이론서인 『오리엔탈리즘』에서 서구인들이 형성한 아랍과 이슬람 지역에 관한 지식이 동양을 지배하려는 그들의 권력의지와 어떻게 맞물려 있는지를 비판했다. 즉 서구인의 동양관이 객관사실이 아닌 담론이요, 수사학이며, 특히 서구의 식민정책과 긴밀히 연관된 왜곡된 지식체계임을 밝혀냈던 것이다. 오리엔탈리즘은 푸코 식으로 표현하자면 지식과 권력이 담합한 '담론행위(discourse)' 또는 '언술행위'이다[3]. 그렇다고 하여 『오리엔탈리즘』이 "동양에 대한 서양의 사고-지배방식"[4]만을 다루고 있는 것은 아니다. 그가 말하는 오리엔트(orient)[5]가 결코 아랍국가들만을 지칭하는 의미가 아니라 궁극적으로 모든 아시아 국가들을 포괄적으로 상징하고 있으며[6], 그의 저서에서 보여준 사고체계와 비판적 사유는 "동과 서의 구별이 아니더라도, 남과 북, 가진 자와 갖지 못한 자, 제국주의와 반제국주의, 백인과 유색인종과 같은 구별을 다루지 않을 수 없다"[7]라고 그 스스로도 밝혔듯이 보다 폭넓게 적용할 가능성을 열어두고 있다.

사이드가 탈식민주의의 이론을 형성하는 데에는 미국과 중동 그 어

---

2) 김성곤, 「탈식민주의 시대의 문학」, 『외국문학』 1992년 여름호(31), 열음사, 1992, 16-17면.
3) 김성곤, 『포스트모더니즘과 현대미국소설』, 열음사, 1990, 136면.
4) E.W. Said, 박홍규 역, 『오리엔탈리즘』(증보판), 교보문고, 2001, 613면.
5) 2002년에 미국 상원의회는 'Orient'라는 말이 인종차별적이라고 하여 사용하지 않기로 의결했다. 대신 아시안(Asian)이라는 단어를 사용하기로 했다.
6) E.W. Said, 김성곤·정정호 역, 『문화와 제국주의』, 창, 2000, 「역자서문」, 11-12면.
7) E.W. Said, 위의 책, 568면.

디에도 속하지 않는 경계에 서 있었기 때문에 가능했듯이 재미한인
이 써낸 문학은 미국문단과 한국문단 그 어느 중심에도 속하지 못하
는 주변성 때문에, 또한 그들이 지닌 미국 내의 소수민족이라는 아웃
사이더의 타자성 때문에, 또한 그들의 정체성이 한국인도 미국인도
아니라는 모호성 때문에 필연적으로 탈식민주의의 논의 대상이 되지
않을 수 없다. 왜냐하면 사이드의 말대로 식민지인(the colonized)이
라는 용어는 문자 그대로의 뜻을 초월하여 "여성, 억압받고 종속되어
있는 하층민, 소수인종들, 그리고 심지어는 주변으로 밀려난 학문분
야"[8]까지로 그 의미가 확대될 수 있기 때문이다.

우리는 포스트식민주의의 접근과 디아스포라(이산)를 향해 질주하
는 이 시점에서 잠깐 발을 멈추고 민족학적 접근의 가능성을 다시 생
각해 보는 것이 어떨까 한다. 한국계 미국인들의 문학작품들이 모순을
탐색하고 새로운 가능성을 상상해 보는 다른 공간을 창조할 수 있다는
점을 고려해 봄으로써, 우리는 어쩌면 새로운 탐구의 선을 열 수 있을
것이고, 그것은 한국과 미국의 문학과 문화 연구에 분명 유용한 것이
될 것이다.
　　-일레인 킴의 「한국계 미국문학 속의 흑인(성)과 미국인의 정체성」
　　에서[9]

뿐만 아니라 미주 이민 100년을 맞은 재미한인(Korean-American)

---

8) 김성곤, 「탈식민주의 시대의 문학」, 『외국문학』 31, 20면에서 재인용.
9) 일레인 킴, 「한국계 미국문학 속의 흑인(성)과 미국인의 정체성」, 김우창 · 피에르
　　부르디외 외, 『경계를 넘어 글쓰기』, 민음사, 2001, 434면.

이 써낸 문학은 한국계 미국인 평론가인 일레인 킴(Elaine H. Kim)의 지적대로 한국과 미국의 문학과 문화 연구에도 매우 유용한 자료가 되고 있으며, 이에 대한 연구의 필요성도 최근 들어 크게 제고되고 있다. "한국문학의 세계화를 위해 우리 국문학이 해외 교포문학까지도 포용할 것"[10]에 대한 제안도 학계에서 나오고 있는데, 한국어로 씌어진 재외한인문학에 대해서는 1차적으로 국문학의 영역에 포함시켜야 할 것이다. 실제로 최근에는 재외한인문학에 대한 연구서[11]도 국내에서 발간되기 시작했다.

해방 전의 재미한인의 문학에 대해서는 조규익의 『해방전 재미한인 이민문학』[12]에서 장르별로 정리·연구된 바 있다. 유선모는 『미국소수민족문학의 이해-한국계편』[13]에서 미국 이민 초기부터 1990년대까지의 문학을 시대별로 고찰하고 있다. 그는 재미한인문학은 1930년대부터 시작하여 30년 단위로 이어져 1930년대 작가, 1960년대 작가, 1990년대 작가들로 구분할 수 있다고 했으며, 1990년대에 들어서서 이들의 활동이 활발해져 르네상스 시대를 맞고 있다고 했다. 특히 언어의 장벽을 극복한 이민 1.5세대들의 활동이 매우 두드러지기 시작했다고 본다.[14] 국내에도 이창래 등 몇몇 작가들의 작품이 번역 소개되어 이들의 활약상을 알게 해준다.

---

10) 김성곤, 「다문화시대의 한국문학을 위한 일곱 가지 제안」, 재외동포재단, 『제3회 한민족문화공동체대회 자료집』, 재외동포재단, 2003. 9.1-9.5, 186면.
11) 유숙자, 『在日한국인 문학연구』, 월인, 2000/김종회 편, 『한민족문화권의 문학』, 국학자료원, 2003 등의 단행본 연구서 등이 발간되고 있다.
12) 조규익, 『해방전 재미한인 이민문학』 전 6권, 월인, 1999.
13) 유선모, 『미국소수민족문학의 이해-한국계편』, 신아사, 2001.
14) 유선모, 위의 책, 37면.

　현재 미국 동부지역[15] 워싱턴[16]에는 한국어로 문학 활동을 하는 최대의 작가단체인 '워싱턴문인회'와 여성수필가 단체인 '포토맥 펜클럽'이 결성되어 활동하고 있다. 워싱턴문인회는 1990년에 결성되었고, 2002년 12월까지 모두 9집의 『워싱턴문학』을 발간했다. 시, 수필, 소설, 평론 부문에서 60명의 회원이 활동하고 있는 워싱턴문인회는 명실공히 워싱턴 문단을 대표할 수 있는 공식 단체이다[17]. 또한 '포토맥 펜클럽'은 워싱턴에 거주하는 여성 수필가들의 단체로서 1990년에 워싱턴에서 창립하여 1991년에 『워싱톤뜨기』, 1993년에 『워싱톤에 뿌린 씨앗』, 1998년에 『워싱톤의 무궁화』 등의 수상집을 발간했으며, 2002년 2월 24일에 「여류수필가협회」로 단체명을 개명하고 제4집 발간을 준비하고 있다. 현재 16명이 활동 중인[18] 포토맥 펜클럽(여류수필가협회)의 회원들은 모두 워싱턴문인회에 가입되어 있다. 두 단체는 1965년 이민법 개정 이후 동양인의 이민 허용[19]으로 미국으로 건너간 이민 1세대들에 의해서 조직되었고, 이들은 영어 글쓰기가 자유로운 이민 1.5세대나 2세대와는 달리 한국어로 작품 활동을 하고 있다.

　본고를 위해서 필자는 지금까지 발간된 『워싱톤문학』(1-9집)과 포

---

15) 동부지역에는 워싱턴 이외에 뉴욕, 아틀란타, 시카고 등에 문인회가 조직되어 있음.

16) 워싱턴은 로스앤젤레스, 뉴욕 다음으로 한인들이 많이 사는 지역이다. 워싱턴 문인들은 한인 이민자가 많은 LA지역과는 상대적으로 한국과의 거리가 먼 탓인지 한국문단과의 교류도 LA지역에 비해 덜 활발했다. 2002년 8월 3일에 「국제펜클럽한국본부 미동부지역위원회」가 결성됨.

17) 임창현, 「워싱턴 문학 어디쯤 와 있나」, 워싱턴문인회, 『워싱턴문학』 9, 2003, 42면.

18) 『미주한국일보』, 2002.2.26.

19) 이현우, 「미주이민 100년사 「2」 아메리칸 드림⑤ 하와이에서 신대륙으로」, 『부산일보』, 2003.1.29, 6면.

토맥 펜클럽의 동인지 이외에 워싱톤문인회의 초대회장(1990)이었
던 최연홍[20]의 시집 두 권[21], 워싱턴 거주의 시인 · 소설가 · 문학평론
가로서 워싱톤문인회장을 역임한(1997~2002) 임창현의 시집 3권[22]
과 소설, 평론, 그리고 워싱톤문인회 소속 회원인 손지언의 시집[23]을
읽었다. 워싱톤문인회의 회원 가운데 개인의 작품집을 낸 사람은 11
명이며, 이들은 1권에서 5권의 개인 작품집을 발간한 바 있다[24]. 최근
워싱톤문인회의 회원들은 한국문단을 통해서 등단하는 숫자가 눈에
띄게 증가하고 있어 2001년에서 2002년 2년간에 무려 15명이 등단
절차를 마치고, 한국과 네트워크를 가진 단체들도 점차 조직되고 있
다. 본고는 자료 수집의 어려움으로 인해 불가피하게도 제한된 자료
들을 중심으로, 소설, 시, 수필, 평론의 탈장르적 관점에서 '재미한인
문학과 민족 정체성'이라는 탈식민주의적 주제에 접근하고자 한다.

2. 이민자들의 삶과 주변성

'워싱톤문인회'와 '포토맥 펜클럽'의 현황과 활동상에 대해서는 임
창현의 「워싱톤 문학 어제와 오늘, 그리고 내일」에 잘 정리되어 있다.

---

20) 최연홍은 연세대학교를 졸업하고, 1965년에 『현대문학』을 통해 등단하였으며,
　　위스콘신, 워싱턴 대학교의 교수를 역임하고, 1996년 귀국하여 현재 서울시립대
　　학교 도시환경정책학과 교수로 재직.
21) 최연홍, 『井邑詞』, 나남, 1985./ 최연홍, 『한국行』, 푸른숲, 1997.
22) 『그리고 또 그리고』, 조선문학사, 1997./ 『추억은 팔지 않습니다』, 조선문학사,
　　2000./ 『워싱턴 팡세』, 조선문학사, 2001.
23) 손지언, 『夏蘭이 필 무렵』, 조선문학사, 2002.
24) 임창현, 「워싱톤문학 어디쯤 와 있나」, 『워싱톤문학』 9, 2003, 50면.

그는 재미동포들의 민족의식에 대해서 다음과 같이 말한다.

> 미국에 살고 있는 한국인들은 결코 미국인이 되어 살고 있는 건 아
> 니다. 그들은 한국을 떠나서 더욱 한국을 사랑하는 사람들이다. 부모를
> 떠난 아이들이 부모를 더욱 그리듯, 태극기를 보고 우는 사람은 우리
> 쪽이 더하다. 이 모순도 '워싱톤 문학'은 설명하고 있다. 한 치의 오해
> 도 없기를 조심스레 바란다. 한국이 싫어서 나가 사는 사람들이란 비
> 난(?)을 들을 때는 아프다. 슬프다.
>
> – 임창현의 「워싱톤 문학 어제와 오늘, 그리고 내일」 부분[25]

인용문에 의하면 재미한인은 "한국을 떠나서 더욱 한국을 사랑하
는 사람들"이지만 그들은 여러 사정상 한국보다 미국에서의 삶의 질
이 더 높으리라고 판단하여 스스로 한국을 떠난 사람들로서, 대체로
한국에서 높은 교육을 받고 자발적으로 이민하였다. 이 점이 일본, 중
국, 러시아에 불가피하게 남겨진 재외한인–재일한인, 중국조선족, 중
앙아시아 고려인–들과의 차이점이다.

하지만 미국 이민자들 가운데는 황금과 기회의 땅을 찾아 이민을
했다기보다는 정치적 이유로 떠났던 사람들도 다수 있다. 그 일례를
최연홍의 「제목 없는 시」에서 찾아볼 수 있다. 작품은 필화사건이란
정치적 이유로 망명생활 같은 이민생활을 한 시인의 자전적 삶을 보
여주고 있다.

> 1969년 3선 개헌이 잘못된 것이라고

---

25) 포토맥 펜클럽, 『워싱톤의 무궁화』, 보이스사, 1998, 304면.

쓴 글이 필화가 되었느니라
1973년 김지하 죽이지 말라고
쓴 글이 또 필화가 되었느니라
그래서 나는 남들처럼
한국에 가지 못하고
여기 남게 되었느니라
1987년 6 · 29선언 후
귀국하려 했더니
내 나이 불혹(不惑)이 지나
자리가 없더라 하더라

-최연홍의 「제목이 없는 시」 부분[26]

　시인은 3선 개헌 반대, 김지하 사건 등 필화사건에 연루되어 미국 유학을 마치고도 귀국하지 못했으며, 정작 정치적으로 해금된 이후에는 나이가 많아 일자리를 찾을 수가 없어 귀국할 수 없었던 한을 토로한다. 이 경우 이민은 허황한 아메리칸 드림을 좇아 이루어진 것이 아닐 뿐만 아니라 자발적 이민 또한 아니다.

낡고 해진 외투
때 절은 더러운 모자
닳아 떨어진 구두로
고향 땅 버리고 떠나온 사람들이

---

26) 최연홍, 『한국行』, 126면.

눈앞의 바다 건너
황금의 기회로 풍요로운 대륙을
선망의 눈으로 바라보며

이민선에서 내려
처음 발걸음을 내딛던
아메리카 땅

가난을 못 이겨 떠나온 사람
종교적 핍박을 뿌리치고 떠나온 사람
정치적 도피역정으로 떠나온 사람

유럽에서 중동에서 오리엔트에서
자유와 기회를 찾아
떠나온 수천 수만의 사람들이
환희와 절망 사이를 헤매며
지나간 자리를 건너

대륙의 레일로드로
맨해튼의 배편으로

　　　　　　　－ 이서영의 「엘리스 아일랜드－ '이민사의 현장」 부분[27]

인용한 시는 유럽, 중동, 오리엔트에서의 미국 이민이 각기 다른 아

---

27) 『워싱톤문학』 6, 2000, 136-7면

메리칸 드림-'가난', '종교적 핍박', '정치적 도피 역정'으로부터의 탈출-을 꿈꾸며 이루어졌음을 말하고 있다. 이민자들은 미국을 '황금의 기회와 풍요로운 대륙'으로 선망하며 이민선을 탔지만 미국 땅이 진정 그들에게 황금의 기회와 풍요만을 안겨준 것은 아니라고 진술한다. 그들은 "자유와 기회"를 꿈꾸었지만 실제로는 "환희와 절망"이라는 양극의 분리된 체험의 틈새에서 방황하며, 때로 적응에 실패하여 다시 되돌아가는 귀국선을 타기도 한다.

박인자의 「향수」라는 수필은 이민 4년차의 부적응과 그로 인한 상처를 보여준다. 작가는 벤자민이라는 나무를 전지하다가 문득 자신의 마음을 성찰할 기회를 갖는다. 갈라진 논바닥과 같은 황폐함, 불균형과 불안감, 반항심리, 뒤틀린 심사, 꼿꼿하게 쳐든 자존심, 위축되고 좌절된 마음 등으로 집약된 이민생활의 부적응과 갈등심리는 비단 그만이 경험하는 것은 아닐 것이다. 많은 이민자들이 이민 초기의 적응 과정에서 그와 같은 좌절감과 불균형한 감정을 경험했으리라.

꽃나무 가지를 쳤다. 화분 속의 흙이 한여름 가뭄에 갈라진 논바닥 같다. 벤자민은 가냘픈 몸뚱이에 잎은 무성해서 그 불균형이 불안감을 느끼게 하고, 제멋대로 뻗어 나간 가지들이 더벅머리 반항아를 연상케 한다. 실내 공기를 맑게 해준다기에 어디를 가든지 끌고 다니며 정성을 기울이는 것인데…

잘려나간 부분들이 수북이 쌓이면서 적당한 키와 모양새를 갖춘다. 떡잎은 떼어내고 말라붙은 가지는 손으로 꺾어내며 손질을 하다가 문득 내 마음속을 보고 있는 듯한 생각이 든다. 꼬여 있는 가지처럼 심사가 뒤틀려 있는가 하면 꼿꼿하게 고개 쳐든 자존심, 떡잎 모양으로 위축되고 좌절된 마음. 꺾이고 할퀸 상흔은 삭정이에 비유될 수 있으리라.
이것이 이민 생활 4년차의 내 모습인가 싶어 부끄럽고 서글프다.
– 박인자의 「향수」 부분[28]

미국에서의 적응에 실패하여 귀국선을 탄 경우도 있겠지만 적응에 성공하여 애당초 원하던 아메리칸 드림을 어느 정도 성취한 한인들도 있을 것이다. 그럼에도 최근 한 신문기사는 그들이 처한 미국 내에서의 위상을 암시해 준다. 워싱턴 발로 보내진 이 기사는 "재미한인들 타 민족보다 교육수준 높고 소득 낮은 편"이란 헤드라인 하에서 한국계 미국인들은 미국 내 다른 소수민족들에 비해 교육수준은 높지만, 가구 및 개인 당 소득은 낮은 것으로 나타났다는 내용을 싣고 있다.[29] 즉 재미한인들은 타 민족에 비하여 높은 교육수준에도 불구하고 그에 상응하는 소득수준을 유지하지 못한 채 미국사회의 주변적 존재에 머물고 있다고 지적한다. 실제로 재미한인들의 학력은 대졸 이상이 49%로, 미 평균인 27%에 비하여 배 가까이 높다고[30] 한다.

그리고 여러 어려움을 극복하고 미국사회에 적응하는 데 어느 정도 성공한 한인들이라 할지라도 다 만족스러운 것은 아니다. 왜냐하면 그들이 원하는 '자유와 기회'를 성취한 다음 단계의 목표 실현에는 보다 큰 어려움이 따를 수밖에 없기 때문이다. 즉 에릭 프롬식으로 표현해서 '~로부터의 자유(freedom from)'라는 소극적 자유의 추구가

---

28) 『워싱톤문학』 8, 2002, 159면.
29) 『조선일보』 2002.7.10, 12면.
30) 이현우, 「미주 이민 100년사 「2」 아메리칸 드림⑥ 높아진 한인 위상」, 『부산일보』, 2003.2.5, 6면.

이루어진 다음 '～에로의 자유(freedom to)'라는 창조적이고 적극적 자유와 기회의 추구에는 많은 장애요인이 뒤따르지 않을 수 없다. 미국사회의 유색인종, 소수민족의 차별에 대항하여 미국인으로서의 정체성을 갖고 당당하고 평등하게 살아가며, 미국사회의 중심에 편입되고자 하는 다음 단계의 목표 실현에는 많은 어려움이 따른다. 즉 그들의 1차적 목표인 미국인으로서의 시민권은 획득했지만, 2차적 목표인 미국사회의 중심에 진입하는 데는 주변적인 소수민족 출신으로서의 한계를 경험하지 않을 수 없다. 더욱이 교육수준과 경제력에 훨씬 더 못 미치는 한인들의 정치적 · 사회적 역량의 한계로 인해 주류사회로의 편입에는 더 많은 어려움이 따르게 된다.[31] 이민사 100년을 넘긴 현재 재미한인들의 가장 큰 과제는 정치적 · 사회적 역량의 강화라고 생각된다. 앞으로는 주류사회에 편입되지 못하는 데서 발생하는 주변인으로서의 소외의식이 이들 문학에서 집중적으로 표출될 것으로 예상된다.

> 속 쓰린 사람들은 바다 저쪽에서 왔다
> 자유, 평등, 민주주의, 균등한 기회의 나라에서
> 자유, 평등, 민주주의, 균등한 기회를 향유하지 못하는
> 사람들의 위장에 금이 갔다
> 한국 악센트가 있는 영어는 속이 쓰리다
> 속 쓰린 사람들의 위장에 암세포가 번지고 있다
> 눈먼 미국 거지의 동냥이

---

31) 이현우, 「미주 이민 100년사 「2」 아메리칸 드림⑦ 향후과제」, 『부산일보』, 2003.2.12, 6면.

　　오히려 부러운 동양인의 속이 쓰리다

　　　　　　　　　　　　　　　-최연홍의 「위궤양」 부분[32]

　「위궤양」의 시적 화자는 "자유, 평등, 민주주의, 균등한 기회의 나라"인 미국에서 동양인이기 때문에 이를 누리지 못하고 소외되고 차별받는 아픔을 '위궤양'에 비유하고 있으며, 그 소외감은 심지어 "눈먼 미국 거지"가 부러운 심정에서 극명하게 드러난다. 즉 육체적으로도 장애가 있는 '눈먼' 상태, 그리고 정상적인 직업조차 갖지 못한 '거지'가 오히려 부러울 만큼 유색의 소수민족으로서 느끼는 차별과 소외의식은 심각하고 처절하다.

　또한 미국은 한국과는 달리 다 인종 다민족 국가로서 인종 또는 민족 간의 갈등과 차별이 심각한 나라이다. 때문에 백인과의 관계뿐만 아니라 흑인 및 다른 유색인들과의 관계에서도 복잡한 갈등이 빚어진다. 이것은 지난 1992년 LA의 흑인폭동에서 경험했듯이 재미한인이 직면한 또 하나의 중요한 문제라고 할 수 있다.

　　우리들의 정체성과 공동체를 더 잘 이해하기 위해서 우리는 유색인종의 공동체를 백인들과의 관계에서뿐만 아니라 서로 간의 관계에서 이해하는 데 더 많은 에너지와 자원을 집중시켜야 한다. 미국인으로서의 정체성을 형성하려고 투쟁하고 있는 한국계 이민을 포함한 유색인종 이민들은 미국사회의 인종과 인종차별, 특히 아프리카계의 차별 등 복잡성을 이해하여야 한다. 그들이 의식하고 있든 아니든, 아프리카계 미국인들은 한 번도 그들로부터 멀리 있은 적이 없다. 비록 아시아계

---

32) 최연홍, 『한국行』, 109면.

사람들이 그들의 미국인으로서의 정체성이 흑인들로부터 멀어지는 것
이라고 아무리 안간힘을 쓰더라도 말이다.

-일레인 킴의 「한국계 미국문학 속의 흑인(성)과 미국인의 정체성」
부분[33]

한흑 간의 갈등, 유색인종 간의 갈등은 재미한인들에게 미국사회
의 적응과정에서 넘어야 할 또 하나의 산이다. 안설희[34]의 단편소설
「섬」은 바로 한흑 간의 갈등을 예방하고 해소하기 위하여 이민가족들
이 어떻게 행동하는지 그들의 생존전략을 보여주고 있다.

흑인동네에서 장사를 하려면 우선 그들을 인간적으로 이해하고 그
들과 친숙해져야 한다면서, 가게 이층을 수리해서 흑인들을 이웃해 먹
고 자는 것으로 그들과 생활권부터 함께했다. 그리고 그 동네에서 번
돈을 다만 얼마라도 환원시키자는 의도에서 온 가족에게 필요한 물건
이 있으면 백인동네의 슈퍼마켓이나 백화점에 비해 가격도 조금 더 비
싸고 다소 질이 낮더라도 가급적이면 동네의 소매업소를 이용하게 했
다. 그래서 은혜네는 하다못해 이발소나 미장원까지도 흑인들이 득시
글거리는 이웃의 업소를 다니게 되었는데, 그러다가 보니 어느새 동네
사람들과 인사와 농담을 주고받을 정도로 가까워졌고 서로의 매상을
올려주는 고객이 되었다.

-안설희의 「섬」 부분[35]

---

33) 김우창 · 부르디외 외, 앞의 책, 416면.
34) 안설희 : 강원 강릉 출생, 『뉴욕 한국일보』에 '소설', 『워싱톤문학』에 '소설'로 등
단.
35) 『워싱톤문학』 7, 2001, 242면.

은혜의 시아버지는 한흑 간의 갈등을 해소하기 위해서 가져야 할 마음가짐으로 "피부색만 다를 뿐 인지상정이야 어느 인종이나 같다는 거야. 웃는 낯에 침 못 뱉고 가는 말이 고와야 오는 말이 고운 건 세상 어디서나 마찬가지"라고 가족들에게 말하고, 명절에 떡을 돌리거나 말이 통하지 않으면 반갑게 인사를 주고받는 등 우호적 관계 맺기에 솔선수범을 보인다. 이 작품은 인종 간의 섬과 같은 단절을 해소하기 위해서, 특히 한흑 간의 갈등을 해소하기 위하여 어떤 생존전략이 필요한지를 주인공 가족의 살아가는 구체적 자세를 통해서 보여주고 있다. 같은 유색인종임에도 불구하고 흑인에 대해서 쓸데없는 우월감을 가지거나 주위에 대한 배려에 인색한 한국인의 폐쇄적인 태도를 고쳐 평등한 의식과 우호적 태도만이 한흑 간의 갈등을 치유할 수 있으며, 이것이 다 인종 다민족의 복잡한 미국사회에서 생존할 수 있는 전략임을 말하고 있다.

사실 흑인에 대해 갖고 있는 한인들의 우월감이란 사이드가 비판했던 서양인의 오리엔탈리즘과 동일한 편견의 답습이요, 모방의 단적인 예라고 하지 않을 수 없다. 즉 미국사회의 아프리카계 흑인에 대한 백인들의 차별을 그대로 답습한 것이 아니고 무엇이겠는가. 실제로 흑인폭동은 "그동안 다소 폐쇄적인 자세를 고수해 왔던 미국 내 전체 한인들이 타 소수민족과의 공존에 대해 고민하며 태도를 바꾸게 되는 결정적인 계기가 됐다."[36] 한인들의 폐쇄적이고 개인주의적인 성향의 극복과 함께 사회적 책임이나 공동체 의식의 강화, 그리고 타 민족과

---

36) 이현우, 「미주이민 100년사「2」 아메리칸 드림⑥ 높아진 한인 위상」, 『부산일보』, 2003.2.5, 6면.

의 편견 없는 공존은 정치적 역량의 강화와 함께 미국 주류사회에 성
공적으로 진입하기 위한 매우 중요한 관건이라는 것을 LA 흑인폭동
은 실증했다.

3. 파생과 제휴 사이의 갈등

1) 파생과 제휴의 갈등 그리고 부유의식

사이드는 망명의식으로부터 '파생(filiation)'과 '제휴(affiliation)'의
이론을 창출해낸다. 그에 의하면 '파생'은 세대와 세대 사이의 자연스
러운 전이나 계속성, 또는 자신이 태어난 문화와 개인과의 관계를 의
미한다. '제휴'는 태어난 이후에 갖게 되는 여러 가지 관계와 결속—예
컨대 교우관계, 직업, 정당활동 등—을 의미한다.[37] 미국 이민자인 재
미한인에게 '파생'은 태어난 한국의 문화와 한국인으로서의 계속성으
로, '제휴'는 이민 후에 갖게 된 미국에서의 관계나 결속 또는 미국인
으로서의 새로운 정체성과 관련된다고 할 수 있다. 재미한인은 출생
과 더불어 결정된 한국인으로서의 선천적 정체성과 문화를 단절하고,
미국인이라는 새로운 정체성을 선택하여 미국 땅에서 후천적으로 새
로운 관계를 형성한 사람들이다. 그럼에도 그들의 내면에서는 외로움
과 공허감, 또는 고국에 대한 향수가 발생하는 등 한국인으로서의 자
연스러운 전이나 계속성, 즉 파생과의 단절이 이루어지지 않고 있다.

---

37) 김성곤, 『포스트모더니즘과 현대미국소설』, 열음사, 1990, 129면.

한국어로 문학 활동을 하며, 한인들끼리 문인단체를 만들어 활동하는
것도 같은 맥락으로 해석할 수 있다.

> 왜 이럴까? 미국에 살면서 무엇이 부족하고 무엇이 없어서 현실에
> 만족하지 못하고 막연히 다른 운명을 기대할까? 그 대답은 단 한 가지
> 정이 없기 때문이다. 미국 땅이 내나라 땅이 아니고 내가 사는 집이 내
> 집 같지 않고 내 환경이 남의 환경 같고, 내 친구가 없고, 내 이웃이 없
> 는 외로운 인생, 나와 관계된 모든 것들이 임시로 임대 받은 것 같은 허
> 무감을 느끼기 때문이다.
>
> -윤학재의 「바가지 정」 부분[38]

수필 「바가지 정」은 물질적으로 전혀 부족할 것이 없는 환경임에도
불구하고 느끼게 되는 정신적 외로움과 공허함, 허무감, 내 것을 내
것으로 느낄 수 없는 자기소외를 호소하고 있다. 그 외로움과 공허함,
허무감, 또는 자기소외는 미국이라는 새로운 환경 속에서도 한국인으
로서의 자연스러운 문화와 계속성이 단절되지 않았기 때문에 발생한
다. 즉 작가는 외적으로 미국 땅에서 미국시민으로 살아가고 있지만
미국에 완전히 동화되지 못함으로써 미국인이라는 새로운 정체성과
의 제휴가 제대로 형성되지 못하고 있다. 그리고 내적 심리적으로는
한국인으로서의 정체성과 단절이 이루어지지 않고 있다. 즉 파생과
제휴 사이의 갈등 내지 심리적 부적응상태에 빠져 있다. 「바가지 정」
이란 수필은 그것을 단순히 정의 결핍으로 설명하고 있는데, 그가 그
리운 것은 바로 고국의 정, 고향의 정이다. 하지만 그것이 어찌 단순

---

38) 『워싱톤문학』 6, 2000, 214면.

하게 정 때문일까?

　미국인이 되었다는 확실한 징표와 권리는 미국시민권의 획득으로부터 확인된다. 그런데 미국 시민권을 획득한 순간에도 한국인으로서의 정체성은 단절되지 않고 있다. 아니, 미국시민으로서의 정체성이 아니라 한국인으로서의 정체성을 재확인하기도 한다.

　　시민권 받으러 가는 날
　　시민권 받은 것
　　같지도 않은 날

　　가족들만
　　더
　　더욱 보고 싶은 날

　　몇 번을 보아도
　　주민등록증만 못한 것

　　아
　　나는
　　한국 사람이야!

　　　　　　　　　　　　　　　　　－임창현의 「시민권」 전문[39]

　미국시민으로서의 확실한 법적 권리를 부여받은 날, 오히려 시적

---

39) 임창현, 『그리고 또 그리고』, 85면.

화자가 "나는 한국 사람이야!"라고 외치는 것은 내적으로 진정한 미국인으로 완전히 동화되지 못한 이민자의 모호한 정체성을, 법적으로는 미국인이면서, 정서적으로는 한국인인 이중의식을 드러낸다. 시적 화자가 보여주듯 미국 시민권보다는 한국의 주민등록증이 더 친숙한 것은 아직 화자의 내면에서 미국시민으로서의 정체성에 대한 '제휴'가 제대로 형성되지 못했기 때문이다. 미국을 떠나 다시 고국으로 돌아가지도 못하면서 '파생'과 '제휴'의 경계에서 방황하는 부유의식은 어쩌면 이민 1세대로서는 극복하기 어려운 심리적 갈등일 수밖에 없을 것이다.

> 왜 그럴까
> 내 나라에 돌아가지 못하고
> 자본(資本)과 과학(科學)의 나라에
> 떠 있을까
> 사유의 나비는
> 고향 숲길과 종로의 찻집
> 가회동, 연대(延大)의 숲속을
> 떠나지 않지
> 　　　-최연홍의 「버지니아 시편(詩篇)-하현(夏鉉)에게」 부분[40]

시적 화자는 자신을 '내 나라'인 한국에 가지 못하고 '자본과 과학의 나라'에 떠 있는 '사유의 나비'에 비유한다. 그의 몸은 자본과 과학의 나라인 미국에 있지만 그의 의식은 떠나온 고국인 한국의 "고향 숲

---

40) 최연홍, 『井邑詞』, 79면.

길과 종로의 찻집/ 가회동, 연대(延大)의 숲속을", 즉 그의 고향, 이민 전 그가 즐겨 찾던 곳, 살던 집, 다니던 학교 등을 떠돌고 있다. 즉 그는 몸과 의식, 육체와 정신이 분열된 채 한국인과 미국인의 경계를 떠도는 부유의식에 사로잡혀 있다.

이 부유의식을 손지언은 '갈매기'라는 시적 대상을 통해 포착한다.

해수는
하얗게 포말을 토해놓고
어지럼증을 앓고

갈매기는
어디쯤 또 다른 고향이 있는지
한사코 구심력을 떠나려
나선형 원을 그린다.

내 가슴의 파도도
사향의 어지럼증을 앓고
한사코 비상을 꿈꾸는 백조는
까르륵 갈매기 되어
바다 건너 고향을 그리워한다.

　　　　　　　　　　　　　　　　　　－손지언의 「갈매기」 전문[41]

'갈매기' 역시 '나비'처럼 땅에 발을 붙이고 정착하는 동물이 아니라

---

41) 손지언, 『夏蘭이 필 무렵』, 41면.

날아다니는 존재이며, 특히 철새이다. 현재 살고 있는 장소에 정착하지 못한 채 또 다른 고향을 꿈꾸는 갈매기처럼 시적 화자도 바다 건너 고향을 그리워한다. 시적 화자는 고향을 그리워하는 사향의식에 어지럼증을 앓으며, 훨훨 날아갈 수 있는 갈매기가 되어 고향으로 날아가고 싶다. 고향에 대한 그리움이 커질수록 해수의 파고는 높아질 것이고, 또한 어지럼증도 더욱 커질 것이다. 미국이라는 새로운 땅에 완전히 정착하지 못했기 때문에, 아니 정착에 성공했을지라도 돌아갈 수 없는 고향에 대한 강렬한 사향의식은 이민자들이 공통으로 갖고 있는 가장 보편적인 정서일 것이다.

　그래서 이민자들의 작품은 모국과 고향에 대한 망향의식과 향수를 빈번하게 표출한다.

　　잊을 수가 없었네
　　세월 따라 바람 따라 흘러 왔지만
　　가시밭길 허덕이며 지나온 세월에도
　　코뚜레 뀐 황소 달구지
　　보리섬 싣고 끌고 가던 길.

　　지울 수가 없었네
　　까치집 매달린 버드나무 그늘 따라
　　십리 길 덕하장터 돌아
　　고무신 켤레랑 박하사탕 신문지에 꼭꼭 싸서
　　쓰르라미 노래듣고
　　어머니가 종종 걸음으로 오시던 길.

버릴 수가 없다네

자갈밭길, 황톳길 돌부리도 없어지고

노란 리본 맨 팔등신, 미끈한 아스팔트는

시간과 거리도 좁혀 버렸지만

내 조국 금수강산아

내 마음 깊이 자리한 너를 향한 사랑은

영원한 황톳길로 남아 있다네.

-오요한의 「황톳길」 전문[42]

"영원한 황톳길"로 상징된 조국의 금수강산은 추상적 공간이 아니라 "코뚜레 뀐 황소 달구지/보리섬 싣고 끌고 가던" 과거 경험 속의 구체적 공간이며, "까치집 매달린 버드나무 그늘 따라/십리 길 덕하 장터 돌아"가던 구체적 추억이 서린 길이다. 비록 지금은 변하여 "자 갈밭길, 황톳길 돌부리도 없어"진 추억 속의 길이 되고 말았지만 그의 기억 속에 그 황톳길은 영원히 조국과 고향에 대한 상징으로 생생히 살아 있다. 황톳길은 바로 추억으로 가는 길이며, 시적 화자에게는 고 국과 고향에 대한 향수를 불러일으키는 개인적 상징이다. 그런데 그 길은 과거의 고향으로 가는 길일 뿐 미래로 나아가는 길은 아니다. 이 처럼 고향에 대한 향수 자체가 이국 땅에서의 어려운 현실을 극복하 게 하는 치유적 기능을 띠고 있다는 해석이[43] 있지만 향수의 발생 동 기는 근본적으로는 파생과 제휴 사이의 경계에서 일어나는 부유의식, 즉 정체성에 대한 갈등에서 비롯되는 것으로 해석할 수 있을 것 같다.

---

42) 『워싱톤문학』 7, 2001, 81면.

43) 정효구, 「재미한인 시에 나타난 고향의 의미」, 한국문학회 편, 『해외문화 접촉과 한국 문학』, 세종출판사, 2003, 293면.

정체성의 불확실성과 미국인과 한국인의 경계에서 떠도는 '부유의식'은 정녕 죽어서도 어디에 돌아가 눕고 싶은 곳이 없는 떠돌이의식으로 표현되기도 한다.

> 고갱은 섬에서
> 헤세는 호숫가에서
> 박남수는 이민 와 뉴저지 숲 속에 누웠는데
> 내가 사는 메릴랜드 대서양가
> 허리케인으로 씻겨 갈까
> 아리조나 사막의 신기루가 되어 이리저리 날아다닐까
> 알래스카 메인으로 가
> 꽁꽁 얼어붙은 미이라 될까
> 여기
> 또는 어디에서도
> 구름처럼 떠 있는 나는
>
> -임창현의 「어디로 가서」 부분[44]

만약 시적 화자가 고국을 떠나지 않고 있었더라도 죽어서 어디로 갈지 망설였을까? 즉 어디에서 영면을 맞을까 하는 갈등을 겪지는 않았을 것이다. 그는 '여기' 또는 '어디'에서도 뿌리내리지 못한 채 "구름처럼" 붕 떠서 결코 영원한 안식을 찾을 수가 없다. 그만큼 미국 땅은 살아 있는 현재나 죽어서라도 자신의 영혼을 맡길 땅으로 인식되지 않고 있다. 즉 미국이란 땅은 실존적 존재로서나 내세적 존재로서나

---

44) 임창현, 『그리고 또 그리고』, 72면.

안식을 느낄 수 없는 낯선 장소로 인식된다. 이 작품은 이민자들의 미국인으로서의 정체성 형성의 어려움, 즉 파생의 단절 및 새로운 제휴 형성이 얼마나 어려운지를 잘 보여주고 있다.

2) 파생의 단절과 적극적 제휴

「이적(移籍)」이란 시는 파생과 제휴의 문제를 본격적으로 다룬 작품이다.

> 오래 묻어온 발을 뽑으려 하자
> 뚝뚝 얽힌 인연들이 끊어지기도 하고
> 진한 단절의 아픔들이 허옇게 드러나기도 하였다
> 잠자코 흙을 털었다 걷기 위해서
> 과거는 털어 내고 한동안 잊어야 할 땅이었다
>
> 외롭지 않고 어떻게 새 땅을 밟을 것인가
> 바람에 쓰러지지 않으려는 것들은 모두 몸을 줄이고
> 언덕을 넘을 때마다 휘파람 소리로 울며 견뎠다
> 부러진 가지들은 자기 몸을 태워
> 아직 밝아오지 않는 새벽길의 모닥불이 되어주기도 하였다
> 타서 스러져 가는 가지들, 그 온기는 슬픔으로 재가 되었지만
> 그 잿가루를 상처에 바르며 뿌리들은 옮겨 걸었다
>
> ─송순태의 「이적(移籍)」 부분[45]

---

45) 송순태는 워싱톤문인회 소속 문인은 아니며, 시 「이적」은 『워싱톤문학』 8호 발간

　시적 화자는 파생에서 제휴로 이적을 하는 일의 고통과 힘듦을 진술한다. 하지만 새로운 제휴를 위해서는 "과거는 털어 내고 한동안 잊어야 할 땅이었다"라고 파생과의 단절이 필요하다고 역설한다. 또한 "외롭지 않고 어떻게 새 땅을 밟을 것인가"처럼 외로움을 극복해야만 새로운 제휴와의 적응이 적절히 이루어질 것이라고 진술한다. 이어서 "처음에는 모두 바다를 건너는 걸음을 의심하였지만/우리는 건너편 넓은 땅에서 다시 숲이 되고 있다"라고 이민 초기의 의구심을 떨치고 새로운 제휴가 성공적으로 형성되고 있다는 자신감을 표명하기도 한다.

　　　이제 한인촌(韓人村)이 태평양(太平洋) 건너
　　　로스앤질리스에 서고 오만(五萬)이
　　　넘실거리는 도시(都市)에 우리들
　　　식민지가 선다

　　　　　　　　　　　　　　　－최연홍의 「이민(移民)」 부분[46]

　　　모두들 김포를 떠나던
　　　서러운 감정에 젖는다
　　　미국은 우리에게 벼랑,
　　　우리는 벼랑의 미국을 떠나야 한다
　　　그리고 우리들 식민지의 미국으로
　　　날아야 한다

　　　　　　　　　　　　　　　－최연홍의 「12월에」 부분[47]

　　을 축하하는 초대시로 발표되었다. 『워싱톤문학』 8, 27면.
46) 최연홍, 『정읍사(井邑詞)』, 54면.
47) 최연홍, 『한국行』, 105면.

「이민」과 「12월에」라는 두 편의 시는 적극적 제휴에 대해서 강조한다. "미국은 우리에게 벼랑"이지만 "벼랑의 미국을 떠나야" 하며, 뿐만 아니라 "식민지의 미국으로/날아야 한다"라고 강한 의지를 표현하고 있다. 즉 이민자들에게 미국은 벼랑처럼 살아가기 힘든 땅이지만 그 힘든 상황을 극복하여 미국을 "식민지"처럼 여기는 주인의식과 적극적 제휴의 필요성을 역설한 것이다. 또한 미국에서 한인들이 가장 많이 살고 있는 로스앤젤레스야말로 상징적으로 볼 때에 한국인의 식민지로 파악할 수도 있다는 의미이다. 이때 '날아야 한다'는 것은 앞서 인용했던 시 「버지니아 시편(詩篇)-하현(夏鉉)에게」의 '나비'나 「갈매기」의 '갈매기'가 나는 것과는 차원이 다르다. 즉 고향을 떠도는 '부유의식'이 아니라 미국의 주류사회를 향한 적극적 '비상'이라는 점에서 '날다'라는 의미가 크게 변별된다고 할 수 있다. 과거를 향해서, 또한 한국의 고향을 향해서 나는 부유의식이 아니라 미래를 향한 힘찬 비상이며, 미국의 주류사회로의 진입에 대한 적극적 의지의 표명이다. 이런 공격적 태도로의 변화야말로 이민생활의 **빠른** 정착과 미국 주류사회로의 성공적 편입을 가능하게 만들 것이다.

4. 맺음말

재미한인은 파생으로부터 벗어나 새로운 제휴를 찾아야 한다. 하지만 파생과 제휴라는 경계는 인위적인 단절이나 부유의식과 같은 방황으로서가 아니라 조화와 통합으로 표현되는 것이 바람직할 것이다.

그들은 과거에는 한국인이었지만 현재는 미국인이다. 하지만 순수 한국인도 순수 미국인도 아닌 제3의 정체성[48]을 가진 존재들이다. 따라서 그들의 정체성은 한국에서 태어나서 계속 살고 있는 한국인, 또는 미국에서 태어나서 계속 살고 있는 백인 미국인들과 결코 동일할 수 없다. 그들은 한국과 미국, 두 세계에 모두 속하면서 동시에 두 세계 모두에 속하지 않는다. 바로 그들만이 가진 이런 주변성과 모호한 경계, 또는 겹치는 경험에서 나타나는 문화적 합병(cultural syncretity), 다양성, 통문화적 혼성성(cross cultural hybridity)은 그들만의 문학이 창조하고 표현해 낼 수 있는 역동성과 개성의 원천이 될 것이라고 생각한다. 미국에서 작가로 성공하고 있는 이창래는 바로 이것을 그의 글쓰기의 전략으로 삼아 성공한 경우에 해당된다고 할 수 있다.

빌 애쉬크로프트(Bill Ashcroft)가 "식민지 이전의 절대적인 문화적 순수성을 회복하거나 그 상태로 되돌아가려는 시도는 불가능한 일"[49]이라며, 탈식민화는 필요하지만 식민지 이전의 상태로 되돌아가는 일의 불가능성을 인정하고 문화적 합병을 제안하며, 통문화적 혼성성을 인정해야 한다[50]고 했던 말은 재미한인에게도 하나의 방향을 제시해 줄 수 있을 것이다. 즉 이민 이전의 상태로 돌아가는 일의 불가능성을 인정하는 동시에 백인 미국인과의 완전한 동일화의 불가능성을 인정하는 것이다. 대신에 그들의 주변성, 모호성, 이중성을 다양성과 혼성성이라는 개성이자 장점으로 활용하는 전략과 태도가 필요하다고 본

---

48) 송명희, 「미 서부 지역의 재미작가 연구」, 『비평문학』16, 한국비평문학회, 2002, 144면.
49) 빌 애쉬크로프트 외, 이석호 역, 『포스트 콜로니얼 문학이론』, 민음사, 1996, 314면.
50) 김성곤, 「탈식민주의 시대의 문학」, 『외국문학』 1992년 여름호(31), 1992, 24면.

다. 사이드가 "내가 '아웃사이더'라고 자신을 부를 때, 그것은 슬프거나 박탈당한 것을 의미하지는 않는다. 오히려 그 반대로 제국이 나누어 놓은 두 세계에 다 속해 있다는 것은 그만큼 그 두 세계를 더 잘 이해할 수 있다는 것을 의미한다"[51]라고 했던 말은 재미한인 작가들의 민족 정체성에 대한 갈등 해소뿐만 아니라 문학 창작에도 개성적 영역을 열어가는 데 많은 참고가 될 것이다.

---

51) E.W. Said, 『문화와 제국주의』, 43면.

참/고/문/헌

〈기초자료〉

- 워싱톤문인회, 『워싱톤문학』 1-9, 1991-2003.
- 포토맥 펜클럽, 『워싱톤뜨기』, 1991.

  _____, 『워싱톤에 뿌린 씨앗』, 1993.

  _____, 『워싱톤의 무궁화』, 1998.
- 손지언, 『夏蘭이 필 무렵』, 조선문학사, 2002.
- 임창현, 『그리고 또 그리고』, 조선문학사, 1997.

  _____, 『추억은 팔지 않습니다』, 조선문학사, 2000.

  _____, 『워싱톤 팔세』, 조선문학사, 2001.
- 최연홍, 『井邑詞』, 나남, 1985.

  _____, 『한국行』, 푸른숲, 1997.

〈단행본〉

- 김성곤, 『포스트모더니즘과 미국소설』, 열음사, 1990.
- 김우창 · 부르디외 외, 『경계를 넘어 글쓰기』, 민음사, 2001.
- 김종회 편, 『한민족문화권의 문학』, 국학자료원, 2003.
- 유선모, 『미국소수민족문학의 이해-한국계편』, 신아사, 2001.
- 유숙자, 『在日한국인 문학연구』, 월인, 2000.
- 조규익, 『해방전 재미한인 이민문학1-연구편』, 월인, 1999.
- Ashcroft, Bill, ed., 이석호 역, 『포스트콜로니얼 문학이론』, 민음사, 1996.

- Ashcroft, Bill, ed., *The Post-Colonial Studies Reader*, Routledge, 1995.
- Bhabha, Homi K., 나병철 역,『문화의 위치』, 소명출판, 2002.
- Fanon, F., 이석호 역,『검은 피부, 하얀 가면』, 인간사랑, 1998.
- Gandhi, Leela, 이영욱 역,『포스트식민주의란 무엇인가』, 현실문화연구, 2000.
- Huntington, S.P., 소순창 · 김창동 역,『문명의 충돌과 21세기 일본의 선택』, 김영사, 2001.
- Jameson, Frederic, *Nationalism Colonialism Literature*, Minneapolis: University of Minnesota, 1990.
- Moore-Gilbert, Bart, 이경원 역,『탈식민주의! 저항에서 유희로』, 한길사, 2001.
- Robinson, Douglas, 정혜욱 역,『번역과 제국』, 동문선, 2002.
- Said, Edward, *The World, The Text, and the Critic*, Cambridge : Harvard Univ. Press, 1984.

  _____, 박홍규 역,『오리엔탈리즘』(증보판), 교보문고, 2001.

  _____, 성일권 편역,『도전받는 오리엔탈리즘』, 김영사, 2001.

  _____, 김성곤 · 정정호 역,『문화와 제국주의』, 창, 1995.

〈논문〉
- 김성곤,「탈식민주의 시대의 문학」,『외국문학』1992년 여름호 (31), 1992.

_____, 「다문화시대의 한국문학을 위한 일곱 가지 제안」, 『제 3회 한민족문화공동체대회 자료집』, 재외동포재단, 2003. 9.1- 9.5.

• 송명희, 「미 서부 지역의 재미작가연구」, 『비평문학』16, 한국비 평문학회, 2002, 130-144면.

• 이현우, 「미주이민 100년사「2」」, 부산일보 2003. 1.29일자, 2003, 2.5일자, 2003년 2.12일자.

• 재외동포재단, 제3회 한민족 문화 공동체 대회(2003. 9.1~9.5)- 「한민족문학포럼자료집」, 재외동포재단, 2003.

• 정효구, 「재미 한인 시에 나타난 고향의 의미」, 한국문학회 편, 『해외문화 접촉과 한국문학』, 세종출판사, 2003.

(『비교문학』 32, 한국비교문학회, 2004)

주류사회에서 아웃사이더의 정체성 찾기
─이창래의 『제스처 라이프』를 중심으로

1. 서론

  재미한인작가 이창래의 작품은 발표될 때마다 큰 반향을 불러일으
켰다. 한국계 소수민족작가로서 미국문단에서 그의 활약상은 매우 두
드러진다. 프린스턴대학교 교수로 재직 중인 그는 1995년 데뷔작인
『네이티브 스피커』로 헤밍웨이재단상과 펜문학상을 받았고, 1999년
에 두 번째 소설 『제스처 라이프』로 아니스필드-볼프 도서상과 아시
아계 미국인상을 수상하는 등 큰 호평을 받고 있다. 그의 작품들은 국
내에서도 잇따라 번역되고,¹⁾ 연구논문이 계속 나오는 등 학계의 관심

---

1) 첫 번째 소설 『네이티브 스피커(Native Speaker)』(1995), 『제스처 라이프(A
  Gesture Life)』(1999), 세 번째 소설 『가족(Aloft)』(2004)은 모두 한국어로 번역되
  었고, 네 번째 작품 『서랜더드(The Surrendered)』(2010)는 2013년에 『생존자』라
  는 제목으로 번역되었다.

또한 뜨겁다.

『제스처 라이프』에 대해서는 작품이 출판된 직후부터 여러 논문들이 발표되어 왔다. 푸코의 권력이론을 근거로 신역사주의적 관점에서 고찰한 논문[2], 라캉의 '응시(gaze)'의 개념으로 작품을 분석한 논문,[3] 스피박의 '하위주체(subaltern)'란 개념을 통한 분석[4], 디아스포라의 정체성과 생존윤리를 묻는 논문들[5], 주인공 하타의 역사적 기억으로부터 진행되고 있는 일인칭 서사가 하타의 젠더화된 트라우마와 어떤 관계가 있는가를 고찰한 연구[6], 비교문학적 논문들[7], 이밖에 작중인물의 변화에서 나타난 숭고미의 교육적 효과에 대한 논

2) 나영균, 「『제스츄어 인생』: 신역사주의적 고찰」, 『현대영미소설』7-2, 현대영미소설학회, 2000, 1-12면.

3) 권택영, 「응시로서의 『제스처 인생』-이창래와 라캉의 다문화적 윤리」, 『영어영문학』48-1, 2002, 243-261면.

4) 유제분, 「재현의 윤리 : 『제스처 라이프』의 종군위안부에 대한 기억과 애도」, 『현대영미소설』13-3, 현대영미소설학회, 2006, 77-99면.

5) 고양성·노종진, 「이창래의 『네이티브 스피커』와 『제스츄어 인생』에 나타난 등장인물의 존재의식과 정체성」, 『영어영문학 연구』47-2, 2005, 143-166면.
박보량, 「『제스처 라이프(A Gesture Life) : 이민사회 속에서의 하타의 정체성 모색」, 『미국소설』2-2, 미국소설학회, 2005, 127-149면.
이선주, 「이창래의 『제스처인생』-패싱, 동화와 디아스포라」, 『미국학』31-2, 서울대학교 미국학 연구소, 2008, 235-264면.
장사선, 「재미한인소설에 나타난 폭거와 응전」, 『한국현대문학연구』18, 한국현대문학연구학회, 2005, 481-509면.

6) 이소희, 「『제스처 인생』에 나타난 젠더화된 트라우마」, 『현대영미소설』13-1, 현대영미소설학회, 2006, 133-156.

7) 윤정헌, 「한인소설에 나타난 이주민의 정체성」, 『한국문예비평연구』21, 한국문예비평학회, 2006, 115-135면.
Lee, Hae-Nyeon, "A Comparative Study on Korean Writer' Post-Colonialism", 『비교한국학』16-1, 국제비교한국학회, 2008, 111-133면.

문[8] 등이 그것이다. 국내의 논문들이 푸코, 라캉, 스피박의 이론을 적용하거나 디아스포라의 관점에서 이민자의 정체성과 트라우마에 관심을 기울이며 작품에 대해서 대체로 긍정적 시선을 취한 데 반해 미국의 해밀턴 캐롤(Hamilton Carroll)[9]과 조안 장(Joan C.H. Chang)[10]은 주인공 하타의 행동을 동양남성의 열등감 또는 모범소수민족 콤플렉스로 해석하는 등 다소 부정적인 관점으로 분석했다. 살펴보았듯이 『제스처 라이프』에 대한 기존연구는 칼 융의 정신분석학에 기대서 연구된 바 없고, 정신분석학적 탈식민주의 이론이나 탈식민주의 이론가 사이드의 '파생과 제휴'라는 개념으로도 분석된 바 없다.

따라서 본고는 이창래(Chang-rae Lee)의 『제스처 라이프(A Gesture Life)』에 나타난 하타(Franklin Hata)라는 주인공의 정체성 찾기라는 주제를 칼 융의 분석심리학과 정신분석학적 탈식민주의 이론과 사이드의 파생과 제휴라는 개념으로 분석하고자 한다. 왜냐하면 이 소설은 개인적인 관점에서 볼 때에는 노년의 하타가 페르소나로서의 삶에 대한 회의를 나타내며 진정한 자아를 찾아가는 이야기이지만 동시에 그것은 한국 혈통의 일본계 미국인의 페르소나 속에 억압된 정체성을 회복하는 탈식민주의적인 주제를 내포하고 있다고 보았기 때문이다.

---

8) 김미영, 「『제스처라이프에 나타난 숭고미의 교육적 가치」, 『국어국문학』141, 국어국문학회, 2005, 429-458면.

9) Hamilton Carroll, "Traumatic Patriarchy : Reading Gendered Nationalism in Chang-rae Lee's *A Gesture Life*.", *Modern Fiction Studies* 51:3, pp.592-616.

10) Joan C.H. Chang, "A Gesture Life": Reviewing the the Model Minority Complex in a Global Context." *Journal of American Studies* 37:1, pp.131-152.

2. 페르소나로서의 삶에 대한 회의

칼 융(C.G.Jung)에 의하면 나(ego)는 한편으로는 외계(external world)와 관계를 맺으면서 다른 한편으로는 나의 마음, 내계(internal world)와 관계를 맺도록 되어 있다. 외계와의 관계에서 형성된 페르소나(persona)는 집단적으로 주입된 생각이나 가치관으로, 다른 사람들에게 보이는 나를 더 크게 생각하는 특징을 가지고 있다. 집단과의 관계를 유지하는 동안 자아는 차츰 집단정신에 동화되어 그것이 자기의 진정한 개성인 것으로 착각하는데, 이것을 자아가 페르소나와 동일시되어 있다고 말한다. 이렇게 되면 집단이 요구하는 역할에 충실히 맞추는 사람, 즉 집단이 옳다고 말하는 규범은 무엇이나 지키는 사람이 된다. 그런데 페르소나와의 동일시가 심해지면 자아는 그의 내적 정신세계와의 관계를 상실하게 된다.[11]

『제스처 라이프』의 주인공 하타는 재일한인으로서 일본인 가정에 입양됨으로써 일본인이 되었으며, 태평양전쟁시에 위생장교로 복무했고, 종전 후에는 미국에 이민하여 서니의료기기상을 운영하며, 예의바른 미국인으로 살아온 인물이다. 70세의 은퇴한 노인이 된 하타의 사회경제적 성공은 '닥 하타(Doc Hata)'라는 호칭과 그의 아름다운 튜더식 2층 집에서 상징적으로 드러난다. 그가 단지 의료기기 판매상임에도 불구하고 사람들이 그를 '닥(의사) 하타'라는 우호적인 호칭으로 부르게 된 것은 위생장교 출신의 그의 가게를 "아무 때나 불쑥 들러 상담을 할 수 있는 비공식 진료소"로 여기며, "경험이 풍부하

---

11) 이부영, 『분석심리학』, 일조각, 1978, 43면/65-70면.

고 물정에 밝을 뿐만 아니라 개방적이고 마음이 따뜻한 주인에게 자유롭게 조언을 구할 수 있는 곳"으로 여겼기 때문이다.

주인공은 "사실 나는 오래 전부터, 특히 점점 줄어드는 여생을 생각할 때, 지금 여기에 이르러 있는 내 모습을 평가하는 일에 힘을 쏟아야 한다고 느꼈고, 이제 그 작업을 해보려 한다."[12]라고 서두에서 밝히고 있다. 말하자면 이 소설은 하타의 성공적이었다고 여겨져 온 삶에 대한 자기 성찰을 통해 새로운 자아를 찾는 소설이다.

그런데 이 소설은 자아를 찾기 위해 미래로 떠나는 여정을 보여주는 것이 아니라 과거의 억압된 기억을 회상함으로써 진정한 자아와의 만남을 추구한다. 억압된 것은 항구적으로 회귀를 모색하기 때문에 반드시 어떤 형태로 언제든 재출현한다는, 즉 억압된 것의 귀환[13]이라는 관점에서 볼 때에 주인공의 무의식 속에 억압된 기억들을 떠올려보는 일이야말로 진정한 자아를 찾기 위한 의식화의 과정에서 반드시 필요한 일이다.

하타는 자신의 사회경제적 성공을 나타내주는, 베들리런(Bedley Run)에 위치한 아름답고 큰 튜더 왕조식의 2층집-"당당한 꽃밭과 약초정원, 판석을 깐 수영장, 납을 넣은 유리, 단철로 지은 온실까지 갖춘 큰 집"-에 대해서 대단히 만족해 왔다. 사람들은 그 집을 부러워했고, 부동산업자로부터는 팔라는 권유를 수시로 받아왔던 집이다. 그런데 익숙함과 편안함과 소속감이 행복하게 조합된 그 집에 대한 당연한 느낌들이 갑자기 성가시게 느껴지기 시작하는 내적 변화가 일어난다. 또

---

12) 이창래, 『제스처 라이프』제1권, 중앙M&B, 2000, 18면.
13) 장 벨맹-노엘, 최애영·심재중 역, 『문학텍스트의 정신분석』, 동문선, 2001, 12면.

한 자신에 대한 그곳 사람들의 우호적 평판이나 그곳 사람들과의 조화
로운 관계에 대해서도 당혹스런 측면이 있다고 돌연 고백하게 된다.

　뿐만 아니라 그는 자신이 직접 꾸며놓은 아름다운 뒤뜰의 수영장에
서 헤엄을 치는 것밖에 할 일이 없어진 자신, 어쩌면 로맨틱하고, 승
리를 거둔 자의 모습으로 비추어질지도 모를 자신의 모습에 대해 '약
간은 슬픈 광경', '차갑고 텅 빈 아름다움을 지닌 광경', '맥 빠진 광경'
이라는 느낌을 받으며, "물밑에서 검은 냉기 속을 미끄러져 갈 때, 내
정신의 눈은 갑자기 높은 곳에서 아래를 굽어보는 느낌"에 사로잡히
게 된다. 이 장면은 의식의 너머에 존재하는 미지의 정신세계, 즉 무
의식의 일렁임을 느끼게 하는 대목이다. 자칫 이 대목은 "높은 곳에서
아래를 굽어보는" 것으로 인해 초자아가 자아를 내려다보는 것으로
오독될 수 있지만 그것은 자아로 하여금 원시적 욕구를 억제하고 도
덕이나 양심에 따라 행동하도록 하는 정신 요소인 초자아와는 구별되
는 것으로, 뭔가 알 수 없는 정신세계라는 점에서 무의식으로 해석하
는 것이 타당해 보인다.

　그가 예의바른 미국인으로 존경을 받아온 우호적 평판과 이제껏 만
족해온 집과 느긋하게 수영을 즐기는 자신에 대해서 낯설고, 당혹스
러운 감정에 빠지게 되었다는 것은 다른 사람들의 평판만을 의식하며
페르소나에 자아를 일치시켜온 삶에 대해서 회의를 품게 되었다는 뜻
이며, 이로부터 그의 자아 찾기의 여정은 출발된다고 할 수 있다.

　그는 거실의 난로에 장작불을 피우다가 실수로 불을 내어 실내의
일부를 태우게 된다. 그런데 이 실화는 단순한 실수로 낸 불이 아니
다. 즉 지금껏 페르소나와 자아를 동일시해온 과거를 불태우는 의미
심장한 불이며, 그 자신도 모르는 힘에 이끌려 그의 내적 자아와의 만

남을 촉구하는 창조적인 불인 것이다. 왜냐하면 불을 낸 쇼크로 카운티 병원 성인병동에 입원한 이후 그는 메리 번즈, 서니, 그리고 K(끝애)와의 일들을 기억하기 때문이다.

메리 번즈(Mary Burns), 서니(Sunny), 그리고 K(Kkutaeh)라는 세 명의 여성은 칼 융의 관점에서 보면 하타의 아니마의 투사이다. 메리 번즈는 그가 오십대에 결혼을 심각하게 고려한 적이 있었던 백인여성이다. 서니는 그의 집을 13년 전에 떠나버린 양녀로서 한국인과 흑인 사이의 혼혈아이다. K는 그가 위생장교로 복무하던 시절에 사랑했던, 조선 출신의 위안부로 차출되어온 여성이다. 이 세 여성은 모두 하타로 하여금 페르소나로서의 삶, 제스처 인생을 벗어던지라고 촉구하는 인물들이다.

3. 아니마로서의 여성-메리 번즈, 서니, 그리고 K(끝애)

외적 인격에 대응해서 내적 인격이 인간의 마음속에 존재한다. 이것을 융은 '마음'이라 불렀다. 내적 인격은 자아로 하여금 무의식으로 눈을 돌리게 하는 중요한 교량 역할을 한다. 이것은 남성의 무의식 속의 내적 인격인 아니마(anima), 여성의 무의식 속의 내적 인격인 아니무스(animus)로 구분된다. 아니마와 아니무스는 경험적 관념으로서 그것이 어떤 대상에 투사되어 경험될 때 인지될 수 있다.[14] 우아한

---

14) 이부영, 앞의 책, 72-73면.

백인여성 메리 번즈는 이미 고인이 된 인물로 과부였다. 하타는 일본
을 떠나오면서 새로운 땅에서의 적응이 얼마나 사람을 소진시키는 일
인지 잘 알기 때문에 여자와 친밀한 관계를 갖거나 동반자 관계를 형
성하는 것에 대해 생각해보고 싶지 않았음에도 평온한 느낌의 그녀
와는 "따뜻하게 서로를 이해하는 동반자 관계가 형성되기를 바랐다."
하지만 둘의 관계는 양녀 서니에 대해 그녀가 최선을 다했음에도 불
구하고 서니가 마음을 열지 않았고, 그의 열정이 결여된 의례적 태도
로 인해 결렬되고 말았다. 하타의 서니를 대하는 태도에 대해 번즈는
다음과 같이 충고한다.

> "그래요. 그 애는 주체적이에요. 하지만 당신은 마치 그 애한테 신세
> 를 지고 있는 것 같아. 나는 그 점을 이해할 수 없어요. 이유가 뭔지
> 모르겠어요. 그 애를 원한 건 당신이에요. 당신이 그 애를 입양한 거라
> 고요. 그런데 당신은 마치 죄를 지은 사람처럼 행동해요. 전에 그 애한
> 테 상처를 준 사람처럼, 아니면 그 애를 배반한 사람처럼. 그래서 이제
> 는 그 애가 원하는 대로 다 해주어야 하는 사람처럼. 그것은 누구에게
> 나 절대 좋지 않아요. 하물며 아이한테는."[15]

  메리 번즈가 지적하였듯이 서니에 대해 당당하지 못한 하타의 이해
할 수 없는 태도, 그것은 그가 일본인 부모의 자식에 대한 관대한 양
육태도로 합리화하고 있음에도 그의 무의식이 억압하고 있는 K(끝
애)에 대한 죄책감과 연관된 것으로 보인다. 그가 무의식적으로 한국
출신의 여자아이를 양녀로 원했던 것도…. 결국 번즈는 "당신은 늘 노

---

15) 이창래, 앞의 책, 86면.

력을 해요, 프랭클린. 하지만 지나치게 열심히 하죠. 마치 나를 사랑하는 것이 당신이 맹세한 의무인 것처럼"이라는 말을 남기고 그를 떠난다. 서니에게나 하타에게 번즈는 충분히 진지한 관계를 이루려는 노력을 보였음에도 서니는 끝내 마음을 열지 않았고, 하타는 그녀를 잡지 못했던 것이다.

노력하는 관계, 의무처럼 사랑하는 관계란 친밀감과 신뢰는 있지만 내적 열정이 부재하는 관계일 것이다. 하타는 진실로 사랑하는 남녀의 관계란 어떠해야 하는지 몰랐기 때문에 번즈를 떠나가게 만들었다. 그녀가 원한 것은 그가 보여준 의례적인 노력이나 의무감에서가 아닌, 그의 내면이 욕망하는 대로 자연스럽게 발산하는 열정적이고 진실한 관계였을 것이다. 그녀는 결국 제스처로서의 태도가 아닌 내면의 진실과 열정을 그에게서 발견할 수 없었기 때문에 실망하여 떠나갔던 것이다. 그녀의 충고에도 불구하고 그때 하타는 그녀가 말한 진실이 무엇이었는지를 깨닫지 못했음을 회고한다. 즉 페르소나에 사로잡힌 채 아니마의 목소리에 귀 기울이지 못했던 것이다. 그 결과 그의 제스처 인생은 칠십이 될 때까지 그대로 계속될 수밖에 없었다.

그가 조선인 갓바치와 넝마주이의 아들로 태어나 톱니바퀴 공장을 운영하는 일본인 사장 집에 입양된 것처럼 서니 역시 입양기관을 통해 입양한 아이였다. 그의 양부모가 그를 아들처럼 대해주고, 물질적으로 필요한 것, 그에게 이익이 될 만한 것은 모두 제공해 주었고, 그가 친부모의 열악한 환경을 떠나 경제적으로 풍족한 양부모를 만난 것을 다행으로 여겼던 것처럼 서니 역시 비슷한 인종에다 충분한 자산까지 갖추고 기대에 부풀어 기다리는 아버지가 있는 가정, 예의바른 미국 교외의 가정으로 입양된 사실에 대해서 당연히 고마워할 것이라고 생각했다. 그러나 서니는 "한 번도 필요했던 적이 없어, 이유는 모르겠지만, 그쪽에서 나를 필요로 했어. 하지만 그 반대였던 적은 한 번도 없어."라고 가차 없이 말하고 그를 떠나갔다. 뿐만 아니라 서니는 하타의 제스처 인생에 대해 비난의 화살을 쏟아 붓는다.

"아무것도요. 저는 사랑을 원하지 않아요. 아빠의 관심도 원하지 않아요. 어차피 가짜라고 생각해요. 혹시 모르실지 모르지만, 아빠가 관심을 가지는 것은 이 지저분하고 더러운 타운에서 아빠가 어떤 평판을 얻느냐 하는 것이에요. 그리고 제가 혹시나 거기에 상처를 내지나 않을까 하는 것이고요."

"말도 안 돼. 너는 지금 말도 안 되는 얘기를 하고 있어."

"그럴지도 몰라요. 하지만 제가 보아 온 것은 아빠가 모든 일에 매우 주도면밀하다는 거예요. 우리의 예쁘고 큰 집에서도, 이 가게에서도, 모든 손님들에게도. 보도를 쓸고 다른 가게 주인들하고 기분 좋게 이야기하는 걸 한 번 보세요. 아빠는 제스처와 예의만으로 인생을 꾸려가고 있어요. 아빠는 늘 다른 사람한테 이상적인 파트너이자 동료가 되려고 해요.

"왜 그래서는 안 되니? 우선 나는 일본인이야! 유순해서 남들의 사랑을 받는 게 뭐가 그렇게 나쁜 거야?"

"훙, 베들리런에서는 그런다고 해서 누구 하나 콧방귀도 뀌지 않아요. 카드 가게에서 내가 무슨 이야기를 들었는지 아세요? 쓰레기와 보도 청소 일정을 잘 짜는 '착한 찰리'를 두었으니 얼마나 좋으냐는 거였어요. 사람들이 아빠에 대해 진짜로 생각하는 건 그거라고요. 일등 시민이 되는 게 아빠의 직업이 되어 버렸어요."[16]

---

16) 이창래, 위의 책, 128-129면.

제스처와 예의만으로 인생을 꾸려가고 있다는 서니의 그에 대한 직접적인 비난에도 하타는 자신이 페르소나와 동일시하는 인생을 살고 있다는 데 대한 자각을 갖지 못하며, 왜 그것이 잘못된 것인지를 인식하지 못한다. 결국 서니는 "공부를 열심히 하고, 피아노를 연습하고, 견딜 수 있을 때까지 견디면서 책을 많이 읽는" 소위 주류사회의 일원으로 편입시키려는 하타의 양육방식을 견디지 못하고, 집밖으로 일탈하다 떠나갔다. 하타는 예전에 그의 양부모가 그에게 경제적으로 지원했던 것처럼 서니에게 "내 집과 내 가게를, 그리고 내가 살고 있는 타운의 선선한 배려를 마음껏 누릴 수 있는 자유"를 제시했는데도 그것들을 모두 떨쳐버리고 떠나버린 서니를 이해하지 못한다. 그렇다면 그녀가 하타에게서 진정으로 원했던 것은 무엇이었을까? 그것은 경제적 지원을 넘어선 어떤 것, 즉 의무나 제스처가 아닌 부녀간의 진실한 사랑과 대화였을 것이다. 이를 하타는 병원에 입원해 있는 동안 방문한 코모 경관의 다정한 모녀관계를 보면서 비로소 깨닫는다.

그러나 그 자신 조선인 친부모나 일본인 양부모로부터 그런 사랑을 받아본 적이 없었던 만큼 그것을 서니를 향해 베풀 줄 몰랐다. 아니 그는 부모 자식 관계에서 경제적 지원 이상의 어떤 것이 필요하다고 생각해 본 적이 없다. 위생장교 시절에 그는 양부모가 최선을 다해 기회와 편의를 제공했으며, 늘 아들로 대했다고 하자 K는 그분들이 소위님을 아들처럼 사랑했는지 궁금하다고 반문한다. 이에 대해 그는 "그런 것 같습니다. 하지만 그분들이 늘 나를 아들처럼 대했으면 됐지 더 이상의 뭐가 있는지 잘 모르겠군요"라고 대답한다. 즉 부모 자식 관계에서 경제적 지원을 넘어선 사랑의 필요성에 대한 인식을 아예 갖지 못했던 것이다.

　그의 서니에 대한 태도 역시 그의 인생처럼 제스처에 불과한 것이었다는 것은 서니의 일탈에 대한 반응에서 극명하게 드러난다. 그는 불량배 '기지'의 집에서 흑인 '링컨'과 외설스럽게 밀착된 자세로 있는 서니를 발견하고도 그녀의 행동을 저지하는 대신 그 자리를 떠나버림으로써 아버지로서의 책무를 회피해버린다. 그뿐만이 아니다. 가출했던 서니가 임신 28주의 몸으로 찾아왔을 때에도 중절수술을 강요하며, 그 애한테 그 일이 얼마나 끔찍한 일인지를 생각하는 대신에 그 자신에게 가해져 올 수치와 당혹감만을 느꼈을 뿐이다. 그는 서니와 같이 사는 동안 "한 번도 불길한 느낌에 시달려 심각하게 괴로웠던 적은 없었고, 한 번도 골수까지 병들었던 적은 없었다."라고 회고하며 깊은 죄책감을 갖는다. 특히 서니의 인공중절 수술을 종용했던 데에 대한 그의 죄책감은 그가 악몽에 시달리는 것을 통해서 잘 드러나고 있다.

　그가 서니의 입양을 결심하게 된 동기도 미국 주류사회에서 더욱 신뢰할만한 존재로 평가받기 위해서였는데, 서니의 행동들은 그것에 오히려 흠집을 냈다. 따라서 서니가 가출한 뒤 그는 타운에 어울리는 일등시민, 그곳 사람들이 원하는 것-사생활과 예절과 힘겹게 얻은 특권에 수반되는 고요-을 구현한, 살아 숨 쉬는 상징물로 자리매김 된다. 서니의 직언 그리고 떠나감도 그에게 페르소나를 벗어던질 기회를 제공하지 못했다. 그는 여전히 남들의 평판과 일등시민의 자부심 속에서 계속 안주해왔던 것이다.

　그가 K(끝애)를 만난 것은 미국으로 이민 전 일본제국의 위생장교로서 미얀마에서 복무할 때이다. 그녀는 남동생의 징병을 대신하여 그녀의 언니와 함께 끌려온 위안부였다. 그녀는 기품 있는 양반집안의 딸로서 체계적인 근대교육을 받은 적이 없었음에도 하타가 일본제국이 선전하는 대로 되뇐 대동아공영권의 허위의식을 통찰할 수 있는 교양을 갖추었으며, 그에게 '조선사람'이냐고 질문함으로써 그의 민족 정체성에 분열을 일으킨 인물이다. 그녀는 하타의 사랑한다는 고백, 전쟁이 끝나면 함께 가자는 말들이 한낱 젊은이의 열정이나 꿈일 뿐임을 꿰뚫으며 "당신은 나를 사랑한다고 하지만 당신이 정말로 뭘 원했는지 아직도 모르고 있어요. 아직 젊고 점잖으니까요. 하지만 이제 말해주죠. 그건 내 섹스예요. 내 섹스라는 물건이에요."라고 그가 다른 사람들과 조금도 다를 바가 없다는 것을 날카롭게 지적했던 조선여성이다.

에도 상병이 K의 언니를 죽여주고 자신은 처형당했던 것과는 달리 하타는 그녀에게 사랑한다고 고백하고, 그녀와 실제 사랑을 나누었음에도 불구하고 그녀의 죽여 달라는 간절한 요구를 들어주지 못함으로써 그녀를 집단강간을 당하고 죽도록 방치했다. 죽음이야말로 아무런 권력도 갖지 못한 그녀가 위안부로서의 삶을 거부할 수 있는 유일한 저항수단이었다. 그런데도 그는 그녀의 요구를 들어주지 못함으로써 결국 그녀를 가장 치욕스럽게 죽어가도록 방관했던 것이다. 그에 대한 깊은 죄책감은 그의 무의식에 수십 년 동안 억압되어 있었다.(그녀의 존재를 떠올리고 싶지 않았다는 것은 그녀의 이름을 '끝애' 대신 'K'라는 약자로 호명하는 데서도 무의식중에 드러난다.) 하지만 그가 미국으로 이주한 후 독신으로 살게 만든 것, 메리 번즈의 진지한 사랑을 제대로 받아들이지 못한 것, 한국 출신의 여자 입양아를 원했던 것 등 그 모든 것들의 근원에, 그러나 하타 자신은 결코 의식하지 못했던 근원에 그녀가 위치한다. 그녀에 대한 죄책감은 그도 의식하지 못하는 가운데 그의 인생을 관통하여 왔던 것이다.

화재사건으로 입원해 있는 동안 그는 그녀에 대한 기억들을 비로소 떠올리며 그녀에게 속죄한다. 일본제국의 군인이라는 집단적 규범에 의한다면 그녀의 요구를 들어주지 못한 것은 잘못된 일이 아닐 것이다. 하지만 그녀를 진심으로 사랑했던 한 남성으로서의 근원적 양심에 의한다면 그것은 분명 사랑하는 여성에 대한 책임의식의 방기였다. 그는 그 죄책감을 무의식의 저 밑바닥에 억압한 채로 70세의 노년에 이른 것이다. 그럼에도 K는 그의 환영 속에 계속 등장함으로써 그의 자기실현을 돕는 아니마로서의 기능을 수행한다. 환영 속의 K는 그에게 이사 갈 것을 촉구한다.

> "하지만 이상할 수밖에 없습니다. 왜 여기 있는 게 나 외에 다른 모든 사람에게는 그렇게 끔찍한 일인지. 필요한 게 다 있잖아요. 아니 그 이상이죠. 이 지역에서 가장 좋은 타운에 멋진 집과 뜰이 있습니다. 게다가 평판도 좋고 존경도 받아요. 시간도 많고 조용하고 돈도 아쉽지 않아요. 나는 이런 걸 마련하느라 열심히 노력했습니다. 그리고 누가 봐도 부러울 정도로 따뜻하게 환영받았어요. 모든 것이 섬세하게 조화를 이루고 있어요. 그런데도 당신은 만족하지 않는 것 같아요."
>
> "만족하지 않는 게 아니에요."
>
> 흐린 눈이 나를 빤히 바라보고 있다.
>
> "하지만 불안해요, 소위님. 정말이지 이사를 가면 좋겠어요. 무슨 문제가 있는 건 아니에요. 전혀 없어요. 하지만 저는 알아요. 저는 여기서 죽지 않을 거예요. 여기서 죽을 수가 없어요. 하지만 가끔은, 소위님. 나도 그러고 싶을 때가 있어요."[17]

---

17) 이창래, 『제스처 라이프』제2권, 141면.

여기서 '이사'야말로 평판과 존경과 경제적 안정과 남으로부터 부러울 정도로 따뜻하게 환영받는 삶, 즉 페르소나와 동일시해온 삶을 단절하여 새로운 삶을 살 것을 촉구하는 의미이다. K의 환영을 쫓아다니던 하타는 서니가 사용하던 목욕탕으로 들어가 오랫동안 사용하지 않아 나오는 갈색의 녹물들을 다 빼버리고 욕조에 깨끗한 물을 가득 받아 그 속에 들어가 앉는다. 그는 그 안에서의 느낌을 다음과 같이 표현한다.

아직 이 생에, 이 세계에, 인류의 행위와 흔적에 줄을 댄 어떤 일에도 태어나지 않은 태아처럼 조용히 몸을 웅크린 채 그대로 머무를 수 있는 방법. 나는 순수를 원했다기보다는 뒤로 거슬러 올라가 지울 수 있는 지우개를 원했다. 시작 이전을 원했다. 내 모든 세월을 팔아버리고 어떤 앞선 시점으로 돌아가 다시는 앞으로 나아가지 않을 수 있다면, 나는 의문 없이 아무런 두려움 없이 그렇게 할 것이다.[18]

이 시점에 이르러서야 비로소 하타는 자신의 성공했다고 여겨온 삶을 반성하며 가능하다면 그것을 지우개로 지우고 싶다는 강력한 열망, 아니 모든 것이 시작되기 이전, 세상 밖으로 나오지 않은 태아상태에 머물러 있기를 희구한다. 그가 물이 맑아질 때까지 흘려보낸 불그스레한 갈색의 녹물은 그의 지워버리고 싶은 과거, 즉 죄책감으로 얼룩지고 남의 평판만을 의식해온 제스처 인생일 것이다. 그는 깨끗한 물속에서 재탄생한다. 이때 욕조는 어머니의 자궁이며, 창조의 요

---

18) 이창래, 위의 책, 144면.

람이다. 깨끗한 물은 태아를 감싸는 양수와 같은 창조력의 원천이고, 원수(原水)로서의 생명의 근원이며, 재생의 상징이자 K에게 참회하는 속죄의 물이라고 하겠다. 융에 의하면 물은 무의식의 가장 일반적인 상징이다. 하타의 자아 찾기는 그의 무의식으로 눈을 돌리게 만든 아니마로서의 여성 K를 기억함으로써, 그녀의 인도에 의해서 이루어진 것이다.

  그 후 하타의 삶은 변화한다. 바다에서 수영하다 익사할 뻔한 손자 '토마스'와 친구 '레니'를 내적인 자발성에 의해 망설이지 않고 구하는가 하면 그의 내면이 요구하는 대로 서니와 화해한다. 그리고 마침내 그의 사회경제적 성공의 표지인 튜더풍의 저택을 팔 결심을 한다. 그는 그 돈으로 심장병을 앓고 있는 '히키' 부인의 아들을 위한 기부금을 낼 것이며, '히키' 부인이 사들여 운영하다 실패한 서니의료기기를 다시 사들여 자신과 서니의 이름으로 공동 등기할 예정이다. 그리고 가게 2층 아파트에서 서니와 손자 토마스 모자를 머물게 할 것이다. 그리고 그는 오랫동안 살던 그곳을 떠날 것이다. 가야 할 곳은 아직 정하지 않았다. 그러나 그는 한 바퀴 돌아서 다시 돌아올 것이다.

  소설의 결말은 더 이상 타인지향적이고 집단적인 투사에 의하여 형성된 제스처가 아니라 외적 자아와 내적 자아가 조화를 이룬 하타를 보여준다. 마침내 그는 페르소나와 동일시된 자아를 벗어난 성숙한 자아를 실현한 것이다. 즉 진정한 자아정체성을 회복한 것이다.

  사회심리적 생애발달을 8단계로 구분한 에릭슨(Erik Erikson)은 제 8단계인 노년기를 '자아통합 대 절망'의 시기로 규정했다. 이 단계는 모든 갈등이 조화롭게 통일되며 성숙한 경지에 도달하는 시기이고, 죽음을 앞두고 자신의 삶을 통합하고 점검해야 하는 시기이다. 칠십

세의 하타는 자신의 지나온 인생에 대한 성찰을 통해 그야말로 자아
통합의 성숙한 경지에 성공적으로 도달한 것이다.

4. 탈식민과 다문화적 정체성

작가 이창래는 이 소설에서 단지 페르소나에 동일시해온 자아를 벗
어나 진정한 자아정체성을 실현하는 노년남성을 그리는 데에만 그 목
표를 두지 않았다. 아니 진정한 자아정체성의 실현이란 단순히 개인
의 심리학적 주제만이 아니다. 즉 『제스처 라이프』는 정신대로 끌려
갔던 여성에 관한 소설이자 피식민지 조선 혈통의 일본계 이민자인
하타의 민족정체성을 묻는 탈식민주의적인 주제를 중요하게 내포하
고 있다. 따라서 탈식민주의의 관점에서 이 소설의 주제를 재분석하
지 않을 수 없다.

정신분석학적 탈식민주의 이론가 바바(Homi. Bhabha)는 기억하기
는 결코 자기반성이나 회고와 같은 정태적 행위가 아니다. 그것은 현
재의 외상을 이해하기 위해 조각난 과거를 짜 맞추어 보는 것, 고통스
러운 다시 떠올림이라고 했다.[19] 릴라 간디(Leela Gandhi) 역시 단순
히 식민기억들을 억압하는 것만으로 식민경험이라는 불편한 현실에
서 해방되거나 그것을 극복하는 일은 불가능하다고 했다.[20] 조선 혈
통의 일본계 이민자로서 미국사회에서 성공했지만 칠십에 이르러 정

---

19) Homi. K. Bhabha, *The Location of Culture*, Routledge, London, 1994, p.63.
20) 릴라 간디, 이영욱 역, 『포스트식민주의란 무엇인가』, 현실문화연구, 2000, 16-17
면.

체성(제스처 인생)에 대한 회의를 나타내는 하타를 제대로 이해하기 위해서는 그로 하여금 과거의 억압된 기억들을 복원하고 아무리 고통스럽더라도 과거의 기억들과 직면하게 만들어야 한다. 즉 현재까지도 그를 지배하는 종속의 흔적과 기억들, 다시 말해 일제 식민주의가 남긴 상처들로부터 자유로워지기 위한 탈식민화는 망각으로부터 벗어나는 일로부터 시작되기 때문이다.

탈식민주의적인 주제를 드러내기 위해 작가는 주인공 하타를 조선인이자 일본인이며, 최종적으로 미국인이 된 다중적 정체성을 지닌 인물로 설정하고 있다. 그리고 일본인 가정에 입양된 이 인물을 대동아공영권이라는 이데올로기로 그들의 침략주의를 호도하며 동남아시아의 침략에 나선 군인(위생장교)으로 설정하여 정신대로 끌려온 조선여성 K와 만나도록 설정한다. 뿐만 아니라 입양아 서니를 한국에 파견된 흑인군인과 한국여성 간의 혼혈아로 설정하고, 그녀의 아들 토마스도 흑인남성과의 혼혈아로 설정함으로써 민족 또는 인종적 차원에서 정체성의 문제를 다차원적으로 제기하고 있다.

하타의 삶을 지배해온 제스처로서의 인생은 그가 미국 이주 후에 새롭게 터득한 생존의 원리가 아니라 일본인 가정에 입양된 12살의 어린 나이로부터 시작된 것임이 밝혀진다. 그때부터 그는 그의 자아를 사회가 원하는 방향으로 일치시켜 왔다. 사회의 불침번으로 그 자신을 헌신하고 그의 모든 것을 사회에 의탁하여 해결해야 하며, 자아와 사회의 이상적인 공생관계야말로 강력한 힘을 발휘하는 동시에 해방의 기능을 한다는 사실을 어린 나이에 벌써 깨달았음을 그는 기억해낸다. 그것은 그가 자란 전체주의 사회인 일본의 국민교육이 의도한 결과였다. 작가는 일본 제국주의가 개인보다 전체(국가)를 먼저 생각하도록 국민을 어떻게 도구화하고 의식화해왔는가를 하타의 의식에서 잘 포착해낸다.

더욱이 하타는 입양으로 일본 국적이 되었지만 혈통상으로는 피식민지 조선인이었다. 따라서 비천하고 가난한 친부모에게 되돌려질지도 모른다는 입양아로서의 불안감 때문에, 사회로부터 배제되고 후원을 받지 못하게 될지도 모른다는 데 대한 피식민지인의 두려움 때문에 그의 일본인 되기는 더욱 철저했다. 그는 제국의 군인으로서 오점을 남기는 데 대한 두려움 때문에 그가 사랑했던 K의 죽여 달라는 요구를 외면했고, 결국 그녀를 수십 명의 일본군에게 윤간당한 후 살해당하도록 방치했다. 그는 미국에 이주한 이후까지 평생을 그런 두려움에 사로잡혀 살아왔음을 돌이켜 고백한다. 그 두려움이란 비천한 조선인으로 되돌려질지 모른다는 입양아로서의 불안감이자, 독립된 이후에도 일제의 영향으로부터 자유로울 수 없었던 피식민지 출신의 콤플렉스이다. 뿐만 아니라 동양계 이민자로서 미국의 주류사회로부터 배제될지도 모른다는 데 대한 디아스포라의 불안감이라고 할 수 있다.

> 나는 평생 그것을 두려워했다. 내가 구로하타 집안에 양자로 들어간 날부터 제국 육군에 입대한 날까지 계속된 두려움이었다. 심지어 서니 의료기기의 문을 연 날에 이르기까지도 계속된 두려움이었다.[21]

그런데 그가 의식의 차원에서 비천한 조선인으로서의 정체성을 삭

---

21) 이창래, 제2권, 70면.

제하고, 철저히 일본사회가 요구하는 일본인으로 동화되어 충성과 의무로 무장해왔음에도 불구하고 그의 내면은 두 개의 정체성 사이를 오가며 끊임없이 불안을 나타냈다.

> 좀 더 구체적으로는 내 진정한 본성이 전장의 시련 속에서 드러나기를 바랐다. 그래서 혹시 나라는 인간을 내 친족이 사는 비천한 곳으로부터 떼어내 길러낸 것이 과연 가치 있는 일이었냐고 의심하는 사람에게 그것이 가치 있는 일이었음을 증명하고, 나아가 우리 모두의 내부에 있는 본질적이고 내적인 정신을 드러내고 싶었다. 그럼에도 나는 늘 궁금했다. 훈련과 양육이 우리의 본질을 이루고 있는 단순한 흙과 재와 피보다 더 큰 힘을 지니는 것일까? 아니면 이런 사회적 단련은 결국 죽은 자들의 썩어가는 옷처럼 떨어져 나가고 결국 그 밑의 뼈가 드러나는 것일까?[22]

그것은 조선인이라는 선천적인 혈통의 정체성(흙, 재, 피)과 일본인으로서의 후천적 정체성(훈련, 양육) 사이에서 나타내는 분열이요, 불안이다. 조선 출신의 K와의 만남도 필연적으로 정체성에 대한 그의 불안을 뒤흔든다. 그녀가 조선인이냐고 두 번이나 물었을 때 이를 강하게 부정했음에도 그는 그를 똑바로 보며 조선어로 말하는 그녀의 주제넘은 태도에 흔들리며 묘하게 위압감을 느낀다. 그녀가 그의 일본인이라는 정체성에 분열을 일으키며, 그가 의식적으로 거부해온 조선인의 정체성을 환기했기 때문이다. K를 만난 후 그는 조금씩 변화한다. 다른 일본병사들이 조선인 위안부를 '조센삐'라는 경멸적 단어

---

22) 이창래, 제1권, 161-162면.

로 부르며 인간이 아니라 마치 우리 안의 짐승처럼 여기는 태도에 자신도 모르게 "잠시 몸이 얼어 붙었"고, 위안부를 부드러운 살덩어리들로, 사라지기 전에 얼른 가져야 할 짧고 따뜻한 쾌락으로, 그것이 전시의 기본적인 방식으로 여기는 그들과는 달리 K를 어떻게 보존할까, 어떻게 그녀를 그런 식으로 이용당하는 모든 일들로부터 떼어놓을까를 생각하게 된다.[23] 그것은 단지 젊은 남자로서 자신이 사랑하게 된 젊은 여자에 대한 소유욕과 보호본능으로부터 나온 것만이 아니었음을 그때 그는 의식하지 못했다.

이상하게 들리겠지만, 지금 나는 내가 늘 갈망했던 것과 똑같은 것을 K가 원했다고 생각한다. 그것은 받아들여지는 질서 속에 자기 자리를 갖는 것이었다. 그녀는 훌륭한 품성을 갖춘 젊은 여인이 되어, 그녀의 아버지에게 남동생만큼이나 의미 있는 존재가 되고 싶었다. 그녀는 배움과 우아함에 기초한 독립을 원했다. 그녀는 그녀 나름대로 헌신할 수 있는 일을 택하고 싶었다. 아이를 낳고 필요한 일을 하고 싶었다. 진정한 소명을 찾고 싶었다. 지금의 나처럼 늙고 싶어 했다. 물론 나와는 다른 색조로, 다른 마음으로 뒤를 돌아보겠지만, 내가 바란 것은 큰 집단을 이루는 것의 한 부분(비록 백만분의 일이라 해도)이 되는 것이었다. 그리고 제스처들뿐인 삶 이상의 어떤 것을 가지고 그 과정을 마치는 것이었다.[24]

그는 뒤늦게 전쟁이 K와 그로부터 어떤 것들을 빼앗아 갔는지를 비

---

23) 이창래, 제2권, 96-97면.
24) 이창래, 위의 책, 156면.

로소 깨닫게 된다. 돌이켜보건대, 전쟁의 폭력성은 K로부터 그녀의 생명을 비롯하여 인간답게 살고자 하는 그녀의 모든 꿈을 앗아가버렸지만 그 자신에게도 타인지향적인 제스처뿐인 인생을 살아가도록 만들었다. 수십 년의 세월이 흐른 지금 그는 그 시절을 되돌아보며, 그나 병사들, K나 다른 여자들, 그리고 나머지 사람들도 모두 중심을 구성하는 존재들이었으며, 동시에 전쟁기계에 자신과 서로를 먹이로 내주고 만 전쟁의 피해자들이라는 사실을 깨닫는다.

> 지금은 똑똑히 보이지만, 사실 나는 그 상황의 중요한 한 부분이었다. K와 다른 여자들도, 병사들과 나머지 사람들도 마찬가지였다. 사실 무시무시한 것은 우리가 중심에 있었다는 것이다. 순진하게 동시에 순진하지 않게 더 큰 과정들을 구성하고 있었다는 것이다. 그럼으로써 모든 것을 삼켜버리는 전쟁기계에 우리 자신을 또 서로를 먹이로 내주고 말았다는 것이다.[25]

이 대목에서 재미한인 1.5세인 이창래의 독특한 역사의식이 드러난다. 만약 그가 순수한 한국작가였다면 결코 가질 수 없는, 전쟁에 대한 그의 개성적 인식은 한국의 독자들에게는 다소 생소하다. 위안부로서의 삶을 거부하고 살해당한 K나, 제국의 군인으로서 살아남은 하타나 다른 병사들 모두가 전쟁의 중심에서 큰 과정을 구성하는 존재였으며, 모든 것을 삼켜버리는 전쟁기계에 자신과 서로를 먹이로 내주고 만 피해자들이라는 인식은 이창래가 재미한인이었기에 가능

---

25) 이창래, 위의 책, 156면.

한 태도일 것이다. 가해자와 피해자가 분명한 전쟁에서 그에 동원된 개인들 모두가 피해자라는 시각은 그가 만약 순수한 한국작가였다면 좀처럼 갖기 어려웠을 것이다.

하타의 일본인으로서의 정체성을 속임이나 위장의 의미가 함축된 패싱(passing)으로 파악한 이선주는 식민지 시대 일본에서 사는 조선 인으로서 하타가 한 일본인 행세는 식민통치의 과정에서 살기 위해 자발적, 비자발적으로 택한 국적 감추기라는 정황을 고려해야 함에도 불구하고, 그의 일본인 되기는 너무 필사적이고 결연한 것이라고 비 판했다.[26] 하지만 그가 필사적으로 피식민지인에서 제국의 국민으로 패싱하며, 조선인임을 부정하고 철저히 일본인으로 살아간 것, 뿐만 아니라 미국에 이민한 이후까지도 일본계로 행세한 것은 그만큼 피식 민지 조선인에 대한 일본제국의 억압이 심각했기 때문일 것이다. 그 억압의 가장 확실한 예가 정신대로 동원된 K와 그 언니, 그리고 다른 소녀들이 아닌가? 그리고 그가 미국으로 이민한 이후까지도 조선인 임을 계속 숨긴 것까지….

아무튼 미국에 이민한 하타는 그가 과거에 필사적으로 일본인처럼 되려고 노력했던 것처럼 미국인으로 동화되기 위해 노력한다. 그리 고 그 노력은 성공을 거둔 것처럼 보인다. 하지만 그가 골프여행에서 다른 일본인을 만났을 때, 그 둘만이 다른 미국인들과 다르다는 느낌, 그곳 미국인들 사이에 그들이 끼어들 곳이 없다는 느낌에 사로잡힌 다.[27] 또한 메리 번즈의 컨트리클럽에서 열리는 사교행사나 무도회에

---

26) 이선주, 앞의 논문, 238면.
27) 이창래, 제1권, 36면.

서 유일한 유색인종이라는 데 불편함을 느낀다.[28] 그것은 그가 일본
계 미국인으로서 아무리 좋은 평판과 사회적 성공을 거두었다고 하더
라도 바바가 말했듯이 '거의 같지만 똑같지 않은' 닮은꼴로서의 동양
계 이주민에 불과했음을 자각했기 때문이다. 바바에 의하면 피지배자
가 식민권력에 의해 제국에 동화되는 가운데 지배자를 모방하게 됨으
로써 '거의 같지만 똑같지 않은' 닮은꼴로서의 피지배자는 식민통치
에 필요한 인적 자원이 된다는 것이다.[29] 그는 노력하면 미국인과 똑
같이 될 수 있다고 믿었지만 그게 아니었던 것이다.

　그는 칠십에 이르러 과거를 돌이켜봄으로써 비로소 평생을 통해 부
단히 주류사회로부터 인정받기 위해 노력해 온 것이 자신의 인생에서
오랜 어리석음이며, 그의 인생을 지속적으로 실패하게 만든 원인이
었음을 깨닫는다. 그리고 그것이 일본인 가정에 입양된 12살의 나이
로부터 시작된 것이었음을 기억해낸다. 작품의 서두에서 자랑스럽게
"이곳 사람들은 나를 안다"라고 말했던 것과 같은 사회적 인정이 그
의 인생의 진정한 성공은 아니었다는 것을 자각한 것이다. 즉 릴라 간
디의 말처럼 그는 과거에 대한 엄정한 사유를 함으로써 비로소 정신
적 해방을 이룬 것이다.

　　그저 매일 밤 가게를 나오면서 슬쩍 돌아보았을 때, 저곳이 우리를
　　담아 줄 만한 곳이라는 믿음을 느끼게 될 수도 있다는 상상이다. 어쩌
　　면 그것이야말로 내가 평생 동안 얻으려고 노력했던 것이 아닐까? 어
　　렸을 때 일본인 부모의 손을 잡고 정규학교에 입학했을 때부터 영광

---

28) 이창래, 위의 책, 138면.
29) 태혜숙, 『탈식민주의 페미니즘』, 여이연, 2001, 37면.

스런 전쟁으로 일컬어지던 전쟁에 군인으로 참여할 때까지, 그리고 이
나라에, 그것도 매우 품위 있는 타운에 정착할 때까지 그것이 내 오랜
어리석음, 나의 지속적인 실패가 아닐까?[30]

탈식민주의 이론가 사이드(Edward. W. Said)의 파생(filiation)과 제
휴(affiliation)라는 개념에 의한다면, 주인공의 삶은 '파생'에 대한 부
정으로 인해 '제휴'의 삶이 제스처 라이프가 되고 만 경우이다. '파생'
이란 세대와 세대 사이의 자연스러운 전이나 계속성, 또는 자신이 태
어난 문화와 개인과의 관계를 의미한다. '제휴'는 태어난 이후에 갖게
되는 여러 가지 관계와 결속-예컨대 교우관계, 직업, 정당 활동 등-을
의미한다.[31]

하타의 경우 '파생'은 그가 부정했던 조선인으로서의 계속성으로,
'제휴'는 입양 후 갖게 된 일본인, 또는 이민 후 미국에서의 관계나 미
국인으로서의 새로운 정체성과 관련된다고 할 것이다. 그의 제스처
인생, 페르소나로서의 삶은 '파생'을 거부하고 '제휴'에만 매달림으로
써 자아상실에 빠진 삶이다. 따라서 주인공의 새로운 자각은 파생에
대한 인정을 통해 진정한 제휴에 도달하고자 하는 것이다.

이 소설은 조선인이었지만 입양과 이민으로 후천적으로 일본계 미
국인이라는 다중적 정체성을 획득한 하타와 달리 미국계 흑인군인
과 한국여성 사이의 혼혈로 태어나 하타에게 입양된, 그리고 흑인과
의 관계에서 아들을 낳은 서니라는 혼혈여성을 대조적으로 설정함으
로써 미국사회로 이민한 동양계 이주민의 정체성 문제에 대한 대안을

---

30) 이창래, 제2권, 42면.
31) 김성곤, 『포스트모더니즘과 현대미국소설』, 열음사, 1990, 129면.

제시하고자 한다. 즉 백인 주류사회에 적응시키려는 하타의 양육방식을 거부하고 가출한 서니가 당당하고 책임감 있게 살아가고 있는 모습을 통해서 피식민 경험과 전쟁경험, 그리고 이민경험이 있는 하타 세대와는 다른 서니 세대의 혈통이나 민족, 그리고 국가를 벗어난 자리에 위치한 다문화적 정체성을 작가는 비전으로 제시한다. 즉 하타가 염려했던 것과는 달리 서니의 당당하고 독립적 삶이야말로 역설적으로 하타의 실패한 삶을 비춰주는 거울로 작용한다. 하타의 서니와의 화해는 단순한 부녀지간의 화해가 아니다. 그것은 하타로 하여금 서니의 삶의 방식에 대한 수용이며, 인정이다. 또한 그것은 하타의 동화주의적 삶(제스처 인생)이 실패이며, 서니의 다문화적 정체성에 대한 당당한 인정이 오히려 성공이라는 것을 말해준다.

현재 미국은 건국 초기의 동화주의가 갖는 부정적 측면이 드러나자 여러 민족의 문화적 다양성이 미국 발전에 도움이 된다는 다문화주의로 선회했다. 다문화주의는 이주문제의 적절한 해법을 모색하기 위한 시도로서, 이것의 핵심은 차이의 공존을 인정하고 이질적인 문화 간의 상호작용을 통해 사회의 다원화와 새로운 문화적 정체성을 지향하는 것이다. 다문화주의의 이상은 "상이한 국적, 체류자격, 인종, 문화적 배경, 성, 연령, 계층적 귀속감 등에 관계없이, 모든 인간이 인간으로서의 보편적 권리를 향유하고, 각각의 특수한 삶의 방식을 존중하며 공존할 수 있는, 다원주의적인 사회·문화·제도·정서적 인프라를 만들어내기 위한 집합적 노력"[32]이다.

결말에서 하타는 그의 사회적 성공의 상징이었던 저택을 팔고 내

---

32) 오경석 외, 『한국에서의 다문화주의:현실과 쟁점』, 한울아카데미, 2007, 26면.

살, 그리고 피, 내 뼈를 짊어지고 갈 것이며, 나는 한 바퀴 돌아서 다시 이곳에 이를 것이다. 마치 귀향을 하듯이라고 다짐한다. 이것은 그가 평생 억압해 왔던 조선인으로서의 콤플렉스를 벗고 다문화적 정체성을 인정한다는 의미이며, 그것이 결국 진정한 미국인으로 되기 위한 방식이라는 자각이다. 여기서 작가의 중요한 메시지를 읽을 수 있다. 즉 탈식민을 위해 다문화주의를 대안으로 제시한 것이다.

이 작품은 다민족 다문화의 미국사회에서 동양계 이민자들은 일방적인 동화보다는 동양인이라는 문화적 정체성을 인정함으로써 제스처 라이프를 벗어나 당당하고 진실한 삶을 살 수 있다는 메시지를 던져준다.

5. 결론

이 논문은 이창래의 『제스처 라이프』에 나타난 인물의 정체성 찾기라는 주제를 칼 융의 분석심리학과 탈식민주의 관점에서 고찰했다.

『제스처 라이프』의 주인공 하타는 조선인으로서 일본인 가정에 입양됨으로써 일본인이 되었으며, 태평양전쟁 때는 동남아시아에서 위생장교로 복무한다. 그 후 그는 미국에 이민하여 의료기기상을 운영하며, 예의바른 미국인으로 성공적인 삶을 살아왔다.

하지만 그는 70세에 이르러서 페르소나에 동일시해온 삶에 회의를 나타내며 진정한 자아 찾기의 여정에 나선다. 메리 번즈, 서니, K(끝애)는 하타로 하여금 페르소나에 동일시해온 삶을 단절하고 자아실현을 이루라고 촉구하는 아니마로서의 여성들이다. 하타의 자아 찾기는 결국 그의 무의식으로 눈을 돌리게 만든 여성 K를 기억함으로써, 그녀의 인도에 의해서 이루어진다. 소설의 결말은 더 이상 타인지향적이고 집단적인 투사에 의하여 형성된 제스처가 아니라 외적 자아와 내적 자아가 조화를 이룬 하타를 보여준다. 마침내 그는 페르소나와 동일시된 자아를 벗어나 성숙한 자아를 실현한 것이다.

또한 하타는 모범적인 일본인 그리고 미국인으로서 살아온 삶은 지배문화로부터 인정받기 위한 제스처 라이프였음을 자각한다. 그는 노력하면 모범적인 일본인도, 미국인도, 아버지도, 연인도 될 수 있다고 믿었지만 그것은 단지 타인지향적인 제스처 라이프, 즉 페르소나에 불과했음을 성찰한다. 그는 딸과의 화해를 시도하는 한편 그가 평생을 두고 억압해온 조선인으로서의 혈통적 정체성을 부정하지 않을 때에 비로소 미국인으로서도 진정한 삶을 살아갈 수 있다는 사실을 자각한다.

주인공의 삶은 사이드의 개념에 의한다면 파생에 대한 부정으로 인해 제휴의 삶이 제스처 라이프가 되고 만 경우이다. 따라서 주인공의 자각은 파생에 대한 인정을 통해 진정한 제휴에 도달하고자 하는 것이다. 이 작품은 하타의 자각뿐만 아니라 서니라는 인물을 통해서 다민족 다문화의 미국사회에서 동양계 이민자들은 주류사회에 대한 일방적 동화보다는 다문화적 정체성을 인정함으로써 제스처 라이프를 벗어나 진실한 삶을 살 수 있다는 메시지를 던져준다.

참/고/문/헌

〈기초자료〉

• 이창래, 정영목 역, 『제스쳐라이프』제1권 · 제2권, 중앙 M&B, 2000.

• Chang-rae Lee, *A Gesture Life*, New York: Riverhead Books, 1999.

〈단행본〉

• 김성곤, 『포스트모더니즘과 현대미국소설』, 열음사, 1990.

• 이부영, 『분석심리학』, 일조각, 1978.

• 오경석 외, 『한국에서의 다문화주의:현실과 쟁점』, 한울아카데미, 2007.

• 태혜숙, 『탈식민주의 페미니즘』, 여이연, 2001.

• Bellemin-Noel, Jean, 최애영 · 심재중 역, 『문학텍스트의 정신분석』, 동문선, 2001.

• Bhabha, Homi. K, *The Location of Culture*, Routledge, London, 1994.

• Gandhi, Leela, 이영욱 역, 『포스트식민주의란 무엇인가』, 현실문화연구, 2000.

〈논문〉

• 고양성 · 노종진, 「이창래의 『네이티브 스피커』와 『제스츄어 인

생』에 나타난 등장인물의 존재의식과 정체성」, 『영어영문학 연구』47-2, 2005, 143-166면.

- 권택영, 「응시로서의 『제스쳐인생』-이창래와 라캉의 다문화적 윤리」, 『영어영문학』48-1, 2002, 243-261면.
- 김미영, 「「제스쳐라이프에 나타난 숭고미의 교육적 가치」, 『국어국문학』141, 국어국문학회, 2005, 429-458면.
- 나영균, 「『제스츄어 인생』: 신역사주의적 고찰」, 『현대영미소설』7-2, 현대영미소설학회, 2000, 1-12면.
- 박보량, 「『제스쳐 라이프(*A Gesture Life*): 이민사회 속에서의 하타의 정체성 모색」」, 『미국소설』2-2, 미국소설학회, 2005, 127-149면.
- 유제분, 「재현의 윤리 : 『제스처 라이프』의 종군위안부에 대한 기억과 애도」, 『현대영미소설』13-3, 현대영미소설학회, 2006, 85-89면.
- 윤정헌, 「한인소설에 나타난 이주민의 정체성」, 『한국문예비평연구』21, 한국문예비평학회, 2006, 115-135면.
- 이선주, 「이창래의 『제스처인생』-패싱, 동화와 디아스포라」, 『미국학』31-2, 서울대학교 미국학 연구소, 2008, 235-264면.
- 이소희, 「『제스처 인생』에 나타난 젠더화된 트라우마」, 『현대영미소설』13-1, 현대영미소설학회, 2006, 133-156면.
- 장사선, 「재미한인소설에 나타난 폭거와 응전」, 『한국현대문학연구』18, 한국현대문학연구학회, 2005, 481-509면.
- Carroll, Hamilton, "Traumatic Patriarchy : Reading Gendered Nationalism in Chang-rae Lee's *A Gesture Life*.", *Modern*

Fiction Studies 51:3, pp.592-616.

- Chang, Joan C.H., *"A Gesture Life"*: Reviewing the the Model Minority Complex in a Global Context." *Journal of American Studies* 37:1, pp.131-152.

- Lee, Hae-Nyeon, "A Comparative Study on Korean Writer' Post-Colonialism", 『비교한국학』16-1, 국제비교한국학회, 2008, pp.111-133.

(『한국언어문학』 75, 한국언어문학회, 2010)

이창래의『생존자』에 재현된 전쟁으로 인한 '외상 후 스트레스 장애'와 그 치유

1. 서론

재미한인작가 이창래는 2000년 뉴욕타임스에 '미국 문단의 가장 주목받는 작가'로 선정됨으로써 작가적 입지를 확고히 굳혔다. 이후 권위 있는 여러 문학상을 수상한 그는 2011년에는 노벨문학상 수상 후보로 거론되었을 만큼 문학적 역량을 높이 평가받고 있다.[1]

1965년 서울에서 태어난 이창래는 세 살 때 미국으로 이민한 1.5세 한인작가로서『초당』(1931)을 쓴 강용흘이나『순교자』(1964)를 쓴

---

[1] 이창래는 그동안『네이티브 스피커(Native Speaker)』(1995),『제스처 라이프(A Gesture Life)』(1999),『가족(Aloft)』(2004),『생존자(The Surrendered)』(2010),『이런 만조에(On Such a Full Sea)』등 5편의 작품을 발표하였다. 그의 작품 4편은 국내에 번역 출간되었으며, 최근작『이런 만조에(On Such a Full Sea)』는 곧 번역 출판될 예정이다.

김은국처럼 영어로 소설을 쓰고 있다. 『생존자(The Surrendered)』[2]는 그의 네 번째 작품으로 2011년 보스니아 내전 종식을 기념하기 위해 제정된 데이턴 평화상을 수상했다.

이 소설은 한국전쟁이 발발했던 1950년대의 한국을 넘어서서 1934년의 만주, 1980년대 후반의 뉴욕과 이탈리아 등으로 시공간적 외연을 글로벌하게 확장하고 있다. 이와 같은 시공간적 확장을 통해 작가는 한국전쟁뿐만 아니라 만주사변과 솔페리노전투까지 아우르며, 이 소설을 단순히 한국전쟁에서 살아남은 전쟁고아의 개인적 문제를 넘어서서 인간 보편의 집단적 문제로 확대시킨다.

즉 전쟁은 전 지구적이고 보편적인 현상으로서 어느 전쟁을 막론하고 수많은 사상자를 발생시켰을 뿐만 아니라 살아남은 자들에게도 평생을 심각한 '외상 후 스트레스 장애'에 시달리게 만든다는 것을 보여주었다. 이창래는 한 인터뷰에서 이 소설은 아버지와 삼촌이 한국전쟁 당시 겪었던 일에서 시작됐지만 집단갈등이 인간의 정신에 미치는 영향을 다룬 것이라고 밝힌 바 있다.

『생존자』는 한국전쟁이 비단 한국만의 전쟁이 아니었음을 보여준다. 즉 유엔군으로 참전한 수많은 외국 병사들이나 전쟁으로 파괴된 한국을 돕고자 파견된 선교사들에게도 한국전쟁은 깊은 상흔을 남긴다. 이 작품에서 이창래는 시간적으로 1950년대에서 1980년대까지 관통하며, 아니 1934년까지 거슬러 올라가는 긴 시간에 걸쳐 반복되는 전쟁의 광기와 그 광기에 상처받은 인간을 소환해낸다. 전쟁은 개

---

2) 『생존자』의 원명은 'The Surrendered'로서 '항복자'라는 뜻이지만 국내에서는 '생존자'로 번역하였다.

인들이 결코 회피할 수 없는 거대한 집단폭력으로서 수많은 사망자를 냈지만, 그 참혹한 전쟁에서 살아남은 자들에게도 정상적 삶을 파괴해왔음을 이 소설은 증언한다. 따라서『생존자』는 전쟁소설이 아니라 전쟁이란 거대한 폭력 앞에 항복한 자들의 비극적인 생존 이야기이다.

『생존자』에 대한 국내의 연구로는 노은미[3], 진주영[4], 신혜정[5], 채근병[6] 등의 논문이 있다. 노은미는『생존자』를 폭력의 기억을 항복과 저항의 코드로 풀어낸 소설로 해석했으며, 진주영은 호모 사케르, 즉 '벌거벗은 생명'이라는 관점에서 이창래의『제스처 라이프』와『생존자』의 여성 캐릭터들의 자살이나 마찬가지인 죽음을 윤리의 잠재성을 드러내는 전복적 행위로 해석했다. 신혜정은 전쟁으로 인한 외상의 후유증은 공동체가 함께 이해하는 과정을 통해 극복할 수 있다는 희망을 보여준 작품으로 해석했다. 채근병은『제스처 라이프』와『생존자』의 현재와 과거를 교차하는 이중적 서사구조와 혼종성을 분석했다.

본고는 프로이트(Sigmund Freud)의 이론에 기대어『생존자』에 나타난 전쟁으로 인한 '외상 후 스트레스 장애'의 원인과 증상, 그리고

---

3) 노은미,「폭력의 기억 :『항복자』에 나타난 저항의 심리학」,『현대영미소설』18-3, 한국현대영미소설학회, 2011, 51-72면.
4) 진주영,「호모사케르의 윤리 : 창래 리의『제스처 라이프』와『항복한 자』연구」,『미국소설』20-2, 미국소설학회, 2013, 31-53면.
5) 신혜정,「이창래의『더 서렌더드』: 집단적 외상과 치유 가능성 모색」,『영어영문학연구』55-4, 영어영문학회, 2013, 375-396면.
6) 채근병,「이창래 소설에 나타난 '시간'의 구조와 '혼종'의 가치 -『제스처 라이프』와『생존자』를 중심으로」,『국제한인문학연구』12, 국제한인문학회, 2013, 317-340면.

치유 문제를 장소와 관련하여 규명하고자 한다. 아버지가 정신과 의사였던 이창래는 이 작품뿐만 아니라 『제스처 라이프』에서도 인간의 정신적 트라우마와 그 치유라는 주제를 관심 있게 천착한 바 있다.[7]

본고가 장소와 관련하여 작품의 의미를 파악하고자 하는 이유는 '장소가 인간이 세계를 경험하는 심오하고도 복잡한 측면을 갖기 때문이며, 하이데거가 말했듯이 장소는 인간 실존이 외부와 맺는 유대를 드러내는 동시에 인간의 자유와 실재성의 깊이를 확인하는 방식으로 인간을 위치시킨다고 보기 때문이다.'[8]

2. '외상 후 스트레스 장애'와 기억하기

'외상 후 스트레스 장애(post traumatic stress disorder, PTSD)'는 "거의 모든 사람에게 외상으로 경험될 만큼 심한 감정적 스트레스를 경험했을 때 나타나는 장애이다. 즉 전쟁, 자동차, 기차, 비행기 등 교통수단으로 인한 사고와 산업장에서의 사고, 개인적 피해를 끼치는 폭행, 강간, 테러 및 폭동, 때로는 홍수, 폭풍, 지진, 화산폭발 등 생명을 위협하는 재난이 발생했을 때 당시에 받은 충격에 의해 발병한다."[9] 'PTSD는 심각한 외상을 보거나 직접 겪은 후에 나타나는 불안

---

7) 송명희, 「주류사회에서 아웃사이더의 정체성 찾기 : 이창래의 『제스처 라이프』를 중심으로」, 『한국언어문학』75, 한국언어문학회, 2010, 509-533면.
8) 에드워드 렐프, 김덕현 외 역, 『장소와 장소상실』, 논형, 2005, 25면.
9) 김찬영, 「외상 후 스트레스장애」, 『대한내과학회지』69-3, 대한내과학회, 2005, 237면.

장애의 일종[10]으로서 남자의 경우에는 전쟁 경험, 여자의 경우는 물리적 폭행이나 강간을 당한 경우에 많이 나타난다.

'PTSD 환자에서 보이는 중요한 세 가지 임상 양상은 첫째, 악몽에 시달리고 기억을 반추하는 등 위협적이었던 외상적 사건을 재경험하는 것이다. 둘째, 그러한 외상을 상기시키는 것을 지속적으로 회피하려 하거나 그러한 상기에 대한 반응을 마비시키려 하는 회피와 감정적 무감각이다. 셋째, 자율신경계의 과잉 각성상태이다. 이러한 상태와 더불어 우울이나 불안, 일상생활에 대한 집중 곤란, 흥미 상실, 대인관계에서 무관심하고 멍청한 태도를 보이면서 짜증, 놀람, 수면장애 등을 보인다. 그리고 뚜렷한 불안의 자율신경계 증상이 동반되는가 하면, 흔히 해리증상이나 공황발작 같은 증상이 나타나기도 하고, 착각이나 환각도 있을 수 있다. 기억과 주의력 장애도 있다. 희생자가 있을 경우 혼자 살아남은 데 대한 죄책감, 배척감, 수치감 등을 느낀다. 사고경험과 비슷한 위험상황을 회피하며 그런 비슷한 자극으로 증세가 악화된다. 불안, 우울 및 지나친 흥분이나 폭발적이거나 갑작스런 충동적 행동을 보일 때도 있다. 약물 남용이나 알코올 남용이 병발하기도 한다.[11]

『생존자』는 전쟁으로 인해 외상을 입은 세 명의 인생 역정(歷程)을 다룬다. 한국전쟁에서 고아로 살아남은 준(June), 한국전쟁의 참전 군인이었던 헥터(Hector), 전쟁고아를 돌보기 위해 파견된 경기도 용인의 「새 희망고아원」 태너 원장의 부인 실비(Sylvie) 등 세 인물이 겪

---

10) 최현석, 『인간의 모든 감정』, 서해문집, 2011, 108면.
11) 김찬영, 앞의 글, 238면.

은 외상적 사건은 모두 전쟁으로부터 야기되었다.

작중인물들은 외상적 사건을 경험한 후 스트레스가 발병하게 될 위험인자를 지닌 어린 나이-11살의 준, 14살의 실비, 15살의 헥터-에 외상적 사건에 노출되었다.[12] 특히 유년기나 청소년기의 가족과 관련된 외상은 개인의 의식에 더욱 깊은 상처로 각인되어 평생을 PTSD에 시달리게 만든다는 것을 세 인물들에게서 확인하지 않을 수 없다.

한국전쟁으로 보호해 줄 가족을 모두 잃은 준은 쌍둥이 동생들과 피난 열차의 지붕에 오른다. 하지만 기차가 갑자기 멈춰 섰을 때 지붕에서 떨어져 여동생은 즉사하고, 남동생은 두 다리를 잃고 만다. 그런데 기차가 다시 움직이자 죽어가는 남동생을 남겨두고 그녀는 '오직 살아남기 위해 달리기' 시작한다. 그렇게 홀로 살아남아 고아원을 거쳐 미국으로 떠났지만 그때 겪은 외상은 평생을 짓누르는 고통의 원인이 된다.

작가는 제1장의 발단과 제19장의 결말을 바로 이 원초적 외상장면으로 설정하는 서사구조를 통해 평생을 관통하는 준의 고통을 상징적으로 나타내고 있다. 작품의 발단은 한국전쟁이 발발하자 아버지와 오빠는 공산군에 끌려가 죽고, 피난길에서 어머니와 언니마저 죽은 상황에서 삼촌 가족이 있는 부산으로 가기 위해 피난 열차의 지붕에 올라타 남쪽으로 가고 있는 상황에서 시작된다. 그리고 마지막 장은 다음과 같이 결말된다.

아직 끝이 아니었다.
준은 기차를 향해 달리고 있었다. 마지막 객차가 그녀로부터 멀어지

---

12) 김찬영, 위의 글, 238면.

고 있었다. 기차는 그녀가 따라잡을 수 없는 속도로 달리고 있는 듯 보
였다.(중략)

마지막 객차의 바퀴가 날카로운 비명 소리를 내면서 섬광을 번쩍였
다. 그것은 속도를 내며 멀어지려 하고 있었다. 그녀는 필사적으로 앞
으로 몸을 기울이며 소리를 질렀다. 다음 순간 그녀는 숨을 멈춘 채 문
의 시커먼 모서리를 향해 손을 뻗었다. 그녀의 뒤쪽으로 세상이 빠른
속도로 멀어졌다. 누군가가 그녀를 끌어올려 품어주었다. 그녀는 지면
에서 발을 뗐다. 살아남은 것이다.[13]

준은 피를 흘리며 죽어가고 있는 남동생을 남겨둔 채 달리는 기차
에 올라타 필사적으로 살아남았지만 혼자 살아남은 데 대한 죄책감은
평생 그녀를 짓눌러 왔다. 그때 그녀와 동생들이 올라탄 피난열차의
지붕은 바슐라르적인 의미에서 외부세계의 위협과 공격으로부터 인
간을 보호해주는 피난처로서의 집의 상실, 그야말로 아무런 방비 없
이 위험에 노출된 상태를 의미한다. 전쟁이란 이처럼 보호처로서의
집을 상실하고 아무런 준비 없이 위험에 무방비로 노출된 상태로서
부모를 잃은 어린 소녀에게는 그 자체가 경악스런 공포 상태라고 하
지 않을 수 없다.

세 인물이 겪었던 외상적 사건들은 빈번한 플래시백(flashback)을
통해 퍼즐 맞추기처럼 조금씩 모습이 드러나다가 결말에 가서야 완전
한 서사적 기억으로 통합되는 구조를 갖고 있다. 조각조각 파편화된
외상적 사건의 기억들이 마지막에 가서야 온전한 형태로 복원되는 서
사구조는 '외상적 경험이 갖고 있는 비상징적인(unsymbolized), 비

---

13) 이창래, 나중길 역, 『생존자』, RHK, 2013, 660-661면.

재현적인(unrepresented), 통합되지 않은(unintegrated), 소화되지 않은(unassimilated) 성격 때문이다. 지축을 뒤흔드는 지진의 폭발과 같은 파괴적이며 원초적인 외상적 사건은 불시에 갑작스레 발생함으로써 경험 주체는 그 충격을 흡수하고 그 사건을 해석할 수 있는 상징 질서와 재현체계의 부재에 노출될 수밖에 없다. 즉 외상적 사건은 그것이 발생할 당시 상징질서에 충분히 통합되지 않았기 때문에 온전한 서사적 기억(narrative memory)이 될 수 없다. 그것은 주체가 그것을 받아들일 마음의 준비가 되기 전에 갑자기 경험됨으로써 사건이 일어난 과거에도 충분히 경험되지 않았으며, 현재에도 그것의 정확한 의미가 이해되지 않고 있다. 따라서 그것은 과거와 현재 그 어디에도 자리 잡지 못한다. 즉 외상적 사건은 주체에게 완전한 이야기 구조를 가진 서사적 기억으로 통합될 수 없으며,[14] 그로 인해 PTSD에 지속적으로 시달리게 된다.

따라서 트라우마의 치유는 비상징적인, 비재현적인, 통합되지 않은, 소화되지 않은 경험에 대해서 말하게 하고, 기억하기라는 재현을 통해서 역사적 기억의 질서 속에 적당한 자리를 부여할 때에만 가능해진다. 즉 치유는 조각난 기억들이 재현 통합 소화되어 온전한 서사적 기억으로 복원될 때에 가능해지므로, 바로 여기에 기억하기의 필요성이 제기되는 것이다.

그러나 치유는 단순히 기억하기만으로는 충분하지 않다. '대상관계이론'에서는 과거 기억에 대한 회복은 치료의 본질적인 목적이 아니라 부수적으로 일어나는 현상에 불과하다. 즉 과거 사건을 기억하는 것

---

14) 박찬부, 『에로스와 죽음』, 서울대학교출판문화원, 2013, 212-213면.

은 현재 일어나는 현상에 대해 설명력을 부여하지만 단지 과거 사건
을 기억해내는 것 자체만으로는 치료적인 힘이 없다고 본다. 다시 말
해 과거에 있었던 사실을 그대로 기억하는 것이 중요한 것이 아니라
그 사실이 어떻게 해석되고, 재해석되는지가 중요하다. 즉 트라우마
의 치유에서 중요한 것은 사실에 대한 온전한 기억 그 자체가 아니라,
그 사실을 구성하는 구성개념과 기억하는 주체의 자기개념의 변화이
다.'[15)

3. 트라우마와 치유 그리고 장소

『생존자』에서 '전쟁터', '새 희망고아원', '솔페리노교회'라는 세 장
소는 작품 해석의 핵심적 관건이다. 첫째, 한국전쟁이 발발한 전쟁터
'한국'과 만주사변 직후의 '만주'는 등장인물들이 외상적 사건을 경험
하는 장소이다. 둘째, 경기도 용인의 '새 희망고아원'은 외상을 경험
한 세 사람이 새로운 희망을 찾고자 몸부림치는 장소지만 결국 이곳
은 또 다른 외상적 사건을 경험하는 장소가 되고 만다. 그리고 이탈리
아의 '솔페리노교회'는 준과 헥터의 PTSD의 치유에 있어 매우 중요한
장소로 의미화된다. 즉 세 장소는 등장인물들이 외상적 사건을 경험
하고, PTSD에 시달리며, 그것을 치유해나가는 과정에서 매우 중요한
의미 기능을 띤 장소이다. 그밖에 뉴욕과 뉴저지주의 포트 리는 각각
준과 헥터가 PTSD에 시달리며 살았던 장소지만 여기서는 별도로 논

---

15) 도상금, 「심리치료에서 기억의 문제」, 『심리과학』9-1, 심리과학회, 2000, 127면.

의하지 않고 위의 장소들과 연관하여 언급하겠다.

1) 트라우마를 발생시킨 '전쟁터'

트라우마(trauma)라는 말은 어원적으로 외부의 강렬한 자극으로 인체의 피부가 찢기는 육체적 외상을 의미했지만 프로이트가 『쾌락원칙을 넘어서』(1920)에서 정신적 관점으로 바꾸어 재정의한 이후, 정신적 외상을 의미하게 되었다.[16] 제1차 세계대전(1914-1918)을 목격했던 프로이트는 공포스런 전쟁은 수많은 외상성 신경증을 일으킨다고 했다. 그는 전쟁으로 인한 외상성 신경증을 '전쟁신경증'으로 명명했다.[17] 그는 '불안(anxiety)은 설령 그것이 알려지지 않은 것일지라도 어떤 위험을 예기하거나 준비하는 특수한 상태로, 공포(fear)는 두려워할 지정된 대상을 필요로 하는 상태로, 경악(fright)은 어떤 사람이 준비태세가 되어 있지 않은 채 위험 속에 뛰어들었을 때 얻게 되는 상태로 구분했다.[18] 즉 "불안은 위험을 예측하고 그것에 대비되어 있을 때 느끼는 마음의 상태를 말하는 것이고, 경악은 준비가 안 된 상태로 위험에 노출되었을 때 느끼는 공포의 감정으로 외상성 경험은 이것의 대표적인 예이다. 그러므로 불안은 경험 주체가 취하는 적극적, 능동적 태도를 반영하는 반면 경악은 어떤 수동성, 혹은 준비 부재를 나타낸다."[19]

---

16) 박찬부, 앞의 책, 205면.
17) 프로이트, 박찬부 역, 「쾌락원칙을 넘어서」, 윤희기 · 박찬부 역, 『프로이트전집』 11, 열린책들, 2003, 303면.
18) 프로이트, 위의 책, 276면.
19) 박찬부, 앞의 책, 207면.

『생존자』에 등장하는 세 명의 인물들이 전쟁에서 경험한 감정은 불안이 아니라 무방비 상태로 위험에 노출된 경악의 공포감정이다. 즉 전쟁은 전혀 준비되지 않은 상태로 인물들을 위험에 노출되게 만든 외상성 경험이다. 그리고 이것은 인물들을 평생 PTSD에 시달리게 만든 원인으로 작용한다.

11살짜리 전쟁고아 준의 "기차가 달리는 한 무슨 일이 있어도 기차에 붙어 있어야 하는" 절박한 소망은 갑자기 멈춰선 기차로 인해 산산조각이 나고 만다. 작가는 준으로 하여금 기차에서 떨어져 죽어가는 동생을 뒤로 한 채, 살아남기 위해 필사적으로 열차를 향해 달리게 만듦으로써 전쟁의 비인간성과 잔혹성을 고발한다.

그날 이후 '오직 살아남기 위해 달리는 삶', 즉 생존에의 강박관념이야말로 그녀의 전 생애를 짓눌러 왔다. 골동품 가게를 운영하며 경제적으로 성공한 외면적 삶과 달리 그녀의 내면은 평생 홀로 살아남은 데 대한 죄책감과 강박적인 생존본능에 지배된 상처투성이의 고독한 삶이었다. 그녀가 47세의 젊은 나이에 위암 말기라는 것은 그만큼 PTSD에 심각하게 시달려온 증거라고 할 수 있다. 알다시피 인간의 위는 스트레스에 가장 민감하게 반응하는 신체 부위이다.

1934년 만주에서 실비에겐 대체 어떤 일이 일어났던 것일까? 만주사변 직후 만주국을 세운 일본은 그 지역을 확실히 장악하기 위해서 점점 더 잔인해져 갔다. 일본군이 공산당과 국민당을 색출하는 과정에서 선교사인 실비 부모는 물론, 다른 선교사 부부들이 무참하게 살해되었고, 여성들에겐 성폭행이 자행되었다. 일본군은 실비가 첫사랑의 감정을 느낀 국민당원인 영국 여권을 가진 중국인 수학 교사 벤저민 리에게 동료들의 명단을 자백하라며 실비의 어머니에게 성폭행을 가해하도록 강제했다. 그리고 일본군은 벤저민의 눈꺼풀을 면도칼로 도려낸 후 14살의 소녀 실비의 옷을 벗기고 혁대를 끄르며 다가갔던 것이다.

> "자 잘 봐둬. 이 병신 새끼야."
> 장교가 날카롭게 명령을 내리자 병사 하나가 실비의 앞으로 다가서 더니 자신의 혁대를 끄르기 시작했다.
> 벤저민이 다시 비명을 지르기 시작한 것은 바로 그때였다. 그는 매우 괴로운 표정을 지으며 큰소리로 동지들의 이름을 하나씩 장황하게 털어놓고 있었다.[20]

1945년 제2차 세계대전의 와중에 15세의 소년 헥터는 알코올중독에다 선천적으로 손발이 기형인 아버지를 방치해 운하에 빠져죽게 만들었다는 죄책감에 시달린다. 그는 한국전쟁에 충동적으로 참전하는데, 아버지는 늘 그에게 "너는 절대로 전쟁터로 나가지 마라. 절대로." 라고 강조했었다. 하지만 전쟁이 종식된 몇 년 동안 헥터는 "또 다른 전쟁이 터지기를 내심 바라고 있었다. 그는 누군가를 죽이거나 자기 나라를 지키기 위해서가 아니라 자신을 처벌하려는 지극히 이기적인 이유로 전쟁을 갈구했다."[21] 즉 전쟁터로 나감으로써 아버지를 죽게 만들었다는 죄책감으로부터 도피하고 싶었던 것이다.

작품 속의 한국전쟁은 병사들 간의 전쟁이 아니라 "모택동이나 트루먼의 전쟁, 혹은 다른 누군가의 전쟁이었는지도 모른다. 그것은 처

---

20) 이창래, 앞의 책, 323면.
21) 이창래, 위의 책, 97면.

음부터 애국심과 저항, 강경 외교정책과 평화주의만 선동하는 전쟁이었다. 극단적인 대립으로 시작된 전쟁으로 미군은 5만 명 이상이 목숨을 잃었고, 적은 100만 명 이상 목숨을 잃"[22]는 참혹한 결과를 초래했다. 인해전술로 수많은 희생자를 낸 중공군의 실상은 절반만이 소총으로 무장했고, 나머지는 총검과 죽창, 심지어 자선장터의 장난감 북을 손에 든 자살부대나 다름없는 어린 소년병들이 대부분이었다.

헥터가 속한 부대의 첫 번째 포로가 되었던 중공군 병사도[23] 결코 적으로도 삼을 수 없는 열댓 살의 어린 소년이었다. 그런데 그 소년병은 포로수용소로 보내지는 정상적 절차가 무시된 채 헥터에게 사살 임무가 주어지지만 그가 망설이는 사이 그로부터 수류탄을 낚아채 자살을 하고 만다. "소년 병사를 우연히 만나 그런 일을 겪기 전에 헥터는 그들의 전쟁에서 의욕 넘치는 병사였다."[24] 하지만 그 사건 이후 그는 전쟁터가 싫어져 전사자 처리부대로 배속 요청을 한다. 그에게 한국전쟁은 아버지에 대한 죄책감을 해소시켜 주기는커녕 전쟁터에 절대 가지 말라던 아버지가 옳았다는 것을 확인시켜주었다. 뿐만 아니라 어린 소년병의 자살사건을 통해 가해자로서의 죄의식마저 느껴야 하는 또 다른 트라우마를 안겨주게 된다.

'전쟁터'는 그 어떤 전쟁을 막론하고 인간이 인간으로서의 최소한의 존엄성마저 앗아가버리는 가장 극단적인 '장소상실'[25]의 장소라고 할 수 있다. 이 작품에서 전쟁은 한국전쟁, 만주사변, 솔페리노전투

---

22) 이창래, 위의 책, 142면.
23) 그는 자신은 남한사람이었는데 한국군에 징집되었다가 공산주의자들에게 붙잡혀 중공군으로 재징집되었다고 주장했다.
24) 이창래, 앞의 책, 142면.
25) 에드워드 렐프, 앞의 책, 177-179면.

를 막론하고 인간이 인간에게 가하는 집단적 폭력의 전형성을 보여준
다. 그리고 등장인물들은 참혹한 전쟁의 외상 경험으로 인해 평생을
PTSD에 시달리는 삶을 살게 된다.

2) 희망이 좌절된 '새 희망고아원'

'새 희망고아원'은 전쟁으로 인한 외상을 지닌 준과 헥터 그리고 실
비가 운명적으로 만나게 되는 장소이다. 거식증과 폭식증을 반복하
고 도벽증 등 이상행동을 보이며 다른 아이들과도 잘 어울리지 못하
고 말썽을 일으키는 문제아였던 준은 규율을 충실히 준수하는 모범적
인 아이로 변해갔다. 준의 변화는 물론 실비의 사랑이 불러일으킨 것
이지만 다른 한편에서 그녀 자신이 실비 부부에게 입양되어 미국으로
가기 위한 생존본능이 발동한 결과이기도 하다. 그러나 고아원의 아
이들이 하나둘 미국에 입양되는 상황에서도 준의 간절한 소망은 실비
의 남편 태너의 반대로 무산되고 만다.

그녀는 입양이 무산된 데 따른 절망감과 헥터의 방으로 들어가는
실비를 보고 질투심에 사로잡혀 고아원 나무계단과 벽에 등유를 끼얹
고 헥터의 문 앞 땅바닥에도 등유를 뿌린다. 하지만 갑자기 실비가 밖
으로 나오는 바람에 불을 지르지 못하고 예배당으로 들어와 역시 입
양에서 제외된 민과 함께 그들이 아껴온 소지품들을 모두 난로에 집
어던지고 마침내는 램프까지 던져 넣어 불이 나게 되었던 것이다. 그
들은 "우리한테는 어느 누구도 필요 없어.", "이제 우리는 여기에 남아
있을 거야."라고 말하며 서로 부둥켜안고 불 속에서 타죽을 결심을 한
다. 그것은 자신을 가해하고 파괴하는 마조히즘적 충동, 일종의 타나

토스적 욕망에 사로잡힌 행동이었다. 즉 분노를 외부로 표출하는 공격이 아니라 그 자신의 내부로 향하게 만드는 죽음본능의 표출이었던 것이다.

실비는 부모가 잔인하게 살해당하는 장면을 목격하고, 그녀 자신도 성폭력에 노출되었던 만주에서의 트라우마로부터 벗어나기 위해서 태너와 결혼하여 한국의 고아원에 왔다. 그곳에서 선교사였던 부모처럼 자신을 온전히 희생할 수 있는 또 다른 길을 발견하고자 했던 것이다. 하지만 "그녀의 마음은 어느 한 시점에 고정되어 조금도 앞으로 나아가지 않"[26]았다. '어느 한 시점'이란 바로 1934년 그녀가 그 끔찍한 외상적 사건을 경험한 시점이다. 그녀는 과거의 트라우마에 고착되어 출구를 찾지 못한 채 때로는 힘에 겨울 정도로 일에 몰두하는가 하면, 때로는 헥터와의 성적 일탈로, 때로는 마약을 통해 참혹한 전쟁의 외상 기억으로부터 벗어나고자 부단히 몸부림쳤다. 하지만 그녀는 끝내 그로부터 벗어나지 못한 채 불길에 갇혀 사망하고 만다. 화재로부터 준과 민을 구하려다 빠져나오지 못한 그녀의 죽음은 결코 자살이 아니었지만 그것은 타나토스적 충동에 사로잡힌 "자살이나 다름없는"[27] 것이었다.

휴전 후 '새 희망고아원'의 관리인이 된 헥터는 일중독자처럼 자학적으로 일을 하며 PTSD로부터 도피하고자 한다. 그에게 "고된 노동은 훈련이나 처벌이 아니라 자신을 지우는 방법, 즉 도피처로 삼았던 것이다." 밤이 되면 술과 쾌락 또는 싸움에 몸을 맡기던 그는 실비와

---

26) 이창래, 앞의 책, 557면.
27) 진주영, 앞의 논문, 45면.

불륜에 빠져든다. 그리고 준은 그들의 밀회에 대한 목격자가 된다. 하지만 '새 희망고아원'에서 그는 더 큰 트라우마를 경험하게 된다. 왜냐하면 실비를 화재사고에서 구하지 못했기 때문이다.

그는 자신이 난로를 점검하는 야간 업무를 소홀히 해 난 불 때문에 실비가 죽었다고 오해함으로써 그로 인한 죄책감으로 자살을 시도하는가 하면 50대 후반의 나이가 되도록 누구 하나 의지할 사람도 없이 폭력사건에 연루되거나 청소부로 일하며 고독하고 무기력하게 생존해 왔던 것이다. 즉 헥터는 정상적인 결혼도 하지 못한 채 일중독과 알코올중독, 그리고 섹스중독으로 고아원에서 만났던 준과 실비에 관한 기억과 자신만이 살아남은 데 대한 죄책감을 지우려고 애쓰며 살아왔다. 그리고 도라라는 여성을 만나 새로운 삶을 꿈꾼 바로 그 순간에 준이 찾아왔던 것이다. 하필이면 준이 헥터를 찾아달라고 의뢰한 조사관이 모는 차에 도라는 치어 죽고 만다.

만약 "전쟁만 터지지 않았더라면 그는 평범한 가정의 남편과 아빠가 되었을 것이고 일요일이면 친한 친구들과 야구를 즐겼을 것이다."[28] 아버지가 평범하게 살라는 뜻에서 영웅의 이름이 아닌 헥터라는 이름을 지어주었던 것처럼…. 그러나 전쟁은 그로부터 평범한 삶을 송두리째 앗아가 버렸던 것이다.

그는 한국을 떠난 뒤로 오랫동안 세상과 담을 쌓고 지냈다. 어떻게 보면 그는 땀 흘려 일하는 수도사처럼 생활했다. 끊이지 않는 고된 노동으로 고아원, 준, 실비 태너에 관한 모든 기억과 자기 자신까지 지워

---

28) 이창래, 앞의 책, 143면.

버리려고 애쓴 것이다. 물론 술도 기억을 지우는 일에 일조를 했다. 하지만 외로움과 성욕이라는 큰 파도가 밀어닥쳤을 때 그는 감정의 물결에 자신을 온전히 내맡겼다. 그때 그는 자신이 끝이 보이지 않는, 빽빽하게 떼를 지어 움직이는 여자들 사이에서 헤엄을 치고 있는 것 같은 느낌을 받았다. 그는 여자들에게 불행이나 고통을 안겨줄 생각이 전혀 없었지만 어쩌다보니 이 여자에서 저 여자로 계속해서 옮겨가게 되었다. 교제를 하다가 깨질 때마다 여자들은 분노하여 울음을 터뜨리거나 고함을 질러 그를 괴롭혔고 그것은 결국 그가 좀 더 빨리 다른 여자를 찾도록 만들었다.[29]

'PTSD 환자들이 겪는 대표적인 증상은 성적인 것과 공격적인 반응과 관련된 것'[30]이다. 헥터는 성적인 것과 공격적인 것 양 측면 모두에서 비정상적 일탈을 보여주었다. 프로이트가 『쾌락원칙을 넘어서』에서 말한 타나토스(thanatos)적 본능은 '죽는다'라는 자동사와 '죽인다'라는 타동사를 다 포함할 수 있는 단어이다. 즉 그것은 주체 내부를 향하는 자기파괴적 에너지로 작용할 수도 있고, 반대로 방향을 외부로 바꾸어 타자 파괴적인 에너지로 변형될 수도 있다.[31]

헥터의 주체 내부를 향한 죽음본능은 성적인 면에서 여성들과 진심으로 사랑을 나눌 수 없는 일종의 상징적 거세이자 주이상스의 거부, 즉 마조히즘적 양태를 보여주었다. 그리고 주체 외부를 향한 죽음본능은 그가 연루된 사소한 폭력사건들이 보여주듯 타자 파괴적인 에너

---

29) 이창래, 위의 책, 365면.
30) 박찬부, 앞의 책, 265면.
31) 박찬부, 위의 책, 266면.

지로 변형되어 새디즘적 양태로 표출되었다. 그는 '살아가면서 고통스런 과거 상황을 반복하고자 하는 반복강박(repetition compulsion)의 충동'에[32] 지배되어 자신을 괴롭히며 살아왔던 것이다.

사랑하는 대상에 대한 상실은 사람에 따라 슬픔 또는 우울증을 유발하는데, 헥터의 경우는 실비라는 사랑하는 대상의 상실이 슬픔이 아니라 우울증을 유발했다고 할 수 있다. 슬픔과 우울증은 "심각할 정도로 고통스런 낙심, 외부세계에 대한 관심의 중단, 사랑할 수 있는 능력의 상실, 모든 행동의 억제" 등을 나타낸다. 하지만 슬픔과 달리 우울증은 "자신을 비난하고 자신에게 욕설을 퍼부을 정도로 자기 비하감을 느끼면서 급기야는 자신을 누가 처벌해 주었으면 하는 징벌에 대한 망상적 기대"를 갖게 하며, 무엇보다도 "슬픔에서는 나타나지 않는 자애심(自愛心)의 추락"을 내보인다. "슬픔의 경우는 빈곤해지고 공허해지는 것이 세상이지만, 우울증의 경우는 바로 자아가 빈곤해지는 것이다. 우울증 환자가 내보이는 자아는 쓸모없고, 무능력하고, 도덕적으로 타락한 자아이다. 그는 스스로를 비난하고, 스스로에게 욕설을 퍼붓고, 스스로가 이 사회에서 추방되어 처벌받기를 기대한다."[33] 귀국 후 헥터의 삶은 그야말로 우울증 환자처럼 자애심의 추락을 극단적으로 내보였다 할 수 있다.

뿐만 아니라 그의 무의식의 밑바닥에는 실비에 대한 죄책감이 억압되어 있었다. 그가 악취가 진동하는 화장실 청소를 하고났을 때 역한 냄새가 불러일으킨 기억이 그것을 확인시켜준다. "다른 무언가가 그

---

32) 프로이트, 앞의 책, 284-291면.
33) 프로이트, 윤희기 역, 「슬픔과 우울증」, 윤희기 · 박찬부 역, 『프로이트전집』11, 244-247면.

의 기억에 되살아났다. 그것은 연기, 아니 재의 냄새였을까? 그는 그 기억이 아주 오래전에 자신의 머리에서 영원히 지워졌다고 생각하고 있었다. 그런데 그것은 그의 착각이었다."[34] 악취가 연상시킨 기억, 즉 그가 그의 의식에서 영원히 지워졌다고 여긴 기억이란 바로 화재 사건으로 실비를 죽게 만들었다는 것이다. 화장실의 악취는 한국전쟁의 전사자 처리부대에서 부패한 시체를 처리할 때 맡았던 악취를 떠올리게 했고, 연이어 화재사건으로 죽은 실비에 대한 기억을 불러일으켰다.

'프루스트 현상'[35]이라는 말이 있다. 이 말은 과거에 맡았던 특정한 냄새를 통해 과거를 기억해내는 현상을 뜻한다. 이처럼 특정한 냄새는 시각이나 청각 등의 다른 감각보다 더 빠르고 확실하게 과거의 기억을 환기한다. 냄새는 의식적인 사고 과정을 거치지 않기 때문에 다른 감각으로는 불가능한 경험을 경험하게 만든다. 즉 악취의 후각적 자극은 헥터의 무의식에 깊이 억압되어 있던 실비에 대한 기억을 순식간에 환기시켰던 것이다.

크리스탈(H. Krystal)에 의하면 외상을 안고 있는 전쟁 생존자들은 인간 세상에 대한 기본적인 신뢰감과 믿음 그리고 희망을 상실한 상태에 놓여 있으며, 이들의 정신세계는 자신과 다른 인간(세계)을 연결하는 관계성을 잃어버린 절망에 빠져 있다.[36] 준, 실비, 헥터가 보

---

34) 이창래, 앞의 책, 155-156면.
35) 이 말은 프랑스의 작가 마르셀 프루스트가 쓴 『잃어버린 시간을 찾아서』에서 주인공 마르셀이 홍차에 적신 마들렌 과자의 냄새를 맡고 어린 시절에 대한 기억을 회상한 데서 비롯되었다.
36) 황헌영, 「전쟁 관련 외상 후 스트레스 장애(PTSD)와 정신분석」, 『한국기독교신학 논총』26, 한국기독교학회, 2002, 391면에서 재인용.

여준 행동양태는 그야말로 인간에 대한 기본적인 신뢰와 믿음, 그리고 희망을 상실한, 즉 세계와의 관계성을 상실한 절망적 정신상태를 보여주었다고 할 것이다.

'새 희망고아원'은 세 사람 모두에게 새로운 희망을 꿈꾸게 한 장소였다. 하지만 그곳은 준에게는 입양의 희망이 좌절된 장소이자 실비의 죽음으로 인해 또 다른 트라우마를 안겨준 장소로, 헥터에게는 실비를 구하지 못한 데 대한 죄책감으로 평생을 무기력하게 살아가게 만든 결정적 트라우마를 불러일으킨 장소가 되고 말았다. 그리고 실비에게는 트라우마의 덫에서 빠져나오지 못한 채 자살이나 마찬가지의 죽음을 맞은 장소가 되고 말았다.

3) 치유의 장소 '솔페리노교회'

위암 말기의 시한부 판정을 받은 준이 주변을 모두 정리하고 헥터를 찾아내 함께 이탈리아로 가게 된 표면적인 이유는 8년 전 고등학교를 졸업하고 집을 떠난 아들 니콜라스를 찾기 위해서이다. 그녀는 아들 니콜라스[37]와 생부인 헥터를 이어주기 위해서 건강하지 못한 시한부 몸을 이끌고 마치 성지 순례에 오른 순례자처럼 이탈리아로 향한다. 그녀가 아들의 행방을 수소문해 달라고 의뢰한 조사관에 의하면 이탈리아는 아들이 있을 것으로 예상되는 장소이다. 그리고 아들

---

37) 화재사고로 실비가 죽은 후 헥터는 준을 미국으로 데려가기 위한 방편으로 그녀와 법적인 결혼을 하여 미국으로 나오고, 헤어지기 전날 우발적인 성관계로 헥터도 모르는 상태에서 니콜라스가 태어나게 되었다. 전쟁고아인 준의 사생아로 태어난 니콜라스는 도벽증을 보이는가 하면 한곳에 안주하지 못하고 떠돌다 죽었다는 점에서 전쟁의 간접적인 피해자이다.

은 8년 전 집을 떠나면서 런던을 거쳐 유럽여행을 한 후 이탈리아에 머물 것이라고 했다. 아들의 이탈리아 행은 아버지의 존재에 대해서 묻는 질문에 이탈리아 북부 만토바에서 잠시 살았다는 즉흥적 대답을 그녀가 했기 때문이다. 하지만 정말 그것은 즉흥적인 대답이었을까?

이탈리아 만토바는 실비가 그녀에게 주었던 책『솔페리노의 기억 (Un Souvenir de Solferino)』과 관련된 장소, 즉 그 책의 배경이 된 솔페리노전투가 일어났던 곳이다. 그곳은 준이나 헥터가 경험했던 한국전쟁과 마찬가지로 참혹한 전쟁이 일어났던 장소이다. 준의 마지막 여정이 이탈리아 만토바의 솔페리노로 설정된 것은 '새 희망고아원'에서 만났던 실비와 관계가 있다. 즉 솔페리노는 실비에 관한 기억을 소환하기 위한 장소이다. 그곳은 실비가 이탈리아에 있을 때에 부모님과 함께 실제로 가보았던 곳으로서 그녀는 그곳에서 솔페리노전투가 얼마나 잔혹한 전쟁이었는지를 여관주인의 말과 솔페리노교회와 전쟁박물관 등을 통해 확인한 바 있다.

앙리 뒤낭이 쓴『솔페리노의 기억』은[38] 원래 실비의 책으로서 준이 실비로부터 훔쳤다가 돌려주었지만 미국으로 돌아가기 직전 실비가 그녀에게 선물했던 책이다. 자신이 입양되지 않는다는 사실을 알고 절망한 준은 자신의 모든 소지품들과 함께 책을 난로에 집어넣었다가 손에 엄청난 화상을 입으면서 다시 꺼냈는데, 이 책을 아들이 여

---

38) 이 책은 '적십자 운동의 아버지'로 불리는 앙리 뒤낭이 쓴 저서이다. 1859년 6월 그는 사업 협의차 이탈리아 북부에서 전쟁 중인 나폴레옹 3세를 만나러 갔던 길에 북이탈리아의 통일을 위해 프랑스군과 오스트리아군이 치른 솔페리노전투의 비참한 광경을 목격하게 된다. 이 전투에서 뒤낭은 국적에 관계없는 구호활동을 전개했다. 그리고 그때 경험한 전쟁의 참혹함이『솔페리노의 기억』(1862)에 생생히 기록되어 있다.

행을 떠나면서 가져갔다. 그리고 이 책을 이미 죽은 아들 니콜라스를 사칭한 닉 크럼프에게서 헥터가 강제로 받아냈다. 즉 『솔페리노의 기억』은 실비 → 준 → 니콜라스 → 닉 크럼프 → 헥터와 준에게로 귀환한 것이다.

이 책을 헥터는 '새 희망고아원'에서 실비로부터 빌려 읽었는데, 자그마치 30만 명이 동원된 솔페리노전투의 참혹상은 그 자신이 한국전쟁을 치르면서 목격한 장면들과 조금도 다르지 않았다. 책에 묘사된 섬뜩하고 비참한 상황은 그에게 가슴이 서늘해지면서 폐가 오그라들고 숨이 가빠지는 신체적 고통을 주었으며, 정신적으로는 자신의 존재 자체를 완전히 망각하게 만드는, 즉 완전히 이 세상에서 사라진 존재라는 느낌을 불러일으켰다. 그리고 그것은 아이러니하게도 그에게 심적인 위안을 주었다. 이때 헥터가 느낀 심적 위안은 바로 라캉이 말한 고통스러운 쾌락인 주이상스(jouissance)[39]와 유사한 감정이라고 할 수 있을 것이다.

그가 전쟁을 치르면서 직접 목격한 장면과 조금도 다르지 않아 글을 읽고 있자니 무척이나 고통스러웠다. 가슴이 서늘해지면서 폐가 오그라드는 것 같더니 숨이 가빠왔다. 그런 느낌이 사라지자 곧이어 온몸이 마비되는 것처럼 느껴졌다. 아무런 고통도 느낄 수 없는 시간, 그것은 반성이나 판단을 하기 위한 시간이 아니라 자신의 존재 자체를 완전히 잊어버린 시간이었다. 그 시간 속에서 그는 자기가 이미 죽어버렸거나 애당초 이 땅에 존재조차 하지 않았다는 느낌을 받았다. 그는 자신이 어느 누구에게도 영향을 미칠 수 없는 존재, 한순간 이 세상에

---

39) 딜런 에반스, 김종주 외 역, 『라캉 정신분석 사전』, 인간사랑, 1998, 430-433면.

서 완전히 사라진 존재라고 느꼈다. 그것은 그에게 심적 위안을 주었
다.(중략) 더군다나 그런 섬뜩하고 무서운 내용이 담긴 책을 관심을 가
지고 읽는 그녀를 헥터로서의 이해할 수가 없었다. 그는 그 책에 나온
비참한 상황이 그녀의 개인적인 시련과 관련이 있는 것은 아닌지 궁금
해지지 않을 수 없었다.[40]

  그때 헥터는 실비의 몸에 난 마약 자국을 보고 그녀의 고통에 대해
궁금증을 가졌지만 정작 그녀가 어떤 시련을 겪었는지를 알지 못했기
에 섬뜩하고 무서운 내용의 그 책을 관심 있게 읽는 그녀를 향해 "사
모님이 군인이 되어 전쟁터에 나가 직접 싸워 보셨더라면 지금쯤 참
상을 잊으려고 발버둥을 치고 있을 겁니다."라고 비난할 수 있었던 것
이다.

  준 역시 고아원에서 실비가 소유한 이 책을 처음 읽게 되었으며, 실
비에게 자주 책을 읽어달라고 졸랐다. 책에 그려진 전쟁의 참혹상은
마약처럼 그들에게 "고통과 환희를 안겨주었고 두 사람이 서로에게
더욱 매달리도록 만들었다." 즉 전쟁으로 인한 공통의 외상을 지닌 준
과 실비는 책을 함께 읽으며 고통과 환희를 느꼈으며, 상호의존의 관
계를 깊게 형성하여 갔다. 그들은 솔페리노전투라는 비극이 불러일
으킨 공포에 공감하고 감정이입을 하며 궁극적으로는 카타르시스를
열망하였기에 그 책을 자주 읽었던 것이다. 그때 그들이 느낀 '고통
과 환희'도 헥터의 경험과 마찬가지로 라캉이 말한 주이상스, 즉 고통
스런 쾌락이라 할 수 있다. 또한 아리스토텔레스가 비극은 연민과 공

---

40) 이창래, 앞의 책, 199-200면.

포를 일으키는 사건에 의해 감정의 카타르시스를 낳는다고[41] 했듯이 실비와 준, 그리고 헥터는 연민과 공포를 불러일으킨 사건인 전쟁(비극)을 책을 통해 재경험하며 카타르시스, 즉 치유를 얻고자 했다.

그리고 실비와 준 두 사람의 상호의존은 공통의 외상을 지닌 자들만이 가질 수 있는 동병상련의 연대감으로부터 가능했다. "실비와 그녀의 인간적 유대는 단순히 어머니와 딸의 관계가 아니라 전쟁의 재앙 때문에 외톨이가 될 수밖에 없었던 두 동료의 관계였"다.[42] 실비는 준과 자신을 동일시했고, 준에게 실비는 대체된 어머니였다. 준은 실비를 동성애의 감정을 갖고 독점하고자 했으며, 헥터와 실비와의 관계를 질투했다. 화재사고는 입양이 취소된 데 대한 절망감뿐만 아니라 실비와 헥터의 관계에 대한 준의 질투심이 복합적으로 작용하여 일어났던 것이다.

그러나 실비를 죽게 만든 화재사고는 준에게 또 하나의 외상 경험이었으며, 그녀의 기억의 깊은 심연에는 실비의 죽음에 대한 죄책감이 억압되어 있었다. 따라서 이를 치유하기 위해서는 실비와 관련된 과거 사건에 대해 완전한 서사적 기억으로 복원하는 과정이 필요하다. 그리고 그 기억에 대한 성찰을 통해서 자기개념의 변화가 일어나야 한다. 따라서 솔페리노교회까지 가는 길은 실비에 대한 기억을 소환하기 위한 여로이다. 이제껏 준의 무의식이 억압해온 트라우마를 직면하고 그곳에서 평안한 영면에 들기 위해서 반드시 필요한 과정이

---

41) 아리스토텔레스, 손명현 역, 「시학」, 『니코마스 윤리학/정치학/시학』, 동서문화사, 2007, 553면.
42) 이창래, 앞의 책, 457면.

다. 이 여정에 헥터가 동반하게 된 것은 그가 니콜라스의 생부이기[43] 때문이지만 '새 희망고아원'에서 만난 실비에 대한 기억을 공유하고 있기 때문이다. 다시 말해 둘은 실비를 죽게 만든 화재사고와 깊이 연관되어 있으며, 실비에 대한 사랑과 추억, 그리고 그들만이 살아남은 데 대한 죄책감을 공유한 사이이다. 그리고 그 이전에 둘은 전쟁으로 인한 PTSD에 시달리며 살아온 공통점이 있다.

솔페리노까지의 여정에서 헥터는 실비와의 관계를 다시 떠올려 봄으로써 자신이 무엇을 오해했는지를 깨닫는다. 이때 헥터의 기억하기는 단순한 기억의 복원이 아니라 기억에 대한 재해석이며, 기억에 대한 자기개념의 변화를 보여주는 것이다.

그때 헥터는 그녀의 성적인 열정을 자신을 향한 깊은 사랑으로 오해하고 자기가 드디어 승리를 거두었다고 확신했다. 그때 헥터는 너무 어리고 무지해서 그녀가 연기를 하거나 속임수를 쓰는 것이 아니라 자신의 순수하고 맹렬한 욕구에 그녀가 몸을 내맡기고 있으며 자신의 주체할 수 없는 욕망에 그녀가 굴복하고 있다고 오해했다. 그리고 자기만큼이나 그녀도 그런 욕망에 몸부림치고 있다고 생각했다.[44]

'새 희망고아원'에서 실비도 헥터와 마찬가지로 끔찍한 전쟁으로 인한 PTSD에서 헤어 나오지 못하고 있었다. 즉 과거의 외상에 고착된 채 행복한 부부생활도 누리지 못하고 내면의 고통과 혼란, 그리고

---

43) 헥터는 화재로 불길에 갇힌 준과 민을 구하려던 실비 부부가 불길에 갇혀 사망하게 되자 절망에 빠져 불길 속에 주저앉는다. 그를 엄청난 힘으로 불길 밖으로 데리고 나온 것은 준이었다.

44) 이창래, 앞의 책, 640면.

무력감에 사로잡혀 있었던 것이다. 실비가 보여준 일중독, 성적 일탈, 마약중독은 PTSD 환자들에게서 나타나는 전형적인 증상들이다. 특히 실비는 "성인이 되어 결혼했어도 성적 수치심과 혐오증, 상징적 재현체계의 정상성으로부터의 일탈과 퇴행으로부터 빚어진 온갖 부정적 감정들로 인해 '정상적인' 결혼생활을 하지 못"하고[45] 심신의 파국 상태에 놓여있었다. 그녀가 무분별하게 헥터와 성적 일탈에 빠져 들었던 것은 만주에서의 트라우마로부터 벗어나기 위한 몸부림이었던 것이다.

그런데 그때 실비의 성적 일탈을 헥터는 그에 대한 성적인 욕망 또는 사랑으로 오해했었다는 것을 비로소 깨닫게 된다. 그는 준의 정신 착란을 가장한 고백을 통해서 화재사고의 진실을 비로소 완전하게 인지한다. "그녀가 끔찍한 화재를 불러일으킨 장본인이었다. 하지만 그것은 그녀 혼자만의 잘못이 아니었다. 그도 저속하고 맹목적인 탐욕이라는 나름의 방식으로 불을 지핀 것과 다름없었다. 그동안 그는 불길을 피해 밖으로 빠져나오지 말았어야 할 사람은 자신이라고 항상 믿어왔"[46]으며, 실비를 구하지 못한 죄책감에 평생을 시달려 왔던 것이다. 그러나 화재를 일으킨 장본인이 준이었다는 사실을 알게 되었지만 실비의 트라우마를 제대로 이해하지 못한 채 그녀를 성적 욕망의 대상으로 소유하려고 한 그의 '저속하고 맹목적인 탐욕'이 준으로 하여금 화재를 불러일으키게 했음을 뒤늦게 깨닫게 된 것이다.

헥터는 준에게 만약 그가 아팠다면 대신 그녀가 자신을 보살펴주었

---

45) 박찬부, 앞의 책, 265면.
46) 이창래, 앞의 책, 638-639면.

을지 질문한다.

> "만약 몸이 아픈 사람이 당신이 아니라 나라면, 당신이 나를 보살펴
> 주었을지 궁금하군"
> 준은 조금도 흔들리지 않는 눈빛으로 그를 바라보았다.
> "그러지는 못 했을 거예요. 지금껏 난 어느 누구를 제대로 돌봐 준
> 적이 없으니까."[47]

지금껏 어느 누구도 제대로 돌봐 준 적이 없다는 준의 대답은 죽어
가는 남동생을 남겨둔 채 열차에 올라탄 것으로부터, 아들 니콜라스
가 자라는 동안 도벽의 나쁜 습관에 빠져 있다는 것을 알고서도 그것
을 방치해버린 것, 영국의 병원에서 아들이 부상당했다는 전화를 받
고서도 그런 사람 알지 못한다며 매정하게 전화를 끊어버림으로써 결
과적으로 아들을 죽게 만든 것, 그리고 대체된 어머니인 실비를 화재
사고로 죽게 만든 것 등 가장 가까운 가족에 대해서조차 결정적 순간
에 외면해버리고, 오직 자신의 집요한 생존본능에 따라 앞만 보고 질
주해온 인생에 대한 처절한 반성이다. 그녀는 솔페리노에 이르러서야
비로소 목숨을 부지하고 허기만을 달래며 간신히 살아온 날들이 과
연 무슨 의미가 있었던가를 자문한다. 즉 자신의 마음을 성찰하는 기
회를 갖게 된다. 그 결과 그녀의 일생은 여전히 피난길에 나선 것처럼
그 무엇으로도 채워지지 않은 정신적 허기에 시달려 왔으며, 그것은
심각한 내적 고통을 수반하는 추악한 생존본능이었음을 비로소 깨달

---

47) 이창래, 위의 책, 653면.

게 된다. 그녀는 억압된 과거에 대한 기억의 회복을 통해서 자기 자신
에 대한 재해석을 시도하고, 자기개념의 변화를 불러일으켰지만 그것
은 죽음 직전의 너무 늦은 시점에 이루어진 깨달음이었다.

> 그날 밤 이후로 그녀는 다음 기차를 기다리거나, 차라리 걷거나, 아
> 니면 동생들을 데리고 한길에서 멀리 떨어진 곳으로 가서 양식도 없이
> 버티다가 동생들과 함께 죽어버렸더라면 오히려 낫지 않았을까 하는
> 생각을 종종 했다. 만약 그랬더라면 동생들도 사고를 당하지 않았을
> 것이고 자기도 고아원에 들어오지 않았을 것이다. 그녀는 목숨을 부지
> 해온 날들이 과연 무슨 의미가 있나 싶었다. 그동안 허기만 달래며 간
> 신히 살아오지 않았는가? 어쩌면 자신은 아직도 피난길에 나서고 있는
> 지도 몰랐다. 이제 그녀가 느끼는 새로운 허기는 완전히 다른 모습이
> 었다. 그것은 더욱 심각한 고통을 수반하는 보기 흉한 자신의 마음이
> 었다.[48)]

프로이트는 『쾌락원칙을 넘어서』에서 자기보존적 본능과 성적 본
능을 합한 삶의 본능을 에로스(eros)라고 했고, 공격적인 본능들로
구성되는 죽음본능을 타나토스(thanatos)라고 본능을 이원화했다.[49)]
삶의 본능은 생명을 유지 발전시키고, 자신과 타인을 사랑하며, 한 종
족의 번창을 가져오게 한다. 죽음본능은 파괴의 본능이라고도 부르는
데, 이것은 생물체가 무생물로 환원하려는 본능이다. 그런데 준의 생
존본능은 생명을 유지 발전시키고 자신과 타인을 사랑하며 한 종족의

---

48) 이창래, 위의 책, 614면.
49) 프로이트, 박찬부 역, 「쾌락원칙을 넘어서」, 앞의 책, 304-343면.

번창을 가져오게 한 것이 아니라 혈육의 죽음을 담보로 하였을 뿐만 아니라 자신을 파괴하고 처벌하는 죽음본능이었음을 뒤늦게 각성하게 된 것이다.

준은 헥터의 도움을 받으며 솔페리노전투의 수많은 희생자들의 유골이 안치된 '솔페리노교회'에 들어선다. 그것은 그들의 트라우마의 원인이 되었던 참혹한 전쟁 현장으로의 고통스런 귀환이다. 마치 연어가 자신의 출생지로 돌아가 최후를 맞듯이 폭력적이고 고통스러웠던 전쟁의 상징적 장소로 귀환하여 그동안의 망각에 반항하고 저항하려는 것이다. 다시 떠올리는 일이 너무 고통스러워 억압해온 고통스런 과거와 직면하여 망각된 기억을 복원하고 외상의 고통으로부터 벗어나기 위해 솔페리노교회를 찾은 것이다. 준과 헥터의 솔페리노로의 여행은 그들의 고통스러운 과거의 기억을 떠올리고 짜 맞추어 완전한 서사적 기억으로 복원함으로써 치유에 이르게 하기 위한 무의식적 동기를 지니고 있었다.

준은 그동안의 삶에서 죄책감을 불러일으키는 고통스런 기억을 무의식적으로 망각하며 살아왔다. 하지만 그것은 완전히 망각된 것이 아니라 무의식의 깊은 곳에 억압되어 끊임없이 스트레스를 일으켜왔다는 것을 47세의 젊은 나이에 위암 말기 판정을 받게 된 데서 확인하지 않을 수 없다. 공격적으로 앞만 보고 달려온 준의 외면적 인생은 '사랑하는 대상의 상실에 대한 슬픔을 극복한 듯이 보였지만 그것은 고통의 원인이 되었던 대상에서 완전히 해방된 것이 아니었다. 자아가 극복하고 쟁취했다고 여기는 것이 자아에 은폐되어 있을 뿐'[50]이

---

50) 프로이트, 윤희기 역, 「슬픔과 우울증」, 앞의 책, 259-260면.

었던 것이다.

솔페리노교회는 솔페리노전투를 기념하고 기억하기 위한 공식적인 메모리얼 공간은 아니다. 그곳은 솔페리노전투 중에 죽어 아무렇게나 파묻혔던 시체의 유골들을 수습하여 안치한 종교적 장소로서 전쟁으로 인한 상처의 치유와 화해의 기능을 담당하고 있다. 그곳은 솔페리노전투의 기억을 고스란히 간직하고 있는 역사적 장소이자 아직 살아있지만 곧 죽어갈 또 다른 전쟁 희생자인 준과 헥터가 전쟁으로부터 받은 외상을 치유받고 영원한 휴식을 취할 장소인 것이다.

"언덕 위의 하얀색 교회는 북극성처럼 찬란하게 빛났다"라고 묘사된 솔페리노교회 앞에 세워진 호텔에서 준은 이미 죽음의 그림자가 드리워진 몸에 뜨거운 물을 받아 목욕을 하고 삼베로 된 하얀색의 옷으로 갈아입는다. 부어오른 그녀의 발에 신발 대신 헥터는 자신의 커다란 양말을 신겨 그녀를 안고 마침내 교회에 들어선다. 이때 욕조의 물에 몸을 씻는 행위로부터 수의를 연상시키는 삼베로 만든 하얀 옷과 염을 할 때 신기는 버선의 대용품인 커다란 양말은 그녀가 죽음의 마지막 의식을 치르고 있다는 것에 대한 은유이다.

이제 그들은 교회에 진열된 유골들처럼 전쟁의 참혹함을 끝내고 평화롭고 아름다운 존재로 영면을 취할 순간에 이른다. 마침내 평생을 지배해온 PTSD를 치유받고 평화를 얻을 순간을 맞이한 것이다. 그런데 두 사람의 치유는 살아생전에는 불가능하고, 죽음을 통해서만 가능한 치유이다. 헥터는 준이 자신을 직접 화장해달라는 부탁에 자신의 몸도 같이 화장하여 둘이 함께 저 세상으로 갈 수 있을 것이라 생각한다. 솔페리노교회는 준과 헥터 두 사람 모두의 치유의 공간, 영원한 안식의 공간이다. 이와 같은 서사적 결말은 모든 생명체의 목적은 죽음이고, 무기체로부터 나온 모든 유기체는 본능적으로 그 이전의 무생물 혹은 정지상태를 지향하는 죽음본능에 지배되어 있다고 한 프로이트의 말을 확인시켜준다고 하지 않을 수 없다.

이 작품에서 준이 맹렬한 생존본능으로 죄책감을 억압하고 은폐하며 살아왔다면, 헥터는 끊임없이 죄책감으로부터 도피하는 삶을 살아왔다 할 수 있다. 준은 세상에 대해서 강렬한 생존본능(에로스)으로 공격적인 삶을 살아왔으며, 외면적으로 그녀의 삶은 성공한 것처럼 보인다. 반면 헥터는 아버지를 죽게 만들었다는 죄책감으로부터 도피하기 위해 한국전쟁에 참전했으며, 소년병의 자살을 목격한 후 전쟁 현장으로부터 도피했고, 실비를 죽게 만들었다는 죄책감으로부터 도피하기 위해서 자살을 도모했는가 하면 자학적으로 인생을 살아왔다. 즉 죽음본능(타나토스)을 자아 내부로 향하게 만든 마조히즘 형태의 삶을 살아왔다.

이 점에서 준과 헥터는 PTSD를 겪는 데 있어서도 서로 다른 양상을 보여주었다고 할 수 있다. 준은 헥터가 '아는 한 가장 강한 여자'로서 광기 어린 생존본능에 따라 치열한 삶(성공적 생존자)을 공격적으로 살아왔다면, 헥터는 우울증에 사로잡혀 자학적이고 도피적 삶(도피적 항복자)을 살아왔다고 할 수 있다. 하지만 성공적 생존자든 도피적 항복자든 둘은 동전의 양면처럼 다르지만 결국 같다. 즉 맹렬한 생존본능으로 살아온 준의 경우나, 자학적인 죽음본능에 따라 도피적으로 살아온 헥터의 경우나 모두 전쟁으로 인한 PTSD를 심각하게 겪어온 것이다.

이 작품의 원 제목 'The Surrendered '의 뜻은 '항복자'이다. 그들은 전쟁으로부터 살아남은 생존자들이지만 결과적으로는 비인간적인 전쟁의 폭력에 항복한 자들이다. 그들의 고통에 대한 치유와 해방은 죽음을 통해서만 가능하다는 것은 달리 말한다면 폭력적인 전쟁의 외상은 결코 살아서는 치유되거나 해방될 수 없다는 뜻이기도 하다. 작가는 폭력적인 전쟁으로 인해 야기된 외상의 치명적 성격을 죽음을 통한 치유라는 결말에서 다시 한 번 강조했다고 할 수 있다. 실비의 죽음에 대해서도 마찬가지의 해석이 가능할 것이다.

4. 결론

이 글은 프로이트의 이론에 기대어 이창래의 『생존자』에 재현된 전쟁으로 인한 'PTSD'의 원인과 증상, 그리고 치유 문제를 장소와 관련하여 해석하였다.

'PTSD'는 심각한 외상을 보거나 직접 겪은 후에 나타나는 불안장애의 일종이다. 한국전쟁의 고아로 살아남은 준(June), 한국전쟁의 참전 병사 헥터(Hector), 그리고 전쟁고아를 돌보는 '새 희망고아원'의 실비(Sylvie) 세 인물은 모두 전쟁으로 인해 끔찍한 외상적 사건을 경험한 후 혼자 살아남은 데 대한 죄책감으로 심각한 PTSD에 시달린다.

피난길에 보호해줄 가족을 모두 잃은 11살의 준은 죽어가는 동생을 남겨두고 오직 살아남기 위해 달리는 기차에 필사적으로 올라탔지만 홀로 살아남은 데 대한 죄책감은 평생 그녀를 짓눌러 왔다. 작가는 제1장의 발단과 제19장의 결말을 바로 이 원초적 외상장면으로 설정함으로써 평생을 관통하는 그녀의 고통을 상징적으로 나타내고 있다.

『생존자』는 퍼즐 맞추기처럼 조각난 기억들을 플래시백을 통해 조금씩 드러내다가 결말에 와서야 비로소 완전한 서사적 기억으로 통합하는 구조를 갖고 있다. 이러한 서사구조는 전혀 준비되지 않았으며, 완전한 재현, 통합, 소화과정을 거치지 못한 채 경험된 외상적 사건이 인물들에게 평생토록 PTSD를 일으켜 왔다는 사실을 말해준다. 외상의 치유는 파편화된 기억들이 완전한 서사적 기억으로 복원될 때에 가능해지지만 진정한 치유는 사실의 기억만으로는 부족하다. 즉 기억에 대한 재해석과 그 사실을 구성하는 구성개념, 즉 주체의 자기개념이 변화되어야 한다.

헥터는 알코올 중독의 아버지를 방치해 운하에 빠져 죽게 만들었다는 죄책감으로부터 도피하기 위해 자학적으로 한국전쟁에 참전했다. 그는 어린 소년군이 그의 수류탄을 강탈하여 자살하는 참혹한 장면에 충격을 받는데, 휴전 후 '새 희망고아원'의 관리인이 되어 실비를 만나게 된다.

'새 희망고아원'의 실비에게도 결코 지울 수 없는 전쟁으로 인한 트라우마가 있다. 만주사변 직후 일본군에 의해 선교사인 부모가 잔혹하게 살해당하는 현장을 지켜보아야 했던 실비는 그때 받은 끔찍한 트라우마로 인해 선교사 태너와 결혼을 하고서도 정상을 찾지 못한 채 일중독, 헥터와의 비정상적 섹스 탐닉, 그리고 마약 중독에 빠져든다. 하지만 고아원의 화재사건으로 실비는 사망하고, 이것은 준과 헥터에게 또 하나의 트라우마를 안겨준다.

『생존자』에서 '전쟁터', '새 희망고아원', '솔페리노교회'라는 세 개의 장소는 작품 해석의 핵심적 관건이다. 첫째, 한국전쟁이 발발한 '전쟁터' 한국과 만주사변 직후의 만주는 외상적 사건을 경험하는 장소이다. 둘째, '새 희망고아원'은 외상을 경험한 인물들이 새로운 희망을 찾고자 몸부림치는 장소지만 결국 이곳은 또 다른 외상적 사건을 경험하는 장소가 되고 만다. 그리고 마지막 이탈리아의 '솔페리노교회'는 준과 헥터의 PTSD의 치유에 있어 매우 중요한 장소로 의미화된다.

준과 헥터는 솔페리노라는 폭력적이고 고통스러운 전쟁의 상징적 장소로 귀환하여 전쟁으로 인한 외상을 치유받고 영원한 안식을 취하고자 한다. 즉 솔페리노교회는 솔페리노전투에서 희생된 자들의 유골이 안치된 장소로서 곧 죽어갈 한국전쟁의 희생자인 준과 헥터가 전쟁으로 인한 외상을 치유받고 영면을 취할 장소이기도 하다.

『생존자』에서 '준'이 광기어린 생존본능에 따라 치열한 삶(성공적 생존자)을 살아왔다면, '헥터'는 죽음본능에 사로잡혀 무기력하고 도피적인 삶(도피적 항복자)을 살아왔다고 할 수 있다. 하지만 이 둘은 동전의 양면처럼 다르지만 결국 같다. 즉 맹렬한 생존본능으로 살아온 준의 경우나, 자학적이고 도피적인 죽음본능으로 살아온 헥터의 경우나 모두 전쟁으로 인한 PTSD를 심각하게 겪어온 것이다.

이 작품의 영어 제목 'The Surrendered'의 뜻은 '항복자'이다. 작중 인물들은 전쟁으로부터 살아남은 생존자들이지만 결과적으로는 비인간적인 전쟁의 폭력에 항복한 자들이다. 그들의 치유가 죽음을 통한 영면을 통해서만 가능하다는 것은 달리 말한다면 폭력적인 전쟁의 외상은 결국 살아생전에는 치유될 수 없다는 뜻이기도 하다. 실비의 죽음에 대해서도 마찬가지의 해석이 가능할 것이다. 작가는 전쟁으로 인해 야기된 외상의 치명적 성격을 죽음을 통한 치유에서 다시 한 번 강조했다고 할 수 있다.

프로이트가 말한 죽음본능에 따르면 유기체들의 본래의 성격은 자기를 보존하는 것에 있는 것이 아니라 다만 '그 자신의 방식대로만 죽기를 바라는' 것이라고 할 수 있다. 역사 속에서 끊임없이 전쟁을 반복하고 있는 인간은 살아있는 유기체를 무기체로 만드는 죽음본능을 충실히 지향하는 아이러니한 존재인 것인가?

참/고/문/헌

〈기초자료〉

• 이창래, 나중길 역, 『생존자』, RHK, 2013.

〈단행본〉

• 박찬부, 『에로스와 죽음』, 서울대학교출판문화원, 2013.

• 최현석, 『인간의 모든 감정』, 서해문집, 2011.

• 딜런 에반스, 김종주 외 역, 『라깡 정신분석 사전』, 인간사랑, 1998.

• 아리스토텔레스, 손명현 역, 「시학」, 『니코마스 윤리학/정치학/시학』, 동서문화사, 2007.

• 에드워드 렐프, 김덕현 외 역, 『장소와 장소상실』, 논형, 2005.

• 프로이트, 윤희기 · 박찬부 역, 『프로이트전집』11, 열린책들, 2003.

〈논문〉

• 김찬영, 「외상 후 스트레스 장애」, 『대한내과학회지』69-3, 대한내과학회, 2005, 237-240면.

• 노은미, 「폭력의 기억 : 『항복자』에 나타난 저항의 심리학」, 『현대영미소설』18-3, 한국현대영미소설학회, 2011, 51-72면.

• 도상금, 「심리치료에서 기억의 문제」, 『심리과학』9-1, 심리과학회, 2000, 117-137면.

- 송명희, 「주류사회에서 아웃사이더의 정체성 찾기 : 이창래의 『제스처 라이프』를 중심으로」, 『한국언어문학』75, 한국언어문학회, 2010, 509-533면.
- 신혜정, 「이창래의 『더 서렌더드』 : 집단적 외상과 치유 가능성 모색」, 『영어영문학 연구』55-4, 영어영문학회, 2013, 375-396면.
- 진주영, 「호모사케르의 윤리 : 창래 리의 『제스처 라이프』와 『항복한 자』 연구」, 『미국소설』20-2, 미국소설학회, 2013, 31-53면.
- 채근병, 「이창래 소설에 나타난 '시간'의 구조와 '혼종'의 가치 - 『제스처 라이프』와 『생존자』를 중심으로」, 『국제한인문학연구』12, 국제한인문학회, 2013, 317-340면.
- 황헌영, 「전쟁 관련 외상 후 스트레스 장애(PTSD)와 정신분석」, 『한국기독교신학논총』26, 한국기독교학회, 2002, 381-411면.
  (『한국문학이론과 비평』62, 한국문학이론과비평학회, 2014)

제3부

중국조선족문학

암흑기 재만문학에 나타난 디아스포라와 아이덴티티 - 안수길의 「벼」를 중심으로

1. 서론-일제하 재만문학의 위상

만주(滿洲)라는 명칭은 원래 지역 명칭이 아니라 민족의 명칭이었다. 이것이 후금의 누르하치가 1616년에 나라를 세우고 자신을 '만주 칸'이라 부른 이후, 1635년에 청 태종 황태극이 여진족을 만주족으로 개칭한 뒤 부족 명칭에서 지역 명칭으로 바뀌게 된 것이다. 청초에는 요서와 요동지방을 지칭했지만 청의 말기부터 지금의 동북 3성(흑룡강성, 길림성, 요녕성)으로 확대되어, 1932년에 일본에 의해 만주국이 수립되어 1945년에 일본의 패전으로 소멸될 때까지의 명칭을 우리는 그대로 '만주'라 부르고 있다. 즉 지금 중국조선족 집단거주지역인 길림성 연변조선족자치주를 비롯하여 동북 3성 지역을 과거 만주

국 시절의 명칭 그대로 우리는 '만주'라 부르고 있다.[1]

본고에서 '재만문학'이라고 할 때에 이는 일제하 만주지역의 조선인[2] 문학을 지칭하는 개념이다. 재만문학을 국문학의 범주에서 문제 삼는 이유는 이 문학이 당대 한국문학과 밀접한 영향하에서 형성되고 전개되었으며,[3] 이 문학이 민족언어로 씌어졌고, 한민족으로서의 정체성과 우리 민족문학의 전통과 유산을 계승 · 발전시키고 있기 때문이다.[4] 따라서 광복 후의 중국조선족문학은 재외한인문학의 한 범주로 다룬다고 하더라도 일제하의 재만문학은 민족적 관점에서 우리 국문학의 범주에 포함시켜야 한다.

일제말 암흑기의 재만문학은 우리 문학의 빈 공간과 단절을 메울 수 있다는 점에서[5] 그 의의는 더욱 커진다고 하겠다. 그런데 일제 말 재만문학에 대해 국내문학을 대신하는 저항적인 망명문학으로서의 의의를 높이 평가하는 견해와[6] 만주국의 후원 하에 이루어진 친일적인 국책문학이라는[7] 상반된 주장이 제기되어 큰 쟁점이 되어왔다. 암흑기 재만문학의 성격이 저항문학이든, 일제에 협력한 국책문학이든 그것은 오늘날과 같은 자유로운 상황에서 발표된 것이 아니라 일제의

---

1) 양대언, 「중국이 추진하는 동북공정은 만주, 간도의 명칭과 남북한의 장래와 깊은 관계가 있다」, 『한글+한자문화』76, 전구간자교육추진총연합회, 2005, 80면.

2) 재만한인, 재만한국인 등 다양한 명칭이 있지만 당시 사용한 명칭을 존중하여 재만 조선인이라고 통일하여 칭하겠다.

3) 정덕준 외, 『중국조선족 문학의 어제와 오늘』, 푸른사상, 2006, 128면.

4) 정덕준 외, 위의 책, 17-18면.

5) 장병희, 「일제 암흑기의 재만문학연구」, 『어문학논총』11, 국민대학교 어문학연구소, 1992, 84면.

6) 오양호, 「암흑기 문학 재고찰」, 『국어국문학』84, 국어국문학회, 1980, 234-237면.

7) 김윤식, 「망명문학이냐 국책문학이냐」, 『안수길 연구』, 정음사, 1986.

통제 아래 이루어진 문학이라는 점에서 그 가치평가에 오늘날의 잣대를 적용하기는 어려울 것이다.

일제 말 『동아일보』와 『조선일보』의 강제 폐간과 『문장』의 폐간, 『인문평론』이 『국민문학』으로 제호가 변경되어 일본어로 발간되는 등 국내의 억압과 검열은 최고조에 달했다. 반면 재만문학은 국내 문인들이 창작활동이 상대적으로 자유로운 만주로 이주함으로써 『만선일보』를 중심으로 오히려 작품활동이 활발해지는 아이러니를 빚게 된다. 신경의 『만몽일보』와 용정의 『간도일보』를 통합한(1937) 『만선일보』에는 최남선이 고문으로, 염상섭은 편집부장으로, 안수길은 기자로 활동하였으며, 그밖에도 신형철, 송지영, 이석훈 등이 근무하였다.[8] 특히 『만선일보』는 이 시기에 현경준의 『선구시대』, 『돌아오는 인생』, 박영준의 『쌍영』, 안수길의 『북향보』와 같은 장편소설을 연재하였으며, 재만조선인작품집 『싹트는 대지』(1941)를 간행하는 등 재만문학을 주도해 나갔다.[9] 1940년대 초 재만문단은 우리 민족에게 유일의 문학공간이었으며, 『만선일보』는 그 중심에 있었다.

본고는 안수길의 「벼」를 '디아스포라와 아이덴티티'란 주제와 관련하여 작품의 배경이 된 시기에 조선인이 처했던 거주국(중국)에서의 정치적 상황과 작품의 갈등을 연관 지어 분석하고자 한다. 「벼」는 만주국 건국 이전을 배경으로 하여 조선인의 만주로의 이주와 정착 의지를 다룬 작품으로, '디아스포라와 아이덴티티'란 주제를 고찰하기에 매우 적합한 텍스트라고 할 수 있다. 왜냐하면 민족 이산의 과정에

---

8) 조정래, 「안수길의 초기소설연구」, 『연세어문학』19, 연세대학교 국어국문학과, 1986, 239면.
9) 정덕준 외, 앞의 책, 143면.

서 야기되는 원주민과 이주민의 갈등, 거주국인 중국 당국과 이주민과의 갈등과 같이 디아스포라에서 겪게 되는 전형적 문제들을 형상화하고 있기 때문이다.

「벼」에 대한 기존 평가에는 찬수의 일본 영사관을 통한 정치적 해결은 이주조선인의 생존을 생각할 때 오히려 현실적이며 당시의 역사적 상황에도 부합된다는 평가,[10] 이주 조선인이 중·일의 이중적인 탄압 속에서 살아남기 위해 불가피하게 일제의 영향력 아래 놓일 수밖에 없었던 모순적 상황을 정직하게 드러낸 작품,[11] 또는 만주국 건국 직전 이주 조선인 사회의 생활상을 형상화한 간도 보고서라는[12] 긍정적 평가가 한편에 존재한다.

반면, 일제의 식민주의에 순응한 민족의식이 희박한 작품,[13] 작가의 역사의식이 모호하고 엄정한 민족의식을 보여주지 못한 한계를 지닌 작품[14] 등 친일적 작가의식을 문제 삼는 부정적 평가가 다른 한편에 존재한다.

본 연구는 원작[15]을 텍스트로 하여 이루어진다.

---

10) 한수영, 「만주, 혹은 '체험'과 '기억'의 균열-안수길의 만주배경 소설과 그 역사적 단층」, 『현대문학의 연구』25, 한국문학연구학회, 2005, 467면.
11) 정덕준·정현숙, 「일제강점기 재만조선인 소설 연구-이주 정착 양상을 중심으로」, 『한국언어문학』57, 한국언어문학회, 2006, 457면.
12) 정덕준, 「안수길소설연구-『북원』의 주제의식을 중심으로」, 『한국문예비평연구』15, 한국문예비평학회, 2004, 363면.
13) 김윤식, 앞의 책, 64-65면.
14) 조정래, 앞의 논문, 257-259면.
　윤애경, 「안수길의 초기소설과 역사의식 연구-「벼」의 인물형상화와 서술양상을 중심으로」, 『우리어문연구』23, 우리어문학회, 2004, 483-509면.
15) 안수길의 「벼」는 『만선일보』에 연재(1941.11.15-12.25)되었던 작품 : 연변대학교 조선문학연구소(허경진·허휘훈·채미화 주편), 『안수길』 보고사, 2006, 263-316면.

2. 「벼」에 나타난 디아스포라와 아이덴티티

1) 재만시절의 안수길

함흥 출생인 안수길(1911-1977)은 대표적인 재만작가로서 1924
년에 부친이 있는 용정으로 이주하여 용정중학교를 졸업하고, 함흥,
서울, 일본 등에서 공부를 하며 떠돌다가 1932년 용정소학교에서 교
사생활을 하면서 만주에 정착하게 된다. 그는 『간선일보』의 기자를
거쳐 이것이 『만선일보』로 통합되자 신경(장춘)으로 가서 기자생활
을 계속하다가 해방 직전 귀국하였다. 그는 1935년 『조선문단』에 「적
십자병원장」으로 등단한 이후 20여 년의 만주 체험을 바탕으로 만주
이주민의 실상과 삶의 양태를 집중적으로 그려왔으며, 이를 집대성한
작품이 장편 『북간도』다.

그의 재만시절의 문학은 오양호의 구분에 의한다면 망명문학이 아
니라 이민문학이다. 그의 장편소설 『북향보』나 창작집 『북원』은 만주
간도의 개척민촌이 이야기의 시작이자 끝이다. 작품의 배경도 조선이
아니며, 이야기의 줄거리 역시 만주 개척담이다.

만주 간도의 이민문학은 1930년 동인지 『북향』에서부터 시작되
었고, 『싹트는 대지』(1941), 『재만조선시인집』(1942), 『만주시인집』
(1942) 등으로 이어지면서 위상이 잡혔다.[16]

---

16) 이민문학은 이민 간 사람들이 이민의 땅에서 생산한 문학이다. 망명문학이, 뿌리
   는 한반도이나 그 반도에서 뿌리를 내리지 못한 민족의 삶을 밖에서 문제 삼는다
   면, 이민문학은 그 뿌리를 이민 간 땅에서 내려 새 삶을 시작하는 이야기에서부터
   시작한다. : 오양호, 「1940년대 초기 만주 이민문학연구」, 『한민족어문학』27, 한
   민족어문학회, 1995, 169-170면

안수길은 재만시절 『북향』(1936) 동인 참여, 재만조선인작품집인 『싹트는 대지』(1941)에 작품 발표, 첫 작품집 『북원』(1944) 발간, 그리고 『만선일보』에 장편 『북향보』(1944-1945)를 연재하며 재만문단의 형성에 깊이 관여하였다. 그는 「용정·신경시대」(1969)라는 글에서 "여기다 망명문단을 만들어야 한다. 국내에서 말살되고 있는 우리 어문을 여기서 지켜야 한다, 그리고 문학을 살려야 한다"[17]라는 확고한 의지를 갖고 활동했다고 회고한 바 있다.

그는 만주국 건국 이후 작가활동을 시작한 세대로서, 만주국의 한글 기관지인 『만선일보』에 여러 작품들을 발표하였다. 즉 그의 작품은 발표한 매체의 성격상 일본의 괴뢰국가인 만주국의 정책 수용과 민족의 아이덴티티의 유지라는 양립하기 어려운 명제들을 충족시켜야만 했다. 더욱이 그는 『만선일보』의 기자라는 신분을 갖고 있었기 때문에 신문의 편집 방향으로부터 크게 자유로울 수 없었을 것이다. 따라서 채훈은 "안수길은 재만한국문학의 형성과정에서 남다른 기여를 하였을 뿐더러 「새벽」에 이어 「벼」, 「목축기」, 『북향보』 등을 발표하여 크게 주목되었으나 농촌이나 목장에서 활약하는 지식인들을 통해 현실 안주 혹은 순응하는 자세를 보여주었다"라고 그의 문학적 성취와 한계를 평가한 바 있다.[18]

하지만 『만선일보』가 만주국의 기관지였기 때문에 식민정책에 대한 찬양과 선전에 치우쳤을 것이라는 선입견과는 달리 실제로는 식민

---

17) 안수길, 「용정·신경시대」, 연변대학교 조선문학연구소(허경진·허휘훈·채미화 주편), 앞의 책, 597면.

18) 채훈, 「재만한국문학연구」, 『숙명여자대학교논문집』30, 숙명여자대학교, 1990, 290면.

당국의 정책방향이나 통치 이데올로기와는 상당한 차이가 있거나 식민통치 이미지에 손상을 주는 내용들, 가령 조선인 자신들의 열악한 처지나 부정적인 형태, 그들의 비관적인 자아인식이나 만주국에 대한 부정적인 인식을 그대로 보도하는 기사나 기고문 혹은 실태보고서 등도 많았다고 한다.[19) 따라서 『만선일보』라는 매체의 성격을 지나치게 의식하며 작품의 의미를 파악할 필요는 없을 것이다.

2) 이주의 땅 만주

디아스포라(diaspora)는 우리말로 '민족 이산' 또는 '민족 분산'으로 번역할 수 있는 말이다. 디아스포라는 원거지에서 다른 곳으로의 집단 이주를 의미하는 이산의 의미로, 민족구성원들이 세계 여러 곳으로 흩어지는 과정뿐만 아니라 이산한 동족들과 그들이 거주하는 장소와 공동체를 지칭하기도 한다.[20) 원래 디아스포라는 고대 그리스인의 이주와 식민지 건설이라는 능동적 긍정적 의미로 사용되다가 이후 유태인의 유랑을 뜻하는 부정적 의미로 사용되었다. 그런데 1990년대에 들어서서는 유태인의 경험뿐만 아니라 다른 민족들의 국제이주, 망명, 난민, 이주노동자, 민족공동체, 문화적 차이, 정체성 등을 아우르는 포괄적 개념으로 사용되고 있다.[21) 이처럼 민족 이산을 의미

---

19) 윤휘탁, 「「만주국」의 '2등 국(공)민', 그 실상과 허상」, 『역사학보』169, 역사학회, 2001, 146면.
20) 윤인진, 『코리안 디아스포라』, 고려대학교출판부, 2003, 4-5면.
   James Clifford, "Diaspora", *Cultural Anthropology*, Vol.9, No.3, 1994, pp.310-315.
21) 윤인진, 위의 책, 5면.

하는 디아스포라는 기본적으로 모국으로부터의 이주와 거주국에의 적응 사이에 작동하는 정치적 관계, 문화적 차이, 그리고 정체성 등의 문제들을 껴안고 있다.[22]

우리 민족의 중국으로의 디아스포라는 19세기 중엽부터 이루어졌다. 함경도 지방의 농민들이 새로운 경작지를 찾아 사람이 살지 않으면서도 비옥한 간도로 이주하면서 시작되었던 것이다. 그러던 것이 1910년부터 1918년 사이에 진행된 일제의 토지조사사업으로 인해 조선농민의 소작화와 일본인 지주와 동양척식회사 등에 의한 조선농민의 체계적인 착취와 궁핍화로 인해 많은 농민들이 만주로 이주하게 된 것이다. 항일독립운동을 위해 이주한 사람들도 있었지만 그 숫자는 매우 제한적이었다. 1910년에 이주민의 인구는 이미 22만 명이었으며, 1930년에는 60만 명으로 증가했고, 1931년 만주사변 이후 중국 동북지역을 대륙침략의 병참기지와 식량기지로 활용한다는 일제의 정책에 의해 조선인들의 집단이주는 계획적으로 시행되었다. 그 결과 1940년에는 이주 인구가 145만 명에 달했다.[23]

일제는 1910년대에 조선의 토지조사사업으로 토지 사유를 확립함으로써 자본이 쉽게 토지에 침투할 수 있는 기반을 만들었다. 그리고 자국 내의 쌀 부족을 조선의 증산을 통해 해결하려고 이른바 산미증식계획을 실시했다. 일제는 많은 자본을 투자하여 1920년부터 1925년까지 산미증식 제1차 계획, 1926년부터 1934년까지 제2차 계획을

---

22) Wahlbeck, "The concept of diaspora as an analytical tool in the study of refugee communities", *Journal of Ethnic and Migration*, Vol.28, No.2, 2002, pp. 221-238.
23) 윤인진, 앞의 책, 45-51면.

수립하여 조선에서 많은 양의 쌀을 수탈해갔다. 즉 일제 독점자본의 농촌 침투는 조선 농민의 몰락을 부채질했고,[24] 이로 인해 만주로의 이주가 본격화되었다. 만주국 건국 이후 일제는 자국민을 만주로 이주시키는 데 실패했기 때문에 대신 정책적으로 조선인을 이주시켜 만주 점령의 첨병으로 삼았으며, 동시에 집단이주를 통해 조선의 토지 침탈로 야기된 조선농민들의 불만을 잠재우려 했다. 조선총독부의 만주이민정책은 1930년대 후반에 본격적으로 추진되었으며, 1936년 9월 만주이민을 담당하는 선만척식주식회사(서울)와 만선척식주식회사(신경)를 세웠다.[25]

3) 이주 초기 원주민과의 갈등과 환영 정책

중편소설 「벼」는 1941년 『만선일보』에 연재되었던 작품이다. 안수길은 만주국 건국 이전 중국 당국의 대 조선인 정책이 '환영'에서 '구축'으로 변화해간 과정을 이 작품에서 사실감 있게 형상화하고 있다. 작품의 시대적 배경은 1920년부터 1930년에 이르는 10여 년간이며, 공간적 배경은 길림성 XX현 H평야의 W하(河) 유역의 조선인 집단부락 매봉둔이다. 이곳에 이주한 조선인은 일제의 식민지 정책에 의해 집단적으로 이주시킨 농민들이 아니라 서술상의 현재 시점인 "만주 건국 이 년 전"(1930년)으로부터 10여 년 전에 조선 H도 H군 응봉리에서 자발적으로 이주한 농민들이다. 말하자면 이들의 이주는 생계형

---

24) 역사학연구소, 『강좌 한국근현대사』, 풀빛, 1996, 143면.
25) 김도형, 「한말 일제하 한국인의 만주인식」, 『동방학지』144, 연세대학교 국학연구원, 2008, 21-22면.

이민[26]에 속한다. 이들이 이주하게 된 계기는 선 이주민인 홍덕호의 권유에 의해서이다.

홍덕호는 길림성 XX현 현장 한계운의 식객으로 있는 동안 한 현장과 함께 방치원의 초청으로 W하 유역을 방문할 기회를 가진다. 그는 그곳의 넓은 황무지를 수전개간 할 계획을 세우고 한 현장, 토호 지주 방치원과 의논한다. 방치원은 황무지를 팔라는 그의 제안을 거절하는[27] 대신 다음과 같은 수전개간의 조건을 제시한다.

> 황무지는 三년간 무상대여(無償貸與)하고 三년이 지나면 수전을 풀어 그대로 돌리는데 첫해의 개간 비용과 농호를 불러 드리고 다음해 햇곡식이 날 때까지의 노자며 식양은 방치원으로부터 선대하여 준다는 것이였다. 그리고 그 빗은 三년 안에 물면 그만이라는 것이다.
> 그래 신 기경지인 한전(旱田)도 부치되 三, 七로 하여 소출의 三은 지주에 바치고 七은 작인이 먹으라는 것이였다.[28]

방치원이 처음 3년의 황무지 무상대여를 비롯하여 유리한 조건으로 조선 이주민을 적극적으로 끌어들인 것은 그가 수전의 경제적 가치를 잘 알고 있었으며, 방치된 수십만 평의 황무지를 수전으로 개간할 생각을 평소부터 가져왔기 때문이다. 하지만 원주민은 수전개간

---

26) 임명진, 「일제강점기 '재만조선소설'을 통해 본 '만주'의 문제」, 『현대소설연구』 31, 한국현대소설학회, 2006, 46면.
27) 이는 당시 중국이 조선인들의 토지 소유에 대해서 민감한 반응을 보이는 상황을 반영한다. 왜냐하면 조선인들이 일본의 앞잡이가 되어서 만주지역의 토지를 대규모로 매입하고 있다는 판단 때문이었다.
28) 안수길, 「벼」, 앞의 책, 268-269면. : 독서의 편의를 위하여 인용문의 띄어쓰기는 필자가 하였다.

기술이 없었고, 그는 조선인을 끌어들일 능력이 없었기 때문에 홍덕호의 수전개발 제안은 좋은 조건하에 이루어질 수 있었다. 무엇보다도 홍덕호의 제안이 한 현장과 방치원에게 수월하게 받아들여졌던 것은 1920년 전후의 중국 당국의 수전개발 시책과 일치했기 때문이었다.

> 그것은 방치원의 개인적 후의만이 아니었다. 당시의 정부에서도 대체로 방치원과 같은 견해를 가졌다. 그들은 이주민에게 안식처를 제공하는 것이 대국으로서의 금도라 자임했다. 그리고 인구가 희박하고 개간지역이 엄청나게 많은 만주에서 더욱 수전의 개간은 지원의 발굴로서 국력의 증강을 의미하는 것이라 하였다. 그들은 이주증(移住證)을 발급함으로서 월경(越境)하는 백성을 환영하였고 지주들은 먼저 이주하여온 사람을 통하여 조선인의 농호를 부르기까지 하였다. 즉 그들은 조선백성의 힘을 빌어 만주의 황무지개간을 꾀하엿든 것이었다.
> 한현장이 홍덕호의 청을 일언하에 받어드린 것은 이정부의 국력증강책에 부합된 까닭이었다.[29]

중국 당국은 이주증을 발급하여 월경하는 조선인을 환영하였고, 먼저 이주한 조선인을 통하여 다른 조선인을 불러들이는 등 만주의 황무지 개간에 조선인의 힘을 적극적으로 이용하고자 하였다. 즉 이주 조선인에 대한 지주 방치원의 후의는 중국 당국의 수전개간을 통한 국력증강책과 일치하는 것이었다.

이 당시 길림성 당국은 1910년대 이후 쌀값이 오르자 지방관청의

---

29) 안수길, 「벼」, 위의 책, 272-273면.

벼농사를 권장하였다. 이에 따라 어떤 지방관청에서는 조선인 농민을 직접 고용하여 벼농사를 짓기도 했다. 각 현 정부는 벼농사에 관한 조사 및 권도의 직책을 맡고 수전의 확대와 수전경작에 대한 관리를 강화함으로써 지역농업발전을 추진하였다.[30] 박첨지 등이 이주한 1920년은 중국 당국에서 조선인의 수전경작에 대해 별다른 간섭을 가하지 않았을 뿐만 아니라 적극 권장하던 시기였다.

대부분의 한인들은 국내에서부터 축적된 기술을 바탕으로 수전경작에 주력하고 있었으며, 제1차 세계대전과 그 후의 세계 경제시장에서 쌀의 수요가 증가됨에 따라 좋은 조건하에서의 경작이 이루어질 수 있었다. 중국당국 역시 한인들의 수전경작에 대해 아직은 별다른 간섭을 가하지 않고 있어서 1920년대 초까지 국내에서도 북간도를 '조선민족이 식민하고 이주할만한 복지'라고 하고 있었다.[31]

만주에서의 중국 당국의 조선인에 대한 정책은 시기적으로 큰 변화를 나타냈다. 그 변화과정은 중국과 일본이 맺은 세 가지 협정을 기준으로 나누어 볼 수 있다. 제1기는 '간도협약'이 체결된 1909년에서 1915년의 '만몽조약'이 체결되기까지의 방임정책기이다. 제2기는 만몽조약(1915) 이후 1925년의 '미쓰야(三矢)협정'[32]이 체결되기까지

---

30) 김영, 「만주사변전 재만한인의 수전개발에 대한 중국 동북지방 당국의 시책」, 『한국문화』32, 서울대학교 한국문화연구소, 2003, 253-255면.
31) 황민호, 「1920년대 후반 재만조선인에 대한 중국당국의 정책과 한인사회의 대응」, 『한국사연구』90, 한국사연구회, 1995, 222면.
32) 1925년 총독부 경찰국장인 미쓰야(三矢)가 만주 봉천성 경찰국장과 협의하여 조선인에 대한 조사를 강화하기로 함. 이 협정으로 재만조선인의 단속이 강화되었다.

의 귀화정책기이다. 제3기는 미쓰야협정(1925) 이후의 배척정책기이다.[33]

1915년 만몽조약이 조인되기 전까지 조선인은 청국의 법권에 복종해야 하는 한에서 거주권과 토지소유권을 보장받았다. 이는 당시 일본 측이 철도부설권, 석탄채굴권 등을 청국으로부터 탈취하는 대신 간도의 영유권과 간도 조선인에 대한 권한을 청국에 양도한 결과이다. 이 시기에 일제는 간도 조선인에 대한 간섭을 아직 본격화하지 않았다. 따라서 중국에서 조선인은 수전개간에 따른 경제적 효용성만이 부각될 뿐 정치적 문젯거리로는 대두되지 않아 비교적 안정적인 삶을 유지할 수 있었다. 즉 조선인에 대한 특별한 대책이 절실하지 않던 정치적인 방임기라고 하겠다.[34] 「벼」에서 이주 초기가 바로 그런 시기에 해당된다.

하지만 일제의 만주 진출은 제1차 세계대전 중에 적극적으로 변모한다. 일제는 만몽조약 체결로 만주에서 다른 나라들보다 한 단계 우월한 지위를 차지하는 데 성공한다. 이 조약의 중요성은 일본국 신민이 남만주에서 토지상조권[35]과 치외법권을 획득하였다는 데 있다. 만몽조약 이후 조선인의 토지상조권과 치외법권 문제가 중·일 간에 중요한 쟁점으로 부상한다. 중국은 만몽조약은 일본인에게만 적용되며, 더욱이 간도는 기존의 간도협약에 따라야 한다고 주장한다. 반면 일제는 조선인은 일본신민으로서 간도를 포함한 남만 전체에서 토지상

33) 임영서, 「1910-20년대 간도한인에 대한 중국의 정책과 민회」, 『한국학보』73, 일지사, 1993, 164면.
34) 임영서, 위의 논문, 164-168면.
35) 계약에 의해 토지를 사용할 수 있는 기한부 소유권.

조권 및 치외법권을 지닌다고 주장한다. 결국 만몽조약 이후 중·일은 간도의 조선인이 누구에게 귀속되느냐를 두고 대립하게 된다. 이는 만주에 진출하려는 일제와 이를 막으려는 중국의 대립이 간도의 조선인 처리문제에 대한 갈등으로 나타난 것이다. 일제는 조선인이 이주하여 촌락을 형성하면 반드시 영사관이나 소속관청을 조선인 보호의 구실 하에 두고 조선인의 치외법권을 주장하면서 만주에 진출해 왔다. 이렇게 되자 중국인들은 조선인을 일제와 분리하여 생각할 수 없게 되었고, 조선인과의 갈등을 해결하기 위해서 귀화정책을 쓰게 되었다. 귀화정책은 한마디로 조선인을 일제의 앞잡이로 몰아 부칠 것이 아니라 일제로부터 분리시켜 중국 편으로 만들자는 정책이다.[36]

하지만 귀화정책을 추진하던 중국의 군벌정권은 1920년대 후반에 이르면서 점차 조선인 배척정책으로 전환하게 된다. 그 이유는 귀화정책이 제대로 결실을 거두지 않았기 때문이다. 중국 당국은 1920년대 말에 이르러 대체로 두 가지 이유에서 귀화를 금지하거나 제한하는 정책으로 전환한다. 첫째는 일제가 조선인을 만몽 적극 정책에 이용하려는 의도를 포기하지 않았기 때문이다. 둘째는 가난한 중국인들을 만주로 대거 이주시키려는 정책에 장애가 되었기 때문이다.[37] 일제는 귀화의 조건으로 중국 측이 제시한 일본국적 이탈도 인정 안 하면서 귀화를 은밀히 장려하는 이중적인 모습을 보이며, 귀화정책을 역이용하여 조선인을 자신의 침략정책에 계속 앞세우려 했다. 때문에 중국은 조선인의 귀화가 일제의 음모, 즉 조선인의 토지소유권을 이

---

36) 임영서, 앞의 논문, 168-174면.
37) 황민호, 앞의 논문, 232-235면.

용하여 중국의 토지를 탈취하려는 간책과 연결되어 있다고 판단하고 미쓰야협정을 체결하게 된다. 이 협정 이후 중국은 일반 조선인이든 무장세력이든 일체의 조선인을 만주에서 몰아냄으로써 문제를 해결하려는 철저한 적대적 배척정책을 썼다. 1931년 일제가 만주를 침공하기 이전까지 간도의 조선인은 이유가 어디에 있든 중국인으로부터 가장 큰 생활상의 위협을 받고 있었다.[38]

작품 「벼」에서 이주 초기에 원주민(만주인)들은 이주민들에 대해 모멸과 적대적 태도를 보였다. 그들은 "박아지를 보통이에 매여달고 거지 떼같이 몰려오는 백성들에게 적지 않은 적개심을 느끼고 그들을 모멸하였다." 왜냐하면 "이주민으로 말미암아 그들의 기경지(旣耕地)가 침해당할까 저어함이었다." 그들은 지주 방치원이 제일 큰 집을 조선인들을 위해 내놓으라는 말에 불만을 보였으며, 마침내 조선인들이 머무는 집을 야밤에 집단 공격하여 여러 명에게 부상을 입혔을 뿐만 아니라 박첨지의 맏아들 익수를 죽게 만든다. 이주 초기 원주민과 이주민 간의 갈등으로 익수가 희생된 것이다. 이 일로 이주민 내부에서도 갑론을박이 오가는데 귀국하겠다는 의견과 황무지를 개간하여 성공하는 것이 곧 원수를 갚는 것이라는 의견이 분분하였다.

원주민과 이주 조선인 간의 갈등에 대해서 방치원은 "이 사람들은 결코 여러분들을 해치러온 사람들이 아니다. 우리나라를 살기 좋은 고장으로 알고 찾어온 순수하고 죄 없는 백성들이다."라고 집주인으로서 나그네에게 손을 댄 것이 잘못된 일임을 일편 억누르고 일편 타일렀다. 한 현장도 이 일을 세세히 조사하여 가해자 편에서 책임자를

---

38) 임영서, 앞의 논문, 174-187면.

내여 적당히 처리할 것이라 하였다. 즉 지주와 중국 관헌은 이주 조선인을 적극 보호하였다. 이들의 태도는 중국 당국의 환영정책을 반영한 것이었다.

결국 이주민들은 일망무제의 황무지를 바라보며 "벼! 벼! 벼를 이 넓은 토지에 꽉차게 심고 북돋우면 그만이다. 그것만이 일념이었다. 그 외의 것은 도라볼 가치가 없었다. 원주민들과의 충돌 그런 것도 벼를 북돋으려는 일념 앞에는 아이 작난이었다. 오직 벼! 벼 앞에서는 아무런 희생도 참고 견딜 수 있었다"처럼 벼농사에 대한 강한 집념으로 귀국이 아니라 정주 쪽으로 결론을 내린다. 그리고 고향마을로부터 계속 사람들을 불러들임으로써 "칠년이 지냈을 때에는 매봉둔에는 오십여 호의 농민이 자리 잡게 되었으니 이십 리 사십 리의 거리를 두고 십 호 내지 이십 호씩의 부락들이 이루어지게 되었다." 이처럼 처음 박첨지를 비롯한 13명이 이주를 시작한 지 10년이 흐른 뒤에는 200여 호가 매봉둔 인근에 자리를 잡게 되었고, 많은 황무지도 사들였다. 생활이 안정되어간 이주민들이 학교 건립을 시도함으로써 신임소 현장의 구축을 받게 되고, 이 작품의 핵심적 갈등이 야기된다.

4) 이주 후기의 구척 정책과 위기

만주사변(1931) 전 중·일 두 나라는 조선인의 토지상조권을 두고 첨예하게 대립했다. 이에 중국 당국은 중앙정부로부터 지방정부에 이르기까지 수많은 법령, 훈령, 포고 등을 내려 중국인과 귀화조선인이 일본과 토지상조를 맺는 것을 엄격히 단속하였다. 뿐만 아니라 일제가 재만조선인을 이용하여 토지침략을 하는 것을 원천적으로 봉쇄하기 위하여 1925년의 미쓰야협정 체결을 계기로 재만조선인에 대한 박해를 서슴없이 자행하여 수많은 조선인이 삶의 터전을 떠나 귀국하거나 아니면 타지로 이주하게 만들었다. 1920년대 말 중·일 두 나라의 토지상조권을 에워싼 대립이 점점 첨예화되면서 무력마찰을 자주 빚다가 결국 만보산사건과[39] 같은 큰 분쟁을 야기시켰던 것이다.[40]

이처럼 1920년대 후반부터 중국 당국의 조선인에 대한 태도는 간섭과 통제의 방향으로 구체화되었다.[41] 그도 그럴 것이 1930년대 초기에 전 동북지역 인구의 3%밖에 되지 않던 조선인의 벼농사는 당시 동북의 전체 벼 생산량의 90.1%를 차지할 정도로 증대되었으며, 벼농사의 수확량이 밭농사의 잡곡보다 많아 한족과 만족보다 경제소득이 높았기 때문이다.[42]

재만조선인에 대한 배척 상황은 작품에서 소 현장이 새로 부임하면서 야기된다. 그는 "학교 건축을 중지하고 학교의 경영을 허가할 수 없다"는 제1의 수단을 통고한 직후 잇따라 "닷자곳자로 내일 안으로 모다 매봉둔을 떠나 조선으로 도루 나가라는" 제2의 통고를 한다. 이주 조선인들이 10년 동안 가꾼 옥토에서 무조건 쫓겨날 위기 상황은 이 작품의 최대 갈등이다. 그러면 이와 같은 갈등을 야기시킨 소 현장은 어떤 인물로 제시되고 있는가?

---

39) 1931년 7월 2일 중국 길림성(吉林省) 장춘현[長春縣] 만보산 지역에서 일제의 술책으로 조선인 농민과 중국인 농민이 벌인 유혈사태.
40) 손춘일, 「만주국 성립 후 토지상조권문제와 재만한인에 대한 토지정책(1932-1937)」, 『아시아문화』13, 한림대학교 아시아문화연구소, 1997, 203-204면.
41) 황민호, 앞의 논문, 228면.
42) 윤인진, 앞의 책, 74면.

거기에 발탁되어온 것이 소 현장이였다.

그는 북경의 대학을 졸업하자 동경에 가서도 모 대학에서 정치를 배운 일이 잇어 지식으로나 패기에 있어서나 또는 정치적 의식에 있어서나 가위 진보적 인물이었다.

(중략)

소 현장의 정치적 목표는 배일에 있었다. 그는 배일사상으로 무장을 하였다.[43]

소 현장은 북경의 대학을 졸업한 후 일본유학까지 마친 젊은 엘리트 관료로서 배일사상을 지닌 인물로, 그의 정치적 목표는 배일(排日)에 있었다. 그는 부임하자마자 기존 관리를 재정비하고, 현내 일본인을 조사하는데, 송화양행의 나까모도가 유일한 인물로 집중조사 대상이 된다. 그는 이 과정에서 나까모도가 매봉둔의 조선인학교 건립을 돕고 있다는 사실을 밝혀낸다. 이어 매봉둔에 대한 조사에서 인근에 조선인 200여 호가 집단부락을 이루며 살고 있다는 사실을 알고 깜짝 놀라게 된다.

그의 지론으로 한다면 조선 사람이 많이 모여 사는 곳에는 그 사람들을 보호하기 위하여 「링스관」(領事館)이 드러온다는 것이엿다.

다른 곳에서는 조선 사람을 민국에 입적시키고 중국옷 입기를 강조하여 자기 나라 백성으로 취급해버리나 소 현장의 지론은 그런 미지근한 방법이 틀렸다는 것이엿다.

중국복을 입으나 국적에 드나 조선놈은 어듸까지든지 조선놈이고

---

43) 안수길, 「벼」, 앞의 책 304-305면.

조선놈인 이상 일본신민으로서 보호할 의무가 있다 주장함은 당연한
일로서 여기에 비로소 영사관 설치가 문제되며 영사관이 설치된다는
것은 곳 일본의 정치세력이 이 나라에 인을 친 것을 의미하는 것이라
는 것이었다.

 그리고 조선 사람은 천성이 간사하여 이익을 위하여 필요한 편에 잘
드러 붙으나 그것이 불리하면 배은망덕하고 은혜 베푼 사람에게 춤 뱃
기가 일수라는 것이었다.

 그럼으로 그 문제의 백성인 조선 사람을 전연 입국식히지 안는 것이
맛당한 일이나 이미 드러와 있는 사람들은 처음에는 온순한 수단으로,
그것을 듣지 않으면 문제가 생기지 않을 정도의 강제수단을 써서 모라
냄으로 화근을 빼어내는 것이 생책이라는 것이었다.[44]

 그가 첫 번째로 두려워하는 것은 조선인이 많아짐으로써 현내에 일
본영사관이 설치되고, 그로 인해 일본의 정치세력이 그곳에 미치는
일이다. 그는 결코 조선인을 중국인으로 만드는 귀화정책에 찬성할
수 없으며, 조선인은 간사하고 배은망덕한 천성을 가진 만큼 아예 입
국시키지 않아야 할 뿐만 아니라 이미 들어온 조선인도 문제가 생기
지 않을 정도의 강계수단을 써서 구축하는 것이 화근을 빼어내는 상
책이라고 여기는 인물이다. 그는 미쓰야협정 이후 조선인들이 일제
의 만주침략정책에 이용되고 있다고 판단한 중국이 조선인 정책을
'구축'으로 전환하여[45] 적극적인 탄압을 시작했음을 확실히 체현하
는 인물이다. 조선인이 모여 사는 곳에는 반드시 일본 영사관이 설치

---

44) 안수길, 「벼」, 위의 책, 306면.
45) 황민호, 앞의 논문, 219면.

된다고 생각하며 매봉둔의 조선인 구축에 나섰던 소 현장의 태도에서 1920년대 말 중국과 일본이 불화관계에 들어가면서 조선인들을 일본 제국주의의 전위로 인식하고 박해했던 중국 당국의 구축정책을 짐작할 수 있다. 당시 만주의 상황을 역사사회학자 한석정은 다음과 같이 표현하고 있다.

> 적어도 만주국 건국 이전 일본의 만주 침식은 조선인을 통한, 박현옥이 말하는 삼투적 팽창(osmotic expansion)의 면이 있었다. 1920년대 말 만주의 군벌체제와 일본이 불화관계에 들어가면서, 장쉬에량체제는 조선인들을 일본 제국주의의 전위로 인식하고 박해했었다. 조선총독부 자료에 의하면, 장쉬에량은 1928년에서 1931년까지 조선인 박해에 관한 훈령을 300개 이상 발했다. 조선인들의 토지소유에 상당한 제약을 가했다.[46]

일제가 대륙침략정책의 한 방법으로 조선인을 이용하였으므로, 이에 중국 측은 배일운동의 차원에서 조선인을 구축하는 길만이 일제의 만주침략을 저지하고 국권을 회복하는 길이라고 믿고 정책적으로 그를 추진했다.[47] 소 현장은 바로 그러한 정책 변화를 첨단적으로 실천하는 인물이다.

소 현장이 부임 후 가장 먼저 주목했던 대상이 일본인 나까모도였으며, 그가 조선인의 학교 건립을 돕는다는 사실을 밝혀내자 그를 직

---

46) 한석정, 『만주국 건국의 재해석』(개정판), 동아대학교출판부, 2009, 180면.
47) 박영석, 「일제하 재만한인에 대한 중국관헌의 박해실태와 국내반응」, 『한국사연구』14, 한국사연구회, 1976, 119면.

접 처벌하는 대신 매봉둔에 조선인 학교의 건립을 중단하라고 명령한 사실, 이어 조선인을 관내에서 구축하고자 한 사실 등에서 중국 당국의 재만조선인에 대한 경멸과 박해의 배경에 중·일 간의 갈등이 작용하고 있음을 알 수 있다. 즉 중국의 조선인에 대한 배척은 조선인을 '일본의 침략의 앞잡이'로 인식하게 됨으로써 일본인이 받아야 할 비난과 배척을 대신 받는[48] 미묘한 정치적 상황과 관련되는 것이다.

특히 작품에서 학교 건립 문제가 먼저 불거진 이유는 중국 당국의 조선인 교육에 대한 강력한 간섭정책 때문이었다. 작품에서 제시되었듯이 이주한 조선인들은 초기 정착에 성공하자 2세 교육을 위해 학교를 건립한다. 그들은 "잘산다는 것은 자기 자신을 위하는 동시에 그들의 이세를 잘 북돋고 그 장래를 틔워줌에 있다"고 생각했던 것이다.

당시 만주로 이주한 조선인들은 이주 초기의 어려운 환경 속에서도 자녀교육을 게을리하지 않았다. 통계에 의하면 1914년 연변지역의 연길현에만 조선인 서당이 116개소가 있었고, 이중 신식서당이 34개소, 연변지역의 신식 사립학교가 1911년에 19개소, 1916년에 156개소에 이를 만큼 조선인의 교육열이 대단했던[49] 사실을 매봉둔의 학교 건립에서도 확인할 수 있다. 1931년 동북성위원회는 조선인 문제에 대한 근본대책의 하나로서 "조선인 교육을 엄중히 감독할 것"을 결정하였으며, 이와 관련하여 조선인의 교육권을 제한하는 훈령의 발표와 한인학교에 대한 폐쇄가 이루어졌다.[50]

---

48) 윤휘탁, 「침략과 저항의 사이에서-일·중 갈등의 틈바구니에 낀 재만조선인」, 『한국사학보』19, 한국사학회, 2005, 323면.
49) 윤인진, 앞의 책, 75면.
50) 황민호, 앞의 논문, 235-236면.

즉 소 현장의 학교 건립 불가는 바로 이러한 중국 당국의 재만조선인 구축정책의 일환이었다. 하지만 학교 건립 불가보다 더 치명적인 것은 내일로 당장 매봉둔을 떠나라는 추방명령이었다. 소 현장은 처음에는 매봉둔의 지도자격인 홍덕호를 불러 학교 건축을 중지하고 학교 경영을 허가할 수 없다고 통고하지만, 주민들이 학교 건축을 계속하자 지주 방치원을 호출하여 그를 나라를 팔아먹는 매국노라 위협하며 조선인을 몰아내라는 명령을 위반할 때는 법의 재단에 맡기겠다는 추상같은 명령을 내린다. 당시 중국 관헌들은 조선인에게 토지를 빌려준 중국인 지주들을 문책하고 벌금을 물리는 방식으로 구축정책을 수행했다. 왜냐하면 지주를 이용한 통제방식이 조선인 농민의 저항을 덜 받을 수 있으며, 일본과의 외교적 마찰도 줄일 수 있는 효과적인 방법이었기 때문이다.[51]

뿐만 아니라 소 현장은 원주민과 조선인 사이의 분열정책을 쓰는데, 비밀리에 육군 편의대를 파견하여 방치원을 만나고 돌아오는 박 첨지, 민식, 오손을 어둠 속에서 구타하고 사라지게 만들거나, 건축 중인 학교건물에 불을 질러 이를 매봉둔 조선인과 당초 갈등관계에 있던 원주민의 소행으로 오인하도록 만드는 전략을 구사한다.

> 몰려온 군중의 일부는 나자빠진 민식이와 오손이를 업고 들고 부락으로 도라갈 차비를 하였으나 젊은이의 대부분은 격분이 머리끝까지 치밀었다. 흥분한 군중은 가해자가 어떠한 사람들이였으리라는 것은 미처 캐여 밝힐 이유도 없이 건너편 부락 원주민들이 사는 곳을 향하

---

51) 황민호, 위의 논문, 236면.

여 욱하고 다름질쳤다. 저녁때부터 실신하나 다름없는 정신상태에 빠져 있든 그들은 가해자가 현에서 보낸 육군들의 편의대(便衣隊)며 그들은 원주민과 매봉둔 사람들을 이간(離間) 부처 원주민들로 하여금 매봉둔 사람을 스스로 싫여하게 하여 그들을 내모는 데 정부의 편이디게 하자는 데서 나온 것이란 미묘한 술책은 생각할 수 없었다.[52]

매봉둔에 진입한 육군은 주민들 앞에 공포를 쏘며 마침내 그 실체를 드러낸다. 이는 당시 중국이 군대까지 동원하며 얼마나 강력한 구축정책을 썼던가를 잘 확인시켜주는 것이라고 하겠다.

5) 일본에 의존한 정치적 해결

소 현장의 이간술책인 줄도 모르고 격분하여 원주민 마을로 몰려가는 이주민들과는 달리 문제를 냉정히 바라보는 인물은 박첨지의 아들 찬수이다. 그는 일본유학 후 교사 경험을 갖고 있는 매봉둔 유일의 지식인으로, 건축 중인 학교의 교사가 되기 위해 2개월 전에 조선으로부터 들어온 인물이다. 그의 판단에 따르면 매봉둔 주민의 운명은 얕은 고인 물에 뛰노는 개구리[53]와 다를 바 없이 불안하다. 그는 학교 폐쇄문제보다도 더 큰 문제는 이주민들이 10년 간 개간한 땅을 떠나라는 명령임을 직감한다. 주민들이 분노하여 원주민 마을로 몰려가는 동안 그는 일단 학교를 폐쇄한 다음 나까모도를 통해 일본 영사관에 연락하여 문제를 정치적으로 해결하는 것이 순서라고 생각한다.

---

52) 안수길, 「벼」, 앞의 책, 312면.
53) 안수길, 「벼」, 위의 책, 303면.

피치 못할 경우라면 학교는 없어져도 괜찮타. 그러나 십여 연간 이룩한 이 고장에서 떠나지 않어서는 안 된다는 것은 학교문제보다 더 큰 것이었다. 그럼으로 학교를 폐쇄하라면 식히는 대로 하고 시일을 천연하여 나까모도를 중간에 넣어 길림영사관에 매봉둔사건을 진정하여 문제를 정치적으로 해결짓는 것이 순서라 생각하였다. 이백여 호가 모아 살면사 지금까지 영사관과 연락이 없은 것은 여기에 그럴듯한 지도자가 없은 까닭이었다. 찬수 자신이 우선 그것에 생각이 밎이지 못한 것은 결국 본다면 적은 문제인 학교에 열중하기 때문이었다. 그는 스사로 뉘우쳤다. 그럼으로 지금이라도 무저항주의를 써서 그 사람들이 총을 써면 몇 사람마저 죽을 요량하고 뻗이고 있어 길림영사관 하고만 연락이 되는 날이면 매봉둔에도 서광이 빛일 것이 아닌가 그는 나까모도한테 보낸 사람이 도라오기만 기다리었다. 이렇게 생각하고 찬수는 형 익수가 죽었을 때이 여러 사람들의 심경을 상상하였다.[54]

작품 「벼」에서 일본의 만주정책을 암시하는 인물로 송화양행의 나까모도를 주목할 필요가 있다. 그는 현성에 오직 한 명뿐인 일본인으로 그에 대해 만주인 측에서는 정치적 비밀사명을 띄고 온 사람이라는 의혹의 시선을 보냈으나 의심받을 만한 행동 대신 만주인들을 위해 여러 은혜를 베푼다. 여기서 나까모도는 일제의 관리가 아닌 민간인 신분으로 형식적으로는 곡물취급상이며, 고아원, 유치원, 소학교 등을 경영하며 매봉둔의 학교 건립까지 지원하는 친절을 베푸는 인물로 그려졌다. 또한 그는 기독교도는 아니지만 세계동포애 같은 것을 교리로 내세우는 종교를 선전하는 등 정체가 확실히 밝혀지지 않

---

54) 안수길, 「벼」, 위의 책, 314면.

은 인물이기도 하다. 그는 유일하게 일본말로 대화가 통하는 찬수에게 매봉둔의 학교 건립에 물질적, 정신적 지원을 아끼지 않겠다는 약속을 하는데, 이에 찬수는 깊은 감동을 받는다. 학교 건립 불가 통지를 받은 찬수가 그를 찾아가자 그는 결국 중국정권의 배일정책 탓이라 하며 길림의 영사관에 그 사실을 이야기하겠노라 말하고, 처음의 뜻을 굽히지 말고 학교는 문을 열도록 하라고 격려한다.

일본인 나까모도는 일제가 만주에서 대륙침략을 위해 속인주의 정책을 내세워 조선인들의 교육에 깊은 관심을 가지고 친일 교육기관을 설립하는 한편 이주 조선인들의 민족교육에 대항하기 위한 식민주의 교육정책을 용의주도하게 추진해 나간 사실과 관련되어 있다. 일제는 조선 침략 이전부터 간도 조선인 사회를 그들의 영향권 하에 두고 통치하기 위해 보통학교와 사립학교를 설립하여 조선국내의 통감부에서 자행한 식민지주의 교육정책을 실행, 학교교육을 통해 조선의 청소년을 일본인화시키려 하였다. 일제는 1911년 친일단체인 조선인거류민회를 조직, 파격적인 재정지원을 통해 조선인 학교를 설립하도록 한 다음 이들 학교에 대한 재정적인 지원을 통해 조선인 교육을 그들의 영향력 아래에 두어 친일교육을 추진하고자 조선총독부 경영의 공립학교 또는 보조학교로 흡수하였다.

보조학교란 교통이 불편한 오지에 설립된 이주민 부락의 조선인 사립학교나 학교운영비가 부족한 조선인 사립학교에 조선총독부가 보조의 명목으로 일정한 보조금을 지원하고 총독부 편찬의 교과서를 무상으로 지급하며 친일 교원을 파견하는 등의 회유와 매수적인 수단으로 운영한 사립학교를 말한다. 이러한 형태의 보조학교는 1928년 5월, 전 만주지역에 54개 학교가 설립되어 4,123명의 학생이 재학하고

있었으며, 이들 학교 중 55.6%에 해당되는 30개 학교가 간도지방에
설립되어 학생수가 3,080명으로 74.7%에 이르고 있었다.[55]

이처럼 일제는 만주에서도 친일 동화 및 탄압의 방법을 동원하여
한국인의 민족교육을 방해하고 친일 식민지교육과 함께 만주침략 과
정에서 장애가 되었던 조선인의 항일독립투쟁의 근거지를 말살하려
고 하였다. 나까모도의 학교 건립 지원은 바로 일제의 친일적인 조선
인 교육정책과 관련되어 있다. 그가 세계동포주의자여서 조선인에게
친절하고, 학교 건립을 도왔던 것이 아니었던 것이다. 소 현장이 부임
하자마자 나까모도에게 주목한 이유도 바로 그런 데 있었다. 하지만
작가는 소 현장이란 인물을 자세히 설명한 것과는 달리 나까모도를
신비주의적 인물로 그림으로써 일제의 식민주의 교육정책의 의도를
은폐하고 있다.

반면 중국은 중국대로 외세의 각축장이 된 만주라는 지역에서 이주
조선인들의 교육을 자국의 교육법에 통일하여 자신들의 세력권에 둠
으로써 일제의 만주 진출을 막고 만주에서 그들의 통치를 유지시키려
는 계획을 수행하였다. 특히 소설 「벼」의 배경이 된 1920년대에 접어
들면서 조선인 교육문제로 일본과 불편한 관계가 더욱 심화되어 가
자 길림성 교육청은 1921년 10월, 일제에 의한 재만조선인 교육권 침
해에 대처하기 위해 조선인 교육정돈계획 하에 '간민교육보조비 지급
안'을 계획, 조선인 교사들의 월급으로 사용하도록 하는 등 호의적인
조선인 회유책 및 강력한 동화정책을 추진하였다. 가령 중국은 조선

---

55) 이시용, 「일제침략기 단도한국인의 민족교육에 대한 중국과 일본이 교육정책에
관한 연구」, 『교육논총』23, 경인교육대학교 초등교육연구소, 2004, 145-170면.

인 사립학교를 중국식 학교로 개편하고 조선인을 강제로 중국학교에 입학시킬 것을 강요함은 물론 조선인학교에 중국인 교원을 채용하도록 강요하였다. 그러다가 1923년에는 '한인서당폐지훈령'을 통해 조선인 교육기관을 폐쇄하기에 이른다. 1924년 중국은 '동변도소속 각 현 조선인학교 폐지령'을 공포하여 조선인 경영 사립학교의 설립을 억제하였다. 그리고 각 지방의 현 지사에게 조선인 경영 사립학교 폐쇄령을 내린 후, 조선인 경영 사립학교를 중국인의 학교규정에 따르게 하고, 중국어 수업 강요, 중국인 교장과 교사의 유급 채용 종용의 교육령을 발하고 이에 따르지 않을 경우 폐교 조치한다고 엄명하는 등 탄압을 가하였다.[56]

즉 소 현장의 매봉둔 학교 건립 중단 명령과 이에 대한 나까모도의 계속하라는 격려는 당시 중국과 일본의 조선인 학교교육에 대한 첨예한 갈등과 그 사이에 낀 조선인의 곤경을 보여주는 것이다.

「벼」는 나까모도에게 보낸 사람이 곧 돌아올 것이라고 확신하는 가운데 매봉둔에 진입한 중국군대가 하늘을 향해 공포탄을 쏘는 열린 결말로 끝이 난다. 찬수는 결국 일본에 의존하여 조선인 추방 위기를 해결하려 했다. 이 점에서 「벼」가 친일작품으로 평가되는 근거가 되었다. 당시 중국 당국의 조선인 탄압문제를 해결하기 위해 조선인 민족주의 단체는 중국에 귀화를 허용해줄 것을 요청하는 한편 조선인 자치기구를 설치할 것을 청원하였지만 별반 효과를 거두지 못했다. 다른 편에서 친일단체인 민회(民會)는 일제의 힘에 의해 중국의 탄압

---

56) 이시용, 위의 논문.

을 모면하려고 시도하였다.[57] 찬수의 위기해결 방법은 친일단체인 민회의 입장과 맥을 같이한다고 볼 수 있다. 살아남는 생존이 무엇보다 시급하고 절실한 위기적 상황에서 그것은 불가피한 선택이었던 것이다.

안수길은 「벼」의 해방 후 개작본에서 일본 영사관을 통한 해결은 싫은 일이며, 만약 일본 경관이 출동된다면 중국 측이 생각하는 대로 조선 사람이 일경을 끌어들이는 것이 되고 말 것이라는 데 대한 찬수의 내적 갈등을 보여주는 것으로 결말을 수정했다.

> 그러나 일본 영사관에 정식으로 진정한다는 것은 싫은 일이었다. 더구나 나까모도와의 개인친분을 다리로 그렇게 하고 싶지 않았다. 만약 일본 경관이 출동된다면 중국 측이 생각하는 대로 조선 사람이 일경을 끌어들이는 것이 되고 만다. 어쩌면 좋을 것인가. 찬수는 갈피를 잡을 수 없었다. 그이 복잡한 마음은 모르고 군중들은 격분만 하고 있었다.[58]

즉 일본에 의존한 위기의 해결이 친일적인 작가의식으로 평가될 것을 의식하고 고친 것이다. 한수영의 지적대로 민족주의적 강박에[59] 따른 개작이다. 따라서 원작에서 "나까모도한테 갔든 사름들은 그때까지 오지 않았다. 그러나 곳 오고야 말 것이다."처럼 열린 결말로 끝낸 것은 한편에서 일본에 의존하는 태도를 보여주면서도 다른 한편에

---

57) 임영서, 앞의 논문, 209면.
58) 안수길, 『벼』, 정음사, 1965, 363면.
59) 한수영, 앞의 논문, 427면.

서 불확실한 결말을 통해서 노골적인 친일만큼은 피해가려는 작가의
의도가 작용했다고 여겨진다.

3. 결론

이 글은 만주국 건국 이전 재만조선인의 이주와 정착, 그리고 추방
될 위기를 그려낸 안수길의 소설 「벼」를 분석했다. 이주 초기에 조선
인들은 원주민과 갈등을 빚었지만 당국의 환영정책에 의해 정착에 성
공한다. 하지만 정작 1930년이 되자 중국의 구축정책으로 인해 조선
인들은 삶의 터전에서 쫓겨날 위기에 처하게 된다. 무조건 흥분하는
주민들과는 달리 마을의 유일한 지식인인 찬수는 일본인 나까모도를
통해 문제를 정치적으로 해결하고자 한다. 찬수의 이와 같은 해결책
에 대한 평가는 긍정과 부정으로, 즉 불가피한 생존전략이라는 견해
와 친일로 크게 엇갈려왔다.

이미 살펴보았듯이 일제가 대륙침략정책의 한 방법으로 재만조선
인을 이용하였으므로, 이에 중국 측은 배일운동의 일환으로 재만조선
인을 압박하고 구축하는 길만이 일제 침략으로부터 만주를 지키는 길
이라고 믿고 정책적으로 구축정책을 추진했던 것이다. 미쓰야협정 이
후 중국의 조선인에 관한 태도가 경제적 측면에서의 환영이 점차 정
치적 측면에서의 구축으로 변화하면서 현실적으로 조선인들은 중국
인으로부터 가장 큰 생활상의 위협을 받고 있었고, 그 배경에는 일제
의 침략정책이 작용했다. 구축으로 변화된 중국의 정책을 반영하는
인물이 소 현장이며, 일제의 친일교육정책을 암시하는 인물이 나까모

도이다.

이러한 상황에서 중국 관헌으로부터 학교 건립 불가 명령과 추방명령을 받은 이주 조선인들이 선택할 수 있는 길은 무엇이었을까? 명령대로 10년 동안 가꾼 옥토를 놔두고 떠나는 길과, 찬수의 판단대로 나까모도를 통해 길림성의 일본 영사관에 도움을 청하는 길밖에는 없었다. 「벼」는 재만조선인의 이주와 정착에 작용하는 중·일 간의 복잡한 정치적 역학관계를 소 현장과 나까모도를 통해서 드러내면서 이주민들이 생존을 위해서는 일본에 의존할 수밖에 없었음을 보여주었다.

안수길은 역설적이게도 조선인의 말과 의식을 통해서가 아니라 배일사상을 가지고 조선인 구축에 앞장선 소 현장의 말과 의식-"중국복을 입으나 국적에 드나 조선놈은 어듸까지든지 조선놈이고 조선놈인 이상 일본신민으로서 보호할 의무가 있다 주장함은 당연한 일"-을 통하여 조선인이 일본의 신민이며, 일본 영사관에 도움을 청하는 일은 당연하다는 정당성을 인정하게 만든다. 이것은 일본의 주장을 대변하는 것이다. 동시에 중·일 간의 복잡한 상황에 대한 암시이자 노골적 친일만큼은 비껴가려는 작가의 전략으로도 보인다.

이 작품은 조선인의 아이덴티티를 그들이 어디에 거주하든 상관없이 수전 농사를 짓는 민족으로 형상화했다. 그들은 중국 당국의 구축정책이 아무리 가혹해도 "죽어도 예서 죽고 사러도 예서 살바께 없는", 즉 돌아갈 고향을 잃어버린 이주민들이다. 그러니 거주국인 중국이 아무리 총으로 위협을 해도 피땀 흘려 가꾼 땅을 결코 떠날 수 없으며, 생존을 위한 벼농사를 포기할 수 없는 조선인인 것이다.

나라 잃고 타국의 영토에서 생존해야만 했던 재만조선인에게 가장 절실하게 요구되었던 것은 그들을 보호해줄 국가라는 정치적 실체였다. 일본 영사관을 통해 추방의 위기를 해결하려 했던 찬수의 태도는 오늘의 관점에서 보면 친일일 것이다. 하지만 보호해줄 나라를 잃어버리고 타국을 떠도는 식민지 백성으로서 그들이 선택할 수 있는 길은 과연 무엇이었을까? 오늘의 우리는 그들에게 저항을 요구할 자격도, 친일을 비난할 자격도 없는 것이 아닐까?

「벼」는 거주국인 중국의 배척상황에서 일제에 의존하여 생존을 도모해야만 했던 만주 이주 조선인의 곤경에 처한 삶을 객관적으로 그려낸 사실주의적 수작이라고 할 수 있다.

참/고/문/헌

〈기초자료〉

• 연변대학교 조선문학연구소(허경진 · 허휘훈 · 채미화 주편),
『안수길』, 보고사, 2006.
• 안수길, 『벼』, 정음사, 1965.

〈단행본〉

• 김윤식, 『안수길 연구』, 정음사, 1986.
• 백낙청 편, 『민족주의란 무엇인가』, 창작과비평사, 1981.
• 윤인진, 『코리안 디아스포라』, 고려대학교출판부, 2003.
• 정덕준 외, 『중국조선족 문학의 어제와 오늘』, 푸른사상, 2006.
• 역사학연구소, 『강좌 한국근현대사』, 풀빛, 1996.
• 한석정, 『만주국 건국의 재해석』(개정판), 동아대학교출판부,
2009.

〈논문〉

• 김도형, 「한말 일제하 한국인의 만주인식」, 『동방학지』144, 연세
대학교 국학연구원, 2008, 1-32면.
• 김영, 「만주사변전 재만한인의 수전개발에 대한 중국 동북지방
당국의 시책」, 『한국문화』32, 서울대학교 한국문화연구소, 2003,
252-278면.
• 박영석, 「일제하 재만한인에 대한 중국관헌의 박해실태와 국내

반응」,『한국사연구』14, 한국사연구회, 1976, 117-144면.

- 손춘일,「만주국 성립 후 토지상조권문제와 재만한인에 대한 토지정책(1932-1937)」,『아시아문화』13, 한림대학교 아시아문화연구소, 1997, 203-236면

- 양대언,「중국이 추진하는 동북공정은 만주, 간도의 명칭과 남북한의 장래와 깊은 관계가 있다」,『한글+한자문화』76, 전구간자교육추진총연합회, 2005, 76-81면.

- 오양호,「암흑기 문학 재고찰」,『국어국문학』84, 국어국문학회, 1980, 234-237면.

_____,「1940년대 초기 만주 이민문학 연구」,『한민족어문학』27, 한민족어문학회, 1995, 147-175면.

- 윤애경,「안수길의 초기소설과 역사의식 연구-「벼」의 인물형상화와 서술양상을 중심으로」,『우리어문연구』23, 우리어문학회, 2004, 483-509면.

- 윤휘탁,「「만주국」의 '2등 국(공)민', 그 실상과 허상」,『역사학보』169, 역사학회, 2001, 139-171면.

_____,「침략과 저항의 사이에서-일·중 갈등의 틈바구니에 낀 재만조선인」,『한국사학보』19, 한국사학회, 2005, 299-326면.

- 이시용,「일제침략기 단도한국인의 민족교육에 대한 중국과 일본이 교육정책에 관한 연구」,『교육논총』23, 경인교육대학교 초등교육연구소, 2004, 145-170면.

- 임명진,「일제강점기 '재만조선소설'을 통해 본 '만주'의 문제」,『현대소설연구』31, 한국현대소설학회, 2006, 29-51면.

- 임영서,「1910-20년대 간도한인에 대한 중국의 정책과 민회」,

『한국학보』73, 일지사, 1993, 148-209면.

• 장병희, 「일제 암흑기의 재만문학연구」, 『어문학논총』11, 국민대학교 어문학연구소, 1992, 83-103면.

• 정덕준 · 정현숙, 「일제강점기 재만조선인소설 연구-이주 정착 양상을 중심으로」, 『한국언어문학』57, 한국언어문학회, 2006, 453-478면

• 정덕준, 「안수길소설연구-『북원』의 주제의식을 중심으로」, 『한국문예비평연구』15, 한국문예비평학회, 2004, 351-376면.

• 조정래, 「안수길의 초기소설연구」, 『연세어문학』19, 연세대학교 국어국문학과, 1986, 235-261면.

• 채훈, 「재만한국문학연구」, 『숙명여자대학교논문집』30, 숙명여자대학교, 1990, 259-322면.

• 한수영, 「만주, 혹은 '체험'과 '기억'의 균열-안수길의 만주배경 소설과 그 역사적 단층」, 『현대문학의 연구』25, 한국문학연구학회, 2005, 453-493면.

• 황민호, 「1920년대 후반 재만조선인에 대한 중국당국의 정책과 한인사회의 대응」, 『한국사연구』90, 한국사연구회, 1995, 219-250면.

• Clifford, James, "Diaspora", *Cultural Anthropology*, Vol.9, No.3, 1994, pp.310-315.

• Wahlbeck, "The concept of diaspora as an analytical tool in the study of refugee communities", *Journal of Ethnic and Migration*, Vol.28, No.2, 2002, pp. 221-238.

(『현대소설연구』43, 한국현대소설학회, 2010)

한 · 중 수교 이후 중국조선족 소설에 나타난 황금만능주의와 국제결혼
—장춘식의 「진짜, 가짜; 가짜, 진짜」를 중심으로

1. 서론

1978년에 시작된 중국의 개혁개방은 중국조선족 사회에도 개혁 개방의 파고를 실감케 했다. 개혁개방 전기에 해당하는 1978년부터 1990년까지 중국조선족 사회는 전통적인 농업사회로부터 도시사회 로 점진적으로 이행해 갔으며,[1] 1990년 이후 개혁개방의 후기에는 "도시 공업사회로 변하게 되었고, 특히 1992년 한국과의 국교정상화 로 많은 중국조선족이 한국에 진출하기 시작하였다."[2] 그들은 중국 내에서는 농촌에서 도시로 이동하였으며, 해외로의 취직이나 국제결 혼을 통한 이주도 마다하지 않았다.

---

1) 김관웅 · 김정은, 「개혁개방 이후 다문화시대 중국조선족문학에서의 정체성에 대 한 모색」, 『국어교육연구』26, 서울대학교 국어교육연구소, 2010, 26면.
2) 김관웅 · 김정은, 위의 논문, 44면.

개혁개방은 중국조선족 문화 및 문학의 생존 기반이었던 조선족 농촌공동체를 뿌리째 뒤흔들어 놓았다. 특히 1990년대 이후 더욱 거세게 불어 닥치는 도시화 · 세계화의 물결에 휩쓸려 중국조선족은 중국 국내는 물론이고, 세계의 방방곡곡에 뜬 구름처럼 흘러 다닌다. 별다른 대안이 없고 미래지향성이 없는 맹목적인 국내, 국제적인 이동을 통하여 중국조선족 구성원들 속에는 개인적으로 자신의 가치와 행복을 찾은 사람이 적지 않지만 공동체로서의 중국조선족 사회는 확실히 크게 뒤흔들리고 준엄한 위기에 직면해 있다. 공동체로서의 중국조선족은 모이면 살고 흩어지면 죽는다. 그런데 요즘 중국조선족의 이동은 개별적이고 분산적이고 장구지책이 아닌 임시 돈벌이 방편으로서의 중국 국내나 해외로의 취직, 노무이동이 아니면 국제결혼을 통한 이문화 · 이민족에로의 동화를 전제로 한 이동이다.[3]

조선족 사회에서 개방화 국제화 세계화의 물결은 한 · 중 수교 체결로 중국의 다른 지역보다도 강하고 빠르게 체감되었으며, 조선족의 변화에 적응하는 속도 또한 다른 민족에 비해 매우 빨랐다. '조선족은 중국 전역으로의 이동을 비롯하여 한국, 일본 등 해외로의 진출이 두드러졌으며, 이로 인해 연변자치주의 존립마저 위태롭게 만들었다. 그리고 개방화는 가족해체, 교육해체, 정체성 해체 등 여러 측면에서 해체현상을 나타냈다.'[4]

개방화 국제화 세계화의 물결로 인해 1980년대 말부터 국제결혼[5]이

---

3) 김관웅 · 김정은, 위의 논문, 55면.
4) 양창삼, 「중국의 개혁개방과 연변 조선족의 적응방향」, 『디지털경제연구』7, 한양대학교 디지털경제연구소, 2002, 202면.
5) 중국조선족은 이를 섭외혼인으로 지칭함.

급속도로 늘어나 중국조선족 여성은 한국을 비롯하여 일본 · 미국 · 러시아 · 오스트리아 · 캐나다 등 여러 나라로 국제결혼을 하기 위해 국경을 넘기 시작하는데, 이들의 95%가 한국인과의 국제결혼이다. 물론 우리나라에서도 국제결혼으로 유입된 여성 중 중국여성(조선족+한족)은 가장 높은 비율을 점하고 있다.[6]

한 · 중 수교 후 양국 간의 경제소득의 격차로 '돈을 벌 수 있는 나라'로 인식된 한국은 중국조선족 여성들에게 국제결혼을 할 수 있는 매력적인 나라로 선호되었으며, 모국이라는 심리적 친근감과 언어적 동일성이 그들의 한국사회 적응을 유리하게 만들 것으로 예상되었다.

그들이 한국남성과 결혼하게 된 동기는 '경제적으로 더 나은 한국에 살기 위해서' 또는 '돈을 벌어 돌아오기 위해서'이다. 즉 결혼을 출국을 위한 수단, 돈을 벌기 위한 수단으로 이용하는 혼인의식이 그들에게 만연해 있었다. '일부 여성들은 한국남자를 만날 때 평생을 같이 할 동반자가 될 수는 없다고 생각하면서도 일단 출국하고 보자는 심정에서, 즉 결혼을 돈벌이의 수단으로 이용하려는 목적으로 결혼을 감행하기도 했다.'[7] 하지만 이처럼 왜곡된 동기에서 이루어진 국제결혼은 공선옥의 「가리봉 연가」나 국내의 여러 다문화소설들이 보여주듯이 그들의 기대를 충족시키지 못하고 부적응과 불행으로 이어지는 경우가 허다하다.[8]

---

6) 2011년도 행안부의 통계를 보면 국제결혼으로 이주한 여성은 한국계 중국인(조선족) 여성이 53,546명, 중국(한족) 여성이 53,159명, 베트남 여성이 41,693명, 필리핀 여성이 11,874명 등 모두 188,580명에 이른다.

7) 오상순, 「개혁개방과 중국조선족 여성들의 의식변화」, 『민족과 문화』9, 한양대학교 민족학연구소, 2000, 98면.

8) 송명희, 「다문화 소설 속에 재현된 결혼이주여성－공선옥의 「가리봉 연가」를 중심

본고는 국제결혼 이주여성의 수용국인 한국의 다문화소설이 아니라 한·중 수교 이후에 중국에서 발표한, 즉 송출국의 시각에서 조선족여성의 한국으로의 국제결혼이주 모티프를 그린 장춘식[9]의 중편소설 「진짜, 가짜; 가짜, 진짜」[10]를 분석하고자 한다. 장춘식의 작품을 텍스트로 선정한 이유는 그의 작품이 중국조선족 내부의 냉정한 시각에서 국제결혼이주 모티프를 그려냈기 때문이다.

그동안 국내의 다문화소설에서 국제결혼 이주여성은 대체로 피해자로 그려진 경우가 많았다. 따라서 송출국의 관점에서, 특히 중국조선족 사회 내부를 비판하는 냉정한 시각을 견지한 작품 「진짜, 가짜; 가짜, 진짜」에 대한 분석을 통해서 국제결혼 이주여성의 문제에 대한 조선족의 관점을 파악할 수 있는 계기가 될 것으로 기대한다.

으로」,『한어문교육』25, 한국언어문학교육학회, 2011, 133-154면.

9) 장춘식은 1959년 중국 길림성 용정시 출생으로 중앙민족대학 조문학부를 졸업했고, 전북대학교에서 박사학위를 취득했다. 현재 중국사회과학원 민족문학연구소 연구원으로 활동하며, 소설 창작과 연구 및 평론활동을 활발히 하고 있다. 주요 저서로 작품집에 단편집 『음성양쇠』(96), 중단편집 『파멸에로의 욕망』(98), 평론집 『시대와 우리 문학』(93),『해방전 조선족 이민소설연구』(04),『일제강점기 조선이민문학』(05),『중국조선족문학사』(공저, 07),『일제강점기 조선족 이민작가연구』(10),『일제강점기 중국의 한인이주문학』(11) 등이 있다.

10) 장춘식, 「진짜, 가짜; 가짜, 진짜」,『파멸에로의 욕망』, 흑룡강조선민족출판사(중국), 1998, 262-303면.

2. 황금만능주의와 진짜와 가짜의 아노미

1) 소비사회의 선봉장 텔레비전

장춘식의 「진짜, 가짜; 가짜, 진짜」는 중편소설로서 개혁개방 후기에 속하는 1996년의 작품이다. 작품의 시대적 배경도 1995년에서 1996년까지로 한 · 중 수교 직후의 중국조선족 사회의 급변하는 현실을 가감 없이 반영하고 있다. 개혁개방은 중국에 세계적으로 가장 빠른 경제성장을 가져왔지만 그로 인한 부작용도 만만치 않았다. 이는 조선족 사회도 마찬가지였다. 가령 "개인의 생활에 시장경제의 원리가 적용되면서 대두한 물질주의적 풍조로 인해 전통적 가치관은 급격히 붕괴되기 시작했고, 그에 따라 인간관계는 물론 직업에 대한 기존의 생각도 많이 바뀌어졌다."[11]

이와 같은 조선족 사회의 변화는 개혁개방 전기에 해당하는 "80년대 초부터 90년대 초까지 약 10년 동안 발표된 조선족 작가의 소설 가운데 정부의 개혁개방 정책으로 인한 사회의 급격한 변화와 그로 인한 집단과 개인 또는 개인과 개인 사이의 복잡한 갈등문제를 다양하게 형상화한 소설이 많이 발표"[12]된 것에서도 확인할 수 있다.

그리고 한 · 중 수교 이후의 중국조선족 소설은 '중국조선족 사회의 전통적인 가치관의 파괴, 윤리적 타락, 한국의 발견과 중국조선족들의 정체성의 혼란, 한국문단에 대한 관심, 중국조선족 사회의 불변의

---

11) 민현기, 「중국조선족 소설에 나타난 '개혁 · 개방'의 사회적 의미」, 『동서문화』33, 계명대학교 인문과학연구소, 2003, 110면.
12) 민현기, 위의 논문, 110-111면.

특수한 문화에 대한 지속적인 관심 등의 주제를 형상화"[13]함으로써
조선족사회에서 일어난 변화를 적극적으로 반영하고 있다.

그리고 이 시기의 '조선족 소설은 한국소설로부터 적지 않은 영향
을 받게 되는데, 특히 산업화의 문제와 암울한 삶을 그려낸 1970년
대 소설로부터 영향을 크게 받게 된다. 개혁개방 이후 조선족 사회가
1970년대 한국사회처럼 산업화·도시화의 물결에 휩쓸려 농경사회
의 전통이 무너지고, 농촌사회가 붕괴되는 등 정서적으로 쉽게 공감
할 수 있었기 때문이다."[14]

장춘식의 「진짜, 가짜; 가짜, 진짜」도 이와 같은 시대적 맥락 속에서
창작된 작품이다. 작품의 주인공인 중국조선족 여성 '류금화'는 다섯
살짜리 딸을 둔 결혼경력 10년차의 유부녀이다. 그런데도 불구하고
남편과 합의하여 위장이혼을 한 뒤 돈을 벌기 위해 한국남성과 위장
결혼을 하여 한국에 나간다. 그 후 위장결혼 한 한국남편의 아이를 낳
게 되면서 중국의 위장이혼 한 남편에게 진짜이혼을 통보한다는 것이
작품의 내용이다.

이 소설에서 주인공 부부가 처음 위장결혼에 대한 유혹을 받는 곳
은 텔레비전을 통해서이다. 14인치 흑백텔레비전에서는 단순히 상품
광고만을 하는 것이 아니다. 해외연수, 노무수출, 가라오케 종업원 모
집, 그리고 한국총각들이 중국교포 아가씨들을 대상으로 선보이는 중
매광고에 이르기까지 수많은 것들에 대한 광고가 이루어지고 있다.

---

13) 최병우, 「한·중 수교가 중국조선족 소설에 미친 영향」, 『국어국문학』151, 국어국
   문학회, 2009, 463~486면.
14) 정덕준 외, 『중국조선족 문학의 어제와 오늘』, 푸른사상, 2006, 232면.

텔레비전에서는 또 TV 오작교라 해가지고 중매광고를 연거푸 이어 댄다. 조금 이채거리라면 요즘 들어 한국총각들이 중국교포 아가씨들을 대상으로 선을 보이는 광고가 부쩍 늘어난 것이다. 재산이 얼마요, 무슨 직장에 취직중이요, 외아들이어서 상속받을 재산이 얼마요, 모르고 보면 그 재산이 어마어마하다. 하긴 한국에 갔다 온 사람들의 말에 따르면 재산이 중국 돈으로 몇 십만 원 있는 것쯤 한국에서는 재산이라 하지도 못한단다. 그만큼 소비가 엄청나다니까. 그래도 달걀 팔아 교과서 사 쓰며 겨우겨우 중학교나 졸업한 시골처녀들에게는 대단한 유혹이 아닐 수가 없다.[15]

특히 텔레비전은 쉴 새 없이 중매광고를 통해 '잘 사는 나라 한국의 이미지'를 반복적으로 주입시키며 탈국경의 욕망을 자극한다. '시골처녀들에게'만이 아니라 이미 결혼한 리 씨와 류금화 부부에게까지 '돈을 벌 수 있는 나라'인 한국에 나가 돈을 벌고 싶은 물신주의적 욕망을 증폭시킨다. 한국총각이 직접 광고에 등장함으로써 그에 대한 욕망은 더욱 구체성을 발휘하며 배가된다. 주인공 부부는 자신들도 알지 못하는 가운데 텔레비전이 가하는 상징적 폭력인 광고에 노출되고 조종당하게 된 것이다.

주인공 부부는 지금 실직상태이다. 다니던 공장이 방학(휴업)에 들어갔거나 문을 닫았기 때문이다. 70%의 생활비가 나오고는 있지만 그만큼 그들에게는 지금 돈벌이가 아쉬운 상황이다. 그러니 텔레비전에서 나오는 가라오케 종업원 모집광고에도 무심할 수가 없는 것이다. 처음에 남편 리 씨는 가라오케 종업원 모집 광고에 대해서도 "돈

---

15) 장춘식, 앞의 책, 263면.

안 내고 돈 벌어라 하기도 하지만 그렇다고 아내를 남 사내들께 술이
나 부어 바치고, 수박 조각이나 찍어 넣어주는 추잡한 돈벌이에 내보
낼 수는 없는 것이 아닌가"16)처럼 부정적 인식을 내비친다. 하지만 텔
레비전 중매광고를 반복적으로 보는 사이 아내를 한국남자와 위장결
혼을 시키는 데 적극적 태도로 변화한다. 아내 류금화 역시 텔레비전
을 지켜보면서 자신도 의식하지 못하는 가운데 텔레비전이 선전하는
대로 의식주 걱정 없이 유족하게 살아봤으면 하는 환상을 갖게 된다.

그날 한국총각이 텔레비죤에다 재산이 얼마요 어쩌구 저쩌구할 때
하던 남편의 무심한 한 마디에 안해는 꿈틀 놀랐다. 사실 그녀는 때마
침 저렇게 입을 걱정 먹을 걱정 하지 않으며 유족하게 살아봤으면 얼
마나 좋을까 하고 순간이나마 환상을 해보았다. 전 같으면 그런 생
각은 아무리 순간적이고 또 아무리 환상뿐이라 하더라도 꿈도 꾸어보
지 않았었다. 세월은 참 별난 세월이라는 생각이 든다. 어쩌면 이런 엉
뚱한 생각을 해본단 말인가. 그런데 문제는 그 환상이 거기서 그치지
않는 것이다. 바로 이튿날 안해는 시장바닥에서 우연히 수년간 소식도
모르던 옛날 중학교때 동창생을 만났었다. 그녀가 호들갑을 떨며 반갑
다고 야단을 피우던 끝에 한국에 시집갈 생각이 없냐고 물어왔던 것이
다.17)

리 씨와 류금화 부부는 텔레비전 광고의 반복적 주입으로 자신도
모르는 사이에 황금만능의 가치관에 사로잡혀 마침내 위장이혼이라

---

16) 장춘식, 위의 책, 262면.
17) 장춘식, 위의 책, 268면.

는 유혹에 빠져들고 만다. 텔레비전 광고에의 반복노출이 광고 효과를 증대시켰다는 것은[18] 의심의 여지가 없다. '텔레비전은 광고주가 가장 치명적인 영향력을 행사하는 미디어이다.'[19] 그들에게 발견된 한국은 위장이혼과 위장결혼을 해서라도 돈을 벌어 오고 싶은 잘사는 나라이다. 조선족여성에게 위장이혼은 외국남자와 위장결혼을 하기 위한 신분세탁의 한 방법으로 이용되어 왔다. 취업비자를 받을 수 없는 조선족여성들은 돈을 벌기 위한 수단으로 결혼이주를 선택하는데, 일단 미혼상태가 되어야 결혼을 해서 한국으로 나갈 수 있기 때문이다.

이처럼 작가는 조선족의 물신주의적 가치관이 자본주의 시대의 대표적 미디어인 텔레비전 광고에 의해서 촉발된 것으로 파악한다.

리씨는 머리가 편안히 고일만큼 알맞춤히 구멍이 난 합판 미닫이문에 머리를 고인채 비스듬히 몸을 기대고는 14인치짜리 흑백 텔레비죤 형광막에 눈길을 던지고있다. 그러다가는 갑자기 무슨 대사를 치르기라도 할듯 담배를 뻐끔뻐끔 빨아댄다. 그는 올해 다섯살짜리 계집애의 아버지다.

텔레비죤은 오늘도 또 부끄러운 줄도 모르고 광고사태를 마구 퍼부어댄다. 아무리 돈 안내고(하기야 요즘엔 케이블 TV를 놓으면서 전혀 돈을 안 내는것도 아니지만) 보는 텔레비죤이기로서니 저렇게 얌치없

---

18) 김효규, 「광고의 반복 노출과 광고 효과에 관한 연구 : 노출 기회 및 노출 인지의 반복 횟수를 중심으로」, 『한국광고홍보학보』14-1, 한국광고홍보학회, 2012, 244-268면.

19) 레오 로스텐, 「지식인과 매스미디어」, 강현두 편, 『현대사회와 대중문화』, 나남출판, 2005, 311면.

이 광고를 터쳐낼 수가 있는가? 해외 연수요, 로무수출이요, 가라오케 종업원 모집이요, 아빠트 판매요…[20]

인용문은 작품 발단의 서두이다. 서술자는 미닫이문에 기대어 텔레비전 형광막에 눈길을 던지고 있는 리 씨를 묘사한다. 텔레비전에서는 세탁기나 냉장고와 같은 상품광고뿐만 아니라 인력수출과 아파트 판매에 이르기까지 부끄러운 줄도 모르고 광고를 퍼부어댄다. 여기서 "부끄러운 줄도 모르고"와 같은 논평을 가하는 것은 리 씨라기보다는 텍스트 밖의 서술자라고 할 수 있다.

작가는 황금만능주의에 눈이 멀어 위장이혼이 성행하는 세태를 전지적인 서술자를 통해 작중의 남편과 아내의 내부와 외부를 우월한 입장에서 조망하며 신랄하게 꼬집는다. 작가는 인물들의 착종된 의식을 그대로 노출시킴으로써 물신주의에 사로잡힌 조선족에 대해 신랄한 비판과 야유를 보내는데, 그 신랄함은 황금만능주의에 지배되어 위장이혼을 하였다가 진짜이혼으로 부메랑이 되어 되돌아오는 파탄된 결말에서 극에 달한다.

콜러(J.Sclor)에 의하면 "텔레비전의 상업성은 여러 측면에서 비판받고 있는데, 특히 사회적으로 물질주의를 조장하여 수용자들이 개인적 욕망에 기반한 소비활동에 집중하도록 공적인 가치, 공동체 혹은 사회문제에 대해서는 무관심하게 만드는 결과를 초래할"[21] 수 있기 때문이다.

---

20) 장춘식, 앞의 책, 262면.
21) 금희조, 「텔레비전 시청이 물질주의적 소비와 공적 사회 참여에 미치는 영향」, 『한국언론학보』50-6, 한국언론학회, 2006, 363면에서 재인용.

　자본주의 경제체제로의 변화 이후 텔레비전 광고야말로 상품판매를 촉진하는 가장 효과적인 방법으로 인식되어 왔다. 그런데 텔레비전 광고는 종래에는 상품광고를 위한 기능으로 그 의미가 제한되었으나 오늘날에는 동시대 사람들의 감성과 욕망을 가장 적극적으로 표현하는 미디어의 하나로 간주되고 있다.

　부르디외(P. Bourdieu)에 의하면 텔레비전은 보이지 않는 무서운 검열을 갖고 있는 매체이다. 그것은 자율성의 상실로서, 무엇보다도 주체에 강요되는 커뮤니케이션의 조건이다. 특히 텔레비전은 경제적 검열이 이루어지고 있는바, 그것은 최종적으로 텔레비전을 소유한 자, 그리고 광고비를 지불하는 광고주, 지원금을 주는 국가에 의해서 결정된다. 이러한 메커니즘 속에서 모든 질서의 검열이 작동하여 텔레비전을 상징적 질서를 유지하는 무서운 기구로 만들고 있다는 것이다. 텔레비전의 상징적 폭력은 그것을 행사하는 사람들과 그것을 당하는 사람들과의 암묵적인 공모에 의해서 행해진다. 그리고 그 공모는 폭력을 가하는 것과 당하는 것을 서로 의식하지 못하는 가운데 이루어진다.[22)]

　자본주의화된 사회는 점차 텔레비전에 의해서 설명되고 지시받는 세계로 향하고 있다는[23)] 부정할 수 없는 현실을 「진짜, 가짜; 가짜, 진짜」는 여실히 보여주고 있다. 주인공 부부는 가족의 진정한 행복이 무엇인가를 망각한 채 자신들이 의식하지도 못하는 가운데 이루어진 텔레비전의 상징적 폭력, 즉 반복적인 중매광고가 주입하는 대로 한국

---

22) 부르디외, 현택수 역, 『텔레비전에 대하여』, 동문선, 1998. 24-29면.
23) 부르디외, 위의 책, 35면.

인처럼 물질적으로 풍요롭게 살아보고 싶다는 욕망에 사로잡힌 나머지 가짜이혼을 한 뒤 여자는 가짜결혼을 하기에 이른다.

장 보르리야르(Jean Baudrillard)는 현대사회를 소비사회로 규정하였다. 소비사회는 이미지에 의해 꾸며진 과잉실재(hyper-reality)가 주도하는 사회로 소비와 성적 욕망이 충족되는 사회다. 그는 소비사회의 인간은 사용가치의 소비를 포함하면서도 그것을 훨씬 넘어선다고 했다. 그는 소비사회에서 소비는 행복, 안락함, 풍부함, 성공, 위세, 권위, 현대성 등의 소비에 본래적인 의미가 있다고 주장한다. 그것은 소위 차이에 대한 욕구이다. 상품의 구입과 사용을 통해 자신을 돋보이게 하며 동시에 사회적 지위와 위세를 나타내기 위해서 소비를 한다는 것이다. 이러한 상황에서 소비자는 더 이상 자율적인 주체가 아니다. 소비 역시 자율적인 주체의 자유로운 활동이 아니다. 사물에 의해서 지배받으며, 그 결과 자율성과 창의성을 박탈당한 사물과 같은 존재가 되고 마는 것이다.[24]

이 소비사회를 이끌어가는 문화산업의 하나인 광고는 텔레비전과 같은 미디어를 통해서 소비대중의 가짜욕망을 재생산한다. 광고는 소비주의의 전달자이자 소비사회의 신화를 창조하는 선봉장으로 군림한다. "소비사회는 의식주의 기본적인 필요를 넘어서서 '잉여와 사치'를 추구하는 소비자본주의 사회를 가리킨다. 그리고 소비사회를 이끌어가는 것은 광고이다. 광고는 매체를 통해 소비대중의 허구적 소비욕구를 재생산한다. 대중은 광고를 통해 현실세계의 불만족을 느끼고

---

24) 장 보드리야르, 이상률 역, 『소비의 사회』, 문예출판사, 1997, 314-315면, 「옮긴이의 말」.

또 다른 욕구를 가지게 된다."[25]

인간의 의식주와 관련된 욕망을 사용가치로서의 욕망이라고 한다면, 잉여의 사치를 추구하는 욕망을 가짜욕망이라고 구분할 수 있을 것이다.「진짜, 가짜; 가짜, 진짜」에서 텔레비전의 광고는 주인공 부부에게 자신이 살아가는 현실에 불만족을 느끼게 하고, 위장이혼을 하여서라도 한국에 나가 돈을 벌어 잘살아보겠다는 잉여의 물질주의적인 가짜욕망을 부추긴다. 그것은 자신도 모르는 사이 텔레비전 광고의 상징적 폭력에 노출됨으로써 일어난 불만족이요, 이 불만족에 사로잡혀 야기된 욕망이다. 광고가 재생산해내는 허구적 상상적 욕구로 인해 "소비자는 특정한 재화와 소비를 통해 욕망을 실현하는 것이 아니라, 오히려 소비하면 할수록 결핍을 느끼고 현실세계의 불만족감에 사로잡히게 되고 만다."[26]

보드리야르의 주장대로 현대사회에서는 가짜이면서도 진짜처럼 광범위하게 인식되는 과잉실재가 과잉 이미지를 확산하는 미디어를 통해 새로운 현실로 자리 잡게 되었다. 텔레비전이 만들어내는 가짜의 이미지가 스스로 증식해 새로운 실체를 만들어낸 것이다.

2) 자본주의화 된 도시공간

개혁개방 이후에 중국조선족 사회도 급속도로 자본주의 시장경제로 경제체제를 바꿨다. 그 변화를 가장 실감케 해주는 것이 도시공

---

25) 강성영,「소비사회의 인간이해 : '광고'를 통해 본 욕구와 한계의 변증법」,『신학사상』138, 한국신학연구소, 2007년 가을, 203-223면.
26) 강성영, 위의 논문, 206면.

간이라고 할 수 있다. "자본가들은 자본의 회전속도를 증대시키기 위해 일정한 공간에 생산수단이나 유통수단, 그리고 집합적 소비수단을 집중시킨다. 자본의 회전속도를 증대시키기 위해 만들어진 공간 형태가 바로 '도시'인 것이다."[27] 즉 자본주의의 촉진에 도시화는 필수적이며, 도시의 집중 현상은 자본가들의 의도에 따라 기획된 것으로, "도시는 인구와 생산수단, 자본, 쾌락, 욕구 등 소비의 중심지"[28]가 된다.

다니던 공장이 문을 닫아 백수가 되어버린 리 씨는 집안에서 텔레비전을 지켜보다가 갑갑하여 하릴없이 도시공간을 "싸다니는 것"이 버릇이 되었다. 리 씨의 시선 뒤에 서술자의 비판적인 시선이 겹쳐 보이는 도시공간은 5-6층의 건물이 즐비하고, 무수한 간판이 걸려 있으며, 온갖 가게들이 문을 열고 있는, 급속하게 도시화되고 자본주의화되어 가는 풍경들을 연출한다.

> 시내는 이젠 제법 도시 꼴이 잡혀간다. 모두들 돈 없다고 죽는 소리를 하다가도 어디서 돈이 나오는 건지 중심가의 도로 양쪽에는 5-6층짜리 건물들이 즐비하게 늘어나고 그 건물들 밑층에는 유리창 하나에 간판 하나 정도로 가게들이 무수히 틀고 앉아 있다. 양고기 뀀이요, 무슨 술집이요, 커피숍이요, 다방이요, 간이음식점이요 …. 저렇게 많은 가게들이 돈을 벌려면 거기에 돈을 내놓을 고객이 있어야 할 것인데 그렇다면 나처럼 요 모양 요 꼴인 사람도 별로 없다는 게 아닌가?[29]

---

27) 김왕배, 『도시, 공간, 생활세계』, 한울, 2000, 199면.
28) 김왕배, 위의 책, 200면.
29) 장춘식, 앞의 책, 266면.

5-6층의 즐비한 고층건물에는 양고기 뀀집, 술집, 커피숍, 다방, 음식점 등 소비와 향락을 목적으로 한 가게들이 즐비하게 들어서서 사람들의 소비와 향락에의 욕망을 한껏 자극한다. 사람들을 향해 소비와 향락의 욕망을 부채질하는 것은 비단 텔레비전 광고만이 아닌 것이다. 개혁개방 후 중국조선족 사회가 자본주의화되어 가는 변화를 상징적으로 드러내고 있는 도시공간은 소비문화와 향락산업의 번창을 보여주며, 그 속에서 살아가는 사람들에게 퇴폐적이고 향락적인 가짜욕망을 끊임없이 부채질한다.

> 리 씨는 가게 간판들을 홀끔거리다가 지나가는 길손들을 쳐다보기도 하고 하다못해 누가 돈뭉치를 떨어뜨린 게 있을까 땅바닥을 훑어보기도 한다. 그런 돈이라도 생겨야 남들이 가보았다는 가라OK 구경이라도 한번 하지. 호리호리, 나긋나긋한 아가씨들이 착착 달라붙는다는데 그 맛 좀 어떨까? 하다가도 나오나니 쓴웃음뿐이다. 이거야말로 돈에 환장이군. 하지만 환장을 하지 않고 요즘 세월에 어떻게 살아간단 말인가? 그러니 결국은 또 자신이 불쌍해진다.[30]

그야말로 도시의 거리를 걸어가는 것만으로도 끊임없이 가짜욕망에 자극받으며 '돈에 환장'할 것 같은 리 씨의 의식상태는 그야말로 들뢰즈(Gilles Deleuze)의 표현대로 "현대도시의 사회 · 공간은 어떠한 삶의 준거나 소속감도 제공할 수 없을 정도로 탈장소화되었고, 그 속에서 살아가는 현대인은 무장소적으로 '정신분열적인' 개인주의 또

---

30) 장춘식, 위의 책, 267면.

는 방황하는 '유목민'으로 특징지어"[31]진다고 했던 말을 상기하지 않을 수 없게 한다. 수많은 가게들이 끊임없이 욕망을 자극하는 도시공간을 산책하는 리 씨는 그 공간 속에서 국외자로 소외된 자신을 "요 모양 요 꼴"로 비하하고, 쓴 웃음을 짓는가 하면, 자기 자신을 불쌍하게 여기는 감정 상태에 빠지게 된다.

비하, 자조, 자기연민 등의 감정 상태는 그 자신이 소비와 향락의 주체가 되지 못하고 객체화되어 있다는 데서 발생한다. 리 씨에게 도시의 공간은 그야말로 부조리한 공간, 소외된 장소상실의 공간이다.[32] 그는 자본주의화된 도시공간을 걸으면서 자본주의가 재생산해 낸 수많은 가짜욕망들에 자극받지만 돈의 소유에서 배제됨으로써 소비와 향락의 주체가 되지 못하는 데 대한 소외의식과 자기연민에 빠져 있다. 뿐만 아니라 소비와 향락에의 가짜욕망을 충족시키기 위해서는 악마에게 영혼이라도 팔 수 있을 것 같은 분열증적 절박함에 사로잡힌다. 그런데 그의 욕망은 의식주와 같은 기본적인 사용가치로서의 욕망이 아니라 '가라OK'에 가거나 '마작'을 하고 싶은 것과 같은 잉여의 가짜욕망이다. 그리고 도시공간은 그로 하여금 이 욕망을 충족시키지 못하는 데서 오는 불만족에 사로잡히도록 끊임없이 자극한다.

그에게 도시공간의 산책은 욕망을 자극받는 동시에 욕망이 충족되지 못하는 데서 오는 불만족에 사로잡히고, 이 불만족을 해결하기 위

---

31) 최병두, 『근대적 공간의 한계』, 삼인, 2002, 78면.
32) "부조리한 경관은, 우리와 멀리 떨어져 저기에 존재하는, 우리와는 상관없는 것으로 경험하게 되는 경관이다."(에드워드 렐프, 『장소와 장소상실』, 논형, 2005, 259면) 또한 장소상실은 장소로부터 인간이 소외된 상태, 진정한 장소감을 갖지 못하게 되는 것을 말한다.(에드워드 렐프, 위의 책, 177-179면)

한 방법으로 위장이혼이라는 방법을 인지하게 되는 과정이다. 도시공
간을 부유하듯 떠도는 그의 눈에 결혼등록소 앞에서 이혼을 하고 나
오면서 좋아하는 남녀들이 포착된다. 소위 한국에 나가기 위한 위장
이혼(가짜이혼) 바람이 '시베리아바람'보다 강하게 불고 있는 현장을
목격한 것이다. 즉 텔레비전 광고의 이미지로만 보아왔던 조선족들의
국제결혼의 욕망을 실제공간에서 구체적 현실로 목도하게 된 것이다.

> 『아니 그럼 저 사람들이 리혼을 하고 나오면서 저렇게 좋아하는겁니
> 까.』
> 『이분이 아직 캄캄칠야구만. 요즘 가짜리혼바람이 저 씨비리아 바람
> 보다 더 쎄다는거 모름둥?』
> 『오…가짜리혼이니까 리혼하구두 저렇게 희희닥닥거리는구만. 그
> 런데 가짜리혼을 해서는 뭘 한답니까?』
> 『가짜결혼을 하자구 그럽지비. 요즘엔 로무수출이 다 끊어져놔서 녀
> 자들은 그게 한국 가기 제일 쉬운 방법이랍더구마.』[33]

아내인 류금화 역시 길에서 우연히 만난 중학교 동창생으로부터
"한국에 시집갈 생각이 없냐"는 황당한 권유를 받는다. "이애, 너 제
정신 가지고 하는 소리냐?"라고 반문하자 동창생은 가짜로 하라는 말
이라고 대꾸한다. "그래두 그렇지"라고 하자 동창생은 "그래두가 다
뭐야? 요즘 세월엔 돈이 아즈바이다. 너같이 콕 막혀가지고서야 이제
거렁뱅이가 되지 않나 두고봐."라는 핀잔이 돌아온다. 그녀도 내심으
로 실업보조금마저 떨어지면 어떻게 살아가야 할지 막막함과 불안감

---

33) 장춘식, 앞의 책, 268면.

에 사로잡혀 있던 차였다. 동창생은 류금화의 내면에 잠재된 잘살아 보고 싶다는 욕망을 부채질하며, 이후 중매쟁이로 직접 나서서 위장이혼과 위장결혼을 촉진하는 매개자로 역할한다.

이처럼 도시공간은 자본주의가 만들어낸 체현물이지만, 동시에 도시는 그 공간 속에서 살아가는 사람들의 정신을 배태하는 요람이 되기도 한다. 개혁개방기의 조선족 사회의 도시공간(연길시)은 자본주의 경제가 전개되는 장으로서 그 속에서 살아가는 사람들의 의식마저 자본에 지배된, 즉 '돈을 아즈바이'로 여기는 황금만능주의와 물신숭배에 사로잡힌 인간으로 변질시키고 만다는 것을 리 씨와 류금화 부부에게서 확인하지 않을 수 없다. 텔레비전이 끊임없이 광고를 반복함으로써 국제결혼의 욕망을 부채질했다면, 도시공간 역시 주인공 부부에게 그 욕망을 증폭시켰다. 뿐만 아니라 도시공간의 산책은 이 욕망을 충족시키기 위해 가짜이혼이라는 구체적 방법을 발견하는 통로 역할을 했다.

3) 황금만능주의 가치관과 코리안 드림

마침내 한국으로 나가기 위해 위장이혼을 한 리 씨와 류금화 부부는 비록 가짜이혼이긴 하지만 한편으로 마음이 편치 않아 부둥켜안고 울면서도 다른 한편으로 "이제 벌어온 돈으로 펼쳐질 아름다운 생활을 위안삼아 소곤거리는" 착종된 의식을 노출한다.

위장이혼을 하고 한국남자와 맞선을 본 후 류금화는 남편과 맞선본 남자 사이에서 갈등을 느끼는 자신을 돈 때문으로 합리화하며, "돈은 쌀이고, 고기고, 집이고, 패션이고, 오토바이고 심지어 승용차"라는 의식, 즉 돈이야말로 의식주를 비롯하여 물질적 욕망을 충족시켜 주는 도구라는 사고방식을 보여주고 있다.

하지만 한국남자와의 데이트를 통해서 그가 사용하는 돈의 위력을 구체적으로 경험하게 되자 그녀는 한걸음 더 나아가 "돈은 인격이고 자유이고 그리고 만능의 통행증"으로 인식한다. 즉 돈을 인격, 자유와 같은 인격적 정신적 자기실현을 포함하여 만능의 위력을 지닌 것으로 파악하며, 돈 자체가 목적이 되는 극단적인 황금만능주의에 사로잡히 게 된다.

처음 길거리에서 동창생을 만났을 때 "돈이 아즈바이다"라고 말하 는 동창생으로부터 '꼭 막혔다'고 핀잔을 듣던 그녀는 어디로 간 채, 자본주의 선진국인 한국에 위장결혼을 하여 나가기 전부터도 이미 황 금만능주의에 철저히 사로잡히게 된 것이다. 그러니 중소기업 사장인 남편과의 결혼생활을 통해 한국사회의 풍요와 안락함을 직접 경험한 그녀가 아이를 낳은 것을 계기로 위장결혼의 탈을 벗고 중국의 남편 에게 이혼을 통보하며 한국남자와 진짜결혼을 하게 되는 것은 지극히 필연적인 귀결이 될 수밖에 없다.

그녀가 한국남편과의 사이에서 사내애를 낳자 중국의 남편에게 결 별을 선언하는 편지에서 "담배는 저급에서 고급에로 바꾸기는 쉬어 도 고급에서 다시 저급에로 바꾸기는 어렵다고 말씀하신 적이 있죠?" 라고 자신의 변심의 이유를 남편의 말을 빌려 설명했듯이 한국에서의 물질적으로 안락한 생활은 10여 년을 같이 산 가족공동체도 미련 없 이 와해시키도록 위력을 행사한다. 남편 리 씨는 그야말로 스스로 한 말과 자발적으로 위장이혼을 하여 아내를 한국에 내보낸 자신의 행동 에 철저히 발등을 찍힌 꼴이었다. 남편 리 씨가 "게도 구럭도 다 놓치다"라는 속담으로 자신의 심경을 드러냈지만 그것은 만시지탄이 되고 말았다. 물신숭배의 가치관, 황금만능주의가 부메랑이 되어 자초한 비극이었던 것이다.

장춘식의 소설은 위장이혼과 위장결혼을 통한 국제결혼 이주는 중국내 자본주의화의 확장으로 인한 개인들의 황금만능주의에 의해 촉발된 현상이라는 비판적 인식을 드러냈다. 즉 중국의 개혁개방은 비단 경제적 사회적 측면의 변화만이 아니라 사회구성원의 의식구조에도 큰 영향을 미쳤다고 본 것이다. 그중 하나가 황금만능주의이다. 중국조선족 자신의 황금만능주의에 물든 왜곡된 욕망이 위장이혼과 위장결혼을 통한 한국으로의 월경으로 나타난 것이라는 반성적 성찰이다. 즉 위장결혼을 하여서라도 한국에 나가 돈을 벌어보겠다는 물질주의적 욕망의 팽창이 이들 부부에게 위장이혼과 위장결혼을 부채질했고, 그 결과 진짜 부부는 가짜부부가 되고, 가짜 부부는 진짜부부로 뒤바뀐 결말에 이르게 했다는 냉정한 인식을 작가는 보여주었다. 그리고 이러한 가짜욕망을 부채질하는 데에 텔레비전의 광고와 자본주의화된 도시공간이 결정적 원인으로 파악됐다.

개혁개방 이후의 자본주의 체제로의 사회경제적 변화와 이에 따른 텔레비전 광고와 도시공간이 개인의 황금만능주의 가치관의 형성에 결정적 영향을 미쳤으며, 무엇보다도 모국인 한국과의 수교로 황금만능주의적인 가치관은 더욱 강하게 추동된 것으로 작가는 파악했다. 수교 당시 자본주의 선진국인 한국은 중국조선족에게 풍요로운 삶의 구체적 모델이 되었으며, 20C 후반부터 저출산·고령화에 따른 생산인구의 감소로 인한 성장잠재력 저하가 우려되는 한국의 상황, 즉 경제 활력의 유지를 위해서는 외국인의 유입이 불가피한 상황에 놓인

한국의 상황은 이를 부채질했다고 할 수 있다. 게다가 농촌과 도시의 저소득층 남성들이 배우자를 국내에서 찾기 어려워진 상황은 국제결혼을 통해 이주하는 외국인 여성의 증가를 초래했던 것이다.

이 점에 대해서 작가는 "정부에서 중소기업을 부흥시킨다는 방침하에 정규적인 로무수입제도를 실시했는데, 그렇게 되자 거간군들은 또다시 중한합자업체의 단기연수 등을 방편으로 또 로무자 불법수입을 감행하기 시작하는 거예요. 그것도 어찌어찌하여 막히게 되니 터진 것이 저 가짜결혼 붐인 거예요…"[34]라고 한국인 새 남편의 입을 빌려 말한다. 이처럼 작가는 가짜결혼 붐을 일으킨 전 지구화시대의 신자유주의에 따른 한 · 중 간의 노동시장의 탈국경화 현상에 대해서도 추상적 차원이지만 어느 정도 인식하고 있음을 보여준다.

국제결혼 이주를 포함하여 이주의 여성화는 전 지구적인 경제 재구조화와 신자유주의로의 전환, 이에 따른 노동의 국제분업질서의 변동, 국제 역학관계의 변화 등의 거시적 차원에서 촉발된 현상이다.[35] 하지만 미시적 차원에서는 「진짜, 가짜; 가짜, 진짜」처럼 개인들의 물신주의적인 가치관이 시너지를 일으킨 현상이다. 작가는 자본주의화된 소비사회의 선봉장인 텔레비전의 위력, 그리고 자본주의화된 도시 공간이 총체적으로 주인공의 의식과 행동에 구체적으로 영향을 미친 것으로 파악하고 국제결혼이주 모티프를 소설화했다.

그런데 「진짜, 가짜; 가짜, 진짜」에서 조선족여성의 한국에서의 성공적인 결혼생활, 북한에 조상의 고향을 둔 한국남성이 북한여성 대

---

34) 장춘식, 앞의 책, 284면.
35) 임석희, 「결혼이주여성 유입과 분포의 지리적 특성」, 최병두 외, 『지구 · 지방화와 다문화공간』, 푸른길, 2011, 117면.

신 조선족여성을 결혼상대자로 선택한 것, 류금화의 새 남편이 중소
기업 사장으로 설정된 것 등은 한국의 실제현실과는 거리가 상당히
먼 것이다. 이는 한·중 수교 직후 조선족 사회에 퍼진 코리안 드림의
환상을 보여주기 위한 의도적 설정이거나 조선족 작가의 한국현실에
대한 정보의 결핍에서 초래된 것으로 해석된다.

3. 결론

이 논문은 중국조선족 소설가 장춘식의 중편소설을 분석하였다.
「진짜, 가짜; 가짜, 진짜」는 중국조선족 내부자의 시선으로 한·중 수
교 초창기의 조선족 사회에 불어 닥친 '잘사는 나라'이자 '기회의 땅'
인 한국을 향한 코리안 드림의 위력을 위장이혼과 위장결혼을 통한
국제결혼이주 모티프를 통해 보여주었다. 중국조선족의 위장이혼과
위장결혼이라는 비정상적인 방법으로라도 한국에 나가서 돈을 벌어
잘살아보겠다는 물신주의, 즉 그들 내부의 착종된 가치의식에 대해
비판과 경고의 메시지를 작가는 강하게 표출하고 있다.

작가는 위장결혼을 통한 국제결혼이주가 개혁개방 이후 자본주의
사회로 전환된 중국사회의 산물로 파악한다. 즉 물신주의를 부추기
는 텔레비전이라는 미디어와 자본주의화된 도시공간이 개인들의 가
짜욕망을 부추기는 것으로 설정하고 있다. 그리고 추상적으로 제시되
었지만 한·중 수교 이후 신자유주의에 따른 한·중 간의 노동시장의
탈국경화 현상과 같은 거시적 차원도 작용하고 있는 것으로 파악하고
있다. 「진짜, 가짜; 가짜, 진짜」는 중국조선족 내부의 개인의 물신주의

적 욕망과 이를 둘러싼 자본주의화된 환경-텔레비전 광고와 도시공
간-과의 상호작용을 국제결혼 모티프를 통해 비판적으로 보여준 작
품이다.

국내의 다문화소설들은 거주국의 한국남성을 가해자로 설정하고
이주여성을 피해자로 설정하여 국경을 넘어 결혼한 이주여성들의 현
지에서의 부적응의 삶을 그리는 경향이 있다. 이들 다문화소설들은
동화주의를 넘어서서 진정한 다문화주의 정책을 수립할 것과, 거주국
의 한국인들이 이주여성들에게 차별 없는 인간주의적인 대우를 할 것
을 촉구한다.

반면 장춘식의 작품은 조선족 내부자의 시선으로 조선족 여성의 국
제결혼을 추동하는 물질주의적인 욕망들, 즉 탈국경의 동기들을 개혁
개방과 한 · 중 수교 이후의 자본주의화된 환경과의 관계에서 비판적
으로 분석함으로써 조선족들을 향해 그들 자신의 물질주의적인 동기
들을 반성하는 계기를 갖도록 작용한다.

국내의 다문화소설들이 이주민들의 현지에서의 부적응의 문제에
한국인들이 관심과 반성을 갖도록 쓰여졌다면, 장춘식의 소설은 조선
족 내부의 물신주의적인 욕망을 조선족 스스로 냉정하게 반성해 보게
하는 목적에서 쓰여졌다고 할 수 있다. 그런 의미에서 「진짜, 가짜; 가
짜, 진짜」는 국제결혼이주여성의 문제를 바라보는 시각의 다양성을
제공한다.

참/고 /문/헌

〈기초자료〉

• 장춘식, 「진짜, 가짜; 가짜, 진짜」, 『파멸에로의 욕망』, 흑룡강조선
  민족출판사(중국), 1998, 262-303면.

〈단행본〉

• 강현두 편, 『현대사회와 대중문화』, 나남출판, 2005.

• 김왕배, 『도시, 공간, 생활세계』, 한울, 2000.

• 정덕준 외, 『중국조선족 문학의 어제와 오늘』, 푸른사상, 2006.

• 최병두, 『근대적 공간의 한계』, 삼인, 2002.

  ＿＿＿, 『지구 · 지방화와 다문화 공간』, 푸른길, 2011.

• 부르디외, 현택수 역, 『텔레비전에 대하여』, 동문선, 1998.

• 보드리야르, 이상률 역, 『소비의 사회』, 문예출판사, 1997.

• 에드워드 렐프, 김덕현 외 역, 『장소와 장소상실』, 논형, 2005.

〈논문〉

• 강성영, 「소비사회의 인간 이해 : '광고'를 통해 본 욕구와 한계의
  변증법」, 『신학사상』138, 한국신학연구소, 2007, 203-223면.

• 금희조, 「텔레비전 시청이 물질주의적 소비와 공적 사회 참여에
  미치는 영향」, 『한국언론학보』50-6, 한국언론학회, 2006, 362-
  388면.

• 김관웅 · 김정은, 「개혁개방 이후 다문화시대 중국조선족문학에

서의 정체성에 대한 모색」, 『국어교육연구』26, 서울대학교 국어교육연구소, 2010, 25-59면.

- 김효규, 「광고의 반복 노출과 광고 효과에 관한 연구 : 노출 기회 및 노출 인지의 반복 횟수를 중심으로」, 『한국광고홍보학보』14-1, 한국광고홍보학회, 2012, 244-268면.

- 민현기, 「중국조선족 소설에 나타난 '개혁 · 개방'의 사회적 의미」, 『동서문화』33, 계명대학교 인문과학연구소, 2003, 109-128면.

- 송명희, 「다문화 소설 속에 재현된 결혼이주여성 – 공선옥의 「가리봉 연가」를 중심으로」, 『한어문교육』25, 한국언어문학교육학회, 2011, 133-154면.

- 양창삼, 「중국의 개혁개방과 연변 조선족의 적응방향」, 『디지털경제연구』7, 한양대 디지털경제연구소, 2002, 191-214면.

- 오상순, 「개혁개방과 중국조선족 여성들의 의식변화」, 『민족과 문화』9, 한양대학교 민족학연구소, 2000, 81-117면.

- 임석희, 「결혼이주여성 유입과 분포의 지리적 특성」, 최병두 외, 『지구 · 지방화와 다문화공간』, 푸른길, 2011, 101-146면.

- 최병우, 「한 · 중 수교가 중국조선족 소설에 미친 영향」, 『국어국문학』151, 국어국문학회, 2009, 463-486면.

(『인문사회과학연구』14-2, 부경대학교 인문사회과학연구소, 2013)

중국조선족 시인의 장거리 민족주의와 통일에의 염원
-시인 홍용암의 경우를 중심으로

1. 서론

중국조선족 시인 홍용암(1970-)은 흑룡강성 산골에서 출생하여 16세 때 첫 시집 『꽃 무지개』를 출판한 후 시, 수필, 소설, 평론에 걸쳐 많은 글을 썼고, 중국, 북한, 한국에서 20여 권의 저서를 발간했다.

우리나라에서도 이례적으로 그의 책은 다섯 권이나 발간되었다. 시집 『다리를 놓자』(2006)를 비롯하여 시집 『소녀와 소년』(2006), 시집 『하루살이가 되고 싶었던 그날』(2006), 시조집 『역사와 민족 앞에』(2006), 동시집 『동년의 메아리』(2006)가 그것이다.

성공한 기업가이자[1] 작가라는 특이한 경력을 가진 홍용암의 저서

---

1) 연변백운재단 회장 겸 연변백운경제무역실업유한회사 사장으로 활약하는 홍용암은 2005년 북경으로부터 연속 〈중국100명개혁창업걸출인물〉, 〈중국당대 걸출한 인재〉로 선정되어 금상과 훈장을 수여받은 기업인이다.

가운데 『다리를 놓자』는 남북한에서 동시에 발간된 시집이다. 원래
이 책은 중국에서 『흰 구름이 된 이야기』(1997)라는 제목으로 출간된
바 있다. 이후 2005년, 「6·15남북한공동선언」 발표 5돌을 맞아 북한
에서 『다리를 놓자』로 시집 제목을 바꿔 발행되었으며,[2] 2006년에는
한국에서도 같은 제목으로 발간되었다. 그의 시집이 남북한에서 동시
에 출간하게 된 배경을 그는 『다리를 놓자』의 「머리말」에서 "오로지
겨레의 화해와 단합을 위하는 길에서 그리고, 고국의 통일을 위한 길
에서 '다리'를 놓는 데 조그마한 힘이나마 보탬이 되기" 위한 것이라
고 밝히고 있다.

그런데 중국에서 발간된 『흰 구름이 된 이야기』와 남북한에서 발간
된 『다리를 놓자』 사이에는 약간의 차이가 있다. 즉 1992년 10월 훈
춘에서 쓰고, 1997년 연길에서 탈고하여 발간된 『흰 구름이 된 이야
기』에는 모두 85편의 시가 수록되어 있는 반면 『다리를 놓자』에는 11
편의 시가 추가되어 있다.

본고는 중국조선족 시인 가운데 그 누구보다도 한민족으로서의 민
족 정체성 인식을 뚜렷이 갖고 조국 통일에 대한 강렬한 염원을 나타
내고 있는 홍용암의 시를 대상으로 한다. 텍스트는 중국에서 발간된
『흰 구름이 된 이야기』로 하였으며, 민들레꽃, 흰 구름, 다리 등의 시
적 이미지를 중심으로 분석하여 그의 시에서 표출된 민족주의의 성격
에 대해 규명하고자 한다.[3] 홍용암의 시에 대한 연구는 신상성의 논

---

2) 이후 북한에서 홍용암의 시집은 2006년에 『조국이 나를 부른다면』, 2007년에 『역
　사와 민족 앞에』가 출간되었다.
3) 홍용암의 다른 저서들이 있지만 본고의 주제에 접근하기 위해서는 『흰 구름이 된
　이야기』가 가장 적합한 텍스트라 판단되어 텍스트를 한정하였음을 밝혀둔다.

문이 유일하다.[4]

2. 민들레꽃, 이산의 정체성

홍용암은 자신의 시 창작 동기를 점점 사라져가는 중국조선족의 민족 정체성과 문화의 탐구 및 민족적 자존심을 회복하기 위한 사명감에서 비롯되었다고 밝히고 있다. 즉 중국으로의 이주 이후 세대가 교체되어 가면서 민족 고유한 풍속습관, 전통기질, 자각의식을 잃어가고 심지어 언어와 문자 그리고 민족적 자존심마저 망각되어 가는 현실에 대한 안타까움 때문에 민족의 뿌리에 대해서 연구하게 되었고, 시를 통해 민족의 정체성을 탐구해야 한다는 무거운 사명감으로부터 그의 시 쓰기가 비롯되었다고 밝히고 있는 것이다.

제가 태어나서 잔뼈를 굳힌 곳은 조선족이 비교적 희소하고 한족들이 주로 집거해 살고 있는 흑룡강성의 깊은 산간벽지였습니다. 그러다 보니 이곳의 많은 조선족동포들은 세월의 흐름과 한 세대 두 세대 간의 교체와 더불어 점차 자기 민족의 고유한 풍속습관, 전통기질, 자각의식을 잃어가고 심지어 어떤 이는 우리 민족의 가장 보귀한 기본특징인 자기의 언어와 문자, 그리고 민족적 자존심마저 거의 까맣게 잊어가고 있는 것이 오늘의 보편적 현실인 것입니다. 실로 부끄럽고 가슴

---

4) 신상성, 「홍용암(洪熔岩) 문학의 민족의식과 초극적 의지-중국조선족 시인의 민족의식을 중심으로」, 『인문사회논총』14, 용인대학교 인문사회과학연구소, 2007, 1-22면.

아프고 안타까운 일이 아닐 수 없습니다.

　언제부터인가 저는 여기 수난의 이주민족인 우리 200만 중국조선족들의 역사—즉 제가 어디서 어떻게 왔으며 뿌리가 어디에 있고, 어떻게 되어 이곳에 와 살게 되었는가 하는 것을 알기 시작하고 연구하게 되었습니다.

　그때로부터 저는 한 시대, 한 지역, 한 민족 시인으로서 무거운 사명감을 자각하고 짊어지고 이행하기에 힘써왔습니다.[5]

　인용문과 같은 창작동기에 의해서 씌어진 그의 시집에는 '민들레꽃', '흰 구름'과 같은 시적 이미지가 자주 등장한다.

　　시골마을 한 초가에서
　　민들레꽃을 사랑했던 소년
　　동구 밖 상사나무 아래서
　　민들레꽃이 되었다네
　　하염없이 맑은 하늘 바라고 서서
　　노오랗게 그리움에 불타다가
　　마침내 두둥실
　　하얀 민들레 씨로 날아올라
　　정처 없이 떠도는 한 송이
　　흰 구름이 되었다는 슬픈 이야기…
　　　　　　　　　　　　　　－「흰 구름이 된 이야기」 전문[6]

---

5) 현대 한국어의 맞춤법 표기에 따라 바꾸었음.
6) 홍용암, 『흰 구름이 된 이야기』, 흑룡강조선민족출판사(중국), 1997, 1면.

표제시인 「흰 구름이 된 이야기」에서 민들레꽃을 사랑했던 소년은 동구 밖 상사나무 아래서 그 자신이 민들레꽃이 되어 하염없이 맑은 하늘을 바라보며 그리움에 불타다가 하얀 민들레 꽃씨는 하늘로 날아 올라 "정처 없이 떠도는 한 송이/흰 구름"이 된다. 이 시에서 소년은 자신이 태어난 시골마을 초가로부터 공간적으로 멀어지다가 마침내 는 하늘로 올라가 흰 구름이 된다. 즉 시골마을 초가→동구 밖 상사나무 아래→하늘(꽃씨)→흰 구름이 되어 떠도는 공간적 이동을 하게 된다. 이처럼 민들레꽃이 꽃씨로 흩어지고, 하늘의 흰 구름이 되어 정처 없이 떠도는 과정을 통해서 시인은 조선족이 그들의 태어난 고향으로 부터 유리되고 국경을 넘어 이산하는 과정을 드러내고 있다. 즉 지상의 하얀 민들레 꽃씨와 천상의 흰 구름은 흩어지고 떠도는 성격으로 인해 고향을 떠나 정처 없이 유랑하는 디아스포라 중국조선족에 대한 표상이 된다. 민들레꽃은 꽃의 빛깔이 흴 뿐만 아니라 꽃씨의 빛깔 역시 희다는 점에서 백의민족의 표상이 되며, 더욱이 하얀 꽃씨가 바람에 흩날려 여러 곳에 퍼지는 성질은 한반도를 떠나 중국 이곳저곳으로 이산한 중국조선족을 상징한다. 하늘의 '흰 구름' 역시 한곳에 머물지 않고 떠돈다는 점에서 고국을 떠나 이국땅을 정처 없이 떠도는 조선족의 이산을 표상한다.

즉 민들레꽃과 흰 구름의 '흰색'은 백의민족(한민족)에 대한 상징이며, 민들레 꽃씨의 '흩어짐'과 흰 구름의 '떠도는' 성질은 한민족의 이산을 표상하는 것이다. 홍용암은 자신의 아호까지도 '백운(白雲)', 즉 '흰 구름'으로 정함으로써 고국을 떠나 중국 땅을 떠도는 한민족의 후예로서의 민족 정체성 인식을 뚜렷하게 드러내고 있다.

민들레꽃은 홍용암의 시에서 대표적 시적 심상의 하나이다. 「흰 구름이 된 이야기」뿐만 아니라 산문시 「민들레가족 신화」에서도 민들레꽃은 한민족의 표상으로 형상화되고 있다.

> 먼 바다 남쪽 제주도 한라산 기슭에 모여 피던 하얀 민들레가족 꽃씨의 꽃씨의 꽃씨의 꽃씨였다는데…
> 어느 날, 그 어느 회오리 선풍에 휘말려 문득 여기 낯설은 지대에 불려와 자리를 잡고 싹이 트고 자라서 꽃을 피웠다. 우리 아버지의 아버지의 아버지의 말씀대로 하면 흙도 물도 기후도 생소한 이 땅에
>
> ―「민들레가족 신화」 부분[7]

「민들레가족 신화」를 보면, 그는 중국이라는 국민국가(nation state)의 국민으로서의 정체성을 갖고 있는 것이 아니라 어디까지가 한반도에 뿌리를 둔 한민족(韓民族)의 후예로서의 정체성을 갖고 있다. 즉 현재 거주하는 국가보다는 혈통에서 자신의 민족정체성을 찾고자 한다. 그는 "어느 날, 그 어느 회오리선풍에 휘말려" 흙도 물도 기후도 생소한 중국 땅에 이산한 존재이다. 디아스포라인 화자는 새로운 땅에서의 확고한 정착에의 열망을 표출하기보다는 오히려 "저 건너 바다 남쪽 한라산 기슭에 오붓이 모여 산다는 하얀 민들레가족이 그립다"에서 보듯이 떠나온 고국에 대한 그리움과 동경을 더 강하게 표출한다. 즉 현재 살고 있는 중국에 대해서 통합의 정체성을 갖지 못한 채 중국 땅을 "생소한 이 땅"으로 느끼며, 떠나온 고국(제주도)을 더 그리워하는 것이다. "한가득 하얀 그리움과 소망을 꽃씨처럼 펴

---

7) 홍용암, 위의 책, 5-6면.

들고 하염없이 먼 하늘 정처 없이 떠있는 흰 구름을 바라보며 일구월심[8] 북편풍이 불어오기만 기다린다…"처럼 민들레 꽃씨에 감정을 이입한 화자가 일구월심 북편풍을 기다리는 이유는 북편풍이 불어와야 남쪽의 고국으로 날아갈 수 있기 때문이다.

「민들레 단상」[9]에서 거친 들판에 와 홀로 핀 민들레꽃에 대해 시인은 "오죽 쓸쓸하고 외로왔으리/그래도 겉으론 눈물을 모르는 듯/슬픔도 시름도 싹-잊은 듯/하냥 담담히 웃는 꽃이여"처럼 마음속의 쓸쓸함과 외로움을 감추고 겉으로는 슬픔도 시름도 잊은 듯 담담히 웃고 있는 꽃으로 노래한다. 하지만 겉으로 웃고 있는 민들레꽃의 깊은 내면은 "동강난 꽃줄기 그 밑으로/송골송골 내돋치는 하얀 고름-//오, 너의 상처 너의 비애/얼마나 얼마나 쓰리고 깊었으면"처럼 상처가 덧나 고름이 맺히고, 그 비애가 깊고 쓰라린 것으로 진술된다. 이 시에서 거친 들판은 조선족이 살아가고 있는 중국에서의 열악한 환경을, 그리고 민들레꽃은 그 열악한 환경을 감내하며 살아가는 조선족을 의미한다. 겉으로는 웃고 있지만 내면에서는 깊은 상처와 비애로 곪아터진 민들레꽃을 향해 화자는 깊은 연민의 감정을 나타낸다. 화자는 디아스포라로서의 고독과 슬픔을 민들레꽃에 투사하여 표현하고 있는 것이다. 여기서 민들레꽃이 안고 있는 마음속 깊은 곳에 맺힌 상처란 고국을 떠나 이산의 운명을 안고 살아갈 수밖에 없는 중국조선족의 집단적 상처이다. 그리고 그로부터 유발되는 비애는 개인

---

8) 시집에는 '의구일심'으로 되어 있으나 날이 오래고 달이 깊어 간다는 뜻, 즉 무언가 바라는 마음이 세월(歲月)이 갈수록 더해짐을 이르는 말인 '일구월심(日久月深)'의 오식으로 파악된다.

9) 홍용암, 앞의 책, 160-161면.

적 차원을 넘어서는 운명공동체로서의 민족적 비애이다. 화자는 그 상처에 공감과 연민을 느끼는 한편, 그 상처를 통해 "나는 혈관 속에 흐르는 내 피가/워낙 하얀 피였음을/처음 알았다…"(「역사의 이주민족」[10] 부분)처럼 오히려 한민족으로서의 정체성 인식을 더욱 뚜렷이 갖게 된다.

그러면 왜 민들레꽃이 중국조선족의 표상이 되었는가? 그 이유는 첫째, 민들레꽃의 흰색과 꽃씨의 흰색이 백의민족을 표상하기 때문이다. 둘째, 민들레 꽃씨가 바람에 날려 여기저기로 흩어지는 속성은 일제강점기를 전후한 한민족의 이산과 매우 닮아 있기 때문이다. 즉 중국조선족의 이산의 정체성을 상징하기에 적합하다. 셋째, 민들레꽃이 여러해살이 야생초로서 생명력이 매우 강하고, 길가에서 사람의 발길에 밟혀 수난을 당해도 꽃을 피우고 씨앗을 맺어 번식하는 강인한 생명력을 갖고 있기 때문이다. 민들레꽃의 강인한 생명력은 일제침략을 비롯하여 민족 앞에 닥친 수많은 수난과 역경을 견뎌낸 한민족에 뿌리를 둔 중국조선족의 강인한 생명력과 닮아 있다. 넷째, 중국조선족은 식용식물로서 민들레를 식탁에 자주 올릴 뿐만 아니라 한국이나 중국 등지의 어느 곳에서나 꽃을 쉽게 볼 수 있다는 점 등이 복합적으로 작용하여 민들레는 중국 땅에 이산한 한민족을 표상하게 된 것으로 파악된다.

민들레꽃이 디아스포라로서의 조선족의 민족 정체성을 표상하는 이미지로 형상화되고 있는 것은 비단 그의 시에서만이 아니다. "조선족 문학사에서 민들레는 1970년대 후반부터 여러 시인들에 의해 적

---

10) 홍용암, 위의 책, 7-8면.

극적으로 수용되고 있는 중심 이미지"[11]의 하나가 되어 왔다. 즉 중국 조선족 문학사에서 민들레꽃은 조선족을 표상하는 보편적인 심상의 하나가 되어 왔으며, 홍용암은 그들 문학사의 시적 관습에 따라 민들레꽃을 민족을 표상하는 핵심적 이미지로 사용하게 된 것이다.

한민족의 후예로서 그에게 고국은 "한 번도 안겨 못 본 고국의 품/수륙만리 이역에서 나서 자라도/커갈수록 그리운 사랑의 품/어머님 그 품을/잊은 적 없네/잊은 적 없네"(「어머님을 그렸다네」[12] 부분)처럼 수륙만리 이역에서 태어나 성장하여 한 번도 가 본 적이 없어도 시간이 지나갈수록 더욱 그리움이 커지고 잊을 수 없는 대상, 즉 끝없는 동경의 대상이다. 따라서 화자는 "네거리를 유랑하는 고아처럼/끝없이 타향에서 떠돌"며 한 번도 가본 적이 없는 어머니의 나라를 어린아이처럼 그리워하고, 어머님의 품을 잃은 고아처럼 칭얼거리게 된다. 이처럼 그에게 고국은 한 번도 가 본 적은 없지만 끊임없이 동경과 그리움을 유발하는 대상이다.

3. 흰 구름, 자유의 상상력

그의 시에는 '흰 구름'을 비롯하여 구름이 빈번하게 등장한다. 「흰 구름이 된 이야기」뿐만 아니라 「운바라기가 된 소년」, 「나는 한 조각 흰 구름」, 「한 조각 구름이 되어」, 「구름」, 「구름과 강물」, 「흰 구름의

길」과 같은 시에서 '흰 구름'은 고국을 떠나 멀리 중국까지 흘러들어
와 떠도는 디아스포라로서의 시인 자신인 동시에 한민족의 후예인 중
국조선족에 대한 상징이다. 특히 구름 가운데 '흰 구름'은 한민족, 즉
백의민족의 흰색을 표상한다고 볼 수 있다. 이사가 지적하고 있듯이
흰색 이미지는 한민족의 색채심상으로서 한민족의 민족의식이 표출
되는 상징적 심상이라는 점에 주목할 필요가 있다. 한민족은 유별나
게 흰색을 선호하는 집단무의식을 드러내는 민족이다. 화이트 콤플렉
스(white complex)라 칭할 만한 흰색에 대한 심리적 정서적 애착은
한민족을 백의민족이라 부르는 사실과 무관하지 않다.[13]

　「운바라기가 된 소년」[14]에서 소년 화자는 '운바라기'가 되어 "아늑
하고 신비하고 아름다"운 고향, "아득한 전설의 자기 고향"에 마음껏
둥실둥실 날아갈 수 있는 구름 같은 존재가 되기를 소망한다. 여기서
고향은 그야말로 유토피아처럼 아늑하고 신비하고 아름다운 장소성
을 지닌 곳으로 그려지고 있으며, 구름은 자유롭게 고향으로 날아가
고 싶은 그의 소망을 나타내는 이미지로 사용되었다.

　「한 조각 구름이 되어」[15]에서 '한 조각 구름'에 감정을 이입한 화자
는 "국계도 분계도 상관없는" 자유로운 존재가 되어 북풍에 밀려 남
으로 남으로 떠가고 싶은 욕망을 나타낸다. 여기서 남쪽은 한반도의
끝인 제주를 가리킨다. 두만강 대동강 한강 낙동강, 그리고 백두산 금
강산 태백산 한라산을 스치고, 신의주 평양 서울 부산을 지나 제주까

---

13) 이사, 앞의 논문, 223-224면.
14) 홍용암, 앞의 책, 7-8면.
15) 홍용암, 위의 책, 37-38면.

지 갔다가 다시 남풍에 북으로 북으로 리진[16]까지 갔다가 다시 남으로 남으로 무한세월을 중국에서부터 한반도의 남단까지 자유롭게 오가는 존재가 바로 구름이다. 화자는 구름처럼 국경의 경계를 초월할 수 있는 자유로운 존재가 되어 중국과 고국 사이를 자유롭게 왕래하기를 소망하는 것이다.

> 나는 한 조각 흰 구름
> 왔다가 가는 한 조각 흰 구름
> 갔다가 오는 한 조각 흰 구름
> 어디 가나 발길 잇닿는 곳
> 거기가 바로 내 집이라
> 긴간 세월 방랑 살이 한이 맺히어
> 홍안도 백발 되어 하얗게 센
> 나는 한 조각 흰 구름
>
> 나는 한 조각 흰 구름
> 오고 돌아가지 못하는 한 조각 흰 구름
> 산산이 흩어진 한 조각 흰 구름
> 회오리 선풍에 휘말려 오락가락
> 낯설은 이역만리 타향에서 떠돌다
> 눈 못 감고 승천한 흰 옷의 원혼들이
> 정든 고국 못 잊어 죽어서 찾아가는
> 나는 한 조각 흰 구름

---

16) 중국 산둥성[山東省] 둥잉[東營]에 있는 현(縣).

나는 한 조각 흰 구름
어제도 오늘도 한 조각 흰 구름
정처 없이 떠도는 한 조각 흰 구름
세월 따라 바람 따라 하염없이 표류해도
어데 간들 잊으랴 어머니 고국산천
부모형제 그리어 흘린 피눈물
비 되어 주룩주룩 온 대지에 훌뿌리는[17]
나는 정녕 한 조각 흰 구름

−「나는 한 조각 흰 구름」 전문[18]

하지만 조선족에게 현재의 거주국인 중국과 모국인 한반도 사이를 자유롭게 왕래하는 구름 같은 존재는 하나의 이상이자 소망일 뿐이다. 시인이 이 시를 썼던 시기, 즉 한·중 수교(1992)를 전후한 시기의 조선족이 처한 현실은 오늘날과 달리 자유롭게 고향을 향해 날아갈 수가 없는 상황이었다. 긴긴 세월의 방랑살이로 한이 맺히고, 홍안이 백발로 하얗게 세어도, 오고가는 것이 자유롭지 못하고, 오고 돌아가지 못하며, 낯선 이역만리 타향을 떠돌다 눈을 못 감고 승천한 원혼들이 죽어서야 정든 고국을 찾아갈 수 있는 부자유한 상황이었다. 따라서 조선족은 아무리 향수에 사로잡혀도 흰 구름처럼 자유롭게 고국을 왕래하는 대신 고국산천 부모형제를 그리며 흘린 피눈물이 비가 되어 대지에 훌뿌리는 한 조각 흰 구름에 불과한 존재일 뿐이었다.

---

17) 원문에는 '휘뿌리는'으로 되어 있다. '휘뿌리는'은 훌뿌리는(눈, 비 따위가 마구 날리면서 내리는)의 잘못.
18) 홍용암, 앞의 책, 20-21면.

"이 시에서 '흰 구름'은 일제 강점기에 중국 만주로 이주한 유이민들을 상징한다. 시에서 '회오리 선풍'은 조선 말기부터 불어 닥친 민족 수난의 역사적 광풍을 암시하고 있다. 그 광풍에 휩쓸려 그들은 멀리 중국 땅까지 떠밀려 온 것이다."[19] 조선족이 소망하는 자유로운 왕래에 대한 이상과 그들이 처한 부자유한 현실 사이의 괴리를 '흰 구름'은 첨예하게 드러낸다. 왜냐하면 마음속에선 그리운 고국 땅으로 자유롭게 왕래할 수 있는 흰 구름이 되길 상상하지만 현실은 피눈물을 흘리며 주룩주룩 한 줄기 비가 되어 '대지'로 추락하는 비구름이 되고 말기 때문이다. 시인은 부자유를 뛰어넘을 수 있는 자유의 상상력을 흰 구름을 통해 표현하고자 했지만 그마저도 허락하지 않는 부자유한 현실로 인해 시적 화자는 피눈물을 흘리고 만다.

「동경」[20]이라는 시에서 화자는 "그대들의 나라엔/국계도 분계도 없는가/오로지 고요한/평화와 친선과 사랑만이 있는가/그런 천국이 그곳에 있었던가"라고 하며 "가없이 탁-트인 푸른 하늘을/사이좋게 자유로이 오가는" 한 마리 새를 동경한다. 지상적 존재인 인간들의 세계에는 중국, 남한, 북한과 같은 엄연한 국계와 분계에 가로막혀 자유롭게 오고갈 수도 없이 구속되고 억압되어 있다. 하지만 이와 달리 천상적 존재인 새들의 세계는 탁 트인 푸른 하늘을 자유롭게 오고 갈 수 있으며, 새가 날고 있는 천상(하늘)은 신비하고 생기가 행복으로 차넘치고 평화와 친선과 사랑만이 존재하는 천국과도 같은 세계이다. 지상과 천상, 부자유와 자유, 인간과 새가 대조되며, 지상적 존재인

---

19) 이사, 앞의 논문, 244면.
20) 홍용암, 앞의 책, 57-59면.

화자는 천상적 존재인 한 마리 새가 되어 국계와 분계를 넘어 자유롭게 오갈 수 있기를 소망한다. 「동경」에서 '새'는 '흰 구름'보다는 적극적 의지를 가진 존재이다. 왜냐하면, 그 스스로의 날갯짓으로 원하는 곳으로 얼마든지 날아갈 수 있기 때문이다. 즉 북편풍만을 하염없이 기다리는 민들레꽃이나 정처 없이 떠도는 흰 구름의 수동성을 넘어서서 새는 보다 능동적으로 고국으로의 자유로운 이동이 가능한 존재가 되고 싶은 시인의 적극적 의지를 나타내는 기표가 되고 있다.

4. '다리', 통일에의 염원

홍용암의 시에는 고국에 대한 그리움을 넘어서서 통일에 대한 염원이 강한 어조로 반복되고 있다. "우리의 소원은 하나 통일/북에 있는 이천만 소원도 통일/남에 사는 사천오백만 소원도 통일/남도 북도 아닌 이 지구 방방곡곡 흩어져 떠도는 오백만 겨레/우리의 소원도 똑같은 통일!"(「우리 모두의 소원」[21] 부분)에서 보듯이 통일은 남북한의 동포뿐만 아니라 중국조선족을 비롯하여 세계 방방곡곡에 흩어져 살아가는 재외한인들도 똑같이 염원하는 민족적 열망이다. 그가 남북한의 통일을 강력히 염원하는 것은 재외한인의 한 사람, 즉 혈통과 문화와 역사를 공유한 공동체, 즉 같은 민족이라는 자격을 가졌기 때문이다.

"인간들이 그려놓은 세상 금/모든 금을 다 덮어 지우면/마침내 세

---

21) 홍용암, 위의 책, 53-55면.

계는 일매지게/아름다운 하나가 된다"(「눈이 내린다」[22] 부분)에서 하얀 눈은 인간들이 인위적으로 그어놓은 분단의 금을 덮어버리고 지워버린다. "저기 국경에도 거기 분계에도" 차별 없이 내린 하얀 눈은 분단된 남북한을 하나로 통일시켜 주는 객관적 상관물이다. 「지도」라는 시에서는 한반도의 지도를 그리다가 휴전선(38도선)을 고무로 지워버린다. 그에게 분단을 상징하는 휴전선은 흰 눈으로 덮어버리고, 고무로 지워버리고 싶은 경계선이다.

「장벽」[23]이란 시에서 화자는 "와르르 쾅-!/베를린장벽이 무너졌다//사방-/5대륙 6대주에//케케묵은/남북조선 콘크리트장벽만 남았다!"라고 절규한다. 「묻노니, 언제 가야…」[24]에서는 "동서독일이 갈라지고/남북조선이 갈라지고//어느 날 드디어/동서가 한 몸으로 합쳤다// 묻노니, 남북은/언제 가야 하나로 이을고…"처럼 동서독이 통일된 상황에서 세계 유일의 분단국가가 된 한국의 통일은 과연 언제 이루어질 것인가를 질문하고 있다. 그는 콘크리트 장벽처럼 완강한 고국의 분단 고착에 대해 깊은 우려를 나타내며 통일을 강력히 염원하는 것이다.

> 다리를 놓자
> 그보다도 다리를 놓아야 한다.
> 하루빨리 다리를 꼭 놓아야 한다

---

22) 홍용암, 위의 책, 55-56면.
23) 홍용암, 위의 책, 65면.
24) 홍용암, 위의 책, 64면.

가시철조망 삼엄한

콩크리트장벽이 둘러막힌

그 끝없이 깊고 높은 휴전선우에

그 우를 가로질러

인천과 개성 사이에

서울과 평양의 하늘에

한라와 백두의 기슭에

그리고 너와 나의 마음에다

칠월칠석 깨까치 다리를 놓듯

채색의 무지개다리를 놓자

그다음 제집 문앞 널판다리 드나들 듯

누구나 다 그리로 마음대로 오가게 하자.

-「다리를 놓자」 부분[25]

「다리를 놓자」에서 분단극복과 통일지향의 절박한 필요성이 "다리를 놓자!"라는 구절에 대한 연속적인 반복과 '다리를 놓자, 놓아야 한다, 꼭 놓아야 한다'라는 점층적인 강조를 통하여 고조되고 있다. 화자는 처음에는 다리를 '놓자'라는 청유형 어미로부터 시작하여 '놓아야 한다'라는 강한 당위성으로 통일에의 열망을 고조시키며, '꼭 놓아야 한다'를 통해서는 어떤 일이 있어도 통일을 반드시 이루어야 한다는 보다 강력한 당위적 의지를 점층적으로 고양시켜 나간다. "첫째도 둘째도 셋째도 다리/다리를 놓는 그것이 전부다"에서도 연속적 반복적으로 통일에 대한 절실함이 표출된다. 뿐만 아니라 "우리가 지금

---

25) 홍용암, 위의 책, 77-79면.

다리를 놓지 않으면/역사에 길이 오점을 남길/후세의 죄인이 되고만 다"에서 보듯 만약 지금 통일을 이루지 못한다면 그것은 역사에 길이 남을 죄악이 되기 때문에 남북한의 최고 통치권자인 "주석이건 대통령이건 할 것 없이" 반드시 통일의 위업을 달성하라고 촉구한다.

'다리'의 이미지는 칠월칠석의 설화를 차용하며 재차 반복된다. 견우(牽牛)와 직녀(織女)가 까막까치들이 놓은 오작교(烏鵲橋)에서 칠월칠석에 한 해 한 번씩 만났다는 전설처럼 까치와 까마귀가 견우가 직녀를 만나게 하기 위해 다리를 놓듯 남북통일의 다리가 어서 놓이길 간절히 소망한다. 하지만 전설 속의 견우와 직녀가 칠월칠석에 오작교에서 만나 회포를 풀었던 것과는 달리 현실 속의 님과 나는 칠월칠석에도 강을 사이에 두고 여전히 이편과 저편에서 마주보며 눈물만을 흘릴 뿐이다. 견우와 직녀의 오순도순 회포를 푸는 행복한 밤과 '님'과 내가 만나지 못하고 하염없이 눈물을 흘리는 서러운 밤의 대조를 통해 분단의 슬픔과 불행은 선명히 드러난다. 그로서도 분단 상황을 어쩔 수 없기에 그저 눈물을 흘리며 우는 것 이상의 그 무엇도 할 수 없다는 짙은 무력감이 시에서 표출되고 있다. 여기에서 유발되는 슬픔의 원인은 내부가 아니라 외부, 즉 통일이 되지 않는 외부적 현실에 있기 때문에 화자는 그 슬픔을 개인적으로 통제할 수가 없다.[26]

　　해마다 칠월칠석
　　은하수에 깨까치 다리 놓아
　　견우직녀 상봉하는 날

---

26) 최현석, 『인간의 모든 감정』, 서해문집, 2011, 146면.

한해에 한 번씩은 어김없이

한자리에 모여 오순도순

그리운 회포 푸는 날

그렇게 행복한 밤-

그렇지만 서러운 이 몸은

님과 나는 작은 강 하나 사이 두고

다리가 없어서

나는 이편 님은 저편 마주보며

하염없이 눈물만 주르르

날마다 밤마다

한없이 흐느껴 울 뿐입니다…

-「칠월칠석」[27] 전문

「다리(1)」, 「다리(2)」라는 시에서는 다리가 놓인다고 하더라도 아무 소용이 없다고 절규한다. 왜냐하면 그 다리는 철문으로 가로막혀 있기 때문이다. "그러나 그게 무슨 소용 있니?/철문이 가로막혀 못 가는 데야!/하염없이 예서 서서 바장일 뿐…"에서 보듯이 다리가 있으나 철문에 가로막혀 건널 수 없는 상황에 화자는 깊은 개탄을 나타내고 있다.

하지만 그는 「대성질호」[28]에서는 남북한의 온 민족을 향해 큰소리로 질타를 가한다. 대성질호(大聲叱號)란 큰소리로 꾸짖는다는 뜻이다. 그 꾸짖음은 분단을 초래하고도 통일을 위해 노력하지 않는 뻔뻔

---

27) 홍용암, 앞의 책, 80면.
28) 홍용암, 위의 책, 74-75면.

스럽고 부끄러운 줄도 모르는 칠천만 겨레를 향한 질타이다. 통일을 하지 않고 있는 칠천만 겨레는 "어머니의 허리"를 동강낸 불효자식이다. 따라서 "여태껏 어머님의 젖가슴을/그토록 게걸스레 파먹고도/서로 제가 더 많이 먹겠다고/아웅다웅 두 쪽으로/어머니 육신마저 가르다니-/그러고도 뻔뻔스럽게/그 무슨 동방우효례의 자손이라고?!/닥쳐라 닥쳐 주둥아리를"이라고 남북한의 동포를 향해 통일을 이루어내라고 큰소리로 꾸짖는 것이다.

통일에 대한 열망을 표현할 때에 화자의 어조는 민들레꽃이나 흰구름을 노래할 때에 비해 자못 강경하다. 때로 그의 질타는 욕설로도 표출된다. 통일을 위해 노력하지 않는 남북한의 겨레는 '이놈들', '이 배은망덕한 나쁜 놈들', '낯가죽 두터운 생지옥 갈놈들!', '이 천추에 용납 못할 벼락 맞을 놈들', '불효자식들', '쥐며느리와 도리깨아들놈들/족제비사위와 가물치딸년들'로 호명하며 모욕과 저주를 거칠게 내뱉는 데서 통일에 대한 시인의 절박함은 오히려 더 생생하게 드러난다고 할 수 있다. 나아가 화자는 "어서 썩-그리 행하지 못할가…"라고 하루빨리 통일의 역사적 위업을 이루어내라는 불호령을 내린다. 비록 한반도의 분단이 강대국의 역학관계 속에서 어쩔 수 없이 이루어진 것이라 하더라도 그것을 고착화시킨 채 분단 극복을 위해 노력하지 않는 것은 "역사에 길이 오점"이며, "후세의 죄인"이 되고 마는 길이다. 따라서 칠천만 겨레와 남북한 위정자들("주석이건 대통령이건")을 향해서 역사적 위업인 통일을 달성하라고 강력히 주문하는 것이다.

그는 칠천만 겨레와 남북한의 위정자들을 향해 통일을 강력히 주문할 뿐만 아니라 그 자신이 통일의 위업 달성에 작은 참여라도 하고 싶은 심경을 피력한다. 즉 통일을 가로막고 있는 완강한 철문을 허물기 위해 벽돌 한 장이라도 직접 허물고 싶다는 의지의 표명이다. "가령 그 어느 날/남북을 가로지른 콘크리트장벽/그 벽을 허무는 날 오거든/나도 가서 허물 수 있도록/벽돌 한 장만은 남겨다오"(「가령 어느 날…」[29] 부분)라고 그가 한반도 통일을 위해 작은 힘이나마 보태고 싶어 하는 것은 그만큼 통일에의 열망이 간절하기 때문이다. 그가 남북한에서 동시에 『다리를 놓자』란 제목의 시집을 발간한 것도 벽돌 한 장을 허무는 심정에서였을 것이다.

5. 홍용암의 장거리 민족주의와 민족 정체성

홍용암이 중국조선족의 뿌리인 한민족으로서의 민족 정체성 의식을 확고하게 갖게 된 것은 무엇보다도 그의 어린 시절의 체험과 깊게 관련되어 있다. 그의 출생지인 "흑룡강성 동녕현 삼차구향 동방홍촌"은 한족(漢族) 밀집지역으로서 중국조선족이 희소하게 살고 있는 지역이었다.

그는 5살 어린 나이에 강제로 먼 한족(漢族)집에 얹혀살게 된다. 당시 탄광에서 일하던 아버지가 다리를 다쳐 몸져눕게 되고 둘째 형은 목재 일을 하다가 죽고, 큰누나는 교통사고를 당하는 등 가족의 잇따른 불행은 극도의 궁핍으로 몰아갔다. 그 부모님은 눈물을 머금고 입

---

29) 홍용암, 위의 책, 66-67면.

에 풀칠이나 시키자고 중국인 집에 강제로 맡기게 된 것이다. 어려서
부터 배고픔의 설움과 민족적 차별에 얼마나 큰 설움을 받았겠는가.

어린 배고픔과 가족과 생이별할 수밖에 없었던 절벽감을 일찌감치
몸으로 느낀 것이다. 그리고 이주 민족으로서 민족적 정체성에 대한
고뇌는 아마 이때부터 면도날로 이마를 베이듯 본능적으로 인식했을
것이다.[30]

인용문에서 보듯이 그는 잇단 가족의 불행으로 다섯 살의 어린 나
이에 부모와 생이별을 하여 언어와 혈통이 다른 한족(漢族)의 집에서
차별을 받으며 성장하게 된다. 즉 그가 유년기에 받은 민족 차별로 인
해 한족의 문화에 대해서는 배척하는 한편 중국조선족으로서의 민족
정체성 의식을 강하게 갖게 된 것으로 생각된다.

베리(J. W. Berry)는 소수집단의 문화적응전략과 이데올로기를 그
들이 고유문화의 정체성을 얼마나 중요시하는가 하는 정도를 의미하
는 문화적 유지(cultural maintenance)와 이주민이 새로운 주류문화
를 수용하는 정도를 뜻하는 접촉과 참여(contact and maintenance)
의 두 가지 차원에서 통합, 동화, 분리, 주변화의 4가지로 분류한 바
있다. 즉 전통문화와 주류문화에 모두 동일시하는 통합, 주류문화에
는 동일시하지만 전통문화에 대해서는 약하게 동일시하는 동화, 고유
문화에 동일시하나 주류문화는 무시하는 분리, 주류문화나 고유문화
에 모두 동일시하지 않는 주변화가 그것이다. 한편, 그는 이주민들에
대한 다수집단 성원들의 문화정책전략과 이데올로기를 다문화주의,

---

30) 신상성, 앞의 논문, 2면.

동화주의, 분리주의, 배척 4가지로 분류했다. 그는 다수의 주류집단이 이주민들의 고유한 정체성과 생활방식을 존중하고 문화적 다양성을 유지하면서 사회통합을 이루도록 다문화주의를 추구하면 소수집단은 통합적 정체성을 추구하는 반면, 주류집단 대부분이 동화주의, 분리주의, 배척의 정책을 채택하면 소수집단이 통합적 정체성을 가지기가 어렵다고 했다.[31]

베리의 이론에 따르자면, 다민족 국가인 중국은 조선족 등 소수민족에 대하여 문화적 다양성을 유지하면서 사회통합을 이룰 수 있도록 다문화주의 정책을 기본적으로 추구하여 왔다. 길림성, 요령성, 흑룡강성은 소위 동북삼성이라 하여 중국의 다른 지역에 비하여 조선족 밀집지역이다. 그리고 길림성 연길시에는 연변조선족자치주가 1952년부터 설치되어 있다. 중국 정부의 다문화주의 정책에 따라 조선족은 고유한 언어 사용은 물론 그들 고유의 생활방식을 존중받고 문화적 다양성을 유지할 수 있었으며, 비교적 통합적 정체성을 갖고 살아올 수 있었다.

그럼에도 홍용암은 조선족이 희소한 지역에서, 더욱이 한족의 집에 얹혀살며 차별받는 환경에서 성장함으로써 다른 조선족들과는 달리 통합적 정체성을 갖지 못한 채 분리의 태도, 즉 한국의 전통적인 고유문화에는 동일시하나 중국의 주류문화에 대해서는 무시하는 태도를 갖게 된 것으로 보인다. 그리고 그로 인해 그의 시에서 한민족으로서의 강한 민족 정체성 추구가 나타났다고 할 수 있다.

---

31) 김혜숙 · 김도영 · 신희천 · 이주연, 「다문화시대 한국인의 심리적 적응 : 집단 정체성, 문화적응 이데올로기와 접촉이 이주민에 대한 편견에 미치는 영향」, 『한국심리학회지: 사회 및 성격』 25-2, 한국심리학회, 2011, 58-59면에서 재인용.

그의 한민족으로서의 확고한 민족 정체성은 다수의 중국조선족 시인들이 "자신의 몸에 흐르는 피는 조선족이지만 시인에 따라서 조국을 조선이라고 생각하기도 하고 중국이라고 생각하기"[32]도 하는 등 혈통과 국가 사이에서 정체성의 혼란과 갈등에 휩싸여 있는 현상과는 아주 상이한 것이다. 그가 조선족 4세임에도 불구하고 뚜렷한 민족정체성을 갖고 있으며, 조국 통일에 대한 강한 염원을 표출하는 것은 남북한에서 그의 시가 주목받게 된 요인이 되었다고 할 수 있다.

그는 같은 중화인민공화국의 국민인 조선족과 한족과의 관계를 "한 배 속에서 다른 핏줄을 타고난" 아버지가 다른 동복형제로 그 위상을 설정한다. 그래서 "말하자면 자네 아버지는 염황이고/나는 단군의 후손이니/우리는 배다른 형제일세"라고 같은 어머니를 둔 형제일지라도 부계의 조상이 다른 존재로 인식한다. 그리고 "핍박에 쫓겨/어머니는 나를 배 속에 품은 채/두만강을 건너/자네 아버지한테 재가온 걸세"라고 조선족의 이주를 일제의 핍박에 의한 어쩔 수 없는 것이었다고 진술한다. "이 몸을 이토록 튼튼히 길러준/의붓아버지도 물론 잊지 않을 거지만/나는 아무래도 이제 꼭 한 번은/나의 친아버지를 찾아가봐야겠네/꿈에도 그려보고 불러보던-"(「역사」 부분)[33]에서는 현재 살고 있는 중국과 조국인 한국과의 관계를 의붓아버지와 친아버지의 관계로 정립하며, 그를 키워준 현재의 중국도 잊지 않겠지만 자신은 그리운 친아버지인 조국을 찾아가보겠다는 의지를 더욱 강하게 표명한다. 즉 그에게도 혈통에 기반한, 즉 단군 이래 이어온 단일민족

---

32) 이승하, 「연변 조선족 시인들의 시에 나타난 민족의식과 국가관」, 『집 떠난 이들의 노래-재외동포문학연구』, 국학자료원, 2013, 77-104면.
33) 홍용암, 앞의 책, 11-13면.

의 신화가 작용하고 있는 것을 볼 수 있다.

그에게 민족이란 "나는 혈관 속에 흐르는 내 피가/워낙 하얀 피였음을"(「역사의 이주민족」 부분)[34]에서 보듯이 기본적으로 백의민족으로서 혈통을 같이한 존재, 즉 혈연 공동체이다. 하지만 단순한 혈통개념을 넘어서서 그에게 민족이란 "조선과 한국/삼천리 금수강산/칠천오백만 백의겨레/오천만 찬란한 문화"(「고향」 부분)[35]에서 보듯 문화 공동체이기도 하다. 뿐만 아니라 "치욕의 근대역사/수치스런 굴종, 예속, 망국의 비운/그 속에서 방황하는 고난의 민족"이지만 동시에 을지문덕, 연개소문, 서산대사, 이순신과 같은 영웅을 배출한 자랑스런 민족이며, "살국원흉 이등박문을 쏘아 눕힌/백의지사 안중근이 떳떳이 갔고/만세소리 하늘땅을 진감한/3·1의 봉화 오늘도 타오른다"(「역사에 묻노라」 부분)[36]에서 보듯이 영욕의 역사를 공유한 역사 공동체로서 그는 민족을 인식한다.

다시 말해 그에게 민족은 혈통과 문화와 역사를 공유한 운명공동체로 인식된다. 민족은 신용하에 의하면 "언어·지역·혈연·문화·정치·경제생활·역사의 공동에 의하여 공고히 결합되고 그 기초 위에서 민족의식이 형성됨으로써 더욱 공고하게 결합된 역사적으로 형성된 인간 공동체"라고 할 수 있다.[37] 홍용암은 이 가운데 혈통·문화·역사를 공유한 공동체로 민족을 인식하였지만 조선족의 경우 언어까지를 공유한 공동체이다. 하지만 그의 민족 개념은 국민국가를

---

34) 홍용암, 위의 책, 9-10면.
35) 홍용암, 위의 책, 32-33면.
36) 홍용암, 위의 책, 171-173면.
37) 신용하, 「'민족'의 사회학적 설명과 '상상의 공동체론' 비판」, 『한국사회학』 40-1, 한국사회학회, 2006, 33면.

배경으로 한 영토 개념을 뛰어넘는다. 즉 베네딕트 앤더슨(Benedict Anderson)이 말한 지역적 장소에 구애받지 않는 장거리 민족주의(long-distance nationalism)라고 할 수 있다.[38] 디아스포라가 보편화되고 세계화가 진행되는 시대에는 초국가적이고 국경을 초월하는 장거리 민족주의와 같은 새로운 형태의 민족주의가 대두하게 된다.

현재 대한민국은 이중국적이 허용되는 국외에서 영주권자 신분을 획득한 경우, 국외에 거주하더라도 법적으로 대통령선거나 국회의원 선거와 같은 국내에서 실시되는 선거에서 투표권 행사를 할 수 있게 법령을 개정하였다. 즉 혈통에 기반한 '재외국민'이라는 개념을 만들어서 이들에게 2012년 4월의 국회의원 선거에서부터 투표권을 부여하기 시작한 것이다.

물론 이에 대한 비판적 시각도 존재한다. 즉 '대한민국에 거주하면서 납세와 병역 등 대한민국의 시민으로서의 제반 의무를 수행하지 않아도 혈통에 근거하여 대한민국 국민의 자격을 주겠다는 것은 진취적으로 보이지만 실은 근대적 민족의식에도 맞지 않으며, 외국인 노동자가 한국인이 기피하는 3D 직종에 종사하며 한국경제에 공헌하는데도 극심한 차별을 받는 것과 비교할 때에 한국의 민족주의가 지

---

38) 앤더슨은 모국으로부터 다소 멀리 떨어져 정착한 이주민들이 모국의 간섭에 대해 저항하거나 혹은 모국과의 차별화가 필요하다고 느낄 때 등장하는 크리올 민족주의(creole nationalism), 지배를 정당화시키는 위로부터의 관주도 민족주의(official nationalism), 민족의 공용어를 가지는 유럽적 기원을 가진 언어적 민족주의(linguistic nationalism), 모국이란 지역적 장소에 구애받지 않는, 특히 세계화 시대에 점점 대두되는 새로운 형태의 장거리 민족주의(long-distance nationalism)로 민족주의의 유형을 분류하였다. : Benedict Anderson, "Western nationalism and eastern nationalism: is there a difference that matters?", *New Left Review* Ⅱ, 9, 2001, pp.31-42.

나치게 혈통에 근거한 폐쇄성과 인종주의를 드러낸다는 비판'이[39) 그것이다.

6. 결론

이 글은 중국조선족 시인 가운데 한민족으로서의 민족 정체성을 뚜렷이 갖고, 조국 통일에 대한 강렬한 염원을 나타낸 홍용암의 시를 분석하였다. 특히 민들레꽃, 흰 구름, 다리 등의 이미지를 중심으로 중국조선족의 디아스포라로서의 정체성 인식과 조국 통일에의 열망에 대해 분석하였다. 홍용암은 '민들레꽃'을 통해 이산의 정체성을, '흰 구름'을 통해 그리운 고국을 자유롭게 왕래할 수 있는 자유의 상상력을, 그리고 '다리'를 통해서는 고국 통일에의 염원을 표출하였기에 본고는 이들 이미지를 집중적으로 살펴보았다.

「흰 구름이 된 이야기」를 비롯하여 「나는 한 조각 흰 구름」 등의 시에서 지상의 하얀 민들레 꽃씨와 천상의 흰 구름은 바로 디아스포라로 인해 여기저기 흩어지고 정처 없이 떠도는 신세가 된 중국조선족을 표상한다. '민들레꽃'은 꽃의 빛깔 뿐만 아니라 꽃씨의 빛깔이 희다는 점에서도 백의민족의 표상이 되며, 하얀 꽃씨가 바람에 흩날려 여러 곳에 퍼진다는 점에서는 한반도를 떠나 중국 이곳저곳으로 이산한 조선족을 표상한다. 따라서 민들레꽃은 디아스포라로서의 중국

---

39) 윤형숙, 「역자 해설」, 베네딕트 앤더슨, 윤형숙 역, 『상상의 공동체』, 나남출판, 2002, 282-283면.

조선족의 정체성을 표상하는 이미지로 형상화되고 있다. 민들레꽃은 1970년대 후반부터 중국조선족 시에서 중심 이미지의 하나가 되고 있다. 홍용암은 그와 같은 시적 관습에 따라 민들레꽃을 민족을 표상하는 이미지로 사용하였다.

'흰 구름'은 한곳에 머물지 않고 떠돈다는 점에서 고국을 떠나 이국 땅을 정처 없이 떠도는 한민족의 디아스포라를, 그리고 '흰 구름'의 흰색 이미지는 백의민족을 표상한다. 그리고 홍용암은 자신의 아호를 '백운(白雲)'으로 삼음으로써 백의민족의 후예이자 중국 땅을 떠도는 조선족의 민족 정체성 인식을 환기한다. 화이트 콤플렉스라 칭할 만큼 한민족은 흰색을 선호하는 집단무의식을 갖고 있다. 흰색에 대한 심리적 정서적 애착은 한민족을 백의민족이라 부르는 사실과 무관하지 않다.

중국조선족에게 현재의 거주국인 중국과 모국인 한반도를 자유롭게 왕래하는 흰 구름은 하나의 이상이자 소망이었다. 시를 썼던 당시 중국조선족은 고향에 대한 그리움이 아무리 커도 자유롭게 고향을 찾아갈 수 없었다. 이 점에서 한·중 수교 전후의 중국조선족이 처한 모국과의 왕래가 부자유한 현실을 홍용암의 시들은 반영하고 있다.

홍용암의 시에는 모국에 대한 그리움을 넘어서서 통일에 대한 염원이 '다리'라는 이미지를 통해서 반복적으로 표출된다. 통일은 남북한의 동포뿐만 아니라 혈통, 문화, 역사, 언어를 공유한 민족이라는 공동운명체로서 재외한인들도 똑같이 염원하는 민족적 열망이다. 그는 통일에 대해 미온적인 남북한을 향해 질타를 가하는가 하면, 미력이나마 통일에 참여하고 싶은 의지를 표출하기도 한다.

홍용암은 유년시절을 한족(漢族)의 집에 얹혀살며 차별받는 환경에서 성장함으로써 다른 중국조선족들과는 달리 중국인으로서 통합적 정체성을 갖지 못한 채 분리의 태도를 갖게 되었다. 즉 한국의 전통적인 고유문화에는 동일시하나 중국의 주류문화에 대해서는 무시하는 분리의 태도를 갖게 된 것이다. 그가 자신의 시 창작 동기를 점점 사라져가는 중국조선족의 민족 정체성과 문화의 탐구 및 민족적 자존심을 회복하기 위한 사명감에서 비롯되었다고 밝히고 있듯이 차별받으며 자란 성장환경은 오히려 그에게 확고한 민족 정체성을 갖도록 작용했다.

그에게 민족은 혈통과 문화와 역사를 공유한 운명공동체로 인식되고 있다. 하지만 그것은 국민국가를 배경으로 한 영토 개념을 뛰어넘는다. 즉 베네딕트 앤더슨이 말한 장거리 민족주의라고 할 수 있다. 이산이 보편화된 세계화의 시대에는 그와 같은 새로운 형태의 민족주의가 대두할 수 있는 것이다. 우리나라는 해외동포를 재외국민으로 호명하며, 그들에게 투표권을 부여하는 등 그들이 조국발전에 기여할 수 있는 여건을 조성하고 있다. 말하자면 재외한인들에게 장거리 민족주의를 관주도하에 정책적으로 환기함으로써 국가발전을 위해 재외한인들이 축적한 저력을 활용하고자 하는 것이다.

홍용암의 시를 통해서 국경을 넘나드는 세계화 시대의 민족주의에 대해 생각할 계기를 가졌다. 특히 이민을 통해 거주국과 모국이라는 두 개의 정치시스템 속에서 이중적 정체성을 갖고 살아가야 할 디아스포라에게는 자국민 중심의 민족주의와는 다른 차원의, 즉 장거리 민족주의라는 개념으로 그들의 모국에 대한 애착과 자긍심을 설명할 수 있을 것이다. 그야말로 세계화의 시대이고, 영토나 국가라는 경계를 넘어서서 재외한인과 그들의 문학에 대해서 더욱 관심을 가져야 할 때이다.

참/고/문/헌

〈기본자료〉

• 홍용암, 『흰 구름이 된 이야기』, 흑룡강조선민족출판사(중국), 1997.

〈단행본〉

• 이승하, 『집 떠난 이들의 노래-재외동포문학연구』, 국학자료원, 2013.
• 최현석, 『인간의 모든 감정』, 서해문집, 2011.
• 베네딕트 앤더슨, 윤형숙 역, 『상상의 공동체』, 나남출판, 2002.

〈논문〉

• 김혜숙 · 김도영 · 신희천 · 이주연, 「다문화시대 한국인의 심리적 적응 : 집단 정체성, 문화적응 이데올로기와 접촉이 이주민에 대한 편견에 미치는 영향」, 『한국심리학회지; 사회 및 성격』 25-2, 한국심리학회, 2011, 51-89면.
• 신상성, 「홍용암(洪熔岩) 문학의 민족의식과 초극적 의지-중국 조선족 시인의 민족의식을 중심으로」, 『인문사회논총』 14, 용인대학교 인문사회과학연구소, 2007, 1-22면.
• 신용하, 「'민족'의 사회학적 설명과 '상상의 공동체론' 비판」, 『한국사회학』 40-1, 한국사회학회, 2008, 32-58면.
• 이사, 「중국의 개혁개방 이후 조선족 시문학의 민족정체성 구현

양상 연구」, 『겨레어문학』50, 겨레어문학회, 2013, 221-253면.

• Anderson, Benedict, "Western nationalism and eastern nationalism: is there a difference that matters?", *New Left Review* Ⅱ, 9, 2001, pp.31-42.

(『동북아문화연구』40, 동북아시아문화학회, 2014)

제4부
재일한인문학

재일한인 소설의 정신분석[1]
-김학영과 이양지의 소설을 중심으로

1. 서론

재일한인[2]의 이주는 일제강점과 그 역사를 같이한다. 즉 1910년을 전후한 시기부터 급격히 몰락해가는 농촌생활을 벗어나기 위하여 우리 민족은 러시아, 중국뿐만 아니라 일본으로 건너가게 되는데 그 숫자는 해를 거듭할수록 증가하게 되었다. 특히 1939년 이후에는 일제의 식민지 정책에 의해 탄광노동자 등으로 강제징용을 당하여 일본 각지로 송출되는 조선인 노동자와 농민의 수가 급증한다. 토지와 생

---

1) 「재일한인 소설연구 - 김학영과 이양지의 소설을 중심으로」라는 제목으로 발표 (『한국언어문학』62, 한국언어문학회, 2007)했던 데서 제목 변경.
2) 일본에서는 남과 북을 지지하는 정치적 입장에 따라 재일한국인과 재일조선인으로 구분하지만 여기서는 일본 제국주의의 조선지배로 도일하여 현재에도 계속 일본에 살고 있는 사람(후세)에 대한 통칭으로 재일한인이란 명칭을 사용하고자 한다.

산수단을 빼앗긴 농민과 노동자들이 전시체제의 일본으로 이주하여 부족한 노동력을 제공하고 있었던 것이다. 유학생을 제외한 재일한인의 대부분은 일본의 노동시장으로 흘러들어 토목·광산·부두의 하층 노동자로 전락하여, 가혹한 탄압 속에서 힘겨운 생활을 하게 된다. 재일한인들은 식민지 지배국인 일본에서 피지배 민족으로서 온갖 민족적인 차별과 가혹한 핍박을 감내해야만 했다. 1945년 해방 당시에 재일한인은 유학생을 포함하여 200만 명이 넘었다고 한다.

광복 후 140만 명의 한인들이 귀국선에 오르지만 고향의 근거를 상실한 사람들을 비롯하여 남북분단, 한국전쟁 등 국내의 정치·사회적 혼란으로 어쩔 수 없이 현지에 잔류한 숫자 역시 적지 않았다.[3] 패전 후 일본 정부는 재일한인을 외국인으로 간주하며 일본의 제반 법제도에서 축출하는 조치를 취하였다. 그리고 외국인등록령을 공포하여 외국인 등록과 등록증 소지를 의무화하였다. 이에 따라 1947년 말까지 외국인 등록을 마친 숫자가 약 60만 명에 이르렀다. 이들이 바로 재일한인의 원형이다.[4]

광복 후 오늘에 이르기까지 일본 정부는 특별한 역사적 배경을 가지고 있는 재외한인의 입장을 배려하기보다는 일본사회로부터 배제하려는 정책으로 일관하고 있다. 또한 〈외국인등록법〉이나 〈출입국관리령〉과 같은 엄격한 규정으로 관리해 옴으로써 정치·사회적 문제를 계속 야기하고 있다. 최근에는 지문날인제도를 없애는 등의 다

---

3) 윤건차, 「식민지배와 남북분단이 가져다준 분열의 노래」, 한일민족문제학회 편, 『재일조선인 그들은 누구인가』, 삼인, 2003, 14-15면.
4) 김광열, 「재일조선인은 어떻게 형성되었나」, 한일민족문제학회 편, 위의 책, 71-73 면.

소간 변화를 보이고 있으나 일본의 재일한인정책은 기본정책에서 큰 변화가 없다. 러시아·중국 등 다른 지역의 이주 한인들과도 달리 재일한인은 일본의 폐쇄적인 외국인 정책과 국적 차별로 생존권의 위협을 받고 있는 것이다. 그리고 일본에서 출생한 한인 2세조차도 모국의 국적을 고수하는 아주 특별한 상황에서 삶을 영위한다. 이들은 직장, 공직, 정치참여의 차별을 감수하고 있고, 2, 3세의 증가로 인한 일본인과의 결혼 및 귀화, 민족교육의 약화로 인한 일본사회와 문화로의 급속한 동화 등 많은 문제에 직면해 있다.[5] 재일한인들은 한인사회 내부에서도 남과 북을 지지하는 정치적 입장에 따라 민단계와 조총련계로 갈려 갈등을 겪는가 하면, 일본사회에서의 적응방식의 차이, 스스로의 정체성 문제 등 심각한 갈등을 겪고 있다. 재외동포재단에 의하면 재일한인의 숫자는 2005년 현재 90만 명에 달한다.

재일한인 작가인 이회성, 이양지, 유미리, 현월 등은 일본의 권위 있는 문학상인 아쿠타가와(芥川)상을 수상했고, 이밖에도 여러 작가들이 수상 후보에 올랐다. 여러 한인작가들이 아쿠타가와상을 수상하게 된 것은 재일한인들의 문학에 대해 일본의 중심문단에서 주목하기 시작했다는 의미이며, 한인문학이 소수문학으로서 중요한 위치를 차지하게 되었다는 증거일 것이다.

하지만 그간 재일한인문학은 일본문단과 한국문단의 어느 중심에도 속하지 못한 채 주변문학으로 위치해 왔다. 연구적인 측면에서는 일본문단이 주는 상을 수상하여 국내에서 번역 소개된 작가들을 중

---

5) 최영호, 「재일동포의 슬픈 현실」, 한일관계사학회, 『한국과 일본, 왜곡과 콤플렉스의 역사1』, 자작나무, 1998, 270면.

심으로 한 논문이 2000년대 이후 활발하게 발표되고 있다. 하지만 그 외 작가의 경우에는 한국에서도 일본에서도 관심의 대상이 되지 못하고 있다.[6] 이들이 일본어로 창작을 하는 경우에는 일본문단에서 읽을 수 있지만 한국어로 창작을 하는 경우에는 일본 내에서 읽히기 어려운 언어적 장벽을 안고 있다. 그렇다고 하여 이들의 문학을 한국의 문단에서 주목하고 읽어주는 것도 아니다. 더구나 그간 이들의 작품은 국내에서 출판되지 않았기 때문에 독자들이 접할 수 없었다. 하지만 해외동포문학 편찬사업의 일환으로『재일한인문학작품집』전6권이 2005년 말에 출간됨으로써[7] 국내의 독자들이 재일한인작가들의 작품을 접할 수 있게 되었다.

본고에서는 재일한인소설 가운데서 제2세대 작가로 분류되는 김학영의『얼어붙은 입』과 이양지의「나비타령」을 탈식민주의 정신분석 비평에 의해 분석하고자 한다. 김학영을 제2세대로 분류하는 데에는 이견이 없지만 이양지는 학자에 따라서 제2세대 작가로 분류하는 견해와 제3세대 작가로 분류하는 견해가 공존한다.[8] 하지만 여기서는 제2세대 작가로 분류하여 연구하고자 한다. 왜냐하면 이양지의 작품

---

6) 숭실대학교 한승옥 교수팀의 한국학술진흥재단 지원과제「재일동포 한국어문학 작품 수집 및 민족정체성연구」(2004년 선정과제)에서 한국어문학작품 수집과 연구가 이루어진 바 있다. 연구성과는『한중인문학연구』14, 한중인문학회, 2005/『한국문학이론과 비평』31 별권, 한국문학이론과비평학회, 2006에 수록됨.

7) 해외동포문학편찬사업추진위원회 편,『해외동포문학-재일조선인시 Ⅰ-Ⅲ』, 도서출판해토, 2005.

8) 김환기는 이양지를 제2세대 작가로 분류하면서 제2세대지만 제3세대와 동일한 문학성을 추구한 작가로 평가했다.(김환기,「이양지의『유희』론」,『일어일문학연구』41-문학·일본학편, 한국일어일문학회, 2002, 233-234면) 반면에 유숙자는 이양지를 제3세대로 분류하여 연구하였다.(유숙자,『재일한국인문학연구』, 월인, 2000, 117-134면.)

세계는 제3세대의 문학과는 뚜렷한 차이를 보이고 있기 때문이다. 즉 제3세대 작가로 분류되는 유미리, 현월, 양석일, 가네시로 가즈키 등의 소설에서는 민족이라는 명제가 현저히 쇠퇴하고 개인의 삶으로 초점이 옮겨지며, '재일'이라는 특별한 체험의 소유에 정주하지 않고 보편적 주제로 승화시키려는 경향이 두드러진다.[9] 그런데 이양지는 이들과는 달리 민족의 문제가 그의 작품에서 여전히 핵심에 놓여 있으며, 특히 재일한인으로서 겪는 정체성의 갈등이 작중인물의 핵심적 갈등으로 그려지고 있기 때문이다.

2. 본론

1) 왜 정신분석인가

이 글은 일제 식민주의가 빚어낸 특수한 이산의 결과로 형성된 재일한인 2세의 소설작품 속에 재현된 정신병리 현상에 주목하고자 한다. 왜냐하면 작중 주인공들이 겪는 정신병리가 일제 식민주의 이후 재일한인 2세로서 겪는 민족 정체성 갈등과 분리할 수 없이 연관되어 있기 때문이다.

프랑츠 파농(Frantz Fanon)은 "정상적인 가정에서 성장한 정상적인 흑인 아이는 백인 세계와의 피상적인 접촉에도 비정상적인 아이로

---

9) 윤상인, 「전환기 재일한국인 문학」, 『동국대학교 일본학』 19, 동국대학교 일본학연구소, 2000, 105면.

변해 버린다."[10]라고 식민주의의 본질을 흑인들의 심리학적인 측면에서 분석한 탈식민주의 이론서 『검은 피부 하얀 가면』에서 설파했다. 정신과 의사였던 프란츠 파농은 백인사회에서 식민주의에 길들여져 스스로 백인의 가면을 쓰고 살아가는 흑인들에게 있어 정상과 비정상을 가르는 준거는 다만 백인이냐 아니냐에 있다고 흑인들의 심리적 좌절과 소외를 심리학적 측면에서 풀어냈다.

재일한인 2세인 김학영과 이양지의 소설에서 나타나는 정신병리는 그들이 일본에서 출생하여 자라고 교육받았음에도 불구하고 일본인이 아니라 일본사회의 차별받는 타자라는 존재성, 즉 재일한인에 대한 경멸적 표현인 '조센징'이라는 민족콤플렉스에서 비롯되고 있다. 왜냐하면 일본사회의 일원으로 살아가는 데 있어 '조센징'이라는 존재 자체가 정상이 아니라 비정상으로 취급되는 준거이며, 근원적 트라우마이기 때문이다.

재일한인 2세대는 1세대보다 정체성의 혼란과 갈등을 더욱 강하게 경험한다. 재일 2세대란 일본에서 출생하여 일본인과 다름없는 생활습관 및 사고를 지닌, 시기적으로 일본사회의 고도 경제성장이 가시화된 1960년대 후반에 등장한 세대를 일컫는다.[11] 이들은 재일 1세대처럼 조국에 대한 운명적 아이덴티티를 느낄 수도 없고, 그렇다고 재일 3세대처럼 일본에 동화되어 살아갈 수도 없는 사이에 낀 세대이다.

따라서 재일 2세대 문학은 김사량, 김석범, 김달수 등으로 대표되는

---

10) 프란츠 파농, 이석호 역, 『검은 피부, 하얀 가면』, 인간사랑, 1998, 181면.
11) 유숙자, 「김학영론」, 『비교문학』 24, 한국비교문학회, 1999, 235면.

1세대 문학과는 그 지향점이 다르다. 즉 1세대 문학은 조국이라는 떼려야 뗄 수 없는 운명체와 같이한 삶이었던 만큼 조국과 민족을 떠나서 생각할 수 없는 반항과 향수로 점철되어 있다. 반면 2세대 문학은 원체험이 없었던 민족이나 조국보다는 과거 역사 위에 현실적인 '벽'이 가미된 열등의식에 젖어 좌절하고 고뇌하는 현세대를 조명한다. 전 세대로부터 전가된 과거 역사의 연장선상에서 조국이 아닌 일본식으로 제도화된 현세대는 자신들의 아이덴티티 문제를 떠안을 수밖에 없고, 그 문제의 해결이 없이는 과거, 현재, 미래 그 어디로부터도 자유로울 수 없는 운명을 맞게 된다.[12]

　재일 2세대인 김학영과 이양지 문학에서 정신병리의 강한 징후가 나타나는 것은 그들의 재일 2세로서의 세대적 특성과 관련된다. 이들은 모국(한국)과 거주국(일본)의 갈피에서 정체성의 갈등을 겪을 수밖에 없는 자전적 모델인 재일한인 2세인 주인공을 내세운다. 이 주인공들은 일본인처럼 성장하고 교육받았지만 일본인들이 가시적 불가시적 차별로 이들의 민족콤플렉스를 자극할 때, 갈등이 발생하고 스트레스에 빠져든다. 즉 우울증에 시달리고 말을 더듬거나 자살충동을 느낀다. 또한 일본인으로부터 살해당하는 피해망상과 일본인을 죽이고 싶은 살해충동에 빠지는 등 정신분열 증세마저 나타낸다. 마치 프란츠 파농이 백인인 것같이 사고하면서 성장한 흑인이 백인들의 세계는 사실상 자신들의 세계가 아니라는 것을 자각할 때 갈등이 생기며, 자신의 진정한 정체를 확인할 때 열등의식이 생긴다고 지적했던[13]

---

12) 김환기, 「김학영 문학과 '벽'」, 『동국대학교 일본학』 19, 동국대학교 일본학연구소, 2000, 245면.
13) 고부응, 『초민족시대의 민족 정체성』, 문학과지성사, 2002, 29면.

것과 마찬가지이다.

김학영의 『얼어붙은 입』과 이양지의 「나비타령」은 재일한인 2세가 겪는 갈등과 좌절을 집중적으로 그리며, 해방 후 재일한인들에게 나타나는 포스트식민주의(post-colonialism)의 본질을 정신병리적인 측면에서 다층적으로 드러내고 있기 때문에 이 글의 텍스트로 선정하였다.

2) 김학영의 『얼어붙은 입』의 민족콤플렉스와 말더듬

(1) 말더듬과 우울증

김학영(1938-1985)은 이회성과 더불어 재일 2세대 문학을 대표하는 작가로 손꼽힌다. 1938년 군마현에서 재일한인 2세로 태어난 김학영은 대학에 들어가기 전까지는 야마다(山田)이라는 일본 이름을 사용하였고, 대학에 입학하면서부터 본성(本姓)인 '김(金)'을 사용하게 된다. 그는 동경대학에서 공업화학을 전공했으며, 학사와 석사에 이어 박사과정까지 입학하지만 중퇴한다. 1965년부터 동경대학 문학부계의 학생 동인지 『신사조』에 참가하며, 1966년에 그의 첫 작품 「도상(途上)」을 발표하고, 이어 『얼어붙은 입』으로 문예상을 수상한다. 그의 작품은 1973년부터 수차례 아쿠타가와상 후보에 오른다. 그의 본적은 경남으로 아버지가 12세 때 할아버지와 함께 도일하였고, 할머니는 일본에서 자살했다.[14]

---

14) 김학영, 하유상 역, 『얼어붙은 입』(『한국문학』 1977년 9월호 별책부록)의 '연보' 참조, 201-203면.

김학영의 작품은 반쪽바리로 살아가는 '재일'의 어려움 이외에도 일관된 주제로서 말더듬이라는 자의식에 관한 괴로움과 아버지의 폭력 문제가 빈번하게 나타나고 있다. 그는 차별 속에서 살아야하는 재일의 어려움을 그리는 데 국한하지 않고, 자신의 내부에도 시선을 돌려서 주위의 세계에서 거부당하고 있는 주인공들을 통해 한결같이 민족의 이념에 동화도 못 하고 일본사회에 적극적으로 안주하지도 못 하는 괴로움에 직면하고 있는 모습을 보여준다.[15] 유숙자는 김학영의 문학은 문단 데뷔작에서 유고작에 이르기까지 약 20년 동안, 자신의 말더듬, 민족문제, 정체성의 혼란, 아버지의 폭력, 연애의 파탄, 조모의 죽음 등의 모티프를 일관되게 다루었다고 평가했다.[16]

『얼어붙은 입』은 작가 자신의 말더듬 장애를 집요하게 분석한 작품이다. 1인칭의 주인공이자 화자인 최규식은 서술 시점의 현재 동경대학 공업화학과 대학원생이다. 그는 연구회에서 3개월마다 실험결과를 보고해야 하는데, 이때가 되면 말더듬이 심해지고 신경도 극도로 쇠약해진다. 그의 말더듬의 강약의 주기적인 커브는 연구회의 발표 주기와 관계가 있다.

요즈음 또 묘한 숨 가쁨으로 괴로움을 당하고 있다. 온종일 무엇인가에 두려워 떨고 있는 것과 같은 상태이었다. 끊임없이 무엇인가에 쫓기어, 그리고 어딘가에 휘몰리는 것과 같은 상태의 기분이었다. '말더듬이의 골짜기' 때문일까?

요 근래 또 몹시 말을 더듬고 있었다. 소리가 막힌다. 스스로도 이상

---

15) 이한창, 「재일교포문학연구」, 『외국문학』 1994년 겨울호, 93-94면.
16) 유숙자, 「김학영론」, 앞의 책, 234-252면.

하리만치 말이 안 나온다. 그와 같은 시기가 있다. 그리고 그와 같은 시
기가 주기적으로 닥쳐온다.[17]

그는 자신의 말더듬에 대한 스트레스로 심계항진 같은 불안 증세를
보이는가 하면 불안을 넘어서서 공포를 느낀다. 하지만 그는 말더듬
그 자체보다는 그로 인한 정신적 충격과 굴욕을 더 두려워하고 있다.
그는 자신의 말더듬을 고치기 위해 5년 전부터 매일 30분씩 교정연습
을 하지만 효과가 없다. 왜냐하면 그의 말더듬은 기능적인 장애가 아
니라 정서적 심리적인 장애와 관련되어 있기 때문이다. 실제로 그는
혼자서 낭독을 할 때는 말을 더듬거리지 않는다. 그보다 말더듬이 심
했던 일본인 이소가이와 말할 때에도 전혀 말을 더듬거리지 않고 오
히려 달변이다. 또한 영어나 독일어, 프랑스어를 읽을 때에도 전혀 더
듬거리지 않는다. 다만 그는 연구실의 일본인 동료들 앞에서 일본어
로 발표할 때에 말더듬도 심해지고 정체불명의 불안감에 시달린다.
즉 생각이 제때 말이 되어 발화되지 못하고, 이로 인해 이방인의식을
느끼며 심리적 긴장과 갈등에 휩싸이게 된다.

그러나 연구실에 있을 때 매일 같이 나를 습격하는 정체불명의 숨
가쁨은 여전하였다. 그것은 눈에는 보이지 않는다. 또 딴 사람의 눈에
는, 이유는 전혀 없다. 그러나 연구실에 있을 때 나는 웬일인지 숨 가빠
져서 견딜 수가 없다.[18]

---

17) 김학영, 앞의 책, 15면.
18) 김학영, 위의 책, 18면.

그가 일본인들 앞에서 일본어로 말을 해야 하는 특정한 상황에서만 말더듬이가 되는 것은 일종의 사회공포증이다. 사회공포증이란 특정한 대인관계나 사회적 상황에서 남을 의식하여 불안이 생기는 것으로 이것은 불안장애의 일종이다. 그의 경우는 남 앞에 나가 발표할 때 겪는 장애이므로 연단공포증이라고 부를 수 있다. 그렇다고 해서 일본인 동료들이 그를 따돌리거나 괴롭히는 것은 아니다. 실험실의 분위기에 융화되지 못하는 것은 그 자신이며, 그 스스로 이방인 의식에 사로잡혀 있을 뿐이다. 말이 제대로 발화되지 못하니 타자의식에 사로잡혀 소외감을 겪는 것은 당연한 일일 것이다. 그는 "사람과 사람의 관계를 매개하는 것은 말이다. 사람과 만날 때마다 교환되는 것은 말이며, 그것이 거의 전부이다."라고까지 생각한다. 그런데 말더듬으로 인한 의사소통 장애가 주는 불편함은 말할 필요가 없거니와 남에게 이해받지 못하는 인간적인 소통의 장애는 그로 하여금 불편을 넘어서서 깊은 슬픔을 느끼게 한다. 그리고 그 슬픔이 심각한 우울증을 유발한다.

실제 그것은 뭐라고 할 무게일까! 이런 때는 유별나게 모든 것이 울적하고, 모든 일이 매우 귀찮게 느껴진다. 걷는 것도 울적하고, 밥을 먹는 것도 울적하고, 전차를 타고 연구실에 가는 것도 울적하고, 의욕도 없는 실험에 체력과 신경을 닳게 하는 것 등은 더더구나 울적하고, 호흡하는 것조차도 울적하다는 느낌이다.[19]

---

19) 김학영, 위의 책, 45면.

우울증은 스트레스로 인해 발생하는 심리적 결과로서, 사실 우울증의 가장 심각한 증세는 자살이다. 이 작품에서 자살은 주인공과 실제 작가 김학영의 분신이기도 한 이소가이를 통해서 나타나고 있다.

(2) 민족콤플렉스가 유발한 분노와 무력감

그러면 왜 일본인 앞에서 그는 말을 더듬으며, 타자의식을 느끼는 가? 무엇이 그로 하여금 이방인의식을 느끼게 하는가? 그것은 그가 일본에서 태어나 자라고 교육받았음에도 일본인이 될 수 없으며, 그렇다고 하여 한국인으로서도 뚜렷한 정체성을 가질 수 없기 때문이다. 그는 재일한인 1세대처럼 확고한 민족의식을 가질 수가 없다. 그의 "한국인 의식은 항상 관념으로서의 민족의식이지 실감으로서의 그것이 아니다." 왜냐하면 그는 "일본에서 태어나 그리고 유치원에서 대학까지 쭉 일본"에서 다녔으며, "한국에서 떨어진 곳에서, 또는 격절된 곳에서 자라났"기 때문이다. 자연히 그는 "한국의 일에 소홀하고 또 민족의식도 희박"할 수밖에 없다. 그는 희박해진 민족의식을 학습을 통해서 회복, 아니 각성시키려 한다. 그가 회복하려는 민족의식이란 "나 자신이 한국인이고 일본인이 아니란 것을, 아무리 일본인처럼 행세하고 일본인과 같은 기분으로 살고 있어도 결코 일본인이 아니란 것을 자각"하는 것이다. 그런데 그가 "한국사, 해방투쟁사, 남북한의 시사문제에 관한 잡지" 등의 책을 읽으며 한국에 대해서 의식적으로 알려고 노력하면 할수록 그의 의식은 묘하게 우울하고 기분이 무거워진다. 왜냐하면 한국에 대해서 알면 알수록 과거 한국의 비참한 역사와 그 연장선상에 있는 현재 자신의 존재를 자각하게 되기 때문이다.

그런데 전차 속에서 책을 읽을 때마다 나는 매일처럼 나 자신이 한국인이란 것이 새삼스럽게 느껴져 생각하게 한다. 그리고 묘하게 우울해지고 기분이 무거워진다.

왜 그럴까? – 그것은 그 한국관계의 책이란 것이 꼭 한국 민족의 비참한 역사에 붓을 대고 한국인 동포문제가 극히 가까운 과거까지 억압되고 학대의 상황 속에서 살아와 오늘날 현재도 아직 비참과 고뇌 속에 살고 있다는 것, 그리고 나 자신이란 존재가 실은 그런 상황의 위에서 있다는 것, 과거에 그들이 체험하고 지금도 아직 체험하고 있는 것은 자신과 무관계한 나라 사람의 체험이 아니고, 도리어 자신과 대단히 밀접한 관계에 있는(또는 밀접한 관계에 있어야 할 동포의 사실이란 것, 그런 것들을 나는 새삼스레 알게 되어 충격을 받고 생각게 되었기 때문이다.[20]

도대체 독서를 통하여 알게 된 재일한인이 처한 포스트식민의 현재와 식민 과거의 실상은 어떠한가? 60만 재일한인들은 '외국인등록증'을 소지하지 않았다고 범죄가 성립되는 비인도적 〈외국인등록법〉, 〈출입국관리령〉, 〈강제퇴거명령〉, 〈불신청죄〉 등으로 엄청난 차별을 받고 있다. 〈외국인등록법〉 위반으로 체포·가택수사된 재일한인은 18만 9백 명이며, 그중 60%가 형벌을 받은 것을 비롯하여, 일본헌법이 보장하고 있는 묵비권의 행사와 같은 법적 권리조차 행사할 수 없는 법적 차별 하에 놓여 있다. 재일한인이 받는 차별은 법적 차별만이 아니다. 재일한인에게 세금은 일본인 이상으로 엄격히 부과되지만 생활보호의 할당은 적으며, 공영주택의 입주도 허락되지 않고, 주택공

---

20) 김학영, 위의 책, 51-52면.

단자금도 대부받지 못한다. 건강보험, 실업보험 등 각종 사회보장제
도로부터도 차별받고 소외되어 있다. 일본인으로 살아갈 수 없도록
각종 사회적 차별을 가하면서도 정작 일본은 재일한인에 대한 한국의
민족교육을 금지하고, 국적 선택의 자유도 빼앗으며, 조국에의 왕래
도 규제한다. 재일한인이 겪고 있는 각종 차별과 억압을 독서를 통해
서 명확하게 인식하게 된 그는 반문한다. 이런 모든 차별이 지난날 한
국을 침략하여 착취한 데 대한 보상인가라고 ….

> 이것이 일본인의 한국인에 대한 '보상'이었던가? 지난날에 한국 농
> 민에게 방대한 토지를 빼앗고, 한국인 노동자를 일본인의 3분의 1 이
> 하의 싼 임금으로 혹독하게 부려먹고, 관동대진재 때는 6천 수백 명의
> 한국인을 학살하고, 또 태평양전쟁 중에는 한국 안에서 4백만 명 남짓
> 의 한국인을 징용하고, 72만 수천 명을 일본 '내지'로 강제 연행하고, 6
> 만 명 이상을 사망시키고, 더욱이 '동화정책'에 의하여 한국인의 민족
> 성을 말살하고, 한국인을 비한국인화하고, 아(亞) 일본인화하여 일본
> 의 노두(路頭)에 내던졌던 일본 국가전력의 이것이 한국인에 대한 '보
> 상'이란 말인가? - 조용한 그러나 뿌리 깊은 곳에서 솟아 나오는 분노
> 가 차츰 나의 내부에서 충만된다.[21]

현재 재일한인에게 가해지고 있는 법적 사회적 차별과 과거 일제가
한국에 가한 침략, 학살, 징용, 강제연행, 민족성 말살과 같은 역사를
알게 되었을 때 그는 "조용한 그러나 뿌리 깊은 곳에서 솟아나오는 분
노"를 느끼게 된다. 그의 내부에서 일본을 향한 뿌리 깊은 곳에서 우

---

21) 김학영, 위의 책, 55면.

러나오는 민족적 분노가 이토록 충만한데, 일본인들과의 관계가 결코 원만할 리 만무하다. 단순히 그가 일본인이 아니라는 타자의식에서만 일본인 동료들과 이방인처럼 겉돌았던 것이 아니었던 것이다.

> "아무튼 내겐 노다씨가 말하는 것 같은 민족적 콤플렉스는 적어도 지금은 없네. 난 오히려 다만 한국인이기 때문이란 이유만으로 한국인을 멸시하는 일본인, 그런 우월한 일본인을 경멸하는 데서부터 출발하려고 생각하거든. 많은 일본인 중에 한국인에 대한 편견의 감정이 남아 있는 건 사실일지도 몰라. 하지만 그건 이유 없고 근거 없는 거야. 식민지 시대의 한국인 우민화 정책의 잔재야."[22]

더구나 일본인의 재일한인을 멸시하는 민족적 편견과 불가시적인 차별은 그로 하여금 이방인 의식에 사로잡히게 만들었던 것이다. 일본인의 그릇된 우월감을 지적하는 그의 말은 백번 옳은 것이지만 그것은 공허한 외침에 지나지 않는다. 왜냐하면 그는 말로써 그들을 설득할 수 없기 때문이다.

일본인과 융화될 수 없는 진짜 이유, 그들과의 관계에서 말이 제대로 발화되어 나오지 않고 말더듬이 유발되는 진짜 이유는 과거 식민지시대 일본이 한국에 대해 저지른 만행과 현재 재일한인들에 대한 법적 사회적 차별에 대한 억압된 분노, 그리고 그릇된 우월감을 가진 그들을 설득할 수 없다는 무력감 등 민족콤플렉스가 총체적으로 작용하여 신체적 장애로 나타나게 된 것이다. 이것은 일종의 전환

---

22) 김학영, 위의 책, 96면.

(conversion)이다. 전환이란 심리적 갈등이 신체감각기관과 수의근
육계의 증세로 표출되는 것을 말한다.[23] 재일한인 2세로서 "일본인과
거의 다르지 않은 심정으로 둘레를 보고, 듣고, 경험하며 날을 보내"
며 일본인과 다를 바 없는 일상생활을 영위한다고 하더라도 부정할
수 없는 한국인으로서의 민족의식이 그로 하여금 정체성의 갈등에 휘
말리게 하며, 우울증에 빠져들게 하고, 말더듬을 유발시켰던 것이다.
그것은 일본에서 조센징이라는 차별받는 존재로서 피할 수 없는 근원
적 외상이며, 거대한 좌절이다.

그런데 그가 한국인으로서의 민족의식을 각성하려고 했을 때에 접
할 수 있는 책은 온통 일본 서적뿐이다. 일본인이 일본인을 위해서 쓴
책을 읽고, 일본인이 일본인을 위해 구성한 한국담론을 읽고 한국을
배워야 하는 아이러니는 부끄러워해야 할 일이지만 그것이 재일한인
2, 3세가 겪는 보편적 현실임을 어쩌랴. 그들은 한국 책을 접할 수도
없고, 한국어를 읽고 말할 수도 없는 불행한 세대가 아닌가.

주인공은 말더듬의 괴로움을 잊기 위해 알코올로 도피하여 보지만
성공하지 못한다. 또한 현재의 그가 유일하게 위안을 느끼는 이소가
이의 여동생 미찌꼬와의 성애를 통해 잊고자 하지만 역시 자기구원에
실패한다. 그의 말더듬으로 인한 고통을 미찌꼬는 알지 못한다. 아니
미찌꼬가 아는 것을 그는 굴욕이라고 생각한다. 그것은 인간이 근본
적으로 고독한 존재이기 때문만은 아니다. 일본인인 미찌꼬가 재일한
인으로서 겪는 그의 정체성 갈등과 그로부터 유발되는 말더듬의 고통
을 결코 이해할 리 없기 때문에 그는 말하지 않았던 것이다.

---

23) 이무석, 『정신분석에로의 초대』, 이유, 2003, 201면.

유숙자는 이 작품이 보여주고 있는 인간존재의 고독과 쓸쓸함은 개
인의 영역에 머무르지 않고 인간 보편의 삶의 고독과 쓸쓸함으로 표
출하였다는 점에서 일본 근대문학의 독특한 장르인 사소설의 전통과
잇닿아 있다고 논평한 바 있다.[24] 하지만 이 작품에서 보여주는 고독
은 결코 보편적 인간으로서 겪는 고독이 아니며, 따라서 일본 사소설
의 전통을 계승하고 있는 것도 아니다. 그것은 법적 사회적 차별과 불
가시적 편견 속에서 살아가는 재일한인 2세로서 겪는 민족적 고독이
고 고통이다. 김학영은 "말더듬이를 따지고 들어가면, 왜 한국인이면
서 일본으로 흘러 들어와 살게 되었느냐는 문제에 봉착하게 되고, 그
근원을 찾다보면 민족문제에 이르게 된다"[25]라고 밝힌 바 있다.

(3) 자살의 의미

이 작품에서 주인공은 이소가이의 자살에 대해 "나는 딴 남이 죽었
다기보다도 내 자신 속의 일부가 죽은 듯한 기분이었다. 그가 나와 같
은 말더듬이었기 때문인지도 모른다. 그래서 그의 속에 나 자신을 발
견하고 있었는지 모른다."[26]라고 동일시 감정을 강하게 느낀다. 그는
영어시간에도 이소가이가 제대로 읽지 못하고 더듬거리자 자신이 더
듬고 있는 것처럼 부끄러움을 느끼며 대신 읽어주고 싶어 할 정도로
동일시 감정을 느끼곤 했다. 그가 이소가이에 대해서 강한 동일시 감
정을 느끼는 이유는 같은 말더듬이이기 때문만이 아니라 한국인인 자
신을 그가 편견 없이 대해 주었기 때문이다. 이소가이 역시 주인공을

---

24) 유숙자, 앞의 논문, 234-252면.
25) 김학영, 하유상 역, 『소설집-얼어붙은 입』, 화동출판사, 1992, 205면.
26) 김학영, 『얼어붙은 입』, 한국문학사, 1977, 14면.

유일한 친구로 여기며, 그가 자살했을 때 유서 한 장 남기지 않았지만 그의 앞으로 대학노트에 쓴 일기를 남긴다.

> '자살'-이 말은 실제 내게 있어서 얼마나 매력 있는 말일까. 나는 나의 속에 생각을 은밀히 잠기게 할 때, 언제나 내 가슴 내부의 바닥의 골짜기를 소리도 없이 흐르고 있는 투명한 흐름의 밑바닥에 이 두 글자가 금빛의 휘황한 빛을 내뿜으면서 잠잠히 누워 있는 것을 본다네.
>
> 자살은 언제나 내 가슴속에 있었지. 언제든지 죽을 수 있다. 언제든지 숨통을 끊을 수가 있다 - 나의 삶을 오늘까지 지탱해온 것은 오직 그 관념이고 그리고 오직 그것뿐이었다.[27]

노트에서 이소가이는 이미 두 차례나 자살을 시도한 적이 있는 자살예찬론자임이 드러난다. 그는 말더듬으로 인해서 자신을 남에게 이해시키는 일은 불가능하며, 또한 이해시킬 필요도 없다고 생각하는 자폐적 상태의 대인공포증에 빠져 있었다.(이 점에서 주인공과 이소가이는 닮아 있다.) 그런 그가 주인공에게 노트를 남기며, 그에게 관심을 갖게 된 이유를 주인공이 '최'라는 성을 가진 한국인 남자이기 때문이라고 고백한다. '최'는 이소가이로 하여금 한국인에 대한 좋은 인상을 각인시킨 인물이다. 즉 그의 자살한 어머니와 관련된 남자가 최 씨 성을 가졌던 것이다. 아버지의 가정폭력에 만성적으로 시달리던 이소가이의 어머니는 아버지의 동료였던 최의 친절과 다정함에 마음을 주고 있었다. 그 때문에 그의 아버지는 최를 폭행했고, 어머니는 철도에서 자살을 하고 만다. 하지만 이소가이는 어머니를 죽인 것은

---

27) 김학영, 위의 책, 122면.

아버지라고 생각한다. 즉 아버지의 폭력을 견디다 못해 어머니는 자살했다고 여기는 것이다. 이소가이는 자신이 사랑하는 어머니에게 폭력을 행사하는 아버지(할아버지)를 증오하고 그에 대해 살부충동을 느끼는, 즉 오이디푸스 콤플렉스를 가지고 있었다.

> 나의 아버지는 거의 학문이 없네. 할아버지가 주태배기라 그 술값 때문에 어렸을 때 아버지는 늘 가난하고 학교에도 만족하게 가지 못한 거야. 아버지는 불학무식하고 우매하지만 그 책임의 태반은, 그러니까 할아버지에게 있다고 할 수 있을지도 모르지. 그렇다면 어머니를 죽게 한 것은 아버지의 우매함에 있었다면 그 아버지의 우매함에 책임이 있는 할아버지는 어머니의 죽음에도 책임이 있는 것이 되겠지. 나는 그렇게 생각하고 있어. 그러니까 나는 아버지와 더불어 할아버지도 격렬하게 증오하고 있다네.[28]

자기혐오와 아버지(할아버지)에 대한 증오심에 빠진 이소가이는 고등학교 시절 매춘부를 찾아다니며 얻은 성병과 결핵을 치료하지 않은 채로 방치한 결과 병이 위중해지자 어머니의 명일(命日)을 택해 자살한다. 그는 과거에 두 차례나 어머니의 슬픔 때문에 죽으려고 했지만 이번에는 자신의 쓸쓸함 때문에 죽는다고 노트에서 적고 있다.

오이디푸스 콤플렉스를 극복하지 못한 이소가이의 자살은 어머니를 자살로 내몬 아버지에 대한 살부충동을 실행할 수 없어 그 자신을 살해한 것이다. 자살이란 타인에 대한 살해충동을 자기 자신에게 향하게 만드는 자기에로의 전향(turning against self)의 가장 극단적인

---

28) 김학영, 위의 책, 126-127면.

형태이다. 자기에로의 전향이란 공격적인 충동이 다른 사람이 아닌 자기에게로 향하는 것을 말한다.[29] 아버지와 할아버지를 증오하는 이소가이는 병든 할아버지가 물을 달라고 애원하지만 그가 빨리 죽기를 바라 그것을 거절해버린 적도 있다.

말더듬은 작가 김학영이 직접 겪은 장애이고, 그는 「눈초리의 벽」 이란 작품에서도 말더듬 문제를 그려냈다. 작가는 『얼어붙은 입』에서 주인공 최규식과 그의 친구 이소가이를 말더듬으로 설정하고, 이소가이를 동일시(identification)하는 주인공의 심리를 통해 자살에 대한 감추어진 내적 욕망을 간접적으로 드러냈다.

"작가 자신의 말더듬과 관련한 내면세계를 '나'와 이소가이로 양분해서 형상화한 것으로 볼 수 있다"[30]라고 한 논평처럼 나와 이소가이는 서로의 분신이며, 동전의 양면처럼 닮아 있다. 주인공은 말더듬을 벗어나기 위해 노력했지만 실패하고, 이소가이는 아예 자살을 한다. 하지만 주인공도 무의식의 심층에서 자살을 동경한다. 그는 말더듬을 벗어나는 '망아의 경지'를 꿈꾼다.

망아(忘我)의 경지-내게 있어서 그 망아의 경지란 결국 말더듬거림을 잊고 있을 때의 경지인 것이다. 말더듬거림에 얽힌 불길한 기억에서 해방될 때, 말더듬거림의 공포에 질린 신경이 조용히 그 상처를 남길 때, 그 나를 잊고 있을 때야말로 나는 참된 나 자신에 되돌아온다.[31]

---

29) 이무석, 앞의 책, 175면.
30) 김환기, 「김학영의 『얼어붙은 입』론」, 『일어일문학연구』 39, 한국일어일문학회, 2001, 273면.
31) 김학영, 『얼어붙은 입』, 47~48면.

자살이란 말더듬의 굴욕적 현실을 벗어나는 유일한 통로인 셈이다. 휘황찬란하게 빛나는 금빛 광선이 원추형으로 그를 둘러싸고 있고, 그 속에서 신이나 이소가이처럼 생각되는 정체불명의 존재가 그를 따뜻하고 보드라운 광선으로 에워싸고 고무하는 듯하여 눈물이 뚝뚝 떨어지는 작품 서두에 제시된 꿈의 감추어진 의미는 바로 주인공의 자살에 대한 잠재된 욕망의 표현이다.

이 작품에서 이소가이는 작가 김학영의 분신이라고 하여도 무방할 만큼 여러 측면에서 작가의 자전적 체험들을 반영하고 있다. 김학영은 이소가이와 마찬가지로 말더듬이이며, 김학영의 할아버지는 작중의 할아버지로, 그의 자살한 할머니는 자살한 이소가이의 어머니로 작품 속에 굴절되어 등장한다. 그리고 무엇보다도 폭력적인 아버지야말로 작가 김학영의 자전적 경험을 반영하고 있다. 작중의 이소가이처럼 작가 김학영도 폭력적이지만 가족부양의 책임감만큼은 강했던 아버지와 화해를 이루지 못한 채 자살로 생을 마감했다.[32)]

김학영은 『얼어붙은 입』뿐만 아니라 「도상」, 「유리층」, 「알콜 램프」 등의 여러 작품에서 아버지의 폭력문제를 다루었다.[33)] 그러면 왜 폭력적 아버지인가? 이에 대한 대답은 가족 내의 권력과 국가권력의 구조가 상동성을 지니며, 가족은 국가의 축소판이기 때문이다.

　가족의 구조와 국가의 구조는 상동성을 가진다. 또한 한 국가 내의 군국화와 중앙집권적 권위는 아버지의 권위를 자동적으로 출현시킨

---

32) 이한창, 「재일동포문학에 나타난 부자간의 갈등과 화해」, 『일어일문학연구』 60, 한국일어일문학회, 2007, 65면.
33) 이한창, 위의 논문, 59면.

다. 비단 유럽뿐만 아니라 기타 다른 모든 나라에서도 문명화되었거나 문명화되고 있는 가족이라는 개념은 국가의 축소판으로 작동한다.[34]

폭력적 아버지는 재일한인에 대해 폭력적인 일본과 상동성을 지니며, 가정폭력은 일본이 한국인에 가한 국가적 폭력을 전치시킨 것이다. '종로에서 뺨 맞고 한강 가서 눈 흘긴다'는 속담처럼 전치(displacement)는 이 경우 어떤 생각이나 감정 등을 표현해도 덜 위험한 대상에게 옮기는 것을 말한다.[35] 즉 재일한인에 대해서 폭력적인 일제에 대해 직접 반항할 수 없기 때문에 가정폭력을 통해서 일제의 폭력에 대한 분노를 방어하고자 하는 메커니즘이 작동한 것이다. 이것이 폭력적 아버지의 진정한 의미 해석이다.

3) 이양지의 「나비타령」의 정체성 갈등과 승화

(1) 이양지의 생애

이양지(1955-1992)의 「나비타령」뿐만 아니라 전 작품이 자전적 성격을 띠고 있기 때문에 조금 상세하게 그녀의 개인사를 알아볼 필요가 있다. 이양지는 1955년 후지산 아래의 야마나시현에서 태어났다. 그녀의 부친은 1940년에 제주도에서 일본으로 건너가 선원 등 여러 직업을 전전하다 비단 행상을 하게 되어 야마나시현에 정착하게 된다. 그리고 그녀는 9세 때에 일본에 귀화하게 된다. 이양지는 주변에 한국 사람이 한 사람도 살지 않고, 김치를 한 번도 먹어본 적이 없

---

34) 프란츠 파농, 앞의 책, 180면.
35) 이무석, 앞의 책, 175-176면.

으며, 한국말을 들을 기회도 전혀 없는 환경에서 한국인이라는 것을
전혀 못 느끼면서 자랐다. 그럼에도 언제부턴가 '조센징'이라는 사실
을 하나의 큰 흉과도 같이 느끼게 되고 부정적 사실로 받아들이게 되
었다고 고백한다. 즉 '눈에 보이지 않는 차별'로 인하여 자신의 재일
한인의 위치에 대하여 열등감을 느끼게 된다. 자신이 한국인이라는
열등감과 장래에 대한 불안, 그리고 부모의 불화와 이혼소송에 대한
갈등으로 고등학교를 다니다가 가출한 그녀는 1년 동안 여관에서 일
하다가 여관주인의 주선으로 교토의 오키고등학교에 편입하게 된다.
여기서 일본사를 가르치던 선생님으로부터 일제 식민통치의 실체를
알게 되고, 재일한인의 역사성을 깨닫게 된다. 그리고 민족에 대한 애
착과 관심이야말로 스스로의 정신적 주체성과도 직결되는, 존재에 있
어서의 중심적 과제임을 절감하게 된다. 그녀는 1975년에 와세다대
학에 입학한 후 재일한인 학생서클인 '한국문화연구회'에 가입하게
된다. 하지만 여기서 그녀는 자신이 일본 국적을 가진 데 대한 동포사
회의 냉정한 반응에 부딪치게 되고, 너무나 관념적이고 정치적인 토
론에 의문을 갖게 되어 결국 학교를 중퇴하게 된다. 그녀는 대학 입학
후 민족 악기인 가야금을 접하게 되어 이를 본격적으로 배우고 싶다
는 열망으로 1980년에 한국에 유학을 오게 된다. 그녀는 김숙자 선생
의 살풀이춤을 보고난 후 무속무용을 배우는 한편 재외국민교육원의
1년 과정을 마친 후 1981년 말에 서울대학교 국어국문학과에 입학하
게 된다. 서울대 졸업 후 그녀는 이화여대 대학원 무용과에 입학하여
한국무용을 배우는 등 한국인으로서의 자신의 정체성을 온몸으로 파

악하고자 하는 열정을 보였다.[36] 그녀의 등단작인 「나비타령」(1982)
은 발표되자마자 아쿠타가와상 후보로 올랐으며, 『유희』(1989)로 마
침내 제100회 아쿠타가와상을 수상하게 된다. 하지만 「돌의 소리」(미
완의 유고작)를 집필하던 중 일시 귀국한 일본에서 짧은 생애를 마치
고 갑작스럽게 죽게 된다.

(2) 정체성 갈등이 빚어낸 피해망상과 살해충동

등단작 「나비타령」(1982)은 자전적 소설로서 두 개의 큰 갈등이 자
리 잡고 있다. 하나는 부모의 불화와 이혼소송에 따른 갈등이며, 다른
하나는 자신이 조센징이라는 데 대한 정체성의 갈등이다. 이 두 가지
의 갈등은 작가 이양지의 경험적 자아가 가졌던 갈등과 일치한다.

고등학교를 중퇴하고 가출한 1인칭의 주인공 김애자(일본명 아이
꼬)는 부모의 이혼소송에 따른 문제를 "지루한 시간, 재판, 별거, 이
혼, 위자료, 재산분배, 친권자"와 같은 단어로 압축한다. 그녀는 재판
에 참고인으로 출두하는가 하면 서로에 대한 증오심으로 가득 찬 부
모 양측으로부터 서로를 비방하는 말을 들어야만 했다. 그녀는 큰오
빠인 뎃짱과의 대화에서 자신들의 집을 "구제받지 못할 집"으로 표
현하는가 하면 "난 우리 부모의 자식이 아니었으면 좋겠어"라고 말하
고, 몇 차례 자살을 시도한다. 자식들은 부모 양편으로 갈리고, 부모
두 사람 사이에서 겪는 정신적 갈등은 다음과 같이 묘사된다. 즉 부모
의 불화로 가출까지 하지 않을 수 없었던 심적 고통이 인용문에서 잘
드러나고 있다.

---

36) 이양지, 「모국유학을 결심했을 때까지」, 『한국논단』 16, 1990.12, 214-231면.

　　아버지와 어머니가 내뿜는 생명력, 이들 두 개의 커다란 자력에 끼여 균형을 잡지 못한 채 나는 엎드려 아버지와 어머니를 쳐다볼 수밖에 없었다. 조그마한 자존심과 자기주장이 죄어오는 자력 사이에서 일그러지고 위축되어 간다. 나는 몸을 잡아 뽑듯이 집에서 뛰쳐나왔다. 크게 구멍이 뚫린 종업원실의 천장, 습기 찬 이불 ······.[37)

　주인공은 지방법원이 어머니에게 패소판결을 내리기까지 5년이나 걸린 이혼소송에 "그럼 별거 같은 걸 하지 말고 빨리 헤어지면 좋잖아요?"라고 반응하는가 하면 증인으로 출두한 고등법원의 법정에서 모든 것을 파괴하고 싶은 충동에 사로잡힌다.

　　아버지와 자식, 어머니와 자식, 혈연, 골육, 그게 도대체 어쨌단 말인가. 나는 배우처럼 증인석에서 주어진 배역을 연기할 뿐이다. 법정도 법원도 '니혼'도 무엇도 모조리 먼지처럼 날려버리고 내 몸도 사라져버리면 그만이다―.[38)

　가출한 주인공은 교토의 여관종업원이 되는데, 여기서는 "교오또의 이 작은 여관에서도 나는 여전히 엎드린 채 쥐가 떨어져 내리는 검은 천장을 겁먹은 눈으로 쳐다보고 있는 것이었다."에서 보듯 자신이 조센징이라는 사실을 들킬까봐 전전긍긍한다. 이때 그녀가 느끼는 감정은 파농의 지적처럼 일본인에 대해서 갖는 일종의 열등감이다. 그녀는 자신이 조센징이라는 사실이 여관에 알려지자 여관을 그만두고

---

37) 이양지, 「나비타령」, 『유희』, 삼신각, 1989, 295면.
38) 이양지, 위의 책, 322면.

2년 만에 집으로 돌아온다.

> 두려움은 끊임없이 나를 엄습해왔다. 비록 여관을 그만둔다 하더라
> 도 내가 조센징이라는 것은 어디를 가나 따라다니는 것이 사실인 것이
> 다.[39)]

　　그녀는 자신이 일본인이라 생각하며 살고 있다는 뎃짱 오빠에게
"귀화해도 조센징은 조센징이야. 그렇게 간단하게 니혼징(日本人)이
될 순 없어"라고 대꾸한다. 실제로 여관에서 일본인들이 조센징을 경
멸하는 말을 수차례나 들었기 때문에 민족정체성이란 단지 국적의 문
제만이 아니라는 것을 주인공은 실감했던 것이다. 그것은 귀화를 했
든 그것을 거부했든 보다 근원적인 문제로 인식된다. 그녀는 일본여
자에 빠져 이혼소송을 제기한 아버지에게 왜 일본에 귀화했느냐고 따
져 묻는데, 이 질문에는 와세다대학 재학시절 경험했던 귀화인에 대
한 동포사회의 냉정한 분위기가 반영되어 있다.

　　그녀는 가야금과의 만남을 통해서 말만의 모국이 아니라 진정한 모
국과 만나는 느낌을 받는다. 가야금을 배우는 한 선생 댁의 "방안에서
풍기고 있는 어렴풋한 마늘 내음, 김치빛깔, 세워둔 가야금을 바라보
면서 끊임없는 장단(리듬)에 빠져 갔다"고 고백하고 있듯이 민족이란
관념적 추상적인 것이 아니라 감각적인 것, 문화적인 것으로 인식하
며, 마늘 냄새, 김치, 가야금 등을 통해서 일체감을 느끼게 된다. 하지
만 연습을 마치고 거리로 나오면 그 감동은 사라지고 보이지 않는 일

---

39) 이양지, 위의 책, 299면.

본의 집요한 압박과 간섭에 숨이 막힌다.

> 한 선생 댁에서 몇 시간을 지낸다는 것은 내게 있어서 우리나라였
> 다. 그곳에선 아무리 큰소리로 노래를 불러도 좋았다. 두 시간, 세 시
> 간, 연습이 끝나도 나는 집으로 돌아가고 싶지 않다. 방안에서 풍기고
> 있는 어렴풋한 마늘 내음, 김치빛깔, 세워둔 가야금을 바라보면서 끊임
> 없는 장단(리듬)에 빠져 갔다.
>
> 하지만 연습이 끝나고 한 걸음 바깥으로 나온다. 횡단보도를 건넌
> 다. 야마노뗴선(山水線)의 가죽손잡이에 매달린다. 정신을 차리자 내
> 몸에서 장단도, 산조도, 선율도 사라지고 없었다.[40]

즉 한 선생 댁의 한정된 공간에서 느끼는 편안함, 그리고 가야금이
주는 일체감과 감동은 길거리로 나오면 금방 사라지고 만다. 대신 일
본 국적을 가진, 일본에서 생활하는 생활인으로서의 정체성이 그녀를
더욱 옥죄어온다. 그 압박감은 급기야 일본인에게 피살당하는 피해망
상(delusions of persecution)과 환각으로까지 발전한다. 일본인에게
피살당하는 망상과 환각은 일본인을 죽이고 싶다는 내면적 동기를 왜
곡하여 역으로 일본인이 자신을 죽일지도 모른다고 일본인을 향해 감
정을 투사한 것이다. 피해망상이란 편집증의 일종으로 다른 사람이
자기를 해칠 음모를 꾸미고 있다고 믿는 것이다. 그리고 이 피해망상
은 투사(projection)의 극단적 형태로서, 타인을 적대하려는 자신의
내면적 동기를 세상 사람들을 향해 투사하는 것이다. 투사란 불안과
스트레스를 덜 느끼기 위하여 무의식적으로 사용하는 심리적인 방어

---

40) 이양지, 위의 책, 309면.

메커니즘의 일종이다.[41]

　니혼징(日本人)에게 피살당한다. 그런 환각이 시작된 것은 그날부
터였다. 만원 전차를 탔을 때는 한 역씩 폼에 내려 상처가 없음을 확인
하고 다시 전차를 탔다. 홍수 같은 사람의 무리에 밀리며 역 층계를 내
려갔다. 여기서 피살되어 나는 피투성이가 된 채 객사하는 것이다. 겨
우 무사히 내려갈 수 있다고 해도 다시 층계를 올라가지 않으면 안 된
다. 뒤에서 달려 올라오는 인파. 내가 층계를 하나 오르는 순간, 아래
있던 누군가가 내 아킬레스건을 끊는다. 나는 니혼징들에게 깔려 질식
당한다. 어두운 영화관도 공포였다. 좌석에서 불쑥 나온 후두부가 날붙
이에 찔려 머리가 잘린다고 느껴져 제대로 영화도 보지 못한 채 밖으
로 뛰어나온다.[42]

　일본인으로부터 피살당하는 공포심과 환각은 일본인을 죽이고 싶
다는 살해충동으로 바뀌어져 주인공의 심리를 압박한다. 살해당할지
도 모른다는 피해망상과 일본인을 죽이고 싶다는 살해충동에 사로잡
힌 주인공의 양가적 심리상태는 거의 정신병의 경계에 도달해 있다.
이를 통해 재일한인 2세들이 한국과 일본 두 나라의 틈새에서 얼마나
극심한 정체성의 혼란과 갈등을 느끼고 있는가가 잘 드러난다. 그리
고 이러한 피해의식은 「해녀」(1983)에서는 관동대지진 때 일본인이
조선인을 무자비하게 학살했던 것처럼 또 다시 학살하지 않을까 노심

---

41) Kagan & Havemann, 김유진 외 공역, 『심리학개론』, 형설출판사, 1983, 394면.
42) 이양지, 「나비타령」, 앞의 책, 312면.

초사하는 피해의식으로 나타나고 있다.[43]

　정신적 혼란에 빠진 주인공은 자신의 이름을 일본명 아이꼬가 아니라 애자라고 불러달라고 하며 스무 살 연상의 유부남인 마쓰모또와의 성애로 도피한다. 이 불륜관계에는 "니혼(日本) 남자를 범하고" 싶은 왜곡된 의도가 작용하고 있다. 그래서 이름을 한국식 본명으로 불러달라고 했던 것이다. 그러나 그녀는 그와의 성애에도 진정으로 몰입할 수 없다. 리비도의 집중이 방해를 받는다. 이것은 강박적으로 애무를 반복하는 데서 역설적으로 드러난다.

　　그날 밤, 마쓰모또는 졸립다는 듯 눈을 가늘게 뜨고 내 머리카락을 쓰다듬었다. 그는 싫증이 난 듯한 숨을 쉬었다. 몸의 움직임을 그치자 머리맡에 있는 스탠드가 지익지익 울린다. 그 전기소리가 귓가에서 웬일인지 나를 비웃는 것같이 들리는 것이다. 나는 애무를 계속한다. 내가 소심하지 않다는 것을 또 하나의 나에게 보이려는 듯이. 내 몸은 뜨거워지고 안달 같은 것이 땀이 밴 한숨으로 변한다. 마쓰모또는 언제 끝날지도 모르는 나의 애무의 요구를 수상하다는 듯이 보고 있었다. 그 눈이 연민의 안타까운 눈으로 보여 난 수치심으로 몸을 떼었다. 머리끝까지 꿰뚫는 수치심으로 나는 베개에 얼굴을 묻었다.[44]

　한국인으로서의 정체성을 찾고 싶었던 주인공에게 민족의 악기 가야금은 민족문화의 상징으로 인식되는데, 일본남자 마쓰모또에게는

43) 김환기, 「이양지 문학론-현세대의 '무의식'과 '자아' 찾기」, 『일어일문학연구』 43, 한국일어일문학회, 2002, 300면.
44) 이양지, 앞의 책, 317면.

"가야금을 듣고 있으면 네 살결이 생각 나"로 변질되어버린다. 마쓰모또에게 그녀는 오로지 성적 대상인 아이꼬에 불과했던 것이다. 유부남의 애인으로 존재하는 자신에 대한 자의식, 부모는 이혼소송중이고 둘째오빠 가즈오가 식물인간이 되어버린 가족의 불행, 아버지에 대한 증오심 등으로부터 벗어나기 위해 주인공은 "한국에 안 가면 죽어버릴 것 같아요. 일본에서 도망치는 거예요. 이젠 모두가 넌더리가 나 싫어요, 일본은……"이라고 말하고 마쓰모또를 떠나 한국으로 간다. 그렇지만 한국에서 그녀는 또 다른 갈등과 마주친다.

> '일본'에도 겁내고 '우리나라'에도 겁나서 당혹하고 있는 나는 도대체 어디로 가면 마음 편하게 가야금을 타고 노래를 부를 수 있을까. 한편으로는 우리나라에 다가가고 싶다, 우리말을 훌륭하게 사용하고 싶다는 생각이 드는가 하면, 재일동포라는 기묘한 자존심이 머리를 들고 흉내낸다, 가까워진다, 잘한다는 것이 강제로 막다른 골목으로 밀려든 것 같아 이면은 언제나 불리하다. 처음부터 아무것도 없다는 입장이 화가 난다. 아무튼 좋아서 이런 얄궂은 발음이 된 것은 아니다. 25년 동안 일본에서 태어나 자랐다는 사실에 어쩔 수도 없는 결과라고 한숨 돌려본다. 그러나 여전히 나는 층계에 앉아 있다. 얄궂은 발음이 얼굴에서 불이 나듯 부끄러웠고, 층계에 앉은 채 열기를 망설이고 있었다.[45]

즉 모국인 한국에 다가가고 싶지만 모국어인 한국어를 제대로 발음할 수 없다는 자괴감과 '재일한인'라는 자존심이 대립하는 것이다. 그는 이미 일본어에 익숙해졌을 뿐만 아니라 일본식 습관이나 사고방식

---

45) 이양지, 위의 책, 341-342면.

이 일상생활 속에서 몸에 밴, 오히려 한국어와 한국사회에 이질감을 느끼는 '재일한인' 2세대인 것이다. 일본과 한국 모두에 겁을 내며 일본과 한국의 어디에도 속하지 않은 재일한인으로서의 자신의 이중성을 그는 "어디로 가나 비(非)거주자-찌그러진 알몸을 이끌고 부유하는 생물"로 인식하며 갈등에 휩싸인다. 일본에서는 일본인이 될 수 없다는 이질감을, 한국에서는 한국인이 될 수 없다는 타자의식에서 벗어날 수 없는 것이 재일한인의 근원적 갈등이다.

(3) 판소리, 가야금, 살풀이춤으로의 승화

주인공은 김 선생의 살풀이춤을 보고 숨을 쉴 수가 없는 몰입과 일체감을 느낀다. 김 선생의 권유로 살풀이춤을 추게 되었을 때, 그녀는 "살풀이의 장단은 내게 아무런 위화감을 느끼게 하지 않는다. 몸 안에 이미 있던 장단이 자연히 끌려나오는 것 같았다. 내 안에 기다리고 있던 무엇이, 애타게 기다리며 숨어 있던 무엇인가가 춤출 때를 고대하고 있었던 것이다."라고 자신의 내부에 자신도 의식하고 있지 못하는 장단이 끌려나오는 일체감을 느낀다. 그것은 한국인으로서의 집단무의식으로 존재하던 민족적 장단의 발현일 것이다.

새해 밝은 2월 어느 날 밤 그녀는 판소리에서 득음의 경지를 체험한다. 가야금 연주에서도 좋은 음을 찾아낼 수 있을 것 같은 느낌을 받는다. 그런데 민족의 가락과 일체감을 느끼는 황홀한 순간에 그녀는 둘째 오빠인 가즈오가 죽었다는 전화를 받는다. 새벽이 되자 그녀는 하숙집의 지붕에 올라가 살풀이춤을 춘다. 주인공은 살풀이춤을 통하여 그야말로 불행한 가족들로부터 받은 개인적 한과 재일한인으로서 자신이 겪은 민족적 한을 모두 풀어내고자 한 것이다. 환상 속에서 춤을 추는 나비는 그녀 자신이다. 그녀에게 살풀이춤을 가르친 김 선생이 "살풀이의 살은 한, 풀이는 그것을 푼다"라는 의미를 가졌다고 설명했듯 그녀는 뎃짱 오빠에 이어 가즈오 오빠의 죽음, 이혼소송 중인 부모로 얼룩진 가족적 슬픔과 한을 살풀이춤으로 풀어낸다.

> 가야금이 선율을 연주하기 시작했다. 하얀나비가 날기 시작한다. 나 비를 눈으로 따르면서 나는 살풀이 춤을 추었다. 끊임없이 가야금은 율동하고 불어대는 바람 속에 수건이 날아올랐다.[46]

이때 "애자의 춤사위는 애절하면서 무아의 경계를 넘나드는 절박함에서 오는 자유이며 평온"을 표현한다. 그리고 이 춤은 "속세의 한을 풀어낸다는 심정에서 저편 피안의 세계를 향하고 있다. 죽은 자를 위로해 줄 수 있고 자신의 의식마저 편안하게 어루만질 수 있는 세계로 다가서"는[47] 해원의 춤이다. 그 후 그녀는 마쓰모또에게 이별의 편지를 보내고, 밤새 내린 비로 얼어붙은 길을 걸으면서 주위를 의식하지 않고 판소리 「사랑가」를 부르는 자신을 기쁘게 생각한다. 얼었던 양손에 힘이 솟고 어깨가 들먹거려진다. 오랜 방황 끝에 얻은 기쁨이다. 이제 어둠과 겨울은 사라질 것이다. 한국과 일본 사이에서 겪던 정체성의 갈등도 사라질 것이다.

이때 주인공은 한국에서 판소리, 가야금, 살풀이춤이란 한국전통예술을 통해 한국인으로서의 정체성을 찾은 것처럼 보인다. 판소리, 가야금, 살풀이춤은 재일 현세대의 자아적 개념과 연계되어 있다. 즉 전

---

46) 이양지, 위의 책, 349면.
47) 김환기, 「이양지 문학론-현세대의 '무의식'과 '자아' 찾기」, 앞의 책, 306면.

통가락을 배운다는 것은 현세대의 민족적 정체성을 찾고 그들 내면의 이방인 의식을 불식시키면서 당당한 한국인으로서 살아갈 수 있는 정신적 안주처를 찾는 작업이었다.[48]

주인공은 피해망상과 살해충동의 정신병의 경계에서 벗어나서 판소리, 가야금, 살풀이춤이란 한국 전통예술, 즉 새로운 대상리비도를 통해서 승화(sublimation)를 이룬다. 다시 말해 자신이 불안을 느끼는 내면적 동기-재일한인으로서 느끼는 민족정체성의 갈등과 가족적 한-를 사회가 용납하는 방향인 예술-가야금, 판소리, 살풀이춤-로 승화시키는 방어기제를 사용하고 있다. 승화란 본능적 욕구나 참기 어려운 충동 에너지를 사회가 용납할 수 있는 형태로 바꾸어 사용하는, 건전하고 건설적인 방어기제이다. 승화는 다른 방어기제와는 달리 이드(id)를 반대하지 않으며 자아의 억압이 없고 충동 에너지를 그대로 유용하게 전용하는 것이 특징이다. 따라서 비정상적으로 리비도를 집중시켰던 유부남 마쓰모또와의 이별은 당연한 귀결이다.

「나비타령」의 주인공이 겪는 일본인으로부터 살해당할지도 모른다는 피해망상과 환각, 그리고 일본인을 살해하고 싶다는 충동은 차별받는 조센징이라는 민족콤플렉스가 발생시킨 정신병적 증세라고 할수 있다. 그 증세는 모국에 와서 판소리, 가야금, 살풀이춤을 배움으로써 한국인으로서의 정체성을 획득하고 병적 증세도 치유되고 있다. 예술을 통한 승화와 카타르시스가 이루어진 것이다. 이 작품은 작가의 자서전이라고 하여도 무방할 만큼 이양지의 자전적 경험들을 굴절

---

48) 김환기, 「이양지 문학과 전통 '가락'」, 『일어일문학연구』 45, 한국일어일문학회, 2003, 278-279면.

없이 반영하고 있다. 실제작가 이양지는 「나비타령」을 통해 소설가로
도 데뷔함으로써 다시 한 번 승화를 추구한다. 「나비타령」을 썼을 때
의 심정을 이양지는 '재생'으로 표현한다. 적절한 표현이다.

　　습작도 없었고, 작가가 되고 싶다는 야심도 전혀 없는 채 저는 글을
　　쓰는 행위를 통해 하나의 재생, 바꿔 말해서 지나간 세월을 정리하면
　　서 자기 자신을 객관화하며 다시 살아가는 힘을 얻으려고 시도하고 있
　　었는지도 모릅니다.[49]

　그런데 『유희』(1988)의 주인공 유희는 한국에서의 대학졸업을 한
학기 남겨두고 일본으로 귀국한다. 하지만 이 작품은 한국에서 한국
인으로서의 정체성 찾기 작업에 실패하여 한국을 떠나는 재일한인의
실패담이 아니다. 재일한인이란 한국인과 일본인 어느 한 편에만 소
속된 존재가 아닌 다중적 정체성을 지닌 존재라는 것을 인정하고 현
실을 있는 그대로 받아들이는 이야기로 읽어야 한다. 유희의 일본행
은 '있는 그대로의 나의 현실', 즉 갈등과 괴리가 있는 그대로의 자신
의 현재 모습을 깨닫고 인정하게 되었다는 의미인 것이다.[50] 요컨대
『유희』는 재일한인 2세의 다중적 정체성, 즉 재일성과 민족성을 동시
에 껴안은[51] 재일한인 디아스포라 문학의 특성을 구현한 작품으로 읽
을 수 있다.

---

49) 이양지, 「모국유학을 결심했을 때까지」, 앞의 책, 223면.
50) 심원섭, 「이양지의 '나' 찾기 작업」, 『현대문학의 연구』15, 한국문학연구학회,
　　2000, 26면.
51) 변화영, 「문학교육과 디아스포라-재일한국인 이양지의 소설을 중심으로」, 『한국
　　문학이론과 비평』32, 한국문학이론과비평학회, 2006, 144면.

3. 결론

이 글은 재일한인 2세대 작가인 김학영의 『얼어붙은 입』과 이양지의 「나비타령」에 나타난 정신병리에 주목하여 이것이 재일한인 2세로서 겪는 정체성 갈등과 어떻게 연관되는지를 분석하였다.

『얼어붙은 입』에서 김학영은 말더듬, 우울증, 자살충동에 시달리는 재일한인 2세를 주인공으로 설정한다. 말더듬은 과거 식민지시대 일본이 한국에 대해 저지른 만행과 현재 재일한인들에 대한 법적 사회적 차별에 대한 억압된 분노, 그리고 그릇된 우월감을 가진 일본인을 설득할 수 없다는 무력감 등 민족콤플렉스가 총체적으로 작용하여 신체적 장애로 나타나게 된 것이다. 이것은 일종의 전환(conversion)이다. 또한 주인공은 자살한 이소가이에 대한 동일시를 통해서 자살에 대한 내적 욕망도 드러내는데, 자살은 우울증의 가장 극단적 형태이다.

이양지의 「나비타령」은 부모의 이혼소송과 조센징이라는 데 대한 정체성 갈등에 시달리는 젊은 여성을 그려낸다. 주인공은 가출, 유부남과의 불륜으로 현실을 도피하는가 하면, 일본인으로부터 살해당하는 피해망상과 환각, 일본인을 죽이고 싶은 살해충동에 시달리는 등 정신병의 경계에 도달해 있다. 일본을 탈출하여 한국에 온 주인공은 모국어를 제대로 발음할 수 없다는 자괴감과 재일동포라는 자존심이 대립함으로써 새로운 갈등에 휩싸인다. 하지만 판소리, 가야금, 살풀이춤과 같은 민족의 전통예술을 통해서 그녀는 가족적 한과 재일한인으로서의 민족적 한을 모두 풀어낸다. 즉 판소리, 가야금, 살풀이춤이라는 민족예술을 통해 승화와 카타르시스가 이루어지고, 한국인으로서의 정체성을 확고히 획득한다.

두 작품 다 일본사회의 차별받는 타자라는 재일한인 2세의 정체성 갈등에서 정신병리가 발생되는 주인공을 그리고 있다. 하지만 김학영의 작품에서는 끝내 말더듬, 우울증을 극복하지 못하는 인물을, 이양지의 작품에서는 피해망상과 살해충동에 시달리지만 예술을 통한 승화를 통해서 갈등을 해소하고 한국인으로서의 정체성을 획득하는 인물을 그려내는 차이를 나타냈다. 이들의 정신병리는 재일한인이 겪고 있는 법적, 사회적, 무의식적 차별과 억압이 얼마나 심각하며, 재일한인으로 살아간다는 것이 얼마나 고단한가에 대한 강한 증거이라고 할 수 있다.

참/고/문/헌

〈기초자료〉

• 김학영, 하유상 역,『얼어붙은 입』(『한국문학』 1977년 9월호 별
  책부록), 한국문학사, 1977.

• 김학영, 하유상 역,『소설집-얼어붙은 입』, 화동출판사, 1992.

• 이양지, 김유동 역,「나비타령」,『유희』, 삼신각, 1989.

〈단행본〉

• 고부응,『초민족시대의 민족정체성』, 문학과지성사, 2002.

• 김종회 편,『한민족문화권의 문학』, 국학자료원, 2003.

• 유숙자,『재일한국인문학』, 월인, 2000.

• 이무석,『정신분석에로의 초대』, 이유, 2003.

• 태혜숙,『탈식민주의 페미니즘』, 여이연, 2001.

• 한일관계사학회,『한국과 일본, 왜곡과 콤플렉스의 역사』, 자작
  나무, 1998.

• 한일민족문제학회 편,『재일조선인 그들은 누구인가』, 삼인,
  2003.

• Moore-Gilbert, Bart, 이경원 역,『탈식민주의! 저항에서 유희
  로』, 한길사, 2001.

• Fanon, Frantz, 이석호 역,『검은 피부, 하얀 가면』, 인간사랑,
  1998.

• Kagan & Havemann, 김유진 외 공역,『심리학개론』, 형설출판사,

1983.

- Gandhi, Leela, 이영욱 역, 『포스트식민주의란 무엇인가』, 현실문
  화연구, 2000.

〈논문〉

- 김영하, 「엷어지는 민족의식」, 『문학과 비평』18, 문학과비평사,
  1991, 279-291면.
- 김원우, 「주변문학으로서의 망향 열등감 소외」, 『동국대학교 일
  본학』19, 동국대학교 일본학연구소, 2000, 42-62면.
- 김환기, 「김학영 문학과 '벽'」, 『동국대학교 일본학』19, 동국대학
  교 일본학연구소, 2000, 244-263면.

  _____, 「김학영의 『얼어붙은 입』론」, 『일어일문학연구』39, 한국
  일어일문학회, 2001, 269-286면.

  _____, 「이양지 문학론-현세대의 '무의식'과 '자아'찾기-」, 『일
  어일문학연구』43, 한국일어일문학회, 2002, 293-315면.

  _____, 「이양지 문학과 전통가락」, 『일어일문학연구』45, 한국일
  어일문학회, 2003, 259-281면.

  _____, 「이양지의 『유희』론」, 『일어일문학연구』41, 한국일어일
  문학회, 2002, 233-252면.

- 변화영, 「문학교육과 디아스포라-재일한국인 이양지의 소설을
  중심으로」, 『한국문학이론과 비평』32, 한국문학이론과비평학회,
  2006, 141-168면.
- 신은주, 「서울의 이방인, 그 주변」, 『일본근대문학-연구와 비평』
  3, 한국일본근대문학회, 2004, 133-152면.

- 심원섭, 「『유희』 이후의 이양지-수행으로서의 글쓰기」, 『동국대학교 일본학』19, 동국대학교 일본학연구소, 2000, 264-291면.

  ＿＿＿, 「이양지의 '나' 찾기 작업-'있는 그대로 받아들이기' 방법과 관련하여」, 『현대문학의 연구』15, 한국문학연구학회, 2000, 11-33면.

  ＿＿＿, 「재일 조선어문학연구 현황과 금후의 연구방향」, 『현대문학의 연구』29, 한국문학연구학회, 2006, 91-117면.

- 유숙자, 「김학영론」, 『비교문학』24, 한국비교문학회, 1999, 234-252면.

- 윤상인, 「전환기 재일한국인 문학」, 『동국대학교 일본학』19, 동국대학교 일본학연구소, 2000, 90-106면.

- 이양지, 「모국유학을 결심했을 때까지」, 『한국논단』16, 1990.12, 214-231면.

- 이한창, 「재일교포문학연구」, 『외국문학』1994년 겨울호, 1994. 12, 78-102면.

  ＿＿＿, 「재일동포문학에 나타난 부자간의 갈등과 화해」, 『일어일문학연구』60, 일어일문학회, 2007, 55-76면.

  ＿＿＿, 「재일 교포문학의 주제연구」, 『일본학보』29, 한국일본학회, 1992, 307-337면.

- 황봉모, 「이양지론-한국에서 작품을 쓴 재일한국인」, 『일어교육』32, 한국일본어교육학회, 2005, 165-186면.

(『한국언어문학』62, 한국언어문학회, 2007)

「그늘의 집」의 장소와 산책자 그리고 치유

1. 서론

재일한인 작가 현월(玄月, 1965-)은 「그늘의 집」(1999.11)으로 이
회성, 이양지, 유미리에 이어 122회(2000) 아쿠타가와(芥川)상을 수
상했다. 그는 재일한인 제3세대 작가로서 자신이 한국에서 태어난 부
모로부터 민족의 피를 물려받은 사실에 대한 자각이 일본에 이주하여
살게 된 부모세대들의 발자취와 특수성에 천착하게 했으며, 그러한
자전적 배경이 일본인들은 좀처럼 깨닫지 못하는 일본사회의 일면을
그려내게 했다고 고백한다. 하지만 그는 자신의 작품이 국가와 민족
을 초월한 인간의 보편성에 입각하여 읽히기를 희망한다.[1]

「그늘의 집」은 오사카의 재일한인 집단촌을 배경으로 한 중편소

---

1) 현월, 「한국의 독자에게 보내는 글」, 현월, 신은주 · 홍순애 역, 『그늘의 집』, 문학동
네, 2000, 8면.

설이다. 황봉모는 주인공 '서방'이 탈주의 과정을 통해 어떻게 자신의 정체성을 찾아가는가를 살피는[2] 한편 욕망과 폭력이라는 두 개의 키워드로 작품을 분석하며 집단촌의 성격을 다수집단인 주류사회와의 관계 속에서 파악한다.[3] 구재진은 집단촌을 아감벤(Giorgio Agamben)이 말한 수용소로 위치지우며, 국가의 외부로서 존재하는 집단촌의 성격과 인물을 호모사케르(homo sacer)의 관점에서 접근한다.[4] 김환기는 「그늘의 집」을 폐쇄적인 공간 속의 개인에 대한 조명, 전 세대와 현세대 내지 가족 구성원 간의 단절, 집단주의에 내몰린 허약한 개인의 존재성에 대한 천착을 통해서 현대사회가 안고 있는 제 문제를 직시케 하고 거기에서 인간 본연의 실존적 의미를 담아내는 데 주력한 작품으로 파악한다.[5] 한편 그는 「그늘의 집」과 『나쁜 소문』에서 보여주는 재일한인 밀집지역에 내재된 주류/비주류, 중심/주변의 권력/폭력의 이분법과 이질적 존재감은 인간사회의 공통적 병리현상으로서 현월을 기존의 민족적 글쓰기와는 다른 현실중심의 글쓰기를 한 작가라고 평가한다.[6] 박정이는 「그늘의 집」에서 '그늘'의 긍정과 부정의 이중적 의미를 분석하며, 재일사회에 대해 부정

2) 황봉모, 「현월(玄月)의 「그늘의 집("蔭の棲みか)」-'서방'이라는 인물-」, 『일본연구』23, 한국외국어대학교 일본연구소, 2004, 381-403면.
3) 황봉모, 「현월(玄月)의 「그늘의 집("蔭の棲みか)」-욕망과 폭력」, 『일어일문학연구』54-2, 일어일문학회, 2005, 121-138면.
4) 구재진, 「국가의 외부와 호모 사케르로서의 디아스포라-현월의 「그늘의 집」 연구」, 『비평문학』32, 한국비평문학회, 2009, 7-26면.
5) 김환기, 「현월(玄月) 문학의 실존적 글쓰기」, 『日本學報』61-2, 한국일본학회, 2004, 439-455면.
6) 김환기, 「전후 재일코리언 문학의 변용과 특징: 오사카 이쿠노(大阪生野) 지역의 소설을 중심으로」, 『日本學報』86, 한국일본학회, 2011, 167-181면.

적인 시각을 지닌 일본사회를 향해 그 실체를 반문하고 있는 작품으로 보았다.[7] 문재원은 오래된 한인 집단촌이라는 공간을 매개로 한 인물들, 서방의 아버지-서방-서방의 아들로 이어지는 세대의 의식과 삶의 변화를 서사화하면서 거주 공간의 분화와 소멸이라는 주제를 암시한 작품으로 「그늘의 집」을 해석한 바 있다.[8]

본고는 「그늘의 집」을 '장소(place)'와 '산책자(flaneur)' 그리고 '치유(healing)'의 관점에서 고찰하고자 한다. 제목에서 암시하듯 「그늘의 집」은 기본적으로 장소에 관한 소설이다. 즉 재일한인의 집단촌을 중심으로 그 속에서 살아가는 인물들이 집단촌에서 다른 인물들과 어떻게 관계를 맺고, 외부세계를 어떻게 바라보고, 어떻게 세계와 관계를 맺는가 하는 것을 그린 소설로 읽을 수 있다. 그리고 장소를 인식하는 주체인 '서방'이란 인물의 '산책'을 통해서 갖게 되는 장소감이 작품 해석에서 매우 중요하다. 뿐만 아니라 '산책'은 서방이란 인물을 트라우마와 직면하게 만들고 집단촌 한인으로서의 정체성을 획득하게 함으로써 주체의 불안을 치유하는 과정이기도 하다.

발터 벤야민(Walter Benjamin)에 의하면 산책자는 노동, 시간, 관계 등에 균열을 낼 수 있는 자본주의의 외부자인 동시에, 자본과 권력이 생산하는 판타스마고리아(phantasmagoria : 환영)에 도취되는 군중의 일부이다.[9] 또한 산책자는 보행자, 부랑아, 철학적 산책자뿐 아

7) 박정이, 「현월 「그늘의 집("蔭の棲みか)」의 '그늘'의 실체」, 『일어일문학』46, 대한일어일문학회, 2010, 227-239면.
8) 문재원, 「재일코리안 디아스포라 문학사의 경계와 해체-현월(玄月)과 가네시로 가즈키(金城一紀)의 작품을 중심으로」, 『동북아문화연구』26, 동북아문화학회, 2011, 5-21면.
9) 권용선, 『세계와 역사의 몽타주, 벤야민의 아케이드 프로젝트』, 그린비, 2009, 195면.

니라 군중, 구경꾼과도 구분되는 개념으로, 그는 관찰하고 성찰하는
자로서 자기만의 내면을 지닌다.[10] 벤야민에게 산책은 도시의 건축이
나 일시적인 유행에 이르는 삶의 수많은 형태들 속에서 집단적 과거
의 흔적으로서 도시를 찾는 일이다. 거리 산책에서 도시공간은 지나
간 여러 시대의 시간층이 미로처럼 얽혀 있는 기억의 공간으로 나타
난다. 도시가 개인의 과거에 대한 기억을 일깨우기 때문이 아니라 집
단적 과거의 흔적을 담고 있는 공간이기 때문에 기억의 공간을 벤야
민은 강조했다.[11]

　인본주의 지리학자 에드워드 렐프(Edward Relph)에 의하면, 장소
는 본질적으로 인간실존의 근원적 중심이다.[12] 현상학의 관점에서 장
소란 객관적이고 독립적으로 실재하는 어떤 것이 아니라 장소를 경험
하는 사람과의 관계를 고려하지 않고는 존재할 수 없다. 즉 장소는 장
소 경험의 주체인 인간과의 상호작용을 통해 만들어진다. 장소는 반
드시 그 장소를 경험하는 인간을 내포하고 있으며, '장소정체성'은 장
소-인간의 관계 속에서 형성되는 장소의 고유한 특성을 의미한다. 그
리고 '장소감'은 인간-장소의 관계 속에서 인간이 장소를 어떻게 지
각하고 경험하고 의미화하는가를 말한다. 따라서 장소와 장소정체성,
장소감은 별개의 것이 아니다. 장소정체성은 장소에 중심을 둔 표현
이며, 장소감은 인간에 중심을 둔 표현으로서 장소정체성이 비진정할

---

10) 박진영, 「한국현대소설에 나타난 '야행(夜行)' 모티프와 '밤 산책자' 연구」,
　　『Journal of Korean Culture』31, 한국어문학국제학술포럼, 2015, 156면.
11) 윤미애, 「도시, 기억, 산보」, 『오늘의 문예비평』51, 오늘의문예비평, 2003.12, 212
　　면.
12) 에드워드 렐프, 김덕현·김현주·심승희 역, 『장소와 장소상실』, 논형, 2005, 25
　　면.

때 인간이 느끼는 장소감 역시 비진정한 것이 되고, 사람들이 장소를 비진정하게 느끼기 때문에 그 장소의 정체성은 비진정한 것이 된다.[13]

2. 「그늘의 집」의 장소 그리고 산책자

1) 집단촌의 장소정체성과 주변화된 재일한인의 위치성

「그늘의 집」은 '오사카시 동부지역 이천오백 평의 대지에 이백여 채의 바라크가 밀집해 있는 한인 집단촌'이 배경으로 설정되어 있다. 작가는 그곳이 실재하는 장소가 아니라 허구적 장소라고 말한다. 하지만 작가가 한인 집단촌이 위치한 오사카의 이카이노(猪飼野)를 염두에 두고 작품을 썼다는 것은 쉽게 추측할 수 있다. 그러면 오사카의 이카이노는 어떤 장소인가? 아니 그보다 재일한인사회는 어떻게 형성되었는가?

재일한인사회는 일제 강점기에 조선농민층의 몰락으로 배출된 이 농민들이 일본의 노동시장에 자율적으로 유입됨으로써 시작되어, 1939년부터 시작된 강제연행에 의해 그 규모가 확대되었고, 일본 패전 후 귀환하지 않고 잔류한 사람들에 의해서 형성되었다.[14] 재일한인 1세들은 일본사회에서 도쿄, 오사카, 교토, 나고야, 고베, 요코하마, 후쿠오카 등 산업이 발달한 도시지역에 집중적으로 거주지를 형

---

13) 심승희, 「장소의 진정성과 현대경관」, 에드워드 렐프, 앞의 책, 306-310면.
14) 윤인진, 『코리안 디아스포라』, 고려대학교출판부, 2004, 149면.

성하여 고립된 생활을 했으며, 출신지에 따라 한 곳에 모여 사는 특성을 보였다. 그 중 1923년에 제주도와 정기항로가 개설된 공업도시 오사카에는 제주도 출신이 모여 살았다.[15] 한인들이 오사카에 모여든 이유는 아시아 각지로 공업제품을 수출하는 도시의 특성상 일자리가 있었기 때문이다.

작품의 배경이 된 오사카는 제주도 출신 재일한인들의 집단촌이 형성된 곳으로 재일한인들의 삶과 존재성을 해석하는 데 있어 매우 중요한 장소로 인식되어 왔다.

> 오사카 지역은 한국과 일본의 일그러진 근대사 속에서 역사, 정치, 이념으로 피지배자의 부성(負性)을 담아내는 상징인 공간이었다. 오사카는 일제강점기 재일 코리언들이 밀집하던 장소로서 재일 코리언들의 역사, 정치, 사회, 문화의 형성-분화-변용을 가장 리얼하게 담아낸다. 재일 코리언들이 일제강점기부터 해방 이후에 이르기까지 오사카지역으로 몰려든 것은 당시 오사카지역이 차지하는 역사, 정치, 지리 특수성 때문이었다. 이른바 일제강점기에 공장이 밀집했던 지역이고 식민/피식민 간의 상호이동이 활발했던 교통의 거점이었다. 그리고 해방을 맞은 한반도의 극심한 정치 이데올로기 대립과 제주4·3 사건의 영향도 간과할 수 없다.[16]

특히 이카이노는 일본사회의 한인에 대한 차별을 피하고자 새로운 거주지로 분산되는 상황에서도 여전히 재일한인들의 밀집지역으로

---

15) 윤인진, 위의 책, 171-172면.
16) 김환기, 앞의 논문, 172면.

남아 있는 곳이다.[17] 이카이노 출신 작가들의 작품은 어느 한 국가의 문화나 이데올로기에 종속되는 것을 거부하고 재일한인으로 살면서 겪는 삶의 고단함과 주류사회에서 소외된 실존적 고민을 다루는 것을 특징으로 한다.[18] 현월도 이러한 특징에서 크게 벗어나지 않는다.

　　이처럼 현월의 소설은 국가와 제도권의 규율과 인권이 작동되지 않는 폐쇄된 공간에서 횡행되는 피차별인들의 소외의식과 단절, 무질서와 부조리를 중심 주제로 취할 것임을 일찌감치 예고하고 있다. 실제로 소설은 외부세계와 소통이 단절되고 집단 자체인 권력 구도가 작동되는 공간으로 설정되면서 구성원 간의 살인, 폭력, 집단따돌림, 성폭행 등이 만연한다. 그리고 주류와 비주류, 지배와 피지배, 중심과 주변의 구도가 만들어내는 비루한 현실이 리얼하게 전개되면서 소외된 마이너리티의 울분, 눈물, 고통, 상처가 전면에서 부침한다.[19]

　작품의 배경이 된 집단촌은 재일한인들의 종족 집거지(ethnic enclave)이다. 오사카에 한인들이 몰려든 역사, 정치, 지리적인 이유를 앞에서 언급했지만 외국에서 온 이주자들이 특정한 장소에 집중하는 이유의 하나는 그 장소가 역사적이고 장소 특수적인 조건으로 인해 외국인들에 대한 문화적 경제적인 진입장벽이 낮기 때문이다. 다른 하나는 외국인들이 모이면서 그들의 사회경제적 네트워크가 그 장

---

17) 윤인진, 앞의 책, 173면.
18) 장안순, 「무대배우의 고독(舞臺役者の孤獨)-집단(集村)에서 노조무(望)의 정체성」, 『일어일문학』35, 대한일어일문학회, 2007, 277면.
19) 김환기, 「전후 재일코리언 문학의 변용과 특징 : 오사카 이쿠노(大阪生野) 지역의 소설을 중심으로」, 앞의 책, 178면.

소에 뿌리내리며 그를 바탕으로 더 많은 외국인들을 끌어들이기 때문이다.[20]

작품 속의 집단촌 역시 문화적 경제적 진입장벽이 낮음으로써 외국인 노동자들을 끌어들이기에 적합한 곳이다. 그런데 오랫동안 제주 출신 한인들의 집거지였던 집단촌은 삼십여 년 전부터 점차 한인들이 떠나가고, 특히 최근 십 년 동안은 저임금으로 인해 한국인이 줄어드는 대신 중국인 불법노동자들이 새롭게 진입하는 변화를 겪고 있다.

물론 이 집단촌은 주류사회의 외적 힘에 의한 강제적 격리공간인 게토(ghetto)는 아니며, '엔클레이브(enclave)'이다. 이곳을 '엔클레이브'라고 할 수 있는 이유는 재일한인들이 자기들의 정체성 유지와 권력 강화를 위해 자발적으로 형성한 공간이라는 의미에서이다. 하지만 격리, 차별, 탄압, 불평등 등의 의미를 지니며, 일본 내 소수민족인 한인들이 모여 살아온 도시의 특정지역, 즉 슬럼(slum)의 동의어라는 뜻에서는 게토와 크게 구별되지도 않는다.

작품의 주인공 서방은 조선이 일본의 식민지였던 시절 일본에서 태어난 한인 2세이다. 그는 전쟁에 나가 오른손목이 잘린 장애를 갖고 있고, 돌봐 줄 가족 하나 없는 75세의 독거노인이라는 점에서 즉 이민자, 장애, 노인 등 삼중으로 주변부에 속하는 서발턴이다.

스피박(Gayatri Chakravorty Spivak)은 세계자본주의 체계 내에서 제3세계라는 공간 조건과 계층적 하위성, 그리고 젠더 문제를 결합하여 서발턴(subaltern)이란 개념을 재설정한 바 있다. 그녀는 서발턴을

---

20) 박배균, 「초국가적 이주와 정착에 대한 공간적 접근」, 최병두 외, 『지구 · 지방화와 다문화 공간』, 푸른길, 2011, 78면.

기존의 지배적 담론들에서 배제된 피식민지인, 이민자, 노동자, 소수자, 여성 등 종속적인 처지에 놓이거나 주변부에 놓인 사람들을 포괄하는 용어로 규정하였다. 따라서 서발턴은 고정된 개념이 아니라 지배와 종속이 기능하는 모든 곳의 억압받는 사람이나 집단을 나타낸다. 즉 "하위주체란 생산 위주의 자본주의 체계에서 중심을 차지하던 프롤레타리아 계급을 포괄하면서도 성, 인종, 문화적으로 주변부에 속하는 사람들로 확장"된다. 그리고 하위주체는 "자본의 논리에 희생당하고 착취당하면서도 자본의 논리를 거슬러 갈 수 있는 저항성을 갖는 주체를 개념화한다."[21]

지리학자 이용균은 주변부에 위치한 서발턴 이주자들의 주변화 문제를 공간과 관련지어 해석한 바 있다. 그에 의하면 주류사회는 이주자를 차별하고 주변화시키면서 이주자의 공간을 주류사회의 공간과 분리시킨다는 것이다.[22] 그의 지적처럼 재일한인들의 집거지인 집단촌은 사실상 주류사회로부터 격리, 차별, 탄압, 불평등 등의 의미를 지니며, 주류사회의 공간과 분리되어 있다. 작품에 그려진 집단촌 풍경은 다음과 같다.

서방은 뒤돌아보았다. 지금 막 빠져나온 민가 사이의 골목길이 함석 지붕 차양 밑으로 끝이 막힌 좁은 동굴처럼 보이는 것이 신선하게 느껴졌다. 여기서 보면, 그 깊은 동굴 속에 이천오백 평의 대지가 펼쳐지고, 튼튼하게 세운 기둥에 판자를 붙여 만든 바라크가 이백여 채나 된

---

21) 태혜숙, 『탈식민주의 페미니즘』, 여이연, 2001, 117면.
22) 이용균, 「이주자의 주변화와 거주공간의 분리」, 『한국도시지리학회지』 16-3, 한국 도시지리학회, 2013, 87-100면.

다는 것, 그리고 그 사이로 골목길이 혈관처럼 이어져 있다는 것은 상
상조차 할 수 없다. 서방의 아버지 세대 사람들이 습지대였던 이곳에
처음 오두막집을 지은 것은 약 칠십 년 전, 거의 지금의 규모가 되고도
오십 년, 그 후부터는 그 모습 그대로, 민가가 빽빽이 들어선 오사카 시
동부 지역 한 자락에 폭 감싸 안기듯 조용히 존재하고 있다.[23]

　칠십 년 전 서방의 아버지 세대가 습지대에 오두막을 지으면서 처
음 형성된 집단촌은 "오사카 시 동부지역 한 자락에 폭 감싸 안기듯
조용히 존재하고 있"다. 그곳은 "함석지붕 차양 밑으로 막힌 좁은 동
굴처럼 보이"며, "튼튼하게 세운 기둥에 판자를 붙여 만든 바라크"와
"골목길이 혈관처럼 이어져 있"다. 즉 처음 지어진 모습 그대로 집단
촌은 함석지붕에 판자 등을 사용하여 지은 허술한 바라크 건물이 빽
빽이 들어서 있고, 골목이 혈관처럼 이어져 있는 곳이다. 더구나 그곳
은 외부에서 보면 좁은 동굴처럼 감추어진 장소이다. 동굴은 은신처
이면서 때로는 위기가 집중되기도 하는 곳이기도 하다. 그곳은 주류
사회의 공간과 분리되어 조용히 없는 듯이 존재해야 하는 장소이다.
작품의 결말에서 보여준 경찰의 경고대로 조용히 말썽을 일으키지 않
고 없는 듯이 존재할 때에만 안전이 보장되는 곳이다. 그런 의미에서
작품명이 '그늘의 집'으로 명명되었다.

　집단촌에 살고 있는 재일한인과 외국인 불법노동자들의 소외되고
주변적인 삶의 위치성은 끝이 막힌 좁은 동굴처럼 보이는 집단촌의
장소 묘사에서 그대로 드러난다. 즉 바라크가 밀집한 집단촌의 조악

---

23) 현월, 「그늘의 집」, 앞의 책, 12-13면.

한 풍경은 일본에서 재일한인들의 삶의 열악함을 단적으로 드러낸다. 한인들은 집단촌이 생긴 이래 삼십여 년 동안 막노동이나 행상을 하며 열악하고 허기진 삶을 살아왔다. 즉 일본사회의 주변부 서발턴으로 살아온 재일한인들의 열악하고 주변화된 위치성은 동굴, 혈관처럼 이어진 골목, 그리고 허술한 바라크 건물과 같은 장소 묘사를 통해서 압축적으로 은유되고 있다.

이십오 년 전 집단촌이 사라질 위기에서 나가야마는 그곳을 싼값에 매입하여 그가 운영하는 구두공장과 파친코에서 저임금으로 일할 외국인 노동자들을 체류하게 했다. 나가야마의 구두공장과 파친코는 집단촌 한인들이 임금노동자로 일할 수 있는 일터를 제공했고, 그들을 가난으로부터 벗어나게 했다. 공장이 들어서자 집단촌에는 전기가 들어오고, 라디오, 텔레비전, 냉장고를 갖추는 등 생활환경의 변화가 일어났다. 그런데 한인들의 소득 향상은 그들로 하여금 문화주택이나 아파트, 또는 단독주택을 사서 그곳을 떠나도록 영향을 미쳤다. 1970년대 이후 공장의 임금이 낮아지자 더 비싼 임금을 찾아 한인들이 집단촌을 떠나는 현상은 가속화되었다. 한때 집단촌에는 이백여 채의 바라크에 팔백 명이나 되는 한인들이 모여 살았지만 점차 떠나버림으로써 이십 년 이상 비어 있는 집이 허다해졌다. 현재 집단촌은 중국인 불법노동자들의 새로운 유입에 의해 유지되고 있으며, 그곳을 경찰이 예의주시하고 있음이 밝혀진다. 그러니까 오래전 한인들의 집거지였던 집단촌은 현재 중국인 불법노동자들의 체류지로 변화했다.

서방은 산책에서 불법체류자인 중국인들의 집단린치를 목격하는데, 이 사실이 경찰에 신고되자 순찰 나온 경찰은 서방에게 다음과 같이 경고한다.

"영감 영감이 여기, 일본에 사는 건 역사적으로도 이해할 수 있어. 하지만 내가 보는 앞에서 백 명이나 되는 불법 체류자들이 자기들끼리 커뮤니티를 만드는 건 절대 용서할 수 없다고. 이 지역은 신주쿠도 미나미도 아닌, 그저 재일조선인들이 조금 많이 사는 정도의 보통 동네란 말이야. 이제 외국인들은 필요가 없어. 이건 이 지역에 사는 사람 모두가 다 바라는 일이야. 알겠어? 오늘이라도 여길 부숴버리겠어. 서장은 적당히 넘어갈 생각으로 우선 둘러보고 오라고 했지만, 백 명 정도가 당장이라도 도망칠 위험이 있다고 보고하면, 그 길로 오사카 부 경찰본부에 지원 요청을 하지 않고는 못 배길 걸. 영감도 당장 짐을 꾸리는 게 좋을 거야."[24]

경찰은 불법체류자가 열 명쯤 있다는 것은 눈감아 줄 수 있지만 백여 명의 불법체류자들이 자기들끼리 커뮤니티를 만드는 것은 절대 용서할 수 없다고 선언한다. 없는 듯이 조용히 있을 때는 용납하지만 그들의 숫자가 필요 이상 늘어나거나 불법적인 커뮤니티를 만들어 세력을 확장하는 것은 있을 수 없는 일이라는 경고이다. 앞에서 묘사된 집단촌의 풍경처럼 주변화된 서발턴으로서 조용히 없는 듯이 존재할 때는 묵인하겠지만 어떤 말썽을 일으킨다든지 필요 이상으로 세력을 확장하는 것은 결코 용납하지 않겠다는 것이다. 경찰은 그 사실을 서방을 향해 말했지만 실은 수시로 경찰서장과 술을 마시며 로비를 하는 집단촌의 소유주인 나가야마를 향한 경고이다.

그래서 나가야마는 중국인들이 그들의 지하은행의 돈을 슬쩍한 세 사람에게 집단린치를 가하려고 했을 때 200만 엔을 자신이 대신 물어

---

24) 현월, 위의 책, 88면.

줄 테니 그만두라고 만류했던 것이다. 왜냐하면 그 사건으로 인해 말
썽이 나고 그것이 외부, 특히 경찰에 알려지는 것을 원하지 않았기 때
문이다. 아무튼 린치사건은 누군가에 의해 경찰에 신고되고, 순찰 나
온 경찰의 발언을 통해 집단촌은 주류사회의 결정 여하에 따라 언제
든 강제 폐쇄될 수도 있는 불안한 장소임이 밝혀진다. 즉 중국인 불법
노동자의 은신처가 되고 있는 집단촌은 언제든 위기가 집중될 수 있
는 위태로운 장소이다. 그리고 이러한 집단촌의 장소정체성은 집단촌
사람들의 주변적이고 불안한 위치성에 다름 아니다.

　사회공간적 관계를 영역(territory), 장소, 스케일, 네트워크라는 네
가지 차원을 중심으로 이해한 제솝(Jessop)에 의하면, 영역은 특수한
형태의 장소로서 어떤 경계를 중심으로 안과 밖을 구분하는 과정을
통해서 만들어진다.[25] 즉 개인이나 집단이 특정지역을 경계 짓고, 그
에 대한 통제권을 주장함으로써 사람, 사건, 그리고 그들 사이의 관계
들에 영향과 통제를 행사하려는 시도에 의해 만들어진다. 장소의 영
역화는 외부자에 의해 구성되기도 한다. 특정 장소 외부의 행위자들
이 그 장소에 대한 편견적 시선을 만들고, 그를 바탕으로 그 장소에
거주하는 사람들을 배제하고 소외시킴으로써 내부와 외부 혹은 타자
를 만들어내는 행위도 장소를 영역화시키는 중요한 기제라고 할 수
있다.[26]

　작품에서 서방은 집단촌을 한인들의 종족 집거지로 알고 평생을 살
아온 인물이다. 하지만 그는 산책을 통해 그곳이 중국인 불법노동자

들의 체류지로 변화해버렸다는 것을 실감하고 소외감을 느낀다. 그리고 작품의 결말에서 외부자인 경찰에 의해 그곳이 주류사회의 결정 여하에 따라 언제든 폐쇄될 수도 있는 매우 위태로운 장소라는 사실을 깨닫는다. 서방은 집단촌 내부에서는 중국인으로부터 배제되고 소외된다는 느낌을 받으며, 집단촌 외부로부터는 외부자(경찰)의 편견적 시선에 의해 집단촌이 주류사회로부터 배제되고 소외된 장소이자 위태로운 장소로 영역화되고 있다는 사실을 인지하게 된다.

이처럼 주류사회는 이주자의 장소를 주류사회의 장소와 분리시키는데, 이러한 공간 분리 정책은 이주자를 주류사회로부터 주변화시키는 정책과 연결되어 있다. 그리고 경찰로 상징되는 주류사회는 언제든 이주자의 공간을 폐쇄시킬 수 있는 권력을 행사할 수 있다. 그것이 바로 집단촌의 불안한 장소정체성이며, 재일한인의 일본에서의 주변적인 위치성이다.

2) 산책자 서방의 장소감

주인공 '서방'은 군대에 갔던 수개월을 제외한 68년 동안 집단촌을 거의 떠나본 적이 없어 집단촌의 '살아 있는 화석'으로 불려온, 집단촌의 역사를 증언할 수 있는 상징적 인물이다. 왜냐하면 집단촌의 역사는 그곳에서 평생을 살아온 그의 '인생과 맞물려' 왔기 때문이다. 따라서 그의 집단촌 산책은 과거에 대한 개인적 차원의 기억을 넘어서며 집단촌의 역사적 흔적을 찾는 일과 연관되지 않을 수 없다.

서방은 작품의 주인공이지만 이 집단촌을 중심으로 세 번의 계기를 통해 경제적 성공을 이룬 집단촌의 주인인 나가야마, 공장장 가네

야마, 의사가 된 아들 친구 다카모토, 그리고 집단린치를 당해 불구가
된 채로 생존하고 있는 숙자 등 집단촌을 구성하고 있는 한인들 모두
가 주인공이다. 어떤 의미에서는 집단촌 자체가 작품의 진정한 주인
공이며, 서방의 산책은 집단촌의 집단적 역사의 흔적에 대한 탐색이
라고 할 수 있다.

> 양쪽에서 드리워진 함석지붕 차양이 하늘을 가린 어두컴컴한 골목
> 길을 걷고 있던 서방은, 차양 틈새 바로 앞에서 걸음을 멈췄다. 햇빛이
> 한 아름 수직으로 내리쬐고 있다.
> 오늘도 햇살이 따갑다. 큰길로 나가기 전에 광장 우물에서 목이라도
> 축이려고 몸을 돌렸는데, 한 발짝 내딛다가 그만 균형을 잃고 휘청거
> 리고 말았다. 쓴웃음을 지으며 허리를 펴고는, 우물이 벌써 이십 년 전
> 에 말라버렸다는 사실을 한순간이나마 잊은 것도 다 나이 탓이다 싶었
> 다. 차양 틈새를 피해 걸음을 옮기다가 불현듯 먼 옛날 들었던 말이 떠
> 올라 갑자기 화가 치밀었다.[27]

작품의 서두는 서방의 산책으로부터 시작된다. 집단촌 골목을 거닐
던 그가 화가 치민 것은 오래 전 동네사람들과 아버지가 우물을 파며
"백년 정도는 끄떡없을 게다."라고 집단촌의 미래를 장담했던 기억이
떠올랐기 때문이다. 그는 영속하리라 믿었던 집단촌의 미래가 우물이
말라버린 것처럼 덧없이 사라져버린 것에 대한 회한과 반발심에 사로
잡힌다. "엉성하게 남은 흰머리를 짧게 깎은 머리끝에서 열기가 빠져
나가는 것을" 느낀 서방의 눈에 "엷은 회색빛 개 한 마리가 혀를 내민

---

27) 현월, 앞의 책, 11면.

채 사지를 쭉 뻗고 엎드려 있"는 모습이 들어온다. 맥없이 눈을 뜬 채 죽어가는 늙은 개의 모습과 자신의 모습을 동일시하며 서방은 산책을 계속해 나간다.

그가 우물이 사라진 사실을 회고하며 울분이 치민 것은 아버지에 대한 그리움과 같은 개인적인 감정 때문이 아니다. 그것은 사지를 쭉 뻗고 죽어가는 개와 다를 바 없는 자신의 미래에 대한 알 수 없는 분노이자 한인들의 집거지로서 집단촌의 미래가 불확실해진 데 대한 회한이자 반발이다. 현재 집단촌이 처한 상황은 죽어가는 늙은 개, 또는 그 개와 다를 바 없는 75세의 독거노인 서방이란 존재와 조금도 다를 바 없다. 한인들이 떠나간 집단촌은 빈집이 허다하고, 중국인 불법노동자들이 일부만을 채우고 있는 상황이기 때문이다. 집단촌을 관리하는 숙소장도 한인이 아니라 서방이 조선말을 하는 것을 금지시키는 조선족 중국인으로 대체되어 있다.

집단촌의 변화는 중국인들의 린치사건을 통해서 극명하게 확인된다. 중국인들의 집단린치는 서방으로 하여금 과거 숙자에 대한 한인들의 집단린치에 대한 기시감(deja vu)에 사로잡히게 만든다. 이십칠년 전 남편을 세 번이나 갈아치운 숙자는 계주노릇에 집단촌 사람들이 관계하는 여러 개의 계에 끼어들어 모은 천백만 엔을 들고 도망치려다 붙들렸다. 더구나 그때 그녀는 이미 상당액의 돈을 써 버린 후였고, 열다섯 살의 외동딸을 버리고 도망치려 했기 때문에 집단촌 사람들로부터 용서받지 못했다. 하지만 린치를 당해 무릎이 단단하게 굽은 다리를 끌며 모은 골판지를 고물상에 팔아 생계를 유지해온 숙자를 나가야마는 고물상에 보조금을 주어 살아갈 수 있도록 했다. 그리고 집단촌 사람들은 숙자를 린치한 후 최소한의 치료를 해주었으며,

그녀의 딸이 고등학교를 나올 때까지 뒤를 봐주었다.

이처럼 한인들은 숙자에게 린치를 가할 때에도 증오심이나 광기의 개입 없이 무표정하고 피곤한 표정으로 해야 할 일을 묵묵히 수행하듯 행했고, 그녀를 집단촌에서 쫓아내지도 않았다.

광기가 개입할 여지는 없었고, 사람들은 해야 할 일을 묵묵히 해내고 있을 뿐이었다. 모두가 무표정했으며, 일어서는 모습이나 눈가에서 피곤함을 엿볼 수는 있었지만, 자기 차례가 왔을 때 빠지는 사람은 한 사람도 없었다.[28]

하지만 중국인들은 달랐다. 과거 한인들의 숙자에 대한 린치와 현재 중국인들의 린치는 닮은 듯 같지 않다. 즉 피곤하고 무표정한 표정으로 죽도로 숙자의 등이나 어깨를 찌르고 때리던 한인들의 린치와 눈에 핏발을 세우며 흥분하여 펜치로 살점을 비틀어 찢어내는 중국인들의 잔인한 린치는 결코 같을 수 없다.

"중국인 지하은행의 돈을 슬쩍한 놈들을 린치하고 있소. 제멋대로 하게 내버려 두면 흥분해서 죽여 버릴지도 몰라. 룰을 정해 일절 소리를 못 내게 했죠."(중략)

서방은 숙소장이 무슨 말을 하는 건지 얼른 알아들을 수가 없었다. 그러나 작은 살점이 붙어 있는 펜치를 손에 쥐고 사람들이 둘러싸인 자리에서 나오는 남자들의 흥분되고 지친 얼굴을 보고 있자 어디서 본 듯한 묘한 느낌에 사로잡히면서 '지하은행'이라는 것이 바로 계모임 같

---

28) 현월, 위의 책, 65면.

은 거라는 걸 깨달았다.[29]

숙자의 린치사건은 공동체 내부에서 일어나는 집단폭력에도 불구하고 공동체가 가지는 보호기능을 잘 보여준다. 집단촌은 한인들에게 폭력의 장소이자 보호받는 장소이기도 했던 것이다. 그들은 규칙을 어긴 숙자에 대해서 공동체의 질서 유지를 위해 어쩔 수 없이 린치를 가했지만 집단촌 내부에서 숙자와 그녀의 딸을 최소한 보호해 주었던 것이다.

하지만 중국인 불법 노동자들이 모여든 현재의 집단촌은 중국인들의 집단린치가 보여주듯 그와 같은 내적 결속력과 보호기능은 찾아볼 수 없고 폭력의 잔혹성만이 존재한다. 더구나 누군가에 의해 린치사건이 경찰에 신고되어 조사까지 나올 만큼 집단촌의 결속력은 매우 허약해졌다. 중국인 불법노동자들에게 집단촌은 영구히 살아갈 공동체의 보금자리가 아니라 일시적인 체류지에 불과했던 것이다. 피터 소머빌(Peter Sommerville)은 '집'을 보금자리, 난로, 마음, 사생활, 뿌리, 체류지, 낙원 등의 일곱 가지 의미로 정리한 바 있다.[30] 여기서 '체류지'는 단순히 잠을 잘 수 있고 휴식을 취할 수 있는 장소를 의미한다.

서방은 산책에서 중국인들의 집단린치뿐만 아니라 중국인들이 "비가 오는데 남자 둘이 지붕 높이에서 떼어낸 홈통 아래 쭈그리고 앉아 비누 거품을 내며 몸을 씻고 있"는 충격적 장면을 목격한다. 그는 "옛날에는 아무리 가난해도 이런 짓을 하는 사람은 없었다."라고 생각하

---

29) 현월, 위의 책, 76-77면.
30) 질 발렌타인, 박경환 역, 『사회지리학』, 논형, 2009, 98-101면.

며 몸서리를 친다. 그리고 집단촌이 "전혀 낯선 곳 같다"는 느낌에 사로잡힌다. 잔인한 집단린치뿐만 아니라 길거리에서 아무런 부끄럼도 없이 몸을 씻거나 큰소리로 싸우는 중국인들에 대해 느끼는 문화적 이질감에서도 서방은 집단촌의 변화를 실감하지 않을 수 없다. 서방은 점점 자신이 집단촌에서 밀려나버리는 듯한 소외감, 즉 장소상실을 느끼게 된다. 한마디로 서방은 중국인들로 대체된 집단촌 내부에서 배제와 소외를 경험한다.

렐프는 장소를 긍정적이고 진정한 장소감을 일으키는 장소와 부정적이고 진정치 못한 장소감을 일으키는 장소로 구분했다. 이 둘을 나누는 기준은 인간이 장소와 맺는 관계, 즉 장소경험이 능동적이고 주체적인가, 아니면 수동적이거나 강제적이거나 관습화된 것인가이다. 다시 말해서 인간이 장소에서 소외되어 있는가의 여부이다.[31]

서방이 집단촌 산책에서 느끼는 장소감은 비진정한 장소감, 즉 장소상실이다. 진정한 장소감은 개인 또는 공동체의 일원으로서 내가 장소에 속해 있다는 느낌을 말한다. 이 소속감은 집이나 고향, 혹은 지역이나 국가에 대해서 느끼는 감정이다. 진정하고 무의식적인 장소감은 개인의 정체성에 중요한 원천을 제공한다.[32] 하지만 서방은 중국인 불법노동자들이 판을 치는 집단촌이 한인들의 공동체라는 장소감을 더 이상 가질 수 없다. 대신 비진정한 장소감, 즉 장소상실에 빠지게 된다. 다시 말해 현재의 집단촌은 서방에게 공동체의 일원이라는 소속감을 가질 수 없게 한다. 공동체란 구성원들 사이의 심적 유대

---

31) 심승희, 앞의 글, 310면.
32) 에드워드 렐프, 앞의 책, 150면.

감, 정신적 일체감, 또는 이해관계의 동질성에 근거하여 자발적으로 조직된 집단[33]이어야 한다. 그런데 중국인들로 대체된 현재의 집단촌은 그에게 그러한 심적 유대감과 정신적 일체감을 전혀 가질 수 없게 한다.

그가 걷다가 도착한 곳은 '매드 · 킬' 야구시합이 열리고 있는 야구장이다. 야구모임 '매드 · 킬'은 집단촌 출신들의 네트워크(networks)이다.

> 같은 중학교 출신 친구들끼리 만든 '매드 · 킬'은 멤버 전원의 부모 혹은 조부모가 집단촌 출신이고, 나가야마와는 부모 대(代) 혹은 조부모 대부터 지금까지 일로 관계를 맺고 있다. 나가야마가 의도적으로 그렇게 하고 있는 것은 아니지만, 결과적으로 집단촌 출신 사람들은 흩어져 있으면서도 네트워크를 유지하고 있는 셈이다.[34]

현재 한인들은 집단촌을 떠나 이곳저곳으로 흩어져 살아가지만 야구모임 '매드 · 킬'을 중심으로 야구도 하고 식사도 하며 네트워크를 유지하고 있다. 즉 '매드 · 킬'은 집단촌 출신 한인들의 심리학적인 결합성 또는 소속감을 지닌 연결망이라고 할 수 있다.

서방은 야구장에서 죽은 아들의 친구 다카모토를 만나게 된다. 의사가 된 그는 "전쟁 때 일본군이었던 조선인 몇 천 명이 전상자 배상연금을 요구하는 재판을 벌이고 있는 것"에 대해 오사카 고등법원이

---

33) 김경일, 「공동체론의 기본문제」, 신용하 편, 『공동체 이론』, 문학과지성사, 1985, 183-210면.
34) 현월, 앞의 책, 38면

화해권고를 냈다는 사실을 알려주며, 전쟁 중 잘린 오른손목의 보상 청구재판을 해보라고 권한다. 서방은 실은 전쟁터에서 부상을 입은 것이 아니라 상관의 명령으로 횡령물자를 선적하는 노무자들을 감시하다가 사고로 적기의 기총 소사를 받아 오른손목이 잘려나갔던 것이다.

독거노인 서방이 매주 매드·킬의 식사모임에 나가는 것은 매드·킬을 통해서라야만 최소한 필요한 정보를 얻을 수 있으며, "다음 일주일을 살아갈 기운을 얻"을 수 있기 때문이다. 그는 매드·킬이라는 네트워크를 통해서만 자신이 한인이라는 소속감과 정체성을 인정받을 수 있으며 살아갈 활력을 얻을 수 있다. 따라서 다카모토가 전상자의 보상금을 받을 수 없다는 기사가 나왔다고 알려 주었을 때에도 보상을 받을 수 없다는 사실에 대한 실망감보다는 한인 공동체의 일원으로서 다카모토가 그에게 보여주는 관심에 대해서 가슴속의 응어리가 확 풀리는 것 같은 감격을 느낄 정도로 그는 고독한 노인이다.

말보다도, 자신의 무력함을 탓하는 듯한 침통해하는 다카모토의 표정을 보니, 서방은 가슴속에 남아 있던 작은 응어리가 확 풀리는 것 같았다. 그렇다 이 오른팔이 부당한 대접을 받기 때문에 자기는 지금까지 이 집단촌과 함께 존재해 왔고, 또 더불어 살아갈 수 있는 것이다. 우물을 파 올리던 아버지의 굵은 팔에 안겨 보금자리같이 포근함을 느꼈던 기억을 떠올리며 한순간 황홀한 기분에 사로잡혔다.[35]

---

35) 현월, 위의 책, 83면.

작품의 결말에서 서방은 경관의 장딴지를 물어뜯다 연타를 당하며 나가떨어졌을 때에도 몸이 아픈 것은 아랑곳하지 않고 집단촌 한인 공동체의 일원으로서 정체성과 소속감을 갖게 된 데 대해 기쁨을 느낀다. 따라서 그의 집단촌 산책은 궁극적으로 장소상실을 극복하고, 자신이 한인 공동체의 일원이라는 공동체의식을 획득하는 과정이라고 할 수 있다. 오래전 의지할 가족공동체를 상실한 그에게 집단촌 한인으로서의 정체성과 소속감이야말로 그를 이 집단촌에서 살아가게 하는 유일한 근거를 제공한다. 힐러리(George A. Hillery)에 의하면 공동체의 구성원들은 공동의 관심과 목표 등을 공유하면서 동류의식과 소속감을 가지고 관심과 사랑, 근면과 헌신 등의 정서적 태도를 취한다.[36] 집단촌은 그에게 단순한 체류지가 아니라 68년이라는 긴 시간 층이 쌓인 기억의 장소이자 한인으로서의 정체성과 소속감을 느낄 수 있는 장소이다. 그는 집단촌 산책을 통해 68년의 세월이 흐르는 동안 변화해온 집단촌의 역사와 변화된 현재를 동시적으로 조망하지 않을 수 없다. 집단촌을 산책하는 그의 내면은 '과거에 대한 감성적 동경이나 시시각각 변화하는 현재, 그 어느 쪽에 일방적으로 매몰되지 않는 심리적 복합성을 갖게 된다. 그는 현재와 과거, 현존과 부재의 변증법을 자신 안에 체현하는'[37] 인물이다.

그런데 작가 현월은 한인 3세들은 적당한 돈과 사회적 지위를 유지하는 것으로 만족하는 세대이니만큼 역사문제는 2세인 서방 세대에서 마무리 지어달라는 3세인 다카모토의 발언을 통해서 민족에 대한

---

36) 김형주 · 최정기, 「공동체의 경계와 여백에 대한 탐색」, 『민주주의와 인권』14-2, 전남대학교 5.18연구소, 2014, 168면에서 재인용.
37) 윤미애, 「도시 산보와 기억」, 『독어교육』29, 한국독어교육학회, 2004, 527면.

그의 부채의식의 수위를 드러낸다. 전공투에 가입하여 활동하다 폭력의 희생양이 된 아들(고히치)의 죽음을 통해서도 작가는 고루한 민족의식이 재일의 삶에 결코 도움이 되지 않는다는 것을 분명히 했다. 현재 3세가 된 재일한인들에게는 과거 역사에 대한 민족의식보다는 현재 살고 있는 일본에서의 삶과 앞으로 살아갈 미래가 더 중요하다는 것이다. 즉 그들에게는 지나간 역사나 민족이 아니라 현재의 재일의 삶과 살아갈 미래가 더 중요하다는 작가의식이다.

3. 트라우마와 치유 그리고 정체성의 획득

트라우마(trauma)는 어원적으로 외부의 강렬한 자극으로 인체의 피부가 찢기는 외상(外傷)을 의미했다. 하지만 프로이트(Sigmund Freud)가 『쾌락원칙을 넘어서』에서 이를 육체적 관점에서 정신적 관점으로 바꾸어 놓음으로써 정신적 외상을 의미하게 되었다. 따라서 트라우마는 외부의 강렬한 자극으로 '보호방패'에 구멍이 뚫려 주체가 감당할 수 없는 자극물이 무방비상태로 내부에 유입되는 사건, 즉 정신적 외상을 의미한다.[38]

서방은 육체적 외상과 정신적 외상을 모두 지닌 인물이다. 전쟁기에 사고로 오른손목을 잃은 육체의 상처가 그의 첫 번째 외상이다. 그런데 이 외상은 이후의 외상들을 초래하는 근원적 트라우마로 작용한다. 두 번째 외상은 아들로부터 전쟁이 끝났을 때 왜 죽지 않았냐고

---

38) 박찬부, 『에로스와 죽음』, 서울대학교출판부, 2013, 205면.

비난을 받은 일이다. 서방의 오른손목이 일본군의 전쟁에 참가했다가 부상을 당함으로써 잘렸다는 사실을 알게 된 아들은 아버지를 비난하며 가출해버렸다. 세 번째 외상은 의절하고 집을 나간 아들이 시체로 발견된 것이다. 네 번째 외상은 아내의 죽음이다. 이처럼 서방은 육체적 외상으로부터 여러 번의 정신적 트라우마까지를 모두 안고 고통스럽고 외롭게 살아온 인물이다. 그는 엄청난 육체적 정신적 트라우마를 겪고도 오직 슬픔을 억압할 뿐 그것을 치유할 어떤 애도의 과정조차 거치지 않았다.

  남달리 고지식한 민족의식을 가진 아들 고이치는 고등학생이 되었을 때 "어째서 전쟁이 끝났을 때 죽지 않았어요? 무슨 낯으로 뻔뻔하게 살아남아 동포의 얼굴을 봤냐구요. 당신 같은 사람이 아버지라니, 차라리 태어나지 않았더라면 좋았을 걸."이라고 면전에 대고 서방이 한인으로서 일본이 벌인 전쟁에 동원되어 부상까지 당하고 살아남은 사실을 비난하며 집을 뛰쳐나갔던 것이다. 그 후 서방과 의절한 아들은 도쿄로 가 과격학생운동단체 전공투[39]에 가입하여 활동하다 결국 폭력의 희생양이 되고 만다. 아들 고이치는 '베트남에서 한국인 병사를 철수시켜라'라고 주장하다 반동분자로 몰려 린치를 당해 죽었다. 그리고 2년 뒤에는 서방의 아내마저 나가야마의 공장에서 재단기에 팔이 잘려 과다출혈로 죽게 된다. 아들이 죽고 나서 아내는 점점 말이 더 많아졌는데, 집단촌에서 일어난 사소한 일이나 인간관계에 대해 생각나는 대로 혼잣말처럼 같은 말을 되풀이하거나 때로는 "가끔 바

---

39) '전공투(全共鬪)', 또는 '전학공투회의(全學共鬪會議)'는 '전국학생공동투쟁회의'의 약자로, 1960년대 일본 학생운동 시기에, 일본 공산당을 보수주의 정당으로 규정하고 도쿄대학교를 중심으로 시작된 새로운 과격학생운동을 말한다.

느질을 하다 말고 멍하니 천장을 쳐다보며, 뭐에 홀린 사람처럼" 끊임없이 떠들어댔다. 아내는 아들을 잃은 슬픔 때문에 의미 없는 말들을 혼잣말처럼 반복하거나 떠들어대는 증세 등에서 보듯이 심각한 우울증을 앓았던 것 같다.

프로이트에 의하면 우울증은 심각한 낙심, 외부세계에 대한 관심의 중단, 사랑할 수 있는 능력의 상실, 모든 행동의 억제, 자신에 대한 비난과 자기비하감 등을 비롯해 누군가가 자신을 처벌해 주었으면 하는 자기징벌적이고 망상적 기대를 한다는 점에서 정상적 감정인 애도와 구별되는 병리적 감정이다.[40] 아내는 아들의 죽음 때문에 우울증을 앓던 나머지 작업 중에 사고를 당해 죽은 것이다. 그러나 서방은 그런 아내에 대해서 관심을 기울이지 못했다. 재단기에 팔이 잘려 과다출혈로 죽은 아내에 대해 공장주인 나가야마는 대놓고 자살이 아니냐고 중얼거려 서방에게 깊은 상처를 주지만 작품의 맥락은 아내의 죽음이 우울증 때문에 야기된 것일 수도 있다는 개연성을 충분히 보여주고 있다.

사람들은, 평소 빈혈기가 있던 아내가 갑자기 현기증이 나서 기계 위에 쓰러졌을 거라고들 했다. 그러난 나가야마는 대놓고 자실이 아니냐고 중얼거리며 서방의 마음에 깊은 상처를 주었다. 사실 기계 위에 쓰러졌다고 해서 팔이 어깻죽지까지 절단기 날 아래로 들어간다는 것은 이상하다. 서방은 오히려 자신이 나가야마에게 빚진 느낌이 들어, 나가야마가 제시한 보상조건을 거절할 수 없었다. 집단촌에 사는 동안

---

40) 프로이트, 윤희기 역, 『무의식에 관하여-프로이드 전집13』, 열린책들, 1997, 248-249면.

은 식사와 매달 이만 엔의 용돈을 지급하겠다는 것이었다.[41]

서방은 아들의 비난과 가출 그리고 죽음, 아들의 죽음 이후 아내마저 우울증으로 죽은 것을 생각할 때마다 "가슴에 통증이 와 푹 엎드려 방바닥에 이마를 비벼댔다. 그리고 천천히 숨을 들이쉬고 내쉬었다. 몇 년에 한 번씩 일어나는 발작 같은 것이었다."[42]처럼 아직도 트라우마가 치유되지 않은 채 '외상 후 스트레스 장애(post traumatic stress disorder)'[43]에 시달리고 있다. 그는 아들이 자신을 비난하며 집을 나가 시신으로 발견되었을 때나 아내의 죽음에 대해서도 제대로 애도의 감정을 보인 적이 없다. 애도의 감정을 외면하고 억압한 결과 오랜 세월이 지난 후에도 그는 간헐적으로 발작 같은 통증에 시달려왔던 것이다.

'베트남에서 한국인 병사를 철수시켜라'라고 호소할 때 금색으로 빛나는 고이치의 눈은, 저편 멀리 아비의 모습을 보고 있었을까. 아냐. 그럴 리가 없어. 서방은 자조 섞인 웃음을 웃었다. 고이치의 마음속에서 아버지의 존재는 이미 오래 전에 소멸해버렸던 것이다. 그것은 서방도 마찬가지였다. 고이치가 어떤 사상을 갖든 나랑은 상관없다. 고이치가 집단촌을 버린 순간, 아들과의 인연은 영원히 끊어져버린 거라고, 서방은 마

---

41) 현월, 앞의 책, 32면.
42) 현월, 위의 책, 33면.
43) '외상 후 스트레스 장애'는 사람이 전쟁, 고문, 자연재해, 사고 등의 심각한 사건을 경험한 후 그 사건에 공포감을 느끼고, 사건 후에도 계속적인 재경험을 통해 고통을 느끼며 거기서 벗어나기 위해 에너지를 소비하게 되는 질환으로, 정상적인 사회생활에 부정적인 영향을 끼치게 된다. : 이봉건, 『이상심리학』, 시그마프레스, 2005, 113면.

음속 깊이 솟아오르는 슬픔을 씹어 삼키며 자신에게 그렇게 말했다.[44]

프로이트는 애도를 '보통 사랑하는 사람의 상실, 혹은 사랑하는 사람의 자리에 대신 들어선 어떤 추상적인 것, 즉 조국, 자유, 어떤 이상 등의 상실에 대한 반응으로서 병리적인 것이 아니라'는 점에서 우울증과 구분했다.[45] 애도는 대상이 더 이상 존재하지 않는다는 사실을 서서히 인정하고 그에 대한 자신의 애정을 점차 철회함으로써 상실의 충격에서 벗어나 현실 속으로 복귀하는 과정이다. 그런데 서방은 현실에 복귀하는 그 어떤 애도의 과정도 밟지 않았다. 즉 일본이 벌인 전쟁에 동원되어 오른손목이 잘린 부당함, 그로 인한 아들의 비난과 사망, 그리고 아내의 사망이라는 감당할 수 없는 충격적 사실들에 오로지 "마음속 깊이 솟아오르는 슬픔을 씹어 삼키며" 간헐적인 발작과 같은 고통에 시달려 왔을 뿐 상실의 충격에서 벗어나 현실로 복귀하는 그 어떤 애도의 과정도 밟지 않았다.

지난 30여 년 동안 돈을 벌거나 제대로 된 일을 가져 본 적이 없는 서방이 이 집단촌에 남아 있는 현실적인 이유는 아내의 죽음에 대한 보상으로 공장주인 나가야마가 숙소와 식사와 용돈을 제공하기 때문이다. 오래전 아내마저 죽음으로써 서방에게는 사랑을 주고받을 보금자리인 집(가족 공동체)은 더 이상 존재하지 않는다. 다만 그에게는 집단촌이라는 공동체만이 남아있을 뿐이다. 그런데 산책은 그 공동체마저 사라져버릴지도 모른다는 위기의식에 그를 빠뜨린다.

지난날을 생각하며 괴로워하는 서방은 집단촌의 주인인 나가야마

---

44) 현월, 앞의 책, 23면
45) 프로이트, 앞의 책, 248-249면.

에 대해 울분도 체념도 아닌 건조한 상념에 사로잡힌다. 때로는 나가야마에 대해 증오심을 느끼기도 한다. 서방뿐만 아니라 집단촌 남자들 모두 그로부터 벗어나지 못하는 데 대해 화를 내는 한편 체념을 하는 양가감정을 느끼고 있다.

> 작은 신발 공장을 시작했을 때부터 집단촌은 나가야마의 소유물이었다는, 울분도 체념도 아닌 건조한 상념에 사로잡혔다. 그렇다면 여기 있는 남자들 또한 여전히 나가야마의 '소유로부터 벗어나지 못하는 데 대해 때로는 화를 때로는 체념하고 있는 것이다.[46]

하지만 나가야마는 집단촌의 소유주인 동시에 집단촌 한인들의 후견인이기도 하다. 그는 집단린치를 당한 숙자의 뒤를 말없이 돌봐주기도 하고, 공원과 야구장에 쉰 그루의 나무를 기부하기도 하며 집단촌을 지켜낸 인물이다. 어쨌든 노동력을 상실한 독거노인 서방에게 숙소와 식사와 용돈을 제공하여 살아갈 수 있도록 배려해주는 것도 다름 아닌 나가야마인 것이다.

그는 이 집단촌에 가장 큰 영향력을 행사하는 권력자이다. 그가 땅주인으로부터 집단촌을 사들인 의도는 당시 돈을 벌기 위해 들어오는 한국인의 숫자가 갑자기 수십 명으로 늘어났기 때문이다. 그는 한국인 노동자들이 자신의 구두공장과 파친코에서 안심하고 일할 수 있도록 집단촌에 은신처를 제공했다. 그는 시대의 변화를 읽을 수 있는 영민한 인물로서 20여 년쯤 전에 귀화까지 해가며 네 차례나 시의원에

---

46) 현월, 앞의 책, 51면.

출마했지만 연속 낙선했다. 그는 경제적으로 성공한 집단촌의 실력자
이지만 아직 일본 주류사회에까지 정치적 영향력을 미치는 단계에는
이르지 못했다. 따라서 그가 경찰서장과 수시로 술을 마시며 친분관
계를 유지한다 해도 주류사회의 눈에 거슬리면 언제든 집단촌은 강제
로 폐쇄당할 수도 있다.

집단촌 한인 차세대는 나가야마처럼 사장도 되고, 차차세대인 다카
모토처럼 의사도 되었다. 하지만 거기까지이다. 주류사회는 한인들이
일본으로 귀화해 일본이름으로 개명을 해도 독자적 세력을 형성하거
나 시의원에 당선되어 정치적 영향력을 갖게 되는 것을 결코 허용하
지 않는다. 다만 그들이 격리된 공간에서 말썽을 일으키지 않고 없는
듯이 존재하기를 바랄 뿐이다. 주류사회가 집단촌을 용인하는 이유는
일본인들이 꺼려하는 분야에서 불법노동자들의 저임금 노동력이 필
요하기 때문이다.

따라서 주류사회는 언제든 집단촌을 폐쇄시킬 수 있는 권력을 행사
할 수 있다. 주인공 서방은 그 자신이나 공장주 나가야마, 공장장 가
네무라가 서로 다를 바 없는 주변적 위치의 한인이라는 민족정체성을
산책의 마지막 단계에서 분명하게 깨닫는다.

> "기다려!" 하는 외침 소리가 멀리서 들리고 동시에 공장으로 들어가
> 는 길에서 남자 하나가 뛰쳐나왔다. 그 뒤를 이어 남자 세 사람이 나오
> 는 것을 본 순간, 서방은 자기도 모르게 몇 발짝 앞에 있는 경관의 다리
> 에 달려들었다.[47]

---

47) 현월, 위의 책, 88-89면.

따라서 서방은 집단촌의 주인인 나가야마가 곤경에 처하게 되자 불편한 몸으로 경찰관의 허벅지를 물어뜯는 무의식적 돌발행동을 통해 집단촌 한인으로서 나가야마와 그가 같은 운명공동체로 결속되어 있다는 것을 증명한다. 나가야마의 위기는 바로 집단촌의 위기이기 때문에 그는 자신도 모르는 사이 경찰에 대해 저항행위를 감행했던 것이다. "벌렁 뒤로 자빠진 서방이 입안에 있는 살점을 퉤하고 뱉어내고, 이럴 때 자신도 생각할 수 없는 엄청난 힘이 나온 데 감사했다."와 같이 느낀 것은 바로 자신이 집단촌 한인 공동체의 일원임을 자각했기 때문이다.

집단촌 골목을 산책하는 동안 장소상실에 빠져 있던 서방은 작품의 결말에서 집단촌과 자신이 하나로 결속되어 있다는 진정한 장소감을 획득한다. 렐프가 말했듯이 진정하고 무의식적인 장소감은 개인의 정체성에 중요한 원천을 제공하고, 이를 통해 공동체에 대해서도 정체감의 원천이 된다.[48] 의지할 가족 공동체를 상실하고 외상 후 스트레스 장애에 빠져 있던 그에게 한인 공동체 일원으로서의 정체성 획득은 일종의 치유 과정이다. 그것은 소속감과 사랑과 관심을 기울일 공동체가 아직 그에게 남아있다는 데 대한 안도감이다. 그것은 서방에게 주체의 고독과 불안을 치유하게 하는 힘으로 작용한다.

서방은 그를 찾아오는 유일한 외부자인 일본인 자원봉사자 사에키가 나가야마에 의해 강간당했다는 사실을 알게 되었을 때, 그녀를 다시 만날 수 없게 되었다는 데 대해 울화가 치솟지만 다음날 아침 "세상에 나서 이렇게 상쾌하게 잠이 깬 건 기억에 없을 정도라고 느끼"는

---

48) 에드워드 렐프, 앞의 책, 150면.

심적 변화를 나타낸다. 그와 같은 심경 변화도 사에키가 그에게는 고마운 여성임에도 집단촌 한인으로서 일본인에 대한 무의식적인 반발심을 품고 있었던 데서 기인한 것이라고밖에는 해석되지 않는다.

루이스 코저(Lewis A Coser)의 지적대로 주류사회(경찰)라는 외집단과의 갈등은 한인끼리의 내적 응집력을 증대시키는[49] 계기를 제공했다. 하지만 집단촌의 한인 공동체는 이미 해체된 것이나 다름없으며, 경찰과 나가야마의 협력관계가 깨진 만큼 앞으로 집단촌의 위기는 보다 증대될 것이다. 즉 공동체 내부적으로는 공동체를 구성해온 한인들이 대부분 집단촌을 떠나버림으로써, 외부적으로는 경찰과의 갈등관계가 야기됨으로써 집단촌의 해체는 더욱 가속화될 것이다.

4. 결론

본고는 현월의 소설 「그늘의 집」을 '산책자(flaneur)'와 '장소(place)' 그리고 '치유(healing)'의 관점에서 고찰하였다. 제목이 암시하듯 「그늘의 집」은 기본적으로 장소에 관한 소설이다. 그리고 장소를 인식하는 주체인 '서방'이란 인물의 '산책'을 통해서 갖게 되는 장소감이 작품 해석에서 매우 중요하다. 뿐만 아니라 '산책'은 서방이란 인물이 집단촌 한인 공동체의 일원으로서 정체성을 획득하게 함으로써 트라우마를 치유하는 과정이기도 하다.

작품은 제주도 출신 한인들이 집거해온 오사카의 집단촌을 배경으

---

49) 루이스 코저, 박재환 역, 『갈등의 사회적 기능』, 한길사, 1980, 109-119면.

로 한인 2세인 '서방'이라는 인물의 산책에 의해 전개되는 구조를 갖고 있다. 이민자, 장애, 노인 등 삼중으로 주변부에 속하는 서발턴 '서방'은 오사카의 슬럼지역이자 자신이 68년 동안 한 번도 떠나본 적이 없는 집단촌을 산책한다. 한때 흥성했던 집단촌은 한인들이 떠나버리고 중국인 불법노동자들의 체류지로 변화했다. 집단촌은 현재 중국인 불법노동자의 은신처로서 없는 듯이 조용히 존재할 때는 안전이 보장되지만 언제든 위기가 집중될 수 있는 위태로운 장소다. 이와 같은 집단촌의 장소정체성은 곧바로 재일한인의 주변적이고 불안정한 위치성을 상징한다.

서방은 중국인들의 집단린치와 길거리 목욕, 싸움 등에서 충격을 받으며 그곳이 더 이상 한인들의 집거지가 아니라는 데서 장소상실을 느낀다. 하지만 그는 중국인들의 집단린치가 신고되어 순찰 나온 경찰에 의해 나가야마가 위기에 빠지게 되자 경찰을 공격하는 저항행위를 통해 집단촌 한인 공동체 일원임을 증명한다. 평생 동안 집단촌을 떠나본 적이 없는 그의 산책은 개인적 기억을 넘어서며 집단촌이 형성되어 오늘에 이른 역사의 흔적을 찾는 과정에 다름 아니다. 그리고 그 과정을 통해서 그는 한인 공동체의 일원으로서 정체성을 획득하고, 의지할 가족 공동체를 상실한 데서 오는 고독과 불안을 치유하게 된다.

결말에서 보여주었듯이 주류사회(경찰)라는 외집단과의 갈등은 한인끼리의 내적 응집력을 증대시키는 계기를 제공했지만 집단촌의 한인 공동체는 이미 해체된 것이나 다름없다. 남아 있는 한인들끼리 일시적으로 내적 결속력이 증대된 것은 사실이지만 경찰과 나가야마의 협력관계가 깨진 만큼 앞으로 집단촌의 위기는 보다 증대될 것이다.

즉 내부적으로는 공동체를 구성해온 한인들이 대부분 집단촌을 떠나 버림으로써, 외부적으로는 경찰과의 갈등관계가 발생함으로써 집단 촌의 해체는 더욱 가속화될 것이다.

현월은 일본사회의 소외된 주변부에 속하는 서발턴 인물과 장소를 통해서 오랜 세월이 지났음에도 한인들의 재일의 삶이 여전히 소외 되고 배제되는 주변적인 위치에 놓여 있다는 것을 보여주었다. 하지 만 그의 관심사는 혈연으로서의 민족보다는 보편적인 인간에 있다고 말한다. 전 세계적으로 디아스포라가 보편화된 시대이니만큼 「그늘 의 집」에서 제시된 사건은 다른 지역에서 살아가는 이주민들에게도 언제든 일어날 수 있는 사건이 될 수 있다. 더욱이 최근 서구세계에서 증가하고 있는 이주민에 대한 정주민의 배타적이고 적대적인 편견과 태도들은 더욱 그럴 개연성을 높게 만든다고 할 것이다.

참/고/문/헌

〈기초자료〉
• 현월, 신은주 · 홍순애 역, 『그늘의 집』, 문학동네, 2000.

〈단행본〉
• 권용선, 『세계와 역사의 몽타주, 벤야민의 아케이드 프로젝트』, 그린비, 2009.
• 박찬부, 『에로스와 죽음』, 서울대학교출판부, 2013.
• 신용하 편, 『공동체 이론』, 문학과지성사, 1985.
• 윤인진, 『코리안 디아스포라』, 고려대학교출판부, 2004.
• 최병두 외, 『지구 · 지방화와 다문화 공간』, 푸른길, 2011.
• 태혜숙, 『탈식민주의 페미니즘』, 여이연, 2001.
• 루이스 코저, 박재환 역, 『갈등의 사회적 기능』, 한길사, 1980.
• 에드워드 렐프, 김덕현 · 김현주 · 심승희 역, 『장소와 장소상실』, 논형, 2005.
• 질 발렌타인, 박경환 역, 『사회지리학』, 논형, 2009.
• 프로이트, 윤희기 역, 『무의식에 관하여-프로이드 전집 13』, 열린책들, 1997.

〈논문〉
• 구재진, 「국가의 외부와 호모 사케르로서의 디아스포라-현월의 「그늘의 집」 연구」, 『비평문학』32, 한국비평학회, 2009, 7-26면.

- 김형주 · 최정기, 「공동체의 경계와 여백에 대한 탐색」, 『민주주의와 인권』14-2, 전남대학교 5.18연구소, 2014, 159-191면.
- 김환기, 「현월(玄月) 문학의 실존적 글쓰기」, 『日本學報』61-2, 한국일본학회, 2004, 439-455면.
  _____, 「전후 재일코리언 문학의 변용과 특징 : 오사카 이쿠노(大阪生野) 지역의 소설을 중심으로」, 『日本學報』86, 한국일본학회, 2011, 167-181면.
- 문재원, 「재일코리안 디아스포라 문학사의 경계와 해체-현월(玄月)과 가네시로가즈키(金城一紀)의 작품을 중심으로」, 『동북아문화연구』26, 동북아문화학회, 2011, 5-21면.
- 박정이, 「현월 「그늘의 집("蔭の棲みか)」의 '그늘'의 실체」, 『일어일문학』46, 대한일어일문학회, 2010, 227-239면.
- 박진영, 「한국현대소설에 나타난 '야행(夜行)' 모티프와 '밤 산책자' 연구」, 『Journal of Korean Culture』31, 한국어문학국제학술포럼, 2015, 151-174면.
- 윤미애, 「도시, 기억, 산보」, 『오늘의 문예비평』51, 오늘의문예비평, 2003. 12, 209-225면.
  _____, 「도시 산보와 기억」, 『독어교육』29, 한국독어교육학회, 2004, 521-539면.
- 이용균, 「이주자의 주변화와 거주공간의 분리」, 『한국도시지리학회지』16-3, 한국도시지리학회, 2013, 87-100면.
- 장안순, 「무대배우의 고독(舞臺役者の孤獨)-집단(集村)에서 노조무(望)의 정체성」, 『일어일문학』35, 대한일어일문학회, 2007, 275-239면.

• 황봉모, 「현월(玄月)의 「그늘의 집("蔭の棲みか)」-'서방'이라는 인물-」, 『일본연구』23, 한국외국어대학교 일본연구소, 2004, 381-403면.

_____, 「현월(玄月)의 「그늘의 집("蔭の棲みか)」-욕망과 폭력」, 『일어일문학연구』54-2, 일어일문학회, 2005, 121-138면.

(『문학예술치료』1, 문학예술치료학회, 2016)

제5부

중앙아시아 고려인문학

고려인 시에 재현된 '시월 모티프' 연구
-『시월의 해빛』을 중심으로

1. 서론

그동안 국내에 잘 알려지지 않았던 구 소련권 고려인문학[1]에 대한 연구는 2000년대를 전후하여 국내 연구자들의 재외한인문학 연구의 붐을 타고 시작되었다. 그간 국내에서 발행된 고려인문학 연구서에는 김필영의 『소비에트 중앙아시아 고려인 문학사』(2004), 이명재(외)

---

1) 고려인문학을 연구하면서 연구자들은 '구소련권 고려인문학'(이명재), '중앙아시아 고려인문학'(김종회), '소비에트 중앙아시아 고려인문학'(김필영), 'CIS지역 한인 문학'(김정훈 · 정덕준), '중앙아시아 한인문학'(윤정헌), '카자흐스탄한인문학'(조정래) 등 다양한 용어를 사용하고 있다. 그 이유는 연해주로 이주한 한인들이 중앙 아시아지역(현 우주벡과 카자흐 지역)으로 강제이주 당했는데, 그곳은 구 소비에 트연방공화국이었다. 하지만 1991년 소련의 해체로 러시아연방과 독립국가연합 (CIS)으로 분리됨으로써 고려인들은 우즈베키스탄과 카자흐스탄, 러시아연방 등지로 흩어져서 살아가고 있기 때문에 다양한 명칭이 생긴 것이다. 이 글에서는 지역 명칭을 배제한 채 민족 명칭인 '고려인문학'이라는 명칭을 사용하고자 한다.

의 『억압과 망각, 그리고 디아스포라』(2004), 장사선 · 우정권의 『고려인디아스포라 문학연구』(2005), 김종회의 『중앙아시아 고려인디아스포라 문학』(2010) 등이 있으며, 이밖에도 여러 저서와[2] 논문들이 발표되었다. 그리고 고려인 정상진의 『아무르만에서 부르는 백조의 노래』(2005)와 한국인 김병학이 채록하여 편저한 『재소고려인의 노래를 찾아서』(전2권)(2007) 등도 발간되었다.

고려인문학 연구의 역사가 짧은데도 문학사도 출간되어 있고, 논문들은 고려인문학에 대한 시, 소설 등 장르 전체를 조감하는 단계를 넘어서서 조명희[3], 강태수[4] 등 개별작가에 대한 연구와 김준의 『십오만원 사건』[5] 등 개별 작품에 관한 연구로 심화되어 가고 있다.

고려인 시문학의 특징에 대해 최강민은 "고려인들이 사회주의적

---

2) 한국정신문화연구원 편, 『캄차카의 가을』, 한국정신문화연구원, 1983.
　김연수 편, 『재소 한인시집 치르치크의 아리랑』, 인문당, 1988.
　이명재 편, 『소련지역의 한글문학』, 국학자료원, 2002.
　김종회 편, 『한민족문화권의 문학』, 국학자료원, 2003.
　김종회 편, 『한민족문화권의 문학2』, 국학자료원, 2006.
　강진구, 『한국문학의 쟁점들-탈식민 · 역사 · 디아스포라』, 제이앤씨, 2007.
3) 김성수, 「소련에서의 조명희」, 『창작과 비평』1989년 여름호(64), 창작과비평사, 1989.
　이명재, 「조명희와 소련지역 한글문단」, 『국제한인문학연구』1, 국제한인문학회, 2004, 265-298면.
　권기배, 「디아스포라와 망각을 넘어 기억의 복원으로 : 러시아 및 중앙아시아 한인 망명문학 연구.1, '포석 조명희'를 중심으로」, 『외국학연구』16, 중앙대학교 외국학연구소, 2011, 171-190면.
　김낙현, 「조명희 시 연구 : 구소련에서 발표한 詩를 중심으로」, 『우리문학연구』36, 우리문학회, 2012, 147-181면.
4) 조규익, 「구소련 고려시인 강태수의 작품세계」, 『대동문화연구』76, 성균관대학교 대동문화연구원, 2011, 487-518면.
5) 조정래, 「카자흐스탄 고려인 작가 김준의 장편소설」, 『현대문학의 연구』37, 한국문학연구학회, 2009, 197-222면.

정체성을 확보했음을 대내외적으로 과시하기 위해 애용했던 것은 10월 혁명, 레닌과 스탈린, 사회주의에 대한 찬양이다. 이중에서 압도적으로 많은 것은 소련 사회주의 아버지인 레닌에 대한 칭송이다."[6]라고 했다. 김낙현은 "1990년대까지 간행된 고려인의 시작품에서는 자의든 타의든 소련을 자신들의 조국으로 형상화하여 소련공민으로서의 삶에 충실할 것을 역설하고 있으며, '레닌'으로 대표되는 이념적인 찬송 성향이 모든 시집에서 표출되고 있다. 이러한 현상은 시뿐만 아니라 고려인문학 전반에 걸쳐 공통적으로 나타나고 있는 경향"이라고 했다.[7] 고려인문학을 연해주 시기(1925-1937), 강제이주기(1937-1953), 스탈린 사후 재건의 시기(1953-1986), 소련 해체 후 개혁·개방기(1986-)로 구분한 김정훈·정덕준 역시 강제이주기의 고려인문학에 대해 고향이나 조국에 대한 향수의 표현이나 소련의 제도와 정책에 대한 비판은 허용되지 않았으며, 오직 소비에트 사회주의 제도를 찬양하는 내용만이 허용되었을 뿐이라고 동일한 평가를 했다.[8]

본고는 1971년에[9] 카자흐스탄 알마티에서 발간된 작품집[10] 『시월

---

6) 최강민, 「중앙아시아 고려인 시에 나타난 조국과 고향 이미지」, 이명재 외, 『억압과 망각, 그리고 디아스포라-구소련 고려인 문학』, 한국문화사, 2004, 223면.

7) 김낙현, 「고려인 시문학의 현황과 특성」, 이명재 외, 위의 책, 294면.

8) 김정훈·정덕준, 「재외 한인문학 연구-CIS 지역 한인 시문학을 중심으로」, 『한국문학이론과 비평』31, 한국문학이론과비평학회, 2006, 347-348면.

9) 1971년에 발간되었다고 해서 1970년대 전후의 작품을 수록하고 있는 것이 아니고, 작품은 1930년 초반 작품부터 1960년대 작품까지 두루 수록되어 있다.

10) 이밖에도 『씨르다리야의 곡조』(사수식출판사, 1975), 『해바라기』(사수식출판사, 1982), 『행복의 고향』((사수식출판사, 1988), 『꽃피는 땅』(사수식출판사, 1988), 『오늘의 빛』((사수식출판사, 1990) 등 공동 작품집이 카자흐스탄 알마티에서 발간되었다. 그런데 이 작품집들은 카자흐스탄에서 발간되었지만 정확히 카자흐스

의 해빛』(작가출판사)에 수록된 시를 중심으로 '시월 모티프'를 분석하고자 한다. 왜냐하면 고려인문학에서 '시월 모티프'는 장르를 초월한 핵심적 모티프라고 판단했기 때문이다. 또한 작품집 『시월의 해빛』은 '시월'이라는 단어를 시집 제목에 넣을 만큼 이를 형상화한 작품들을 집중적으로 수록하고 있기 때문이다. 『시월의 해빛』에는 강제이주 전인 1930년부터 1967년까지 시기적으로 매우 폭넓은 시기의 시, 소설, 희곡 등 26명의 고려인 작가들의 작품이 수록되어 있다.

김필영은 『소비에트 중앙아시아 고려인 문학사』를 집필하면서 1937년 강제이주기부터 소련이 해체된 1991년까지의 고려인문학을 형성기(1937-1953), 발전기(1954-1969), 성숙기(1970-1984), 쇠퇴기(1985-1991)로 시대를 구분하여 기술한 바 있는데,[11] 『시월의 해빛』에는 강제이주 이전의 시기로부터 고려인문학의 형성기와 발전기의 문학이 포함되어 있다고 할 수 있다.

본고는 시월혁명, 시월혁명을 주도한 레닌, 레닌과 볼세비키가 세운 나라 소비에트연방에 대한 찬양으로 일관된 송시 및 찬가 형태의 시들을 '시월 모티프 시'로 지칭하며, 이들 시에 나타난 '시월 모티프'를 분석함으로써 연해주 시절에 이어 중앙아시아에서의 고려인들의 생존방식과 이에 대한 문학적 굴절이 어떻게 이루어졌는지를 살펴보고자 한다.

탄 고려인 문학이라고만은 할 수 없다. 왜냐하면 이 작품집들이 발간되었을 때 카자흐스탄은 독립국가가 아니라 소비에트연방공화국의 하나였기 때문이다. 따라서 고려인 전체의 문학으로 보아야 한다.

11) 김필영, 『소비에트 중앙아시아 고려인 문학사』, 강남대학교출판부, 2004, 58-59면.

2. 시월 모티프 시 분석

1)연해주 시기의 시

본고의 논의 대상인 『시월의 해빛』은 당초 시월혁명 50주년(1967)을 기념하기 위해서 기획된 작품집[12]이지만 출판이 지연되어 1971년에야 발간되었다.[13] 즉 시월혁명을 기념한 작품집으로서 작품집명까지도 '시월의 해빛'으로 붙였던 것이다.

'시월'이 고려인들에게 어떤 의미였는지에 대해 정상진은[14] 다음과 같은 말로 단서를 제공하고 있다.

> 위대한 쏘련의 대가정 속에서 근 400천 명이나 되는 조선인들은 쏘련의 다른 민족들과 함께 새 사회 건설에 적극 참가하고 있으며 쏘베트 사회의 모든 정치, 경제, 문화생활에 당당한 주인으로 되여 있다.
>
> 쏘베트 정권의 50년간에 조선인들의 사회적 면모는 근본적으로 변모되었다. 이와 같은 위대한 갱생의 길은 위대한 시월 사회주의 혁명이 개척하였다.
>
> 만일 혁명 전에 쏘련 조선인들의 과반수가 무식자들이였다면 현재

---

12) 이 작품집에는 시인, 소설가, 희곡작가 등이 쓴 시, 소설, 희곡 등의 작품이 수록되어 있다. 수록작가는 조명희를 비롯하여 한 아나폴리, 조기천, 김준, 전동혁, 김중송, 주송원, 연성용, 김광현, 태장춘, 강태수, 김기철, 김세일, 한상욱, 차원철, 림하, 리운영, 우제국, 김종세, 리 와씰리, 김창욱, 김남석, 리정희, 김두칠, 한 아뽈론, 채영 등 26명이다.

13) 김필영, 앞의 책, 456면.

14) 정상진은 고려인 평론가로서 이 작품집의 발간사를 썼으며, 작품집의 발간과 편집에 관여한 것으로 생각된다.

에는 문맹자가 없으며 박사, 학사, 고등 지식 소유자들의 수가 쏘련의 다른 민족들에 비하여 더 많다. 이 사실만으로도 이상 변혁의 결과를 증명할 수 있다.[15]

즉 당시 소련 사회의 당당한 구성 주체로서 살아가고 있는 40만 명의 고려인[16]들의 거주국 소련에서의 훌륭한 사회적 변화를 '시월 사회주의 혁명'이 개척하였다는 것이다. 『시월의 해빛』은 다름 아니라 러시아혁명, 즉 '시월혁명'을 작품의 모티프로 삼은 작품들을 뽑아 엮은 작품집이며, 시월혁명이 소련에 정착하여 살아가는 고려인들에게 끼친 은총을 기린 작품집이라고 하여도 과언이 아니다. 여기서 '햇빛'이란 바로 은총과 시혜를 의미한다.

'시월혁명'이란 1917년 11월(구력 10월)에 레닌의 지도하에 러시아에서 발생한 프롤레타리아혁명을 지칭하는 것으로서, 무산 계급이 주체가 되어 모든 자본주의적 관계를 철폐하고 사회주의 사회를 실현하기 위하여 일으킨 혁명이다.[17]

1860년대 중반부터 경제적 동기에 의해서 촉발된 고려인들의 연해주로의 이주가 일본이 조선을 강제로 합병한 이후 특히 1919년에 3·1운동이 실패로 돌아가자 보다 정치적인 동기를 띤 이주로 바뀌게 되었다. 즉 연해주 지역을 독립운동의 전진기지로 삼으려고 독립운동가, 지식인들이 조선 땅을 넘어서 이 지역으로 이동하였으며, 이와 같

---

15) 『시월의 해빛』, 작가출판사(카자흐스탄 알마아타), 1971, 348면.
16) 조선인, 고려인, 중앙아시아한인, 고려사람 등의 여러 명칭이 있으나 본고에서는 '고려인'으로 통일하고자 함.
17) 러시아혁명(The Russian Revolution)은 1905년의 혁명을 제1차 혁명, 1917년의 혁명을 제2차 혁명이라고 부른다.

은 정치망명, 독립운동 성격을 띤 이주는 일제의 탄압이 심해지면서 더욱 빠른 속도로 진행되었다. 특히 시월혁명이 일어났던 1917년에 러시아에 거주하는 고려인의 수는 10만 명가량으로 증가하였다.[18]

연해주로의 정치적 망명, 또는 독립운동의 성격을 띤 이주를 촉발시킨 사건이자 이주의 철학적 기반을 제공해 준 역사적 사건이 바로 레닌과 볼세비키에 의해서 주도된 시월혁명이었던 것이다. 특히 레닌에 의해 표방된 민족자결권, 인종과 민족을 초월한 프롤레타리아 국제주의에 의한 혁명성은 일제의 탄압 하에 고통을 겪던 조선의 사회주의 독립운동가들에게 매력적으로 받아들여질 수밖에 없었다. "민족으로서의 형식은 유지하되 내용은 사회주의적으로 동질화한다"라는 이념, 소수민족들의 자결권을 인정하고 소비에트가 다민족국가로 조화롭게 발전할 것을 강조한 레닌의 정책에 조선에서 온 이주민들이 열광했었다는 것을 정상진은 다음과 같이 증언한다.

> 연해주 조선족은 시월혁명을 열렬히 지지하였으며 소비에트 정권을 위한 투쟁에 적극 참여하였다. 이와 같은 투쟁에 홍범도 장군이 지휘하는 부대도 참여하였다. 연해주에 이주한 조선족은 99퍼센트가 빈천자들이었다. 때문에 유산계급을 때려 부수고 무산계급 독재를 수립하는 혁명을 지지하지 않을 수 없었다. 마르크스, 레닌의 학설을 알아서가 아니라 그 혁명의 구호들이 너무나 빈천자들의 마음에 들었던 것이다.[19]

대부분의 이주민들은 시월혁명을 이념으로서 이해하고 지지했다

---

18) 윤인진, 『코리안 디아스포라』, 고려대학교출판부, 2005, 92-93면.
19) 정상진, 『아무르만에서 부르는 백조의 노래』, 지식산업사, 2005, 207면.

기보다는 무조건적으로 동조하였다. 하지만 문인을 비롯한 지식층의 경우는 달랐다. 특히 연해주 시절 고려인문학의 개척자라고 할 수 있는 조명희[20]는 일제의 카프문인 박해 및 체포를 피해 망명한 사람으로서 연해주에서 사회주의 이념을 구현하고자 했다. "죽음의 골짜기, 죽음의 산을 넘어 그러나 굳건한 걸음으로 걸어 나아가는 온 세계 프로레타리아트의 상하고 피 묻힌 몇 억만의 손과 손들이./저-, 동쪽 하늘에서 붉은 피로 물들인 태양을 떠받치어 올릴 것을 거룩한 프로레타리아트의 새날이 올 것을 굳게 믿고 나아간다"[21]와 같은 산문시 「짓밟힌 고려」(1928)의 한 구절을 볼 때에 일본 제국주의의 핍박을 피하여 이주한 고려인들에게는 무산계급의 혁명에 의한 사회주의적 세상의 구현이 연해주에서 가능할 것이라는 기대와 믿음이 있었다. 특히 조명희와 같은 정치적 망명을 시도한 이들에게는 그러한 기대와 믿음이 더욱 강하게 존재했고, 그것이 일련의 시월 모티프 시들을 쓰게 만든 동기로 작용하였다고 할 수 있다.

『시월의 해빛』에 수록된 작품의 제목들을 살펴보면 「시월의 노래」(조명희)를 비롯하여 「시월의 흐름」(김세일), 「씨르다리야의 시월」(김세일), 「시월의 불길」(차원철), 「시월의 불빛」(김창욱), 「시월은

---

20) 카프 출신인 조명희(1894-1938)는 1928년 8월 21일에 블라디보스톡으로 일제의 카프문인 탄압을 피해 망명하였다. 그는 스탈린에 의한 소수민족 강제이주에 즈음한 소수민족 지도자 숙청작업에 의해 체포되어 1938년 5월 11일에 총살당하기 전까지 『선봉』의 편집자로, 소련작가연맹 원동지부 간사 등의 직함을 가지고 프롤레타리아 혁명문학의 기치 아래 왕성한 창작활동을 하는 한편 재소한인문학의 후진양성에 열과 성의를 다하였다.(윤정헌, 「중앙아시아 한인문학 연구-호주 한인문학과의 대비를 중심으로」, 『*Comparative Korean Studies*』10-1, 국제비교한국학회, 2002, 208-211면.)
21) 조명희, 『포석 조명희 선집』, 쏘련과학원 동방도서출판사, 1959, 443면.

영원한 청춘」(김창욱) 등 '시월'이란 단어가 수없이 들어가 있다. 이처럼 '시월혁명'은 고려인들에게 잊지 못할 중요한 사건이었음을 작품명에서부터 찾아 볼 수 있는 것이다.

그뿐만이 아니다. 연해주 고려인들의 대표적인 신문이었던 『선봉』(1923-1937)을 계승하여 이주 후 1938년에 창간된 『레닌기치』(1938-1990)[22]라는 신문 제호에도 시월혁명을 주도한 '레닌'이라는 이름이 들어갈 정도로 고려인들은 레닌의 깃발 아래 모여들었고, 레닌이 주장한 혁명이념을 그들의 이주와 정착의 철학적 근거로 삼았던 것이다.

> 짓밟힌 무리의 피 방울 방울이
> 지심으로 흘러, 흘러 폭발이 되어
> 새 화산, 새 세기의 화산이 솟앗다.
> 북방에 높이 솟은 새 "히말라야산" 쏘비에트 공화국!
> 그 앞에 낡은 제도는 골짜기같이 무너졌다.
> 온 세계는 바다같이 끓는다.
> 오, 우리의 모국 쏘베트 공화국의 거룩한 탄생이여!
>
> —조명희의 「시월의 노래」 부분[23]

---

22) 『선봉』(1928-)→『레닌의 긔치』(1938-)→『레닌의 기치』(1950-)→『레닌기치』(1952-)→『고려일보』(1991-)로 명칭이 계속 변경되어 왔다. 현재는 1991년 1월 1일자로 창간된 재쏘고려인 전국신문 『고려일보』라는 제호로 발간되고 있다. 『레닌의 긔치』는 카자흐스탄의 첫 수도였던 크즐오르다에서 신문사가 있었을 뿐만 아니라 작품을 발표한 대부분의 작가들이 카자흐스탄에 거주한 고려인들로서 카자흐스탄지역신문이라 할 수 있다. 아무튼 고려말로 발간되고, CIS고려인들이 고려말로 유일하게 작품을 발표할 수 있는 지면이다.(김필영, 앞의 책, 57-58면.)

23) 『시월의 해빛』, 3면.

조명희의 시 「시월의 노래」는 창작 연도가 1931년 9월로 밝혀져 있다. 그리고 작품 속에 "열네 해를 맞는 이날 아침, 맑은 햇빛 아래에"라는 구절이 보인다. 바로 이 시는 시월혁명 14주년을 맞아 이를 찬양한 송시(頌詩)이다. 이 시에서 주목할 부분은 "오, 우리의 모국 쏘베트 공화국의 거룩한 탄생이여!"이다. 이 구절에서 조선에서 태어나 망명한 조명희는 소련을 모국이라 부르는 데 조금도 주저하지 않는다. 고려인들이 시월혁명에 의해 탄생한 소련을 그들의 모국으로 인식하였다는 것을 보여주는 대목이다. 일본 제국주의에 의해서 그들의 모국 조선은 이미 주권을 상실하였기 때문에 그들에게는 소련과 같은 강하고 새로운 국가에 그들의 정체성을 일치시키는 일이 필요하였을지도 모른다.

1917년 11월 7일에 레닌이 이끈 러시아사회민주노동당 볼셰비키파는 정권을 장악한 후, 11월 15일에는 '러시아 제 민족의 권리선언'을 발표하여 '분리와 독립국가형성의 권리를 포함한 러시아 제 민족의 자유로운 입헌군주제'를 옹호한다고 주장하였다. 그리고 1922년 12월 30일에 '제 민족의 자발적인 국가결합체'로서 소비에트사회주의 연방공화국의 성립을 선언하였다. 이렇게 탄생된 소비에트연방공화국에서 고려인들은 연해주의 경제적 성장에 기초하여 민족문화와 교육을 장려하고 군대를 양성하여 고국의 독립운동을 수행할 수 있는 기지로 발전시키려 하였다. 그리고 이러한 노력은 1928년 전로중앙집행위원회에 '극동조선공화국'의 수립을 청원하는 등의 자치주 건설 운동으로 표면화되었다.

시월혁명 뒤 조선족뿐만 아니라 러시아 제국의 학대와 절망 속에서 허덕이던 전체 소수민족들은 시월혁명이 약속한 많은 구호를 믿고 내일을 바라보면서 어려움을 참고 세차게 노력하며 살아갔다. '착취 없는 세상', '자유와 평등의 세상', '인민들의 친선과 평화의 세상', '세계 피압박 근로자들의 조국'-이렇듯 고상하고도 만백성의 세계의 숙망이 빛나는 구호를 믿고, 구호들의 실현을 기대하면서 우리는 사회주의, 공산주의를 신앙처럼 믿었다. 그러나 브라질의 작가 조르제 아마두(Jorge Amado)가 슬프게 인정했듯이 "사회주의는 위대한 거짓"으로 되었댔다.[24]

하지만 자치주 건설의 시도는 대러시아주의를 표방하는 스탈린 정권에 의해서 좌절되었으며,[25] 중앙아시아로의 강제이주가 강행되었다. 그러나 그 꿈이 좌절되기 직전까지도 고려인들은 시월혁명에 의해 탄생한 소비에트연방에[26] 크나큰 기대와 꿈을 가지고 있었다는 것을 조명희의 시는 잘 보여준다. 조명희의 다른 시 「맹세하고 나서자」(1934.4)에서도 소비에트는 조국으로 지칭되며 조국 수호의 강력한 의지가 드러난다.

　　피로 싸워 얻어 놓은 이 조국-

---

24) 정상진, 앞의 책, 250면.
25) 윤인진, 앞의 책, 94면.
26) 1922-1991년 유라시아 대륙의 북부에 위치하는 여러 소비에트 사회주의공화국으로 구성된 최초의 사회주의 연방국가로서 1917년 11월 7일의 혁명(시월혁명)으로 세계 최초의 사회주의 국가가 성립됨에 따라 로마노프왕조의 군주를 차르(황제)로 하는 제정국가가 무너졌다. 혁명정권은 1918년부터 1922년까지의 내정에 간섭하려는 외국과 전쟁을 치르는 한편, 국내 적대세력의 내란을 진압하고, 1922년 12월 소비에트 연방을 결성하였다. 그 뒤 새 공화국의 가입으로 15개의 공화국이 공산당 일당독재에 의한 강력한 중앙집권의 연방을 이루었다.

　　이 무산 계급의 조국을
　　원수의 발이 다시 짓밟으려 할 때,
　　대담하여라, 나의 형제야!
　　맹세하고 나서지 않겠느냐?
　　나의 조국을 지키러, 너의 조국을 지키러-

　　　　　　　　　　-조명희의 「맹세하고 나서자」 부분[27]

　　당시 제2차 세계대전을 목전에 둔 세계정세는 전운이 감돌았고, 특히 일본과의 관계는 악화되고 있었다. 「맹세하고 나서자」는 조국의 혁명, 건설, 그리고 국토 수호를 위해 형제가 나서야 할 것을 강력하게 촉구하고 있는데, 여기서 '형제'는 협의로는 고려인을 의미한다. 즉 고려인들이 단합하여 시월혁명의 정신을 수호하고 조국 건설과 국토 수호의 대열에 자발적으로 나서야 할 것을 화자는 강한 어조로 격려하고 있다. 하지만 여기서 '형제'는 보다 광의의 프롤레타리아 노동자로 그 의미를 확대 해석할 수 있다. 즉 소비에트 연방은 무산계급의 혁명에 의해서 수립한 "무산계급의 조국"이기 때문이다. 「볼세이크의 봄」(1931.3), 「녀자 공격대」(1931.3)에서도 조국 건설의 5개년 계획의 달성을 위해 노동자와 여자들이 나아가야 할 것을 촉구하고 격려하고 있다.

　　이상의 조명희 시에서 볼 때 고려인들에게 조국은 더 이상 조선이 아니라 소비에트연방이다. 그리고 그 조국을 지켜내야 할 주체는 바로 고려인 무산계급이다. 프롤레타리아트 공동체인 소련(조국)이 위

---

27) 『시월의 해빛』, 7면.

험에 빠진다면 무산계급인 고려인들은 기꺼이 총을 들고 싸울 것이고, 망치를 들고 건설의 현장에서 일할 것이며, 조국 건설의 수레를 힘차게 굴릴 것이라는 다짐과 각오로 시적 화자는 충만해 있다. 조국 수호의 결의는 한 아나똘리의 시 「전쟁이 나면」(1934)에서도 "우리 나라/사회주의 나라"[28]를 수호하기 위해 "전쟁이 나면, 전쟁이 나면/ 나아가겠다, 나는/총을 잡고"처럼 강한 어조로 반복된다.

> 동무야!
> 모자를 벗고 머리를 숙이라.
> 공장아!
> 마치를 놓고 기적을 토하라.
> 빈궁의 노예를 사랑하던
> 옛 스승이 죽었다.
> 혁명의 파도를 즐겨하던
> 배'사공이 죽었다.
>
> 아니다,
> 그렇지 않다.
> 그는 죽지 않고 살아 있다,
> 로동자의 가슴 속에도
> 고용자의 머리 속에도.
> 저들의 심장에 사모친 그의 주의
> 뛰논다, 번득인다-끊음 없이

---

28) 위의 책, 22면.

혁명과 건설을 위하여.

- 전동혁의 「레닌은 살앗다」 부분[29]

전동혁(1910-1985)의 「레닌은 살앗다」(1930)에서 시월혁명을 주도한 레닌은 "빈궁의 노예를 사랑하던/옛 스승"이며, "혁명의 파도를 즐겨하던/뱃사공"으로서 노동자와 고용자의 가슴과 머리와 심장에 "죽지 않고 살아 있"는 영원한 경배 대상이다. 물리적 시간 속에서 레닌은 죽었지만 그가 주장한 프롤레타리아 혁명정신(레닌이즘)은 그를 따르는 노동자와 고용자들에게 시공을 뛰어넘어 사무치고 뛰놀며 번득인다. 그리고 끊임없이 무산계급을 향해 혁명과 건설을 위한 투쟁을 독려한다. 시월혁명과 함께 그 혁명을 주도한 레닌에 대한 고려인들의 숭배는 마치 영원히 죽지 않는 신념이요, 신앙과도 같았던 것이다.

작품집 『시월의 해빛』에는 한 아나똘리(1911-1940)의 작품이 「두 소원」(1937), 「김만냐」(1937), 「사랑스러운 사랑」(1933), 「뜨락또리쓰트의 노래」(1933), 「공청동맹원」(1933), 「전쟁이 나면」(1934) 등 6편이 실려 있다. 한 아나똘리는 함북 길주 태생으로 1916년에 연해주로 이주하였다. 「두 소원」에서 시인은 조선에서 이주한 늙은이를 허구적 화자로 내세우며 연해주에서의 집단농장 생활의 태평성대를 노래한다.

꼴호스에는 집집에 암소들이

---

29) 위의 책, 66면.

떡호박 같은 젖통을 드리우고 있고
배부른 돼지들은 할 일이 없어
주둥치로 땅이나 파고 놀아대네.

새로 지은 우리 집에는 유리창으로
새로운 햇빛이 정답게 들여다보고,
저녁이면 우리 식구 한 곳에 모여 앉아
축음기 탈아 놓고 화목하게 즐긴다네.

-「두 소원」 부분

노년의 화자는 "이 사람아, 그 젊은 피를/한 고치만 딱 나를 주게"라고 간절히 청한다. 왜냐하면 그가 보낸 청춘은 "내 청춘은 동대산 수십 년에/토호놈의 땅'바닥에 말라붙어-/길'가에서 밟히는 질경이처럼/먼지 속에 쭈그러들고 말았다네"에서 보듯 토호의 수탈에 시달리는 삶이었기 때문에 현재의 "이렇게도 살기 좋은 내 천지를"좀 더 향유하고 싶은 욕망 때문이다. 동대산에서의 수십 년은 연해주로 이주하기 이전, 즉 조선에서 토호들의 수탈에 신음하던 삶일 것이다. 그리고 현재의 삶은 연해주 집단농장에서의 풍요롭고 행복한 삶이다. 조선에서의 과거와 연해주에서의 현재의 삶이 극명하게 대비되며, 소련 사회주의 제도의 우월성이 자연스럽게 드러난다. 집집의 암소나 배부른 돼지마냥 이주민들 역시 새로 지은 집에서 풍요롭고 화목한 삶을 향유한다. 따라서 노년의 화자는 젊음과 생명을 좀 더 연장하여 행복한 삶을 더 구가하고 싶다는 간절한 욕망을 반복하여 나타낸다. 작품집에 실린 대부분의 시들이 직접적인 찬양의 송시 형태로 시월 혁명을 노래했다면 「두 소원」은 아주 드물게 허구적 화자를 내세우고 시적 은유를 사용하며 간접화된 형태로 연해주에서의 삶을 노래했다는 점에서 차별화된다.

그런데 시월혁명에 대한 고려인들의 매혹은 강제이주 이후에도 계속되고 있다. 이것을 어떻게 해석해야 할 것인가?

2) 강제이주 이후의 시

1937년 9월의 강제이주로 인해 고려인들은 연해주에서의 안정된 삶이 파탄에 빠지게 된다. 강제이주 후 스탈린이 사망한 1953년까지 고려인들은 소련당국의 민족차별정책에 따라 공민증을 발급받지도 못하여 거주 이전의 자유가 박탈되고, 선거권과 피선거권도 제한되는 불이익을 받게 된다.[30] 연해주에서 막 발아한 고려인문학이 이 시기에 위축되었음은 물론이다. 하지만 1938년 5월 15일 카자흐스탄의 크즐오르다에서 신문 『레닌의 기치』가 창간됨으로써 유일하게 고려말로 작품을 발표할 지면을 얻게 된다.[31] 강제이주 후 고려인들은 민족어인 고려말 대신 러시아어를 배워 하루속히 소련사회에서 안정적으로 정착하기를 바랐다. 이 시기 고려인문학은 강제이주의 엄청난 트라우마에도 불구하고 이에 대해서 침묵한 채 중앙아시아에서의 정착과 성공, 사회주의 건설을 고취하는 특성을 갖는다.[32] 스탈린 사후에야 비로소 고려인들은 거주 이전의 자유와 군 입대, 선거권과 피선거권을 다시 획득하게 되었고, 고려말로의 창작활동을 자유롭게 할

---

30) 김정훈·정덕준, 앞의 논문, 345-346면.
31) 김필영, 앞의 책, 57면.
32) 김낙현, 「고려인 시문학의 현황과 특성」, 앞의 책, 290-291면.

수 있는 여건이 이루어지는데, 시월혁명에 대한 찬양은 계속된다.

> 맑스-레닌의 영생의 뜻을 품은
> 위대한 시월의 흐름이여,
> 너는 폭으로 넓어지며
> 온 세계를 휩싸 간다.
> 너는 하늘로도 흘러 오른다
> 높이높이 달로도 흘러든다.
> 너는 땅으로도 흘러든다.
> 너는 사람들의 맘속으로도 흘러들어
> 새로운 마음들이 일면서
> 자유 평등 우애가
> 온 누리에 물결치게 한다.
>
> ―김세일의 「시월의 흐름」 부분[33]

김세일의 「시월의 흐름」(1963)에서 시월혁명은 짓밟힌 자들이 지옥의 세상을 무너뜨린 혁명이며, 압제와 예속을 들부순 혁명이고, 고통의 모진 불을 꺼버린 혁명으로 규정된다. 그리고 시월혁명은 온 세계, 하늘, 달, 땅, 땅 속, 사람의 마음속에까지 흘러들어 새로운 마음, 선량한 마음, 자유, 평등, 우애가 물결치게 만드는 결과를 가져온, 즉 외적 혁명에 이어 내적 혁명까지 불러일으킨 것으로 칭송된다. 또한 "오늘 시월의 광장들에선/꽃구름인 양 피어오르는 희망 품은/긍지와 자랑으로 찬/쏘베트 사람들의 행복의 꽃물결"에서 보듯 소련 국민들

---

33) 『시월의 해빛』, 198면.

의 마음속에 긍지, 자랑, 행복의 꽃물결이 치게 만든 것도 시월혁명이다.

차원철의 「시월의 불길」(1955)에서도 시월혁명은 온 세계를 지상낙원으로 만드는 평화의 봉홧불이요, 억눌린 민족을 비춰주고, 불길을 끄려 덤비는 악마 떼를 쫓아내는 불길로 칭송된다. 뿐만 아니라 사회주의 혁명에 의한 지상낙원의 실현은 온 인류의 염원이라는 화자의 인식이 드러난다.

김남석의 「영광의 자서전」에서 시월혁명은 "내 아버지는 시월의 하늘 아래에서/소작농의 갖은 학대를 벗어 버리고/한평생 원이던 인간의 자유/웃음꽃 피는 즐거운 생활"[34]처럼 아버지로 하여금 소작농의 온갖 설움을 벗게 하고, 한평생 소원이던 인간의 자유를 주었으며, 웃음꽃 피는 즐거운 생활을 누릴 수 있도록 해준 것으로 노래된다. 이 시는 아버지, 아들, 손자에 이르는 3대의 가족사를 통해서 아버지 대에서 빈궁에 시달리며 천대에 눌리던 소작농의 학대를 벗어 버린 데 이어 맏아들은 수의사, 둘째아들은 건설기사, 셋째아들은 병사, 막내딸은 유치원에서 춤추고 노래하는 영광의 자서전을 쓸 수 있도록 해준 시월혁명을 아들세대를 화자로 설정하여 한껏 칭송하고 있다.

시월혁명에 대한 찬양은 자연스럽게 시월혁명을 주동한 혁명가 레닌에 대한 찬양으로 집중된다.

반세기 전 이 땅에서 혁명의 불길 일으켜
인류사의 새 기원 열어 놓은 절세의 령재.

---

34) 위의 책, 308면.

억눌린 인민을 해방의 길로 인도하신
　그 이름 천추에 빛나는 인류의 은인
　　　　　　　　-차원철의 「떳떳이 맞이하자」 부분[35]

　차원철의 「떳떳이 맞이하자」에서 "인류사의 새 기원을 열어 놓은
절세의 령재"이자 인민을 해방으로 인도한 인류의 은인은 다름 아닌
레닌이다. 우제국의 시 「레닌 아버지」(1963)에서도 "영원히 살아 계
시는 레닌 아버지시여!"[36]에서 보듯 레닌은 아버지로 숭배된다. 즉
"이렇게 모두 아버지한테 인사 드리는데/어찌 그들이 레닌의 자식이
아니며"에서 드러나듯이 레닌은 아버지와 같은 혈연관계로 추앙되
고 있다. 이는 마치 북한의 수령형상시에서 김일성을 아버지라 부르
며 찬양하는 것과 동일한 우상화 양상이다. 우제국은 「한 피 물고 난
형제」(1966)에서도 레닌을 "착취계급을 영영 몰아낸"[37] 선생으로 칭
송하는가 하면 타슈켄트의 대지진 때 도와준 15개 소련공화국의 인
민들을 동무와 친척을 넘어선 피를 같이 나눈 형제라는 일체감을 나
타내고 있다. 김창욱의 「시월은 영원한 청춘」[38]은 레닌(1870-1924)
의 탄생 95주년을 맞이하여 쓴 시로서 "새 세상의 거룩한 개척자"이
자 "위대한 스승-어지신 아버지"로 레닌은 추앙된다. 이처럼 시월혁
명을 주도한 레닌에 대한 칭송과 우상화는 강제이주 이후의 시에서도
수없이 찾아볼 수 있지만 고려인들을 강제이주 시킨 독재자 스탈린에

---

35) 위의 책, 243면.
36) 위의 책, 272면.
37) 위의 책, 276면.
38) 위의 책, 299-300면.

대한 찬양은 한마디도 찾아볼 수 없다는 것을 유념할 필요가 있다.

> 우리 밟고 나간 발자국에서
> 황금 오곡이 무르녹고
> 아름다운 꽃향기 풍기는 때
> 우리는 새 땅을 노래하며 살아요.
>
> 낮이면 일터에서
> 웃음소리 울려오고
> 밤이면 사랑 노래 들려 올제
> 우리는 행복을 느끼며 살아요.
>   -김세일의 「우리는 새 땅에 살아요」 부분[39]

　시월의 시적 모티프는 자연스럽게 시월혁명의 결과로 세워진 나라 소비에트연방에서 구가하는 태평성대에 대한 찬양으로 확산된다. 김세일의 「우리는 새 땅에 살아요」(1966)에서도 태평성대의 행복하고 평화로운 삶을 노래한다. 고려인들이 살아가는 새 땅은 "황금 오곡에 무르녹고/아름다운 꽃향기 풍기"는 풍요롭고 아름다운 곳이다. 낮에는 일터에서 웃음소리가 들려오고, 밤이 되면 집집이 사랑노래가 들려오는 풍요롭고 행복한 장소감을 화자는 나타낸다.

> 까닭에 나는
> 평화로운 내 나라,

---

39) 위의 책, 202면.

행복의 나라-

쏘베트 조국에 사는 것을

당당히 자랑한다.

　　　　　　　　　　　　　　　　-연성용의 「나는 자랑한다」 부분[40]

　「나는 자랑한다」에서 연성용은 "강제 부역에/우마같이/ 멍에를 메기도/한두 번 아니었고/맥진해 넘어진 죄로/모진 채찍에 맞기도/한두번 아니었다"처럼 음울하고 불행하고 고통스런 노예와 같은 삶을 광명으로, 자유로, 행복으로, 주인으로 당당히 인도한 시월혁명과 조국 소비에트 연방을 찬양한다.

　주송원의 시 「신기한 별」(1962)에서도 소련은 가난한 사람이 살기 좋은 곳으로, 노동자들이 존경받는 곳으로, 즉 유토피아로 찬양된다. "로씨야 땅에는 십칠년 시월에/신기한 별이 나타났단다./그 별은 태양과도 같지만/열대지방에서도/불볕을 내리쪼이지 않고/북극 지방에서도/추위를 몰아낸단다./그 별이 비치는 곳에서는/가난한 사람들이 살기 좋고/로동하는 사람들이 존경받는데…"[41]에서의 '신기한 별'은 레닌일 수도 있고, 시월혁명일 수도 있는 복합적 내포를 지니지만 레닌과 시월혁명에 의해서 세워진 소련뿐만 아니라 사회주의 혁명이 일어나는 나라는 그곳이 열대지방이든 북극지방이든 모두 살기 좋은 나라, 즉 가난한 사람들이 살기 좋은 곳, 노동자들이 존경받는 곳으로 변화하게 된다고 찬양한다.

　이처럼 시월 모티프의 시들은 내용상으로 시월혁명, 시월혁명을 주

---

40) 위의 책, 114면.

41) 위의 책, 106면.

도한 레닌, 레닌이 세운 나라 소비에트연방에 대한 찬양으로 확장되
며 송시나 찬가(讚歌)의 성격을 띠고 있다. 이를 최강민은 "자기기만
의 수사학"으로 명명하며, 실제의 진실과 동떨어진 시적 형상화는 있
는 현실이 아니라 있어야 할 세계를 그려야만 하는 사회주의 리얼리
즘의 원칙에 따른 것이라는 해석을 내어 놓고 있다.[42] '시월 모티프'의
형상화는 연해주 시절부터 1990년대까지 계속되는데, 이는 고려인
들이 "자의든 타의든 소련을 자신들의 조국으로 형상화하여 소련 공
민으로서의 삶에 충실"[43]하였다는 것을 입증한다.

　하지만 연해주 시절부터 스탈린 사후에 해당되는 1960년대까지 레
닌과 시월혁명에 대해 아무런 회의와 갈등도 품지 않은 채 찬양으로
일관된 시적 태도나 시적 은유나 상징을 거의 사용하지 않은 직접적
이고 관념적인 칭송 형태의 시적 진술은 아무런 시적 감흥을 불러일
으키지 못하는 공허한 메아리요, 고려인들의 생존을 위한 과장된 제
스처(gesture)로 느껴질 뿐이다. 사실 레닌에 의해 주장된 유토피아
적 사회주의는 스탈린체제하에서 감시와 감독으로 생산력 향상에만
몰두하는 생산력주의 사회주의로 전락하였음에도[44] 고려인들의 시
에서 교조적 레닌주의는 끊임없이 관념화되어 칭송되었던 것이다.

---

42) 최강민, 앞의 논문, 230면.
43) 김낙현, 「고려인 시문학의 현황과 특성」, 294면.
44) 이정희, 「러시아 10월 혁명은 노동자들에게 과연 혁명적이었을까?」, 『서양사론』
　　96, 서양사학회, 2008, 55~56면.

3. 시월 모티프 시에 대한 해석의 문제

지금까지 살펴본 대로 고려인문학은 일본이나 미주지역의 재외한인문학과는 근본적으로 다른 양상을 보이고 있다. 대체로 비사회주의 국가의 재외한인문학에서 드러나는 가장 보편적이고 전형적인 주제는 민족정체성에 대한 갈등, 고향에 대한 향수, 거주국에서 적응의 어려움, 모국과 거주국의 문화적 차이에서 오는 문화충격과 같은 것들이다.[45]

하지만 고려인문학은 1세대 문학부터도 민족정체성에 대한 갈등이 전혀 없었다. 그들은 어디까지나 거주국에 동화된 소련의 국민일 뿐이었다. 1960년대 이전까지는 고향에 대한 향수마저도 그들의 시에는 표출되지 않았다. 그들은 조상이 살았던 조선은 물론이며, 강제이주 이전까지 정착하던 연해주에 대한 향수마저도 표출할 수 없을 만큼[46] 억압체제하에 놓여 있었다. 결코 잊을 수 없는 집단적 트라우마가 되었을 강제이주와 중앙아시아에서 새롭게 정착하면서 겪었을 고통에 대해서도 그들은 침묵으로 일관했다. 모국과 거주국의 문화적 갈등이나 세대 간의 갈등 같은 것도 전혀 표출하지 않았다. 『시월의 해빛』에서는 개인적 주관적 정서의 표출을 거의 찾아보기 어려웠다.

고려인 시문학은 중국조선족문학 또는 북한문학, 또는 소련문학 등 여타 사회주의 국가의 문학들과 유사성을 보인다. 중국조선족의 계

---

45) 송명희, 「캐나다한인 수필에 나타난 디아스포라와 아이덴티티」, 『한국언어문학』 70, 한국언어문학회, 2009, 321-353면.

46) 1960년대에 들어서야 비로소 고향 연해주에 대한 그리움을 형상화할 수 있었다.(최강민, 앞의 논문, 233면.)

몽기 시문학(1949-1957 상반기)은 당의 문예정책에 따른 사실주의 작품과 송가 등이 주류를 이루었다.[47] 북한의 시문학 역시 혁명송가 「김일성 장군의 노래」(리찬), 서사시 「백두산」(조기천)(1947) 등 위대한 김일성 수령에 대한 인민들의 존경과 흠모, 신뢰와 충성의 감정을 노래하는 것으로부터 출발했으며, 이와 같은 수령형상시의 전통은 1990년대까지도 계속 이어졌다.[48] 1930-1940년대 소련문학의 기본적인 주제는 사회주의 건설과 조국 전쟁 이후의 파괴된 국가 재건이었다.[49] 마찬가지로 중앙아시아 고려인의 시문학은 시월혁명과 그를 주도한 레닌에 대한 칭송, 혁명투쟁과 건설사업의 고취, 조국 소련에 대한 찬양 등으로 시종일관했다. 즉 개인적 감정을 은폐한 채 거주국인 소련 국민으로서의 집단적 페르소나를 투사해왔다.

이처럼 사회주의 국가들의 문학이 동일한 경향을 나타낸 것은 소련을 비롯한 이들 국가의 문학이 사회주의 리얼리즘의 영향 아래 있었기 때문이다. 1934년 소련 작가동맹 제1차대회에서 사회주의 리얼리즘은 문학예술의 기본적인 방법으로 채택되었다.[50] 사회주의 리얼리즘은 유물변증법적 역사철학을 이데올로기로 삼은 일종의 투쟁 형태의 예술원리였다. 예술의 궁극적인 목적은 피지배 계급을 사회주의 이념에 입각하여 사상적으로 개조하고 교육시키는 것에 있으며, 예술가는 혁명적 발전을 역사성의 기준으로 삼아야 한다는 것이 기본원칙이었다. 1930년대 후반부터 사회주의 리얼리즘은 스탈린 독재체제

---

47) 정덕준 외, 『중국조선족 문학의 어제와 오늘』, 푸른사상, 2006, 125면.
48) 송명희, 「북한의 문학과 주체문예이론」, 『한국문학이론과 비평』4, 한국문학이론과비평학회, 1999, 289면.
49) 송명희, 위의 논문, 293-294면.
50) 정창범, 「사회주의 리얼리즘과 소련문학」, 『북한』165, 북한연구소, 1985, 110면.

구축을 위한 정치 선전의 도구로 전락하였고, 소련 정부가 스탈린 철
권통치 유지를 위해 사회주의 리얼리즘을 앞세워 예술의 표현방법을
철저하게 제한하면서, 순수한 예술은 이데올로기의 강요로 인해 질식
할 수밖에 없었다. 이를 거부하는 작가들은 해외로 망명하거나 작품
활동 자체를 중단해야만 했다. 전후에 구 소련의 위성국가들에서도
사회주의 체제의 토착화와 인민들을 효과적으로 선동하기 위한 수단
으로 사회주의 리얼리즘을 적극적으로 표방하였다.[51] 따라서 고려인
문학을 해석하기 위해서는 그들의 문학이 사회주의 체제하의 문학이
었다는 것을 전제로 하지 않으면 안 된다. 즉 소련 체제하의 고려인문
학은 당성, 민중성, 예술의 계급적 성격에 입각한 소비에트 사회주의
리얼리즘[52]에 철저한 '시월 모티프'의 반복을 통해 그들의 생존을 추
구하지 않을 수 없었던 것이다.

　탈식민주의 이론가 에드워드 사이드(E.W.Said)는 망명의식으로부
터 파생(filiation)과 제휴(affiliation)라는 이론을 창출하는데, 파생이
란 세대와 세대 사이의 자연스런 전이나 계속성, 또는 자신이 태어난
문화와 개인과의 관계를 말한다. 제휴란 태어난 이후에 갖게 되는 여
러 가지 결속-예컨대 교우관계, 직업, 정당활동 등-을 의미한다.[53] 이
민자들에게 모국인 한국은 일종의 파생이며, 거주국은 그들이 선택하
여 관계를 맺은 제휴에 해당된다. 파생과 제휴의 관계에 있어 사이드
는 둘 사이의 균형과 조화를 바람직한 것으로 평가했다.

---

51) 최성은, 「폴란드 사회주의 리얼리즘 시에 나타난 한국전쟁」, 『동유럽연구』11-2,
　　한국외국어대학교 동유럽발칸연구소, 4면.
52) 레이먼 셀던, 현대문학이론연구회 역, 『현대문학이론』, 문학과지성사, 1992,
　　46-50면.
53) 김성곤, 『포스트모더니즘과 현대미국소설』, 열음사, 1990, 129면.

그런데 『시월의 해빛』에는 파생의 완전한 단절과 일방적인 제휴의
태도만이 전경화되어 있다. 그러면서도 그들은 모국어인 고려말로 그
들의 문학을 창작해 왔다. 즉 공식 교육에서 민족어를 버리고 러시아
어로 교육을 자청하는 등 소련에 철저히 동화적 태도를 보이는 한편
에서 『레닌기치』를 통해서 모국어인 고려말로 창작을 지속하여 왔다.
하지만 그 내용에 있어서는 소련에 철저히 동화된 이율배반성을 나타
냈다.

고려인의 러시아어로의 빠른 언어 교체는 구 소련체제하에서 고려
인이 택한 생존과 신분 상승의 전략에서 기인한다. 즉 러시아어가 의
사소통, 과학, 지식의 언어로서 그리고 소수민족 집단들의 사회적 신
분 상승의 도구로서 군림해 왔기 때문에 소련 주류사회로 동화되고
수용되기 위한 노력의 일환이 언어 교체로 나타난 것이다.[54] 실제로
고려인들이 택한 생존전략은 그들이 사회경제적으로 교육 수준이 매
우 높으며, 직업에서 화이트칼라의 비율이 48.3%에 달하는 중상류층
의 지위를 누렸던 데서[55] 보듯 성공적이었다. 이와 같은 고려인의 신
분상승은 다른 이민사회에서는 찾아보기 어려운 것으로서 그들의 거
주국 적응 전략이 성공적이었음을 말해준다.

그런데 언어적 차원의 빠른 동화와는 달리 고려인들은 민족동일시,
민족애착, 사회적 상호작용의 차원에서는 민족 정체성을 강하게 유지

---

54) 고려인들이 민족어인 고려말을 할 수 있는 비율은 1989년에 47.2%로 감소한 반
면 같은 해 러시아어로 말하는 비율은 49.9%로 계속 증가해 왔다. 구소련의 여타
소수민족집단에서는 민족어를 말할 수 있는 비율이 80%가 넘는다.(윤인진, 앞의
책, 137-140면.)
55) 윤인진, 위의 책, 114-115면.

하고 있는 것으로 조사되고 있다. [56] "외형상으로는 재빨리 적응하고
그들이 처한 새로운 사회의 게임규칙을 신속히 자기화하나, 내면적으
로 본질에 있어서는 이전의 자기 모습(essence) 그대로 남아 있다"[57]
라고 한 고려인 3세 김 게르만의 평가에서도 확인되고 있듯이 고려인
들은 거주국에 강한 동화적 태도를 보이는 한편으로 민족 정체성 역
시 강하게 유지해왔다. 이것은 언뜻 양립하기 어려운 모순으로 보이
지만 그만큼 고려인들이 양가적이고 복잡한 생존전략으로 거주국에
적응해왔다는 것을 말해준다.

　따라서 『시월의 해빛』에서 보여준 '과거의 완전한 단절과 일방적인
제휴의 태도' 역시 일종의 생존전략의 창작태도로 해석된다. 즉 소련
지배사회로 빠르게 진입하기 위한 생존전략의 차원에서 그들은 모국
어를 포기하고 러시아어로 언어 교체를 이루었으며, 그들의 문학마저
도 내면을 은폐하고, 소련 국민으로서의 집단적 페르소나를 투사하는
'시월 모티프' 시들을 써온 것으로 해석된다. 더구나 스탈린 체제하에
서의 예술은 "작가나 예술가에게 자유로운 발상이나 창의력을 버리
고 오로지 공산주의 혁명에 필요한 글만을 쓰라는, 스탈린의 지령이
지 문학적인 기본 방법과는 거리가 멀었"[58]던 만큼 고려인들의 '시월

---

56) 이민 1,2세대는 물론이며 3,4세대들이 비록 현지 주류사회에 언어적, 문화적, 구
　조적으로 동화하였다고 하더라도 고려인으로서의 민족 정체성과 애착의 수준이
　강하게 유지되고 있다는 것이다. 강한 민족 정체성의 유지는 소수민족으로 구별
　되고 다르게 대우받는 것에서 기인한다. 신체적으로 러시아인들, 그리고 원주민
　들과도 구별되는 고려인들에게 동화는 본인의 의사나 희망 여부에 따라서 선택될
　수 있는 사항이 아니다.(윤인진, 위의 책, 140-148면.)
57) 김 게르만, 「카자흐스탄의 한인 사회의 당면과제 및 전망」, 『전남대학교 사회과학
　연구소 연구총서』5권, 전남대학교 사회과학연구소, 1999, 146면.
58) 정창범, 앞의 글, 111면.

모티프'의 반복적 형상화는 살아남기 위한, 또는 작품활동을 계속하기 위한 몸부림이었다고 할 수 있다.

반면 강제이주 이전, 즉 연해주 시절의 시월 모티프 시에는 시월혁명에 대한 순수한 환상이 작용하였다고 볼 수 있다. 즉 소수민족들의 자결권을 인정하고 소비에트가 다민족국가로 조화롭게 발전할 것을 강조하는 레닌의 정책에 조선에서 온 이주민들은 매혹을 느꼈으며, 이러한 태도가 시적 형상화에 영향을 미쳤을 것으로 생각된다. 레닌 사후 그것이 한낱 허위의식으로 가득 찬 이데올로기에 불과했다는 것이 1937년의 강제이주에서 극명하게 드러났지만 그들은 시월혁명에 대한 순수한 환상을 품고 있었음을 시월 모티프의 시편들에서 찾아볼 수 있다. 조명희의 「시월의 노래」 같은 시는 바로 그와 같은 고려인들의 기대와 꿈을 잘 대변하였다고 할 수 있다. 조명희는 소수민족 강제이주에 즈음한 소수민족 지도자 숙청작업에 의해 1938년에 총살당하였지만 시월혁명에 대한 순수하고도 강렬한 환상을 누구보다 크게 갖고 있었다는 것을 그의 시들은 보여주었다.

고르바초프의 등장과 소련의 해체 이후 고려인들은 강제이주에 대한 재해석을 하는 한편 억압했던 기억들을 소환해낸다. 그리고 보다 자유로운 시적 자아를 표출한다. 중앙아시아 국가들이 독립한 상황에서 고려인들은 민족단체를 형성하고 강제이주 문제를 재해석하고 민족문화 재생 및 권익보장을 위한 활동을 가속화하고 있다. 그야말로 오랫동안 소련인으로 동화된 페르소나 속에 고려인으로서의 진정한 정체성을 억압하고 있다가 비로소 그 모습을 밖으로 드러낸 것이다.

이러한 변화를 통해서 다시 확인하지 않을 수 없는 것은 『시월의 해빛』에 나타난 '시월 모티프'는 결국 소련 지배사회에서의 신분 상승을

위한 생존전략이었으며, 사회주의 리얼리즘에 입각한 창작 태도의 소
산이었다는 것이다. 필립 김은 이들의 "시문학에서 좀처럼 실질적 조
국에 대한 동경이나 감상적 추억의 형상화를 찾아보기 힘든 이유"를
"쏘베트 문학정신에 입각한 의도적인 것"으로서 사회주의적 사실주
의에 입각하여 "시인이 시인이기 전에 한 사람의 공민이어야 하며 또
한 문학이 어떻게 공산주의 건설에 기여해야 하는가" 하는 문학의 당
위성을 반영한 것으로 해석했다.[59] 일리가 있는 해석이지만 필자는
그것이 전부 다는 아니라고 생각한다.

왜냐하면 그들이 떠나온 고국은 일제강점하의 식민지로서 주권을
상실한 상황이었으며, 그들의 이주 자체가 구한말의 경제적 곤란과
식민치하의 정치적 억압의 결과이지 않은가? 해방과 한국전쟁 후에
도 한국은 여전히 경제적으로 낙후했고, 정치적으로도 분단 상황에
놓이었다. 더욱이 해체되기 이전 한동안 소련은 세계 최대의 강대국
으로 군림해왔다. 그러니 그들의 내면에 강대국 소련의 국민으로서의
자부심도 강하게 작용하고 있었기에 소련에 국민적 아이덴티티를 일
치시키는 일에 어느 정도는 자발적이었을 것으로 생각된다.

그러면 고려인들이 취한 생존전략과 시월 모티프 시의 창작 배경을
베리(J.W.Berry)의 이론을 통해 재해석해 보겠다. 베리는 이주민들에
대한 다수집단 성원들의 문화정책전략과 이데올로기를 다문화주의,
동화주의, 분리주의, 배척 등 4가지로 분류한 바 있다. 한편 그는 소
수집단의 문화적응전략과 이데올로기를 그들이 고유문화의 정체성

---

59) 필립 김, 「레닌기치에 나타난 쏘베트 한인문학」, 『비교한국학』3, 국제비교한국학
회, 1997, 135-141면.

을 얼마나 중요시하는가 하는 정도를 의미하는 문화적 유지(cultural maintenance)와 이주민이 새로운 주류문화를 수용하는 정도를 뜻하는 접촉과 참여(contact and maintenance)의 두 가지 차원에서 통합, 동화, 분리, 주변화의 4가지로 분류하였다. 그는 다수인 주류집단이 다문화주의를 추구하면 소수집단은 통합적 정체성을 추구하는 반면 주류집단 대부분이 동화주의, 분리주의, 배척의 정책을 채택하면 소수집단이 통합적 정체성을 가지기가 어렵다고 보았다.[60]

레닌은 다민족으로 구성되어 있는 민중들을 혁명대열에 동참하게 만들기 위해서 소수민족의 민족자결권을 인정하였다. 러시아의 소수민족들은 혁명대열에 능동적으로 참여했고, 이 과정을 통해서 결집된

---

60) 베리는 이주민들에 대한 다수집단 성원들의 문화정책전략과 이데올로기를 이주민들의 고유한 정체성과 생활방식을 존중하고 문화적 다양성을 유지하면서 사회통합을 이루도록 하는 다문화주의, 이주민들이 그들의 정체성과 고유문화 대신에 주류집단의 정체성과 문화를 습득함으로써 주류집단에 동화시키려는 동화주의, 소수집단으로 하여금 고유한 문화를 유지하도록 하되 주류집단과는 교류하지 않도록 하는 분리주의, 소수인종집단을 배척하여 그들만의 고유문화를 추구하도록 지원하지도 않고, 주류집단과의 교류나 관계증진도 추구하지 않는 배척 등으로 분류했다. 한편 그는 소수집단의 문화적응전략과 이데올로기를 그들이 고유문화의 정체성을 얼마나 중요시하는가 하는 정도를 의미하는 문화적 유지(cultural maintenance)와 이주민이 새로운 주류문화를 수용하는 정도를 뜻하는 접촉과 참여(contact and maintenance)의 두 가지 차원에서 4가지로 분류하였다. 즉 고유문화에 대한 정체성을 유지하면서도 동시에 이주사회에의 참여를 추구하는 통합(integration), 새로운 이주사회의 참여를 추구하지만 고유문화에 대한 정체성 유지에는 소극적인 동화(assimilation), 고유문화의 정체성 유지에는 가치를 두지만 새로운 문화와의 상호작용에는 소극적인 분리(separation), 고유문화 유지에 대한 의지도 약하고 새로운 문화와의 접촉이나 상호작용에도 관심이 없는 주변화(marginalization)가 그것이다. : 김혜숙·김도영·신희천·이주연, 「다문화시대 한국인의 심리적 적응 : 집단 정체성, 문화적응 이데올로기와 접촉이 이주민에 대한 편견에 미치는 영향」, 『한국심리학회지 ; 사회 및 성격』25-2, 한국심리학회, 2011, 58-59면에서 재인용.

민족의 역량으로 소수민족들은 독립, 자치 등을 주창하고 나섰다. 당초 레닌은 언어정책 등 민족자결권을 지키려 하였으나 소수민족의 자결권 요구가 거세지자 선회하였고, 스탈린은 더욱 강압적이고 급진적인 소수민족 동화정책을 펼쳤다. 스탈린의 대러시아주의에 입각하여 국경지역 및 전략적 요충지역의 소수민족은 강제이주정책에 의해 철저히 유린되었으며, 사회적 민족적 역량이 강한 민족일수록 더욱 그 표적이 되었다. 스탈린은 각 민족들의 민족문화들은 단일언어를 갖는 단일문화로 융합되어야 한다고 주장하였다. 고려인들이 민족어를 버리고 경제적 사회적 신분상승에 도움이 되는 러시아어를 배우는 데 열성적이었던 것, 고려인으로서 통합된 정체성을 추구하는 대신 동화의 적응전략을 취했던 것은 결국 스탈린이 강력한 동화주의 정책을 폈기 때문이다.

고려인들이 보여준, 새로운 이주사회의 참여를 적극적으로 추구하지만 고유문화에 대한 정체성 유지에는 소극적인 동화(assimilation)의 문화적응전략은 스탈린이 "이주민들의 고유한 정체성과 생활방식을 존중하고 문화적 다양성을 유지하면서 사회통합을 이루도록 하는 다문화주의"가 아니라 "이주민들이 그들의 정체성과 고유문화 대신에 주류집단의 정체성과 문화를 습득함으로써 주류집단에 동화시키려는 동화주의"를 소수민족정책으로 채택했기에 나온 것이다.

그러나 고르바초프 이후 자유화의 물결과 소련의 해체로 인해 소수민족들은 정치적 독립과 사회문화적 자치권을 회복할 수 있게 되었다. 이 시기의 고려인문학에서 강제이주기의 문학과 차별되는 새로움을 추구하고 과거 금기시하였던 주제들을 다루게 되는 변화가 일어난 것은 이전의 문학에서 보여준 태도가 그들이 진정성을 은폐하고 왜곡한 것이었음을 입증한다.

고르바초프 이후 고려인들은 참으로 오랫동안 왜곡하고 은폐하였던 과거의 경험과 기억들을 복원하면서 자유로운 상황에서 창작을 할 수 있게 되었고, 한국과의 교류의 물꼬도 텄다. 하지만 고려말로 문학하는 사람의 숫자는 극소수로 줄어들었다. 이러한 현상은 이민 3, 4세대 이후의 다른 지역 재외한인문학에서도 동일하게 나타난다.[61] 최근 한국의 경제적 영향력의 증대와 한류의 문화적 영향으로 한국어와 한국문화에 대한 관심이 그 어느 때보다 커지고 있다. 한글을 모르는 고려인 3, 4세대에게도 모국어를 체계적으로 배울 수 있는 기회가 새롭게 생기고 있다.[62]

4. 결론

이 글은 카자흐스탄 알마티에서 발간된 작품집 『시월의 해빛』을 중심으로 시월 모티프 시를 분석하였다. 고려인들은 연해주 시절에 이어 강제이주 이후에도 시월혁명, 시월혁명을 주도한 레닌, 시월혁명에 의해 탄생한 소련에 대한 찬양을 주 내용으로 하는 송시 및 찬가 형태의 '시월 모티프' 시들을 일관되게 창작하였다.

필자는 강제이주 전 연해주 시절의 시에서는 시월혁명의 이데올로기에 대한 순수한 환상이 작용하였다고 파악했다. 즉 소수민족들의

---

61) 중국조선족 문학과 일본의 조총련계의 문학은 여전히 모국어로 창작을 하고 있다.
62) 카자흐스탄 알마티에 충남대학교가 세종학당을 지원하고 있다.

민족자결권을 인정하고 소비에트가 다민족국가로 조화롭게 발전할 것을 강조하는 레닌의 정책에 조선에서 온 이주민들이 매혹을 느꼈을 것이며, 이러한 태도가 작품 형상화에 반영되었을 것으로 생각했다.

하지만 강제이주 후에도 천편일률적으로 시월 모티프의 시들이 계속 창작된 점에 대해서는 해석을 달리한다. 즉 소련 지배사회로 빠르게 진입하기 위한 생존전략의 차원에서 그들은 모국어 교육을 포기하였는가 하면 문학에서도 그들의 내면을 은폐하고, 소련 국민으로서의 집단적 페르소나를 투사하는 '시월 모티프'를 반복적으로 형상화하는 송시 형태의 시들을 써온 것으로 판단했다. 더욱이 억압적인 스탈린 체제하에서 살아남기 위한 생존방식으로 사회주의 리얼리즘에 입각한 창작태도를 견지한 것으로 해석된다.

근본적으로는 대러시아주의를 표방한 스탈린이 강력한 동화주의 정책을 채택함으로써 고려인들은 생존을 위해 주류집단 참여에는 적극적인 반면 고유문화의 정체성 유지에는 소극적인 동화 전략을 선택했고, 시월 모티프의 시들은 고려인들의 동화에 대한 과장된 제스처라고 할 수 있다.

하지만 고르바초프의 등장과 소련의 해체 이후 고려인들은 금기시했던 강제이주에 대한 재해석과 억압했던 기억들을 소환해내는 작품들을 발표하기 시작한다. 그야말로 오랫동안 소련인으로 동화된 페르소나 속에 고려인으로서의 진정한 정체성을 감추고 있다가 비로소 자유로운 시적 자아를 마음껏 표출하며, 진정한 모습을 드러내기 시작했다. 결국 스탈린이 택한 강력한 동화주의 정책과 사회주의 리얼리즘의 영향으로 고려인들은 그들의 진정한 내면을 은폐한 채 시월 모티프의 시들을 집중적으로 형상화해 온 것이다.

이제 고려인문학은 민족어인 고려말로 창작하는 작가가 극소수만이 남아 있는 한편으로 러시아어로 창작하는 아나톨리 김이나 미하일박 등의 작가들이 등장하는 새로운 상황에 직면했다. 모국어로 창작하는 작가의 감소는 다른 재외한인문학에서도 공통으로 나타나는 불가피한 현상이다.

카자흐스탄에서 태어났고, 현재 러시아에서 살고 있는 고려인 3세 아나톨리 김의 러시아어 작품들은 16개국의 언어로 번역되어 있으며,『신의 플루트』,『해초 따는 사람들』,『꾀꼬리 울음소리』 등 여러 작품이 국내에 번역되어 있다.『네이티브 스피커』,『제스처 라이프』 등을 쓴 재미한인 1.5세 이창래의 작품에 대해서도 미국의 주류문단은 크게 주목한다. 그는 지난해(2011) 노벨상 후보로도 올랐다. 그는 영어로 작품을 쓰며, 한국계 미국인이 겪는 이방인으로서의 체험을 작품화하여 미국문단의 주목을 끌었다. 중요한 것은 언어보다는 작품성이다. 작품을 모국어로 쓰느냐 현지어로 쓰느냐 하는 것이 결정적으로 중요하지는 않다는 뜻이다.

고려인들이 연해주를 거쳐 중앙아시아에 정착하는 고난의 역정과 거주국에의 적응과정에서 경험한 디아스포라의 경험들은 주류사회에서는 가질 수 없는 소중한 문학적 자산들이다. 또한 모국과 거주국의 문화적 융합과 혼종성 역시 신선하고 독창적인 문학적 상상력을 불러올 수 있다. 디아스포라의 삶이 갖는 사회적 정치적 경제적 문화적 갈등을 비롯하여 고려인의 이중적 정체성, 주변성, 혼종성, 모호한 경계를 오히려 자신의 문학적 개성이자 에너지로 활용하는 전략과 태도가 필요하다.

참/고/문/헌

〈기초자료〉

• 『시월의 해빛』, 작가출판사(카자흐스탄 알마아타), 1971.

〈단행본〉

• 김성곤, 『포스트모더니즘과 현대미국소설』, 열음사, 1990.

• 김필영, 『소비에트 중앙아시아 고려인 문학사』, 강남대학교출판부, 2004.

• 윤인진, 『코리안 디아스포라』, 고려대학교출판부, 2005.

• 이명재 외, 『억압과 망각, 그리고 디아스포라-구소련 고려인 문학』, 한국문화사, 2004.

• 정덕준 외, 『중국조선족 문학의 어제와 오늘』, 푸른사상, 2006.

• 정상진, 『아무르만에서 부르는 백조의 노래』, 지식산업사, 2005.

• 조명희, 『포석 조명희 선집』, 쏘련과학원 동방도서출판사, 1959.

• 레이먼 셀던, 현대문학이론연구회 역, 『현대문학이론』, 문학과지성사, 1992.

〈논문〉

• 권기배, 「디아스포라와 망각을 넘어 기억의 복원으로 : 러시아 및 중앙아시아 한인 망명문학 연구.1, '포석 조명희'를 중심으로」, 『외국학연구』16, 중앙대학교 외국학연구소, 2011, 171-190면.

• 김 게르만, 「카자흐스탄의 한인 사회의 당면과제 및 전망」, 『전남

대학교 사회과학연구소 연구총서』5권, 전남대학교 사회과학연구소, 1999, 131-152면.

- 김낙현, 「조명희 시 연구 : 구소련에서 발표한 詩를 중심으로」, 『우리문학연구』36, 우리문학회, 2012, 147-181면.

- 김성수, 「소련에서의 조명희」, 『창작과 비평』1989년 여름호(64), 창작과비평사, 1989, 100-120면.

- 김정훈 · 정덕준, 「재외 한인문학 연구-CIS 지역 한인 시문학을 중심으로」, 『한국문학이론과 비평』31 한국문학이론과비평학회, 2006, 339-370면.

- 김혜숙 · 김도영 · 신희천 · 이주연, 「다문화시대 한국인의 심리적 적응: 집단 정체성, 문화적응 이데올로기와 접촉이 이주민에 대한 편견에 미치는 영향」, 『한국심리학회지 ; 사회 및 성격』25-2, 한국심리학회, 2011, 51-89면.

- 송명희, 「북한의 문학과 주체문예이론」, 『한국문학이론과 비평』 4, 한국문학이론과비평학회, 1999, 287-316면.

_____, 「캐나다한인 수필에 나타난 디아스포라와 아이덴티티」, 『한국언어문학』70, 한국언어문학회, 2009, 321-353면.

- 윤정헌, 「중앙아시아 한인문학 연구-호주 한인문학과의 대비를 중심으로」, 『Comparative Korean Studies』10-1, 국제비교한국학회, 2002, 205-253면.

- 이명재, 「조명희와 소련지역 한글문단」, 『국제한인문학연구』1, 국제한인문학회, 2004, 265-298면.

- 이정희, 「러시아 10월 혁명은 노동자들에게 과연 혁명적이었을까?」, 『서양사론』96, 서양사학회, 2008, 31-58면.

- 정창범, 「사회주의 리얼리즘과 소련문학」, 『북한』165, 북한연구소, 1985, 110-120면.
- 조규익, 「구소련 고려시인 강태수의 작품세계」, 『대동문화연구』76, 성균관대학교 대동문화연구원, 2011, 487-518면.
- 조정래, 「카자흐스탄 고려인 작가 김준의 장편소설」, 『현대문학의 연구』37, 한국문학연구학회, 2009, 197-222면.
- 최성은, 「폴란드 사회주의 리얼리즘 시에 나타난 한국전쟁」, 『동유럽연구』11-2, 한국외국어대학교 동유럽발칸연구소, 1-20면.
- 필립 김, 「레닌기치에 나타난 쏘베트 한인문학」, 『비교한국학』3, 국제비교한국학회, 1997, 135-141면.

(『한국문학이론과 비평』57, 한국문학이론과비평학회, 2012)

고려인 시와 캐나다한인 시에 반영된
문화변용의 비교연구
-형성기 작품을 중심으로

1. 서론

구(舊) 소련권의 고려인과 캐나다한인은 이주의 시기, 배경, 동기, 경험 등이 매우 상이하며, 두 거주국의 이주민 정책도 대조적이라는 점에서 디아스포라문학 연구에서 매우 흥미로운 비교 대상이 된다. 본고는 중앙아시아 고려인 시와 캐나다한인 시에 나타난 이주 초기의 문화변용을 형성기의 작품을 중심으로 비교하고자 한다.

1971년에 카자흐스탄 알마티에서 발간된 고려인들의 첫 번째 합동작품집[1] 『시월의 해빛』에는 강제이주 전인 1930년부터 이주 후인 1967년까지의 작품들이 수록되어 있다.[2] 김필영은 강제이주기부터

---

1) 1971년에 발간되었다고 해서 1970년 전후의 작품을 수록하고 있는 것이 아니고, 작품은 1930년 초반 작품부터 1960년대 작품까지 두루 수록되어 있다.
2) 27명의 시, 소설, 희곡, 평론 등의 작품.

소련이 해체된 1991년까지의 고려인문학을 형성기(1937-1953), 발
전기(1954-1969), 성숙기(1970-1984), 쇠퇴기(1985-1991)로 시
대를 구분하여 문학사를 기술하였다.[3] 한편 김정훈 · 정덕준은 강제
이주 전 연해주 시기(1925-1937)를 형성기 전에 별도로 설정하고 있
다.[4] 따라서 『시월의 해빛』(1971)에는 연해주 시기로부터 형성기와
발전기까지의 작품들이 수록되어 있는 셈이다. 따라서 본고는 『시월
의 해빛』에 실린 작품들 중 연해주 시기로부터 형성기까지, 즉 1930
년부터 1953년까지의 고려인 시를 연구 대상으로 한다.[5] 그리고 캐
나다한인문학은 1977년에 이석현 등 8명의 기성문인들이 '캐너더한
국문인협회'를 창립하고, 시 113편을 수록한 첫 번째 작품집인 『새
울』1(1977)을 출간함으로써 출발한다. 캐나다한인들은 1979년에 2
집(『이민문학』)을 발간할 때 '캐나다한국문인협회'로 명칭을 바꾼 이
래 9집(『캐나다문학』, 2000)까지 같은 명칭으로 작품집을 발간했다.
하지만 10집(2001)부터 '캐나다한인문인협회'로 명칭을 변경하여 격
년으로 발간해 오고 있다.[6]

　캐나다한인문학은 고려인문학과는 달리 그 역사가 40년밖에 되지

---

3) 김필영, 『소비에트 중앙아시아 고려인 문학사』, 강남대학교출판부, 2004, 58-59
　면.
4) 연해주시기(1925-1937), 강제이주기(1937-1953), 재건의 시기(1953-1986), 개
　혁개방기(1986 -) : 김정훈 · 정덕준, 「재외 한인문학 연구 : CIS 지역 한인 시문
　학을 중심으로」, 『한국문학이론과 비평』31, 한국문학이론과비평학회, 2006, 341
　면.
5) 김필영의 『소비에트 중앙아시아 고려인 문학사』에는 『시월의 해빛』에 수록된 것
　이외의 작품들(『선봉』, 『레닌기치』 수록작)이 소개되고 있다. 하지만 본고는 텍스
　트를 『시월의 해빛』으로 한정하였다. 왜냐하면 본고의 논지를 바꿀 만한 새로운 작
　품들은 없었기 때문이다.
6) 현재 『캐나다문학』 16집(2013)까지 발간되었다.

않았기 때문에 '캐나다한인문학사'와 같은 저서는 발간되지 않았고, 연구도 최근에야 시작되었다.[7] 따라서 일천한 역사를 가진 캐나다한 인문학은 시대 구분 자체가 무의미하다. 그렇지만 처음 '캐너더한국 문인협회'가 조직된 1977년부터 '캐나다한인문인협회'로 명칭을 바꾼 2000년 이전과 이후로 시대를 구분할 수 있을 것이다. 왜냐하면 캐나다한인들은 2000년까지는 자신들을 캐나다에 살고 있는 한국인 (Korean in Canada)으로 인식하여 '캐나다한국문인협회'라는 명칭 을 사용했지만 2001년부터 캐나다한인(Korean Canadian)이라는 이 중적 정체성 인식을 갖기 시작하여 문협의 명칭도 '캐나다한인문인 협회'로 바꾸었기 때문이다. 그리고 이러한 정체성 인식의 변화는 문 학 창작에도 당연히 반영되었을 것이다. 따라서 1977년부터 2000년 까지를 캐나다한인문학의 형성기로 규정할 수 있다. 그리고 캐나다한 인문학은 2000년대에 접어들어 토론토 중심의 '캐나다한인문인협회' 이외에 밴쿠버, 캘거리, 에드먼턴 등에도 문인협회가 조직되어 새로 운 발전상을 보이므로, 2000년을 전후로 그 성격이 달라졌다고 볼 수 있다.

　따라서 본고에서는 『시월의 해빛』에 수록된 1930년부터 1953년까

---

7) 송명희의 「캐나다한인문단의 형성」, 이상갑의 「경계와 탈경계의 긴장관계-캐나 다한인소설을 중심으로」, 김정훈의 「캐나다한인시문학연구」, 김남석의 「캐나다한 인문학비평의 전개양상연구」 등 4편의 논문이 『우리어문연구』 34, 우리어문학회, 2009에 수록되었다. 송명희의 「캐나다한인 수필에 나타난 디아스포라와 아이덴티 티」 (『언어문학』 70, 한국언어문학회, 2009), 송명희의 「캐나다한인문학의 정체성 과 방향」(『한어문교육』 26, 한국언어문학교육학회, 2012), 이동하·정효구의 『재 미한인문학연구』 (월인, 2003)에 수록된 「재(在)캐나다한인문학의 몇 가지 특징- 시를 중심으로」, 박준희의 「재캐나다 한인 시 연구」 (대구가톨릭대학교 석사논문, 2009) 등이 있다.

지의 고려인 시작품과 1977년부터 2000년까지의 캐나다한인 시, 즉 이주 초기의 작품들에 반영된 고려인과 캐나다한인의 문화변용의 태도를 비교하고자 한다. 즉 이주로 인해 이질적인 문화에 접촉함으로써 갖게 된 모국 및 거주국에 대한 태도를 형성기의 한인문학을 중심으로 분석하고자 한다. 두 지역의 한인들은 이주의 배경 및 경험 자체가 다를 뿐만 아니라 구 소련은 동화주의 정책을, 캐나다는 다문화주의 정책을 실시했다는 점에서 매우 흥미로운 결과가 도출될 것으로 예상된다.

베리(J. W. Berry)에 의하면 문화변용(acculturation)이란 소수민족집단성원이 정착사회에서 적응하는 초기과정에서 나타나는 문화와 정체성의 변화를 의미한다.[8] 그는 소수집단의 문화적응전략과 이데올로기를 그들이 고유문화의 정체성을 얼마나 중요시하는가 하는 정도를 의미하는 문화적 유지(cultural maintenance)와 이주민이 새로운 주류문화를 수용하는 정도를 뜻하는 접촉과 참여(contact and maintenance)의 두 가지 차원에서 통합(integration), 동화(assimilation), 고립(isolation), 주변화(marginality)의 4가지로 분류한 바 있다. 즉 전통문화와 주류문화에 모두 동일시하는 통합, 주류문화에는 동일시하지만 전통문화에 대해서는 약하게 동일시하는 동화, 고유문화에 동일시하나 주류문화는 무시하는 고립(분리), 주류문화나 고유문화에 모두 동일시하지 않는 주변화가 그것이다. 한편, 그는 이주민들에 대한 다수집단 성원들의 문화정책전략과 이데올로기를 다문화주의, 동화주의, 분리주의, 배척 4가지로 분류했다. 그는 다

---

8) 윤인진, 『코리안 디아스포라』, 고려대학교출판부, 2005, 37면.

수의 주류집단이 이주민들의 고유한 정체성과 생활방식을 존중하고 문화적 다양성을 유지하면서 사회통합을 이루도록 다문화주의를 추구하면 소수집단은 통합적 정체성을 추구하는 반면, 주류집단 대부분이 동화주의, 분리주의, 배척의 정책을 채택하면 소수집단이 통합적 정체성을 가지기가 어렵다고 했다.[9]

고려인 시에 대한 연구로는 최강민[10], 김정훈·정덕준[11], 김낙현[12], 조규익[13], 권기배[14] 홍용희[15], 이승하[16], 장사선[17], 허알레시아·조현

9) 김혜숙·김도영·신희천·이주연, 「다문화시대 한국인의 심리적 적응 : 집단 정체성, 문화적응 이데올로기와 접촉이 이주민에 대한 편견에 미치는 영향」, 『한국심리학회지 ; 사회 및 성격』 25-2, 한국심리학회, 2011, 58-59면에서 재인용.

10) 최강민, 「중앙아시아 고려인 시에 나타난 조국과 고향 이미지」, 이명재 외, 『억압과 망각, 그리고 디아스포라-구소련 고려인 문학』, 한국문화사, 2004, 211-248면.

11) 김정훈·정덕준, 앞의 논문, 339-370면.

12) 김낙현, 「구소련권 고려인 시문학의 현황과 특성」, 『어문연구』 122, 어문연구학회, 2004, 353-379면.
   김낙현, 「조명희 시 연구 : 구소련에서 발표한 詩를 중심으로」, 『우리문학연구』 36, 우리문학회, 2012, 147-181면.
   김낙현, 「조기천론 : 생애와 문학 활동에 대한 재검토」, 『語文硏究』 38-3, 한국어문교육연구회, 2010, 310-326면.

13) 조규익, 「구소련 고려시인 강태수의 작품세계」, 『대동문화연구』 76, 성균관대학교 대동문화연구원, 2011, 487-518면.

14) 권기배, 「디아스포라와 망각을 넘어 기억의 복원으로 : 러시아 및 중앙아시아 한인 망명문학 연구(1)-'포석 조명희'를 중심으로」, 『외국학연구』 16, 중앙대학교 외국학연구소, 2011, 171-190면.

15) 홍용희, 「구소련 고려인 디아스포라 시 연구 : 양원식의 시 세계를 중심으로」, 『한국근대문학연구』 22, 한국근대문학회, 2010, 489-516면.

16) 이승하, 「전동혁의 장편서사시 〈박령감〉 연구」, 『비교한국학』 20-2, 국제비교한국학회, 2012, 441-470면.
   이승하, 「카자흐스탄 고려인 시인 강태수 시세계 연구」, 『한국문학과 예술』 8, 숭실대학교 한국문예연구소, 2011, 197-226면.

17) 장사선, 「고려인 시에 나타난 아우라」, 『한국현대문학연구』 17, 한국현대문학회, 2005, 255-283면.

아[18], 필립 김[19], 김정훈 · 김영미[20], 김영미 · 송명희[21] 등의 논문이 있다. 그리고 고려인의 『시월의 해빛』에 수록된 시에 대한 집중적 연구에는 송명희의 논문[22]이 있다. 기존 연구는 고려인 시문학에 대한 전반적 흐름을 조감하는 연구도 있지만 조명희, 강태수, 양원식, 전동혁 등 개별 시인에 대한 연구가 우세한 편이다. 한편 캐나다한인 시에 대한 연구에는 정효구[23]와 김정훈[24]의 논문이 있을 뿐이다.

---

18) 허알레시아 · 조현아, 「고려인 3세 마르따 김의 시 세계 고찰 : 『섬들』을 중심으로」, 『이화어문논집』 33, 이화어문학회, 191-213면.

19) Phil Kim, 「Soviet Korean Literature and Poet Gang Taesu」, 『한민족문화연구』 41, 한민족문화학회, 2012, 197-234면.
  김필영, 「소비에트 중앙아시아 고려인 문학과 계봉우」, 『한국학연구』 25, 인하대학교 한국학연구소, 2011, 49-90면.

20) 김정훈 · 김영미, 「이 스타니슬라브 시에 나타난 디아스포라의 심연」, 『현대문학이론연구』 53, 현대문학이론학회, 2013, 53-74면.
  김정훈 · 김영미, 「탈북 고려인 시 연구 : 현실 대응 양상을 중심으로」, 『한국시학연구』 39, 한국시학회, 2014, 137-169면.

21) 김영미 · 송명희, 「재러 시인 리진 시 연구-엑소더스, 총과 가을 저녁」, 『현대문학이론연구』 51, 현대문학이론학회, 2012, 11-133면.

22) 송명희, 「고려인 시에 재현된 '시월 모티프' 연구」, 『한국문학이론과 비평』 57, 한국문학이론과비평학회, 2012, 41-68면.

23) 정효구, 「재캐나다한인문학의 몇 가지 특징」, 이동하 · 정효구, 앞의 책, 457-478면.

24) 김정훈, 「캐나다한인 시문학 연구-『캐나다문학』을 중심으로」, 『우리어문연구』 34, 우리어문학회, 2009, 39-66면.

2. 고려인과 캐나다한인 시에 반영된 문화변용

1) 고려인 시에 반영된 문화변용

1860년대 중반부터 경제적 동기에 의해서 촉발된 고려인들의 연해주로의 이주가 일본이 조선을 강점한 이후 특히 3·1운동이 실패로 돌아가자 정치적 망명과 독립운동의 동기를 띤 이주로 그 성격이 바뀌게 되었다. 즉 연해주 지역을 독립운동의 전진기지로 삼으려고 많은 독립운동가, 지식인들이 조선 땅을 넘어 이 지역으로 이동하였다. 따라서 러시아혁명이 일어났던 1917년에 연해주 거주 고려인의 수는 10만 명가량으로 증가하였다.[25]

고려인문학의 아버지 조명희(1894-1938)는 카프의 창립회원으로 활동하였지만 일제의 카프 탄압으로 인해 1928년에 러시아로 망명하게 된다. 그의 시 「시월의 노래」는 창작연도가 1931년 9월로 밝혀져 있다. 이 작품은 "열네 해를 맞는 이날 아침, 맑은 햇빛 아래에"라는 구절에서 보듯이 시월혁명 14주년을 맞아 혁명을 찬양한 송시이다. 이 시에서 주목할 점은 "오, 우리의 모국 쏘베트 공화국의 거룩한 탄생이여!"이다. 즉 조선에서 망명한 지 채 몇 년 되지 않은 시점에서 조명희가 소련을 모국이라 부르는 데 조금도 주저하지 않았다는 점이다.

짓밟힌 무리의 피 방울방울이

---

25) 윤인진, 앞의 책, 92-93면.

지심으로 흘러, 흘러 폭발이 되어

새 화산, 새 세기의 화산이 솟았다.

북방에 높이 솟은 새 "히말라야산" 쏘비에트 공화국!

그 앞에 낡은 제도는 골짜기같이 무너졌다.

온 세계는 바다같이 끓는다.

오, 우리의 모국 쏘베트 공화국의 거룩한 탄생이여!

　　　　　　　　　- 조명희의 「시월의 노래」 부분[26]

　조명희의 다른 시 「맹세하고 나서자」(1934.4)에서도 소련은 조국으로 호명되며 그에 대한 강력한 수호 의지가 드러난다.

피로 싸워 얻어 놓은 이 조국-

이 무산 계급의 조국을

원수의 발이 다시 짓밟으려 할 때,

대답하여라, 나의 형제야!

맹세하고 나서지 않겠느냐?

나의 조국을 지키러, 너의 조국을 지키러-

　　　　　　　　　- 조명희의 「맹세하고 나서자」 부분[27]

　「맹세하고 나서자」는 조국의 전쟁, 혁명, 건설, 그리고 국토 수호를 위해 형제가 나서야 할 것을 강력하게 촉구하고 있는데, 여기서 '조국'은 소련이며, '형제'는 협의로는 고려인을 의미한다. 즉 고려인들

---

26) 『시월의 해빛』, 3면.

27) 『시월의 해빛』, 7면.

이 단합하여 시월혁명의 정신을 수호하고 조국의 전쟁과 건설과 국토 수호의 대열에 자발적으로 참가할 것을 강한 어조로 격려하고 있다. 그런데 '형제'는 고려인을 넘어서서 프롤레타리아 노동자로 그 의미를 확대 해석할 수 있다. 왜냐하면 소비에트 연방은 무산계급의 혁명에 의해서 수립한 "무산계급의 조국"이기 때문이다. 「시월의 노래」의 "짓밟힌 무리"도 마찬가지로 억압받고 있는 무산계급, 바로 프롤레타리아 노동자를 의미한다. 조명희는 「볼세이크의 봄」(1931.3), 「녀자 공격대」(1931.3)에서도 조국 건설의 5개년 계획 달성을 위해 노동자와 여자들이 나아가야 할 것을 촉구, 격려하고 있다.[28] 스탈린은 공업화를 통한 1차 경제개발 5개년 계획을 1929년부터 실시하여 1932년에 조기달성하고, 1933년부터 2차 5개년 계획을 실시하였는데, 「볼세이크의 봄」과 「녀자 공격대」는 바로 그와 같은 당시 사정을 반영하고 있다.

조명희의 시에서 볼 때 고려인들에게 조국은 더 이상 조선이 아니라 소련이다. 그리고 고려인 무산계급은 바로 조국을 지켜내야 할 주체이다. 프롤레타리아 혁명에 의해 건설된 국가공동체인 조국(소련)이 위험에 빠진다면 무산계급인 고려인들은 기꺼이 총을 들고 싸울 것이고, 망치를 들고 건설의 현장에서 일할 것이며, 남녀를 막론하고 조국 건설의 수레를 힘차게 굴릴 것이라는 다짐과 각오로 시적 화자는 충만해 있다. 실제로 고려인들은 러시아 내전(1917.10-1922.10) 때에 볼쉐비키 적파군(赤派軍)과 연합하여 반볼쉐비키 백파군 및 일

---

28) 송명희, 「고려인 시에 재현된 '시월 모티프' 연구」, 앞의 책, 49-50면.

본 군대와 투쟁을 전개한 역사가 있다.[29] 그리고 1931년 일본이 만주 사변으로 만주 일대를 장악한 이후 일본과 소련과의 관계는 국경 분쟁이 잦아지고 악화일로에 있었다. 위의 시에서 '원수'가 명확하게 일본으로 볼 근거는 없지만 개연성은 충분히 있다고 본다.

러시아혁명에 의해 탄생한 소련을 연해주의 이주 고려인들이 조국으로 인식하였다는 것을 조명희의 시는 명확히 보여주고 있다. 이는 일본 제국주의에 의해서 조선이 이미 주권을 상실하였으므로 그들에게는 소련과 같은 강하고 새로운 국가가 필요했다는 것을 말해준다. 더욱이 사회주의자였던 조명희에게는 프롤레타리아의 해방과 소수 민족의 자결권을 인정해 주겠다고 약속한 소련에 그의 국민(nation) 정체성을 일치시키는 일이 무엇보다도 필요하였다.

고려인들의 연해주로의 정치적 망명, 또는 독립운동의 성격을 띤 이주를 촉발시킨 사건이자 이주의 철학적 기반을 제공해 준 역사적 사건이 바로 레닌과 볼세비키에 의해서 주도된 러시아혁명(시월혁명)이다. 특히 레닌에 의해 표방된 민족자결권, 인종과 민족을 초월한 프롤레타리아 국제주의에 의한 혁명성은 일제의 탄압 하에서 고통을 겪던 조선의 사회주의 독립운동가들에게 대단히 매력적으로 받아들여졌다. 즉 "민족으로서의 형식은 유지하되 내용은 사회주의적으로

---

29) 1918년 초 일본은 러시아 내의 자국민 보호를 구실로 블라디보스톡 항구에 군함을 상륙시켰다. 일본은 레닌의 볼쉐비키를 상대로 싸우는 반볼쉐비키 백파 군대를 지원하며, 극동지역 점령에 대한 야욕을 드러냈다. 이때 만주, 러시아 및 조선의 국경지대에서 활동하던 조선인 무장 빨치산들은 러시아 빨치산 부대들과 연합하여 일본 및 백파 군대들을 상대로 빨치산 투쟁을 전개해 나갔다. :「고려인 이주 150주년 특별연재7-신한촌 학살」, 출처 : 『월드코리안신문』(wk@worldkorean.net).

동질화한다"라는 이념, 소수민족들의 자결권을 인정하고 소비에트가 다민족국가로 조화롭게 발전할 것을 강조한 레닌의 정책에 조선에서 온 이주민들은 열광했다. 특히 연해주 시절 고려인문학의 개척자였던 조명희는 연해주에서 레닌의 사회주의 이념을 구현하고자 했다. 그를 포함하여 정치적 망명을 시도한 사회주의자 지식인들은 무산계급의 혁명에 의한 사회주의 세상의 구현과 자치주 건설이 연해주에서 가능할 것이라는 기대와 믿음이 더욱 강렬했다.[30] 따라서 「시월의 노래」나 「맹세하고 나서자」에서 조명희가 소련을 조국으로 지칭한 것은 당시 고려인들의 기대와 열망을 압축적으로 표현한 것으로 소련에 철저히 동화된 태도라고 할 수 있다.

그렇지만 그러한 기대와 믿음은 결국 배반되고 말았다. 조명희를 비롯한 한인사회의 지도급 인사 2,000명은 강제이주 직전 체포되어 처형되었으며, 1937년, 18만 명에 달하는 한인들은 아무런 이유도 모르는 채 중앙아시아 지역에 강제로 집단이주 되고 말았다.

한 아나똘리(1911-1940)[31]의 시 「전쟁이 나면」(1934)에서도 "전쟁이 나면, 전쟁이 나면/나아가겠다, 나는 총을 쥐고"[32]처럼 전쟁이 나면 나아가 싸우고 지켜야 할 '내 나라'는 바로 소련이다. 그의 시 역시 조명희와 마찬가지로 소련이 조국(모국)이라는 인식과 함께 조국 수호의 강렬한 결의를 보여준다.

전동혁의 「보초병」(1934)도 소련을 조국으로 인식하며 조국을 지

---

30) 송명희, 앞의 논문, 47면.
31) 함북 길주 태생으로 1916년에 연해주로 이주하였다. 「두 소원」(1937), 「김만냐」(1937), 「사랑스러운 사랑」(1933), 「뜨락또리쓰트의 노래」(1933), 「공청동맹원」(1933), 「전쟁이 나면」(1934) 등 6편이 『시월의 해빛』에 실려 있다.
32) 『시월의 해빛』, 21면.

키기 위해 죽음으로 싸우겠다는 의지를 표명한다.

> 쏘베트 정부야, 굳게 믿으라!
> 네 땅 우에 있는 것이면
> 돌쪼각, 흙 한 점까지도
> 죽음으로, 죽음으로
> 지키리라!
>
> 나는 보초병-
> 전투적 사명을 걸머진
> 쏘베트의 보초병!
>
>   - 전동혁의 「보초병」 부분[33]

이 시에서도 고려인 보초병이 죽음으로써 조국을 지키겠다고 맹세하는 외적 진술이 이루어지고 있다. 하지만 그 내포에 있어서는 고려인들이 그와 같은 결의를 보여줄 때 소련 정부야말로 고려인을 지켜주겠다는 믿음을 주길 바라는 열망을 표현한 것이라 생각된다.

> 그대들이 적진에 보내주는 탄환이
> 탄환마다 놈들의 염통을 깬다면
> 우리들이 거두는 목화 송이송이는
> 송이마다 조국의 전투력을 굳힌다.
>
>   - 전동혁의 「목화 따는 처녀들의 노래」 부분[34]

---

33) 위의 책, 68면.
34) 위의 책, 72면.

전동혁의 「목화 따는 처녀들의 노래」(1941)에서는 목화 따는 처녀들도 목화 따는 행위를 통해서 조국의 전투력을 굳히는 것으로 그려진다. 즉 목화를 따서 판 돈으로 탄환을 구입한다는 의미이다. 여성들의 노동력도 조국을 위한 전투력과 연결되어 있으며, 고려인들은 남녀를 막론하고 조국 수호의 대열에 참가해야 한다는 강한 의지를 보여주고 있다.

한 아나똘리의 「두 소원」(1937)에서는 조선에서 이주한 늙은이를 허구적 화자로 내세우며 집단농장 생활의 태평성대를 노래한다.

꼴호스에는 집집에 암소들이
떡호박 같은 젖통을 드리우고 있고
배부른 돼지들은 할 일이 없어
주둥치로 땅이나 파고 놀아대네.

새로 지은 우리 집에는 유리창으로
새로운 햇빛이 정답게 들여다보고,
저녁이면 우리 식구 한 곳에 모여 앉아
축음기 달아 놓고 화목하게 즐긴다네.

— 한 아나똘리의 「두 소원」 부분[35]

노년의 화자는 "이 사람아, 그 젊은 피를/한 고치만 딱 나를 주게"라고 간청한다. 왜냐하면 그가 보낸 청춘은 "내 청춘은 동대산 수십년에/토호놈의 땅바닥에 말라붙어-/길가에서 밟히는 질경이처럼/먼

지 속에 쭈그러들고 말았다네"에서 보듯 토호의 수탈에 시달리는 삶이었기 때문이다. 따라서 현재의 "이렇게도 살기 좋은 내 천지를" 좀 더 향유하고 싶은 강렬한 욕망 때문에 젊은 피를 나눠달라고 하는 것이다. 동대산에서의 수십 년은 연해주로 이주하기 이전, 즉 조선에서 토호 지주들의 수탈에 고통 받던 때이다. 반면 이주 후 연해주 집단농장에서의 현재의 삶은 풍요롭고 행복하다. 조선에서의 과거와 연해주에서의 현재의 삶이 극명하게 대비되며, 소련 사회주의 제도의 우월성이 자연스럽게 부각된다. 집집의 암소나 배부른 돼지마냥 이주민들은 아무 걱정 없이 새로 지은 집에서 풍요롭고 화목한 삶을 향유한다. 따라서 노년의 화자는 젊음과 생명을 좀 더 연장하여 행복한 삶을 좀 더 구가하고 싶다는 간절한 욕망을 반복해서 드러낸다. 작품집에 실린 대부분의 시들이 직접적인 찬양을 드러낸 송시 형태로 시월혁명을 노래했다면 「두 소원」은 아주 드물게 허구적 화자를 내세우고 시적 은유를 사용하며 간접화된 형태로 연해주에서의 삶을 노래했다는 점에서 차별화된다.[36] 이 시에서 보여준 '꼴호스'에서의 집단생활에 대한 최상의 만족감, 그리고 대비된 조선에서의 삶에 대한 고통의 진술은 다름 아닌 사회주의 체제의 우월성과 거주국 소련에 대해 만족감을 표시하는 동화의 태도라고 할 수 있다. 하지만 고려인들의 풍요와 행복에의 꿈은 강제이주로 산산조각이 나고 말았다.

연성용의 「씨를 활활 뿌려라」(1950)에서는 "일망무제의 광야 옥토/부요한 내 나라 이 아니냐//이 넓은 옥야에 풍년 와/곡식창고가 가득 차면/새 생의 새 봄은 더 날개쳐/행복의 고개를 또 넘는다."처럼

---

36) 송명희, 앞의 논문, 51-52면.

일망무제의 옥토가 일궈낸 풍요와 그에 대한 행복감으로 나타난다.

> 구름 뚫고 웃둑 솟은 천산 속에서
> 소리치며 내려오는 힘찬 씨르다리야
> 몇 만리 넓은 벌에 승리의 노래 떨쳐
> 꽃 핀 행복 가득 안고 넘쳐 흘러라
> 끝없는 평야의 삼라만상이
> 씨르다리야 젖 짜 먹고 피여오른다.
>
>   - 연성용의 「씨르다리야」 부분[37]

> 행복을 누리는 이-
> 향토의 참다운 주인이 되어
> 너와 함께 활발히 기꺼움을 나눈다.
> 복리의 싹을 가꾸어
> 건설의 노래 세차게 부른다!
> 이 좋은 시절에
> 씨르라리야, 기뻐하여라,
> 흐르고 흘러라!
>
>   - 김광현의 「씨르다리야」 부분[38]

연성용의 「씨르다리야」(1940)와 김광현의 「씨르다리야」(1952)는 중앙아시아 평원에 물을 대주며 흐르는 씨르다리야강과 그 강이 가져다준 풍요를 노래한다. 연성용과 김광현은 중앙아시아로의 강제이주

---

37) 『시월의 해빛』, 117면.
38) 위의 책, 120면.

이후의 삶을 행복한 감정과 만족감으로 노래하고 있음을 볼 수 있다.

이처럼 고려인들의 시에는 연해주 시기와 강제이주 후에도 한 치의 의심 없이 소련을 조국으로 생각하는 국민정체성을 보여주며 그곳에서의 삶에 만족감을 표현하는 등 동화(assimilation)의 태도를 나타냈다. 즉 그들은 소련국민으로서의 국민 정체성(national identity)과 조선 출신의 소수민족인 고려인으로서의 민족 정체성(ethnic identity) 사이에서 전혀 갈등하지 않는다. 즉 소련을 그들의 조국으로 선택하는 철저한 동화의 태도를 나타냈다. 조선은 아예 고려인의 시에서 등장하지 않거나 간혹 등장한다고 하더라도 토호 지주의 억압에 시달리는 부정적인 공간으로 진술된다. 이와 같이 모국(조선)을 배척하며 거주국에 철저히 동화된 태도야말로 레닌(1870-1924) 사후 스탈린의 차별적이고 배제적인 외국인 정책과 동화주의 정책하에서 동화를 해야만 생존할 수 있었던 고려인들의 억압적이고 절박한 입장을 역설적으로 보여준 것으로 해석할 수 있다.

강제이주 후 고려인들은 소련 주류사회로 동화되고 수용되기 위한 노력의 일환으로 빠르게 러시아어로 언어를 교체했다.[39] 그 결과 그들은 중상류층의 지위를 빨리 누릴 수 있었다.[40] 이와 같은 고려인의 빠른 신분상승은 다른 지역 한인들의 이민역사에서는 찾아보기 어려운 것으로서 그들의 거주국 적응전략이 성공적이었음을 말해준다.

그런데 언어적 차원의 빠른 동화와는 달리 고려인들은 민족동일시,

---

39) 고려인들이 민족어인 고려말을 할 수 있는 비율은 1989년에 47.2%로 감소한 반면 같은 해 러시아어로 말하는 비율은 49.9%로 계속 증가해 왔다. 구소련의 여타 소수민족집단에서 민족어를 말할 수 있는 비율이 80%가 넘는다.(윤인진, 앞의 책, 137-140면.)

40) 윤인진, 위의 책, 114-115면.

민족애착, 사회적 상호작용의 차원에서는 민족 정체성을 강하게 유지하고 있는 것으로 보고되고 있다.[41] "외형상으로는 재빨리 적응하고 그들이 처한 새로운 사회의 게임규칙을 신속히 자기화하나, 내면적으로 본질에 있어서는 이전의 자기 모습(essence) 그대로 남아 있다"[42] 라고 한 고려인 3세 김 게르만의 평가에서 보듯이 고려인들은 주류사회로 동화해온 이면에서 여전히 민족 정체성을 강하게 유지하는 양가적이고 복잡한 생존전략을 구사해왔다. 즉 소련을 조국으로 호명하며 그 조국을 지키기 위해 목숨을 걸고 싸울 각오가 되어 있다는 강한 의지를 나타냈고, 스탈린의 '단일 언어를 갖는 단일문화로의 융화' 정책에 따라 러시아어로 언어를 교체했다. 하지만 그 이면에서 고려말 신문『레닌기치』를 발간하며 민족어인 고려말로 그들의 문학을 지속해온 것은 그만큼 고려인들은 소련사회에 적응전략이 복잡했다는 것을 보여주었다고 할 수 있다.

따라서 『시월의 해빛』에서 소련에 국민정체성을 일치시킨 동화의 태도도 일종의 생존전략으로 해석된다. 즉 문학에서조차 자신들의 내면을 철저히 은폐하고, 소련 국민으로서의 집단적 페르소나를 투사하는 작품들을 써온 것이다. 그들의 시에서 강제이주 이전에 살았던 연해주에 대한 향수조차도 억누를 만큼 스탈린 치하에서 고려인들은 차

---

41) 이민 1, 2세대는 물론이며 3, 4세대들이 비록 현지 주류사회에 언어적, 문화적, 구조적으로 동화하였다고 하더라도 고려인으로서의 민족정체성과 애착의 수준이 강하게 유지되고 있다는 것이다. 강한 민족정체성의 유지는 소수민족으로 구별되고 다르게 대우받는 것에서 기인한다. 신체적으로 러시아인들, 그리고 원주민들과도 구별되는 고려인들에게 동화는 본인의 의사나 희망 여부에 따라서 선택될 수 있는 사항이 아니다.(윤인진, 위의 책, 140-148면.)

42) 김 게르만, 「카자흐스탄의 한인 사회의 당면과제 및 전망」, 『전남대학교 사회과학연구소 연구총서』 5, 전남대학교 사회과학연구소, 1999, 146면.

별과 억압을 받았다. 스탈린 체제하에서의 예술은 "작가나 예술가에게 자유로운 발상이나 창의력을 버리고 오로지 공산주의 혁명에 필요한 글만을 쓰라는"[43] 강요를 받아왔던 만큼 고려인들이 소련을 조국으로 호명하며 국민 정체성을 일치시켜 나갔지만 그것은 생존을 위한 제스처였다.

그야말로 스탈린 체제하의 강요된 동화정책에 따라 고려인들은 외적 의식적 차원에서 거주국에 철저히 동화된 태도를 보여주었을 뿐이다. 하지만 페레스트로이카 이후 정치적으로 자유로워진 시기가 오자 그들은 작품에서 고향(연해주)에 대한 향수를 자연스럽게 소환한다. 고려인들은 그동안 잊기를 강요당했던 고향 연해주(원동)에 대한 기억들과 일제에 맞서 빛나는 투쟁을 전개했던 자랑스런 인물들을 문학을 통해 소환해냄으로써[44] 억압된 기억, 강요된 망각을 복원한다.

하지만 강제이주 이전, 즉 연해주 시절의 시에서는 레닌의 정책에 대한 매혹으로 어느 정도 자발적인 동화의 태도가 나타났다고 생각한다. 조명희의 「시월의 노래」 같은 시는 바로 시월혁명에 대한 고려인들의 순수하고도 강렬한 환상을 대변하였다. 하지만 그들의 정책이 한낱 허위의식으로 가득 찬 이데올로기에 불과했다는 것이 1937년에 고려인을 강제이주시킨 사건에서 극명하게 드러났다.

---

43) 정창범, 「사회주의 리얼리즘과 소련문학」, 『북한』 165, 북한연구소, 1985, 111면.
44) 강진구, 「고려인문학에 나타난 역사복원 욕망연구」, 『탈식민 · 역사 · 디아스포라』, 제이앤씨, 2007, 236-237면.

2) 캐나다한인 시에 반영된 문화변용

캐나다로의 한인의 이민은 만성적인 노동력 부족에 시달리던 캐나다 정부가 유색인종에 대한 문호를 개방한 1967년부터 시작되어 1970년대 중반부터는 한국에서 직접 캐나다로 이민하는 숫자가 증가하였다. 그리고 1990년대 후반 한국의 외환위기 이후에는 미래가 불안해진 30대의 전문직·사무직 출신의 중산층 이민이 늘어났다. 그리고 어학연수나 조기유학을 간 학생들도 한인사회의 새로운 구성원이 되어 캐나다 한인사회는 제2의 형성기를 맞이하였다.[45]

정효구는 캐나다한인 시문학의 특징을 이민자 의식에서 출발하여 고향에 대한 그리움, 현실적응을 위한 모색, 기독교와의 만남이라는 특징을 갖는 것으로 분석하였다.[46] 김정훈은 고국과 고향에 대한 그리움의 표출, 정착의 모색과 이방인 의식의 노정, 적응하기와 더불어 살기의 3가지 특성을 논의하면서도 이주기간이 길지 않은 캐나다한인 시문학의 일관된 주제는 '한국인으로서의 정체성 추구'라고 결론 내린 바 있다.[47]

(1) 이민의 이상과 현실 – 후회와 향수의 정서

이민 1세인 캐나다한인들의 형성기 시에서는 다문화사회인 캐나다로의 이민의 이상과 현실에 대한 질문이 빈번히 표출된다.

---

45) 윤인진, 앞의 책, 263-268면.
46) 정효구, 「재캐나다한인문학의 몇 가지 특징」, 이동하·정효구, 앞의 책, 457-480면.
47) 김정훈, 「캐나다한인시문학 연구-『캐나다문학』을 중심으로」, 앞의 책, 39-66면.

세상에서
제일 아름다운 곳.

하얀 얼굴
누런 얼굴
꺼먼 얼굴의 아이들이
손에 손잡고
골목마다 꽃밭 이룬다.

— 이석현의 「하나의 세계」(1976) 부분[48]

여기는
지구 0번지

유색인종
무색인종
흘러 흘러 모여든 지역.

「바벨」기슭을 연상케 하는
어설픈 언어며 풍습들이
얼키설키
모자이크문화를 빚어내는
틈서리에서

썰물인 양

---

48) 『새울』1, 캐너더한국문인협회, 1977, 120면.

아침마다 뺨의 살이
팍팍 줄어드는
이민생활.

허위허위 넘는 시곗고개도
어느 결에
달력은 반허리를 넘어서고 만다.

거리에 나서면
같은 살갗의 사람끼리
이웃을 느낌은
물보다 짙은 피의 탓인가.

해를 거듭할수록
가슴속에 진해짐은
오직 너뿐
고국산천.

　　　　　　　　– 이석현의 「이민생활」(1977) 전문[49]

　이석현의 「하나의 세계」에 의하면 캐나다는 "하얀 얼굴/누런 얼굴/
꺼먼 얼굴의 아이들이/손에 손잡고/골목마다 꽃밭 이룬다."처럼 백
인, 황인, 흑인 등 다양한 인종이 차별 없이 공존하며 하나의 세계를
이룬 아름다운 꽃밭과 같은 나라이다. 캐나다야말로 이민자들이 세운
이민국가로서 그야말로 다문화주의가 구현된 지상의 낙원과도 같은

---

49) 『이민문학』 2, 캐나다한국문인협회, 1979, 52면.

곳이라고 노래한다.

　하지만 그는 「이민생활」에서는 다문화주의의 이상이 어긋나는 현실을 진술한다. 즉 캐나다는 유색인종 무색인종이 흘러흘러 모여들어 "어설픈 언어며 풍습들이/얼키설키/모자이크문화를 빚어내는" 곳이다. 여기서 모자이크 문화(mosaic culture)란 캐나다와 같은 다문화주의를 지향하는 문화를 나타내는 말로서 다양한 인종, 언어, 문화를 가진 사람들이 자신들의 고유한 정체성과 문화적 고유성을 잃지 않고 조화를 이룬 문화를 일컫는다. 따라서 모자이크 사회란 다양한 인종, 언어, 역사, 문화적 배경을 가진 민족들이 각자의 독특한 특성과 가치를 존중받으면서 고유의 정체성을 잃지 않은 채 조화롭게 살아가는 다문화 사회라는 개념을 갖고 있다. 캐나다 정부는 1971년에 문화적 다원주의에 기초한 다문화주의(multi-culturalism)를 공식적인 사회통합의 이념으로 제창한 후 1988년에 다문화주의 법령을 제정함으로써 다문화주의를 보다 명백한 이주민 정책으로 채택하였다.[50]

　그런데 이석현은 「이민생활」에서 이 모자이크에 대해서 다소 부정적인 톤으로 진술한다. 즉 "어설픈 언어며 풍습들이 얼키설키"라는 표현에서 캐나다 정부가 정책적으로 지향하는 다문화주의가 어설프고 허술하다는 인상을 전달한다. 따라서 그 허술한 모자이크 문화의 틈서리에서 화자는 자고 일어나면 뺨의 살이 줄어드는 부적응을 겪고 있다. 그리고 "거리에 나서면/같은 살갗의 사람끼리/이웃을 느낌은/물보다 짙은 피의 탓인가."에서 보듯이 같은 황색인종끼리 친밀감을 느끼고, 혈통이 같은 동족끼리 동질감을 느끼게 된다. 즉 백인중심

---

50) 윤인진, 앞의 책, 280-283면.

의 주류문화에 동화되지 못하는 대신 한국인이나 동양인에 대해서 정서적 친밀감과 편안함을 느낀다. 이를 통해 캐나다 정부가 공식적으로 다문화주의 정책을 실시했음에도 한국 출신의 이민자들은 주류사회에 통합적 정체성을 느끼는 대신 고유문화에는 동일시하나 주류문화는 무시하는 고립(분리)의 태도를 갖고 있다는 것을 알 수 있다. 즉 캐나다의 관주도형의 공식적 다문화주의가 이주민 그룹 간의 분열을 막고 국가에 대한 소속감을 강화하기 위한 정치수단의 성격을 띰으로써 이주민들이 정부가 제창하는 다문화주의에 대해 회의적인 시각을 갖고 있음을 이석현의 시는 보여주었다. 따라서 이주민들은 현지 부적응의 결과로 고국을 그리워하는 향수에 사로잡히게 된다. 이석현의 위의 두 작품은 다문화사회인 캐나다로의 이주가 갖고 있는 이상과 현실을 적절히 보여주었다.

이주 초기 캐나다한인들은 몸은 새로운 거주지인 캐나다로 자발적으로 옮겨갔음에도 정신적으로는 완전한 이주가 이루어지 않고 있다. 즉 모국과의 정신적 단절이 이루어지지 않은 것이다. 따라서 캐나다 한인 1세들은 자신을 한국인과 동일시하는 민족 정체성 인식을 그대로 드러낸다. 뿐만 아니라 그들이 추구해야 할 문학도 또 하나의 색다른 차원의 한국문학[51]으로 인식한다.

> 입술을 붉히며
> 피부 밑을 죄이며
> 사랑한다고 고백했던

---

51) 이석현, 「이민문학론」, 『이민문학』 2, 63면.

당신의 품을
그날
어이 없이 떠나 왔어요.

장미색 바벨론의
매혹적인 애무는
바나나의 향내처럼
젊고 싱싱하여
잠간은 행복했어요.

허나 회부옇게 슬은
곰팡이를 걷어서
특효라는 문명은
흰 것, 검은 것의 오만과 경멸
둔한 혀 놀림과
쫓기는 피로는
검은 거품같이 이는
혼동 속에서
호젓이 외 남은
이방인의 그것

절망에 젖은 당신의 하이얀 눈물에
차마 돌아설 수 없는
아픔을 갈보리 산상 향하여
돌기둥으로

희망을 심었습니다.

- 김인의 「이민」 전문[52]

김인의 「이민」이란 시는 캐나다로의 이민이 하나의 환상이었다는 것을 고백하고 있다. 화자는 "장미색 바벨론의/매혹적인 애무는/바나나의 향내처럼/젊고 싱싱하여/잠간은 행복했어요."라고 진술하는데, 바벨론(Babylon)이란 하늘을 향해 끝없이 올라가는 건축물, 즉 사람들의 마음을 풍부한 이미지로 자극하는 낙원을 상징한다. 다시 말해 이민은 매혹적인 장밋빛 꿈에 도취된 허황된 것으로, 캐나디언 드림이 잠시잠깐의 행복한 도취에 화자를 빠지게 했지만 그 꿈을 깬 현실은 냉정하다는 것이다. "흰 것, 검은 것의 오만과 경멸"에서 보듯이 백인이 오만한 태도로 유색인종을 경멸하는 인종간의 차별이 엄존하고, 언어장벽에서 오는 "둔한 혀 놀림"은 스트레스를 가중시키며, 그로 인해 이민자들은 "쫓기는 피로는/검은 거품같이 이는/혼동 속에서"에서 보듯이 피로와 혼란과 혼동 속으로 빠져들며 부유하고 소외되고 있다는 것이다.

거주국 캐나다에서 동양계의 이민자들이 겪는 가장 큰 스트레스는 무엇보다도 피부색과 언어의 차이이다. 그것은 단순한 차이의 문제가 아니라 백인들로부터 차별을 유발시키는 요인이 된다. 김두섭은 캐나다 밴쿠버의 한국계 이민자들은 적극적으로 사회 참여를 하지 않고, 한국의 문화 정체성을 강하게 유지하여 '고립'되는 경향을 보인다고 했다. 그 이유는 무엇보다도 문화적 차이와 언어 구사 능력의 부족 때

---

52) 『새울』 1, 53-54면.

문이다. 특히 언어능력의 부족으로 인해 현지사회로부터 스스로 고립을 자초한다고 설명하고 있다.[53]

「이민」에서 화자는 이민자로서 겪는 스트레스와 절망을 예수가 수난을 당한 갈보리 산상을 향하여, 즉 기독교라는 종교에 의탁함으로써 절망을 희망으로 승화시키고자 노력한다. 기독교라는 종교에의 귀의는 이민자들이 이민의 스트레스로부터 벗어나기 위해 선택하는 자기위안 방식의 하나이다. 실제 한인교회는 현지사회의 부적응으로 인해 스트레스가 큰 이주민들에게 큰 위안이 되어온 것이 사실이다. 한인들은 종교적 신앙 이외에도 같은 언어를 사용하는 교민들끼리의 친분을 이용한 사회 · 경제적 도움을 얻기 위해서 교회에 나가고 있는 것으로 알려졌다. 즉 종교를 중심으로 한 커뮤니티는 이민자들에게 정신적으로뿐만 아니라 현지 정착과 사회화 과정에서 큰 도움을 주고 있다.

장석환의 「온타리오의 밤」, 「어느 마을에서」도 이민자로서의 정체성의 혼란과 이민생활의 고통을 호소한다.

> 온타리오 호숫가 찢기는 불빛은
> 밤을 모르고
> 박쥐는 낮을 모르고 나른다.
>
> (중략)

---

53) 김두섭, 「중국인과 한국인 이민자들의 소수민족사회형성과 사회문화적 적용 : 캐나다 밴쿠버의 사례연구」, 『한국인구학』 21-2, 한국인구학회, 1998, 144-181면.

미소 잃은 밤 사람은
세월에 쫓겨 간다.

낮을 모르는 밤을 즐거워하며
아니, 낮을 잊은 밤을 흐느적거리며
하얀 물거품 속에서

모든 것을 잊어버릴 때
후회만이 침묵을 감싸며
온타리오 호숫가 찢기는 불빛 속에서
핏빛 날개를 버둥대겠지.

— 장석환의 「온타리오의 밤」 부분[54]

길을 잘못 든 내 작은 차는
후회를 원망으로 바꾸며 피를 토했지,
진한 각혈을 하얀 눈밭에 뿌리며.

내 작은 빨간 차는
검게 검푸르게 변해갔지,
하얀 눈밭을 붉게붉게
점점을 뿌리며

— 장석환의 「어느 마을에서」 부분[55]

---

54) 『이민문학』 2, 12면.
55) 위의 책, 15면.

「온타리오의 밤」에서 시인 자신의 투영으로 보이는 "미소 잃은 밤사람"은 새도 쥐도 아닌 박쥐에다 한국인도 캐나다인도 아닌 어정쩡한 자신의 처지를 투사한다. 뿐만 아니라 온타리오 호숫가의 밤을 잊은, 낮과 같은 불빛과 낮을 모르고 밤에 나는 박쥐를 통해 이민으로 하여 모든 가치가 전도된 상황을 은유한다. 이민으로 인해 어느 것이 옳고 그른 것인지 판단이 모호해진 상황은 낮과 같은 밤의 상황이나, 새도 쥐도 아닌 박쥐의 상징을 통해 탁월하게 드러나고 있다. 가치의 혼란, 그것은 다름 아닌 이민자로서 겪는 문화충격이라고 할 수 있다. 이때 화자는 후회의 감정에 사로잡히는데, 이민에 대한 후회는 바로 이민생활의 문화충격과 스트레스가 야기시키는 부적응의 감정이라고 할 수 있다.

「어느 마을에서」는 이민이란 잘못된 길로 들어선 한인들의 처지를 눈길에 길을 잘못 들고 자동차마저 멈춰버린 오도가도 못 하는 상황에 비유하고 있다. 눈은 쏟아지고, 길은 잘못 들어섰으며, 검은 엔진 오일마저 터져버린 상황은 여러 악조건이 다중으로 겹쳐진 고난에 빠져 오도가도 못 하는 이민자가 처한 신세에 다름 아니다. 언어소통은 안 되고, 길조차 제대로 찾아갈 수 없는, 즉 문제해결능력의 부재라는 부정적 상황이 "검게 검푸르게 변해"간 색채이미지를 통해서 적절히 환기되고 있다. 그것은 회피-회피의 갈등구조로서 문화변용에서 주변화의 태도이다.

> 왔던 길을 돌려다오
> 봇짐 지고 떠난 사람
> 가야 할 길을 돌려다오

귀뚜라미 지새우는 밤

생쥐의 시린 이빨을 돌려다오

흘린 눈물을 돌려다오

오곡 물결 춤추는 곳

메뚜기 떼들의 웃음을 돌려다오

벗들을 돌려다오

쉬임 없이 뒤척이는 몽유병 환자

소줏잔을 돌려다오

태평양 우주보다

넓고 깊은 사랑

냉이국 미나리 향내를 돌려다오

삼천리금수강산을 돌려다오

흰 옷 입은 사람들의 애환을 돌려다오

운명의 장난을 돌려다오

돌려다오

돌려다오

— 이유식의 「돌려다오」 전문[56]

이유식은 "왔던 길을 돌려다오", "삼천리금수강산을 돌려다오", "운명의 장난을 돌려다오"라고 '돌려다오'를 반복하며 이민을 되돌려놓고 싶은 후회의 감정에 사로잡힌다. 돌려달라는 것은 결국 이민에 대한 후회의 감정 표출이며, 모국에 대한 강렬한 향수의 감정이다. 후회나 향수는 이민으로 인한 문화충격을 겪을 때 나타나는 대표적인 증

---

56) 『캐나다문학』 9, 캐나다한국문인협회, 2000, 63면.

상의 하나이다.

이민자가 현지의 주류문화에 적응하는 대신 모국에의 향수에 사로
잡히는 것은 베리의 이론에 따르자면 일종의 고립(isolation)이라고
할 수 있다. 하지만 한인 이민자들이 갖는 고립의 태도는 의도적인 것
이라기보다는 소수민족집단이 이주 정착사회에 적응하는 초기단계
에서 나타나는 문화변용의 한 형태일 뿐이다. 즉 이민 기간이 짧아 캐
나다사회의 주류문화와의 통합이 아직 어려운 데서 오는 일종의 문화
적응전략이라고 할 수 있는 것이다.

> 토론토에 비 내리는 저녁
> 공원 벤치에
> 촉촉이 어둠에 젖는 나그네.
>
> (중략)
>
> 실어증(失語症)을 달래는 나그네의
> 이웃은
> 무수한 불빛들에 밀려난 외등(外燈)뿐이다.
>
> (중략)
>
> 토론토에 비 내리는 밤
> 공원 벤치에 화석(化石)된 나그네는
> 비안개 속에
> 무국적(無國籍)이 되고 만다.

- 이석현의 「망향」 1, 3, 5연[57]

토론토에서도
해받이 모닝사이드 · 팍에
서럽도록 서늘하게
가을은 기울어

시나브로 지는
울음 빛 낙엽에
심장이 저려오는
이방인의 모진 아픔
묻어 볼까.

시려오는 계절
원시를 더듬는 침묵 사이로
세월이 파도치는 소리
고향 앞바다
썰물 저무는 소리.

낙엽에 지는 하늘가
저 등성에
피로한 몸을 눕힐까.

어려오는 고향생각

---

57) 『새울』 1, 125면.

가슴 저민다.

- 조정대의 「시려오는 계절」 전문[58]

이석현과 조정대의 시에서도 핵심을 이루는 정서는 향수이다. 이석현의 시에서 화자는 비가 내리는 저녁시간에 공원 벤치에서 어둠에 젖어 있는데, 그 어둠이란 다름 아닌 이민자로서의 소외감, 슬픔, 향수 같은 것이다. 비 내리는 저녁의 공원 벤치에 앉아 실어증을 달래는 나그네는 바로 이민자이며, 그렇게 소외되고 타자화된 시적 자아는 무수한 불빛에 밀려난 외등에 감정을 이입한다. 실어증에 빠져 말조차 잃어버리고, 캐나다 주류사회의 휘황한 불빛에 밀려난 희미한 외등처럼 그는 지금 빛도 말도 잃어버린 채 화석화되어 있다. 그리고 그는 지금 자신의 국적이 한국인지 캐나다인지조차 알 수 없다. 한국은 스스로 떠나왔으므로, 캐나다는 자발적으로 이민을 왔지만 아직 새로운 사회에 적응할 수 없으므로 그는 자신의 국적이 어디인지 알 수조차 없어진 것이다. 주인이 아니라 '나그네'와 '무국적자'로 자신을 호명하고 있는 시적 자아는 자신의 정체성을 어디에서 찾아야 할지 갈등과 회의에 사로잡혀 있다. 주류문화나 고유문화 어디에도 동일시할 수 없는 소외된 자아인식은 베리가 말한 주변화(marginality)이다. 그리고 이러한 주변화는 캐나다정부가 추구하는 다문화주의 정책이 현실의 차원에서 개개인에게 피부로 스미지 못함으로써 야기된다.

조정대의 시는 서럽도록 서늘한 가을을 배경으로, 울음 빛 낙엽을 통해 이방인의 아픔과 슬픔을 촉각과 시각을 동원하여 이미지화한다.

---

58) 『이민문학』 4, 캐나다한국문인협회, 1981, 11-12면.

토론토의 모닝사이드 · 파크에서 화자는 세월이 파도치는 소리를 통해 고향 앞바다의 썰물 저무는 소리를 떠올린다. 모닝사이드 · 파크에 앉아 있는 화자는 토론토의 저물어가는 가을에 마음이 시려오고 그 시린 마음을 고향에 대한 향수로 달래는 중이다. 즉 그의 오감은 서럽고 슬프고 고통스러운 현실을 벗어나 고향의 파도소리를 통해서 위로받기를 갈망하고 있는 것이다. 고향 앞바다의 파도소리를 통해서 현재의 자아가 위로를 받는다는 것은 문화변용의 태도에서 일종의 고립이다.

(2) 1.5세대의 정체성 혼란

1.5세들에게 이민은 어떻게 받아들여졌을까?

사진 속 나는 늘 그대로인데,
거울 속 나는 늘 변하는 모습이다.

거울 속 나는 내 모습 그대로인데,
마음속 나는 내 모습과 다르다.

마음속 나는 내가 느끼는 나인데,
꿈속 나는 내가 그려본 나이다.

꿈속 나는 나를 바꾼 나인데,
현실 속 나는 정말 나인가.

그대로 있을 수 없다.
변하는 그대로 있을 수는 있다.

나의 시계는 착각착각 간다.

- 박민규의 「착각」 전문[59]

시인 박민규는 부모를 따라 이민하여 캐나다에서 대학을 다닌 1.5
세이다. 「착각」은 여러 개의 자아로 분열된 모습을 그려낸다. 즉 사진
속의 나, 거울 속의 나, 마음속의 나, 꿈속의 나, 현실 속의 나라는 다
중의 자아가 그것이다. 화자는 다중의 자아 속에서 어느 것이 진정한
자아인지를 질문하며 심각한 자아정체성의 혼란에 휩싸여 있음을 보
여준다. 정말 진정한 나는 사진 속, 거울 속, 마음속, 꿈속, 현실 속 그
어디에 존재하는 것일까? 이민생활이 가져다주는 정체성의 혼란과
갈등을 「착각」이라는 시는 탁월하게 형상화하고 있다. 시간은 착각거
리는 시계 소리처럼 흘러가지만 진정한 자아를 그 어디에서도 찾을
수 없다는 것이다. 「착각」에는 시계가 착각거리는 매순간마다 정체성
의 혼란과 혼돈을 겪을 수밖에 없는 1.5세의 아노미 상태가 탁월하게
포착되어 있다. 그리고 이민은 매순간마다 자아를 실제와 다르게 지
각하거나 생각하게 만드는 착각(illusion)을 불러일으킨다는 의미도
아울러 표출되어 있다.

1이 되기엔 이미 늦었고
2가 되기엔 역부족이다

---

59) 『옮겨심은 나무들』 7, 캐나다한국문인협회, 1995, 32면.

너는 언제나
그렇게 중간이어야 한다

어디에도 완전히 속할 수 없는
너는 영원한 이방인
동양과 서양
어른과 아이 사이에서
방황하는 미아

적당한 절충지대에 서서
더도 말고 덜도 말고
중간 정도만 가라고 한다
1은 1에 멈춰 있고
2는 2에 가 있고
너는 그렇게 가 있고
너는 그렇게
중간을 지키며 서 있으라 한다

그래도
2를 향해 뛰는 것이 좋은 거라면
언젠가는 반올림된 삶을 살 수 있다고 믿어보렴
삶의 막다른 골목마다에서
어, 떻, 게
라는 단어를 잡고 씨름해 보렴
먹는 것 입는 것 말하는 것

연애하고 결혼하는 것까지
이것은 1처럼 저것은 2처럼

아아, 그 어, 떻, 게,
를 알고 있는 누군가가
네 좌석이 여기라고 보여준다면
어정쩡하게 서 있지 말고
이젠 앉아도 된다고 말해준다면.

- 오승연의 「1.5」 전문[60)]

　오승연의 「1.5」는 그야말로 1.5세의 고민과 혼란을 극명하게 드러
낸다. 이민 1세이거나 2세도 아닌 어정쩡한 1.5세의 혼란은 절충도 중
간도 아닌 방황 그 자체이다. 동양도 아닌, 서양도 아닌, 어른도 아닌,
그렇다고 아이도 아닌 채 영원히 정체성의 혼란을 겪을 수밖에 없는
영원한 이방인이 바로 1.5세라는 것이다. "　어, 떻, 게," "아아, 그 어,
떻, 게,"의 반복과 음절 사이의 쉼표가 나타내는 당혹감은 정체성의
혼란과 함께 삶의 갈피갈피마다 이럴 수도 저럴 수도 없는 1.5세의 혼
란을 적확하게 형상화해낸다. 그것은 먹고 입는 것, 말하는 것으로부
터 연애와 결혼에 이르기까지, 즉 의식주의 생활문화로부터 언어생
활, 연애나 결혼과 같은 인생의 중요한 선택에 이르기까지 모든 것이
아노미이다. 매순간마다 모국의 기준과 문화규범을 따라야 할지 거주
국의 기준과 문화규범을 따라야 할지 국면 국면마다 1.5세들은 갈등
하고 혼돈에 빠져든다.

---

60) 『캐나다문학』 9, 캐나다한국문인협회, 2000, 47-48면.

즉 1.5세는 매순간 순간마다 혼란스런 딜레마(disorienting dilemmas)에 빠지게 된다. 이민 1세는 모국과 거주국 사이의 문화적 갈등에서 대체로 모국의 문화적 규범을 따른다고 할 수 있는 반면, 2세는 거주국의 규범을 따른다고 할 수 있다. 이와 달리 어린 나이에 이민 온 1.5세는 삶의 갈피갈피마다 모국과 거주국 사이에서 경계인으로서의 극심한 갈등에 끊임없이 시달리는 혼란스런 존재라고 할 수 있다. 이민 1세인 부모세대가 그들의 자의적 결정에 따라 이민을 선택한 세대라면 1.5세는 전혀 선택의 자율권을 행사하지 못한 세대이며, 현지에서 태어난 2세들과도 달리 중간에 낀 세대인 것이다. 그들의 문화적응의 스트레스를 박민규와 오승연의 시는 아주 탁월하게 포착하여 시화하였다. 1.5세의 혼란은 모국과 거주국 양쪽으로부터 배제된 주변화라고 할 수 있다.

캐나다로의 한인들의 이주는 어디까지나 자발적 선택이었고 캐나다 정부는 다문화주의를 이민자정책으로 실시하였다. 그럼에도 불구하고 그들의 시는 문화적 배경(언어, 음식, 생활양식, 관습과 제도 등)이 상이한 캐나다에서 소수민족으로서 새롭게 적응하는 일이 결코 쉽지 않았음을 보여준다. 그것은 가히 문화충격이라 표현할 만한 것들이다. 문화충격(cultural shock)이란 완전하게 다른 문화권으로 옮겼을 때 정신적으로나 육체적으로 나타나는 여러 증상이다. 피부색의 차이나 언어소통의 어려움은 말할 필요가 없고, 모든 것이 생소하고 낯설어 예전에 사용했던 것들이 쓸모없게 느껴지고, 어느 것이 옳고 그른 것인지 판단 기준이 혼동되는 것 또한 이민생활의 어려움을 가중시키는 요소이다. 문화충격을 겪을 때에 나타날 수 있는 증상은 슬픔과 외로움, 향수병, 불면증, 우울증과 무력감, 감정의 기복과 대인기

피, 정체성 혼란, 문제해결능력 불가능, 자신감 소멸, 불안감 증진 등이다.[61]

캐나다한인들의 형성기 시에는 이민을 선택한 자신의 경솔함에 대한 한탄, 언어소통의 어려움뿐만 아니라 근본적인 사고방식의 차이, 가치관의 혼란, 현실에 대한 좌절감 등등 이민 초기에 겪었을 문화충격의 다양한 증상들이 표현되고 있다. 그리고 그에 대한 방어기제로서 모국에 대한 향수가 집중적으로 표현되어 있다. 그리고 1.5세의 경우는 정체성의 혼란이 집중적으로 드러났다.

캐나다한인들의 시는 문화변용에서 다문화주의가 지향하는 주류문화와 고유문화 모두를 동일시하는 통합(integration)의 유형을 보여주는 대신 고유문화에는 동일시하지만 주류문화는 무시하는 '고립'과 주류문화에도 참여하지 않고 고유문화도 잃어버리는 '주변화'의 태도를 나타냈다.

캐나다의 주류집단이 이주민들에 대해 그들의 문화적 다양성을 인정하며 사회통합을 이루도록 다문화주의 정책을 폈음에도 캐나다한인들은 백인중심의 주류사회, 특히 피부색과 언어장벽, 또는 생활양식이나 관습과 제도의 차이로 인하여 이민 초기에 새로운 사회에서 문화적 단절감과 좌절을 느낄 수밖에 없었고, 그것이 '고립'이나 '주변화'의 태도로 나타났다고 생각된다. 베리는 다수의 주류집단이 이주민들의 고유한 정체성과 생활방식을 존중하고 문화적 다양성을 유지하면서 사회통합을 이루도록 다문화주의를 추구하면 소수집단은

---

61) 은숙 리 자엘펠더, 평택대학교 다문화가족센터 편, 『한국사회와 다문화가족』, 양서원, 2008, 34-35면.

통합적 정체성을 추구한다고 하였다. 하지만 캐나다의 관주도형의 다문화주의 정책은 이민자 개개인의 현실 속으로 파고들지 못한 채 유리된 측면을 보여주었다고 할 수 있다.

하지만 이민 초기에 새로운 문화에 쉽게 통합되지 못한 채 나타나는 고립이나 주변화의 태도는 자연스런 것일 수 있다. 왜냐하면 새로운 사회에 적응하고 통합을 이루는 데는 시간이 필요하기 때문이다. 2000년대 이후 캐나다한인 시는 고립과 주변화를 벗어나 점차 적응과 통합을 이루는 변화의 양상을 보여주고 있다.

3. 결론

고려인들의 시에는 연해주 시기나 강제이주 이후에도 한 치의 의심 없이 소련을 조국으로 생각하는가 하면 그곳에서의 삶에 만족감을 표현하는 등 철저한 '동화'의 태도를 나타내고 있다. 즉 그들은 소련국민으로서의 국민정체성과 조선 출신의 고려인으로서의 민족정체성 사이에서 갈등 없이 소련을 그들의 조국으로 선택하는 동화의 태도를 나타냈다. 조선은 아예 그들의 시에서 등장하지 않거나 비록 등장한다고 하더라도 토호 지주의 억압에 시달리는 부정적인 곳으로 그려졌다.

고려인들이 보여준 모국(조국)은 배척하며 거주국에 동화된 태도야말로 레닌 사후 스탈린의 차별적이고 배제적인 외국인 정책과 강력한 동화주의 정책 하에서 철저히 동화를 해야만 생존할 수 있었던 고려인들의 억압적이고 절박한 입장을 역설적으로 보여주었다고 할 수 있다. 하지만 이주 초기인 연해주 시절의 시에서는 소수민족들의 자결권을 인정하고 소비에트가 다민족국가로 조화롭게 발전할 것을 강조한 레닌의 정책에 조선에서 온 이주민들이 매혹을 느꼈으며, 이러한 태도가 소련을 조국으로 인식하는 시적 인식에 영향을 미쳤을 것이다.

반면 캐나다한인들은 더 나은 삶을 위해서 자발적으로 모국을 떠나왔음에도 익숙한 모국을 떠나왔다는 것 자체가 큰 스트레스를 야기했음을 보여주었다. 캐나다 정부가 이주민들의 문화적 다양성을 인정하며 사회통합을 이루도록 다문화주의 정책을 폈음에도 한인들은 백인 중심의 주류사회, 특히 피부색과 언어적 상이함, 생활양식, 관습과 제도의 차이로 인하여 이민 초기에 새로운 사회에서 문화적 단절감과 좌절을 느낄 수밖에 없었고, 그것이 '고립'이나 '주변화'로 나타났다고 생각한다.

캐나다한인들의 시에 유독 고향에 대한 향수가 빈번하게 나타난 것은 단순히 고향에 대한 그리움이라기보다는 이질문화와의 접촉에서 일어나는 충격으로부터 자신을 방어하기 위한 심리적 도피기제와 관련된다고 할 수 있다. 그런데 이민 초기에 새로운 문화에 쉽게 통합되지 못하는 것은 어쩌면 자연스런 것일 수 있다. 왜냐하면 새로운 사회에 적응하여 통합을 이루는 데는 시간이 필요하기 때문이다.

문화변용에 있어 철저한 동화주의 정책을 실시한 구 소련권의 고려인 시에서는 적극적 동화의 태도를, 다문화주의를 채택한 캐나다한인의 시에서는 오히려 분리와 주변화의 태도가 나타난 아이러니는 문학이란 텍스트 자체의 의미만으로 읽는다는 것이 불가능한 것임을 드러내준다. 즉 텍스트 외적 맥락 없이 문학을 텍스트 자체만의 의미로 읽을 때에 그것은 심각한 오독에 이를 수도 있다는 것을 두 나라 한인들의 디아스포라 문학에서 확인할 수 있었다.

참/고/문/헌

〈기초자료〉

- 『시월의 해빛』, 작가출판사(카자흐스탄 알마아타), 1971.
- 『새울』1, 캐너더한국문인협회, 1977.
- 『이민문학』2, 캐나다한국문인협회, 1979.
- 『이민문학』4, 캐나다한국문인협회, 1981.
- 『옮겨심은 나무들』7, 캐나다한국문인협회, 1995.
- 『캐나다문학』9, 캐나다한국문인협회, 2000.

〈단행본〉

- 김필영, 『소비에트 중앙아시아 고려인 문학사』, 강남대학교출판부, 2004.
- 오경석 외, 『한국에서의 다문화주의』, 한울아카데미, 2007.
- 윤인진, 『코리안 디아스포라』, 고려대학교출판부, 2005.
- 은숙 리 자엘펠더, 평택대학교 다문화가족센터 편, 『한국사회와 다문화가족』, 양서원, 2008.
- 이동하·정효구, 『재미한인문학연구』, 월인, 2003.
- 이명재 외, 『억압과 망각, 그리고 디아스포라-구소련 고려인 문학』, 한국문화사, 2004.

〈논문〉

- 권기배, 「디아스포라와 망각을 넘어 기억의 복원으로 : 러시아 및

중앙아시아 한인 망명문학 연구(1)-'포석 조명희'를 중심으로」,
『외국학연구』16, 중앙대학교 외국학연구소, 2011, 171-190면.

• 김 게르만, 「카자흐스탄의 한인 사회의 당면과제 및 전망」, 『역사
문화연구』13, 한국외국어대학교 역사문화연구소, 2000, 1-29면.

• 김낙현, 「조명희 시 연구 : 구소련에서 발표한 시를 중심으로」,
『우리문학연구』36, 우리문학회, 2012, 147-181면.

_____, 「조기천론 : 생애와 문학 활동에 대한 재검토」, 『어문연
구』38-3, 한국어문교육연구회, 2010, 310-326면.

_____, 「구소련권 고려인 시문학의 현황과 특성」, 『어문연구』
122, 어문연구학회, 2004, 353-379면.

• 김두섭, 「중국인과 한국인 이민자들의 소수민족사회형성과 사회
문화적 적용 : 캐나다 밴쿠버의 사례연구」, 『한국인구학』21-2,
한국인구학회, 1998, 144-181면.

• 김정훈, 「캐나다한인 시문학 연구-『캐나다문학』을 중심으로」,
『우리어문연구』34, 우리어문학회, 2009, 39-66면.

• 김정훈 · 김영미, 「이 스타니슬라브 시에 나타난 디아스포라의
심연」, 『현대문학이론연구』53, 현대문학이론학회, 2013, 53-74
면.

• 김정훈 · 김영미, 「탈북 고려인 시 연구 : 현실 대응 양상을 중심
으로」, 『한국시학연구』39, 한국시학회, 2014, 137-169면.

• 김정훈 · 정덕준, 「재외 한인문학 연구 : CIS 지역 한인 시문학을
중심으로」, 『한국문학이론과 비평』31, 한국문학이론과비평학회,
2006, 339-370면.

• 김필영, 「소비에트 중앙아시아 고려인 문학과 계봉우」, 『한국학

연구』25, 인하대학교 한국학연구소, 2011, 49-90면.

• 김혜숙 · 김도영 · 신희천 · 이주연, 「다문화시대 한국인의 심리적 적응 : 집단 정체성, 문화적응 이데올로기와 접촉이 이주민에 대한 편견에 미치는 영향」, 『한국심리학회지 ; 사회 및 성격』25-2, 한국심리학회, 2011, 51-89면.

• 박준희, 「재캐나다 한인 시 연구」, 대구가톨릭대학교 석사논문, 2009.

• 송명희, 「고려인 시에 재현된 '시월 모티프' 연구」, 『한국문학이론과 비평』57, 한국문학이론과비평학회, 2012, 41-68면.

  _____, 「캐나다한인 수필에 나타난 디아스포라와 아이덴티티」, 『언어문학』70, 한국언어문학회, 2009, 321-353면.

  _____, 「캐나다한인 문학의 정체성과 방향」, 『한어문교육』26, 한국언어문학교육학회, 2012, 5-27면.

• 윤정헌, 「중앙아시아 한인문학 연구―호주 한인문학과의 대비를 중심으로」, 『*Comparative Korean Studies*』10-1, 국제비교한국학회, 2002, 208-211면.

• 이승하, 「전동혁의 장편서사시 「박령감」 연구」, 『비교한국학』20-2, 국제비교한국학회, 2012, 441-470면.

  _____, 「카자흐스탄 고려인 시인 강태수 시세계 연구」, 『한국문학과 예술』8, 숭실대학교 한국문예연구소, 2011, 197-226면.

• 장사선, 「고려인 시에 나타난 아우라」, 『한국현대문학연구』17, 한국현대문학회, 2005, 255-283면.

• 정창범, 「사회주의 리얼리즘과 소련문학」, 『북한』165, 북한연구소, 1985, 110-120면.

• 조규익, 「구소련 고려시인 강태수의 작품세계」, 『대동문화연구』 76, 성균관대학교 대동문화연구원, 2011, 487-518면.

• 허알레시아 · 조현아, 「고려인 3세 마르따 김의 시 세계 고찰 : 『섬들』을 중심으로」, 『이화어문논집』33, 이화어문학회, 2014, 191-213면.

• 홍용희, 「구소련 고려인 디아스포라 시 연구 : 양원식의 시 세계를 중심으로」, 『한국근대문학연구』22, 한국근대문학회, 2010, 489-516면.

• Phil Kim, 「Soviet Korean Literature and Poet Gang Taesu」, 『한민족문화연구』41, 한민족문화학회, 2012, 197-234면.

(『국어국문학』171, 국어국문학회, 2015)

고려인 소설에 재현된 '러시아 이미지' 연구
-김준의 소설을 중심으로

1. 서론

고려인문학에 대한 연구는 2000년대를 전후하여 국내 연구자들의 재외한인문학 연구의 붐을 타고 시작되어 여러 저서와[1] 논문들이 발표되었다. 본고는 1971년에[2] 카자흐스탄 알마아타(알마티)에서 발간된 작품집 『시월의 해빛』(작가출판사)에 수록된 김준의 소설을 중심

---

1) 그간 국내에서 발행된 고려인문학 연구서에는 김필영의 『소비에트 중앙아시아 고려인 문학사』(2004), 이명재 외의 『억압과 망각, 그리고 디아스포라』(2004), 장사선·우정권의 『고려인디아스포라 문학연구』(2005), 김종회의 『중앙아시아 고려인디아스포라 문학』(2010), 이정선·임형모·우정권의 『고려인문학』(2013), 조규익·김병학의 『카자흐스탄 고려인 극작가 한진의 삶과 문학』(2013), 조규익의 『CIS 지역 고려인 사회 소인예술단과 전문예술단의 한글문학』(2013), 김종회 편의 『한민족문화권의 문학』(2003)과 『한민족문화권의 문학2』(2006), 강진구의 『한국문학의 쟁점들-탈식민 역사 디아스포라』(2007) 등이 있다.
2) 1971년에 발간되었다고 해서 1970년대 전후의 작품을 수록하고 있는 것이 아니고, 작품은 1930년 초반 작품부터 1960년대 작품까지 두루 수록되어 있다.

으로 소설 속에 재현된 '러시아 이미지'를 분석하고자 한다. 왜냐하면 '러시아 이미지'는 고려인들의 거주국인 러시아에 대한 태도를 반영하고 있다는 점에서 문학적 관심을 넘어서서 고려인들의 삶을 파악하는 데 매우 중요한 요소라고 판단했기 때문이다.

『시월의 해빛』에는 강제이주 전인 1930년부터 1967년까지 시기적으로 매우 폭넓은 시기의 시, 소설, 희곡 등 27명의 고려인 작가들의 작품이 수록되어 있다. 김필영은 『소비에트 중앙아시아 고려인 문학사』를 집필하면서 1937년 강제이주기부터 소련이 해체된 1991년까지의 고려인문학을 형성기(1937~1953), 발전기(1954~1969), 성숙기(1970~1984), 쇠퇴기(1985~1991)로 시대를 구분하여 기술한 바 있다.[3] 김필영의 시대 구분에 따르자면 『시월의 해빛』에는 강제이주 이전의 시기로부터 고려인문학의 형성기와 발전기의 문학이 포함되어 있는 셈이다.[4]

작품집 『시월의 해빛』은 당초 시월혁명 50주년(1967)을 기념하기 위해서 기획되었지만 출판이 지연되어 1971년에야 발간되었다. 『시월의 해빛』은 고려인 최초의 공동작품집으로서 그 제목까지도 '시월의 해빛'으로 붙여졌다.[5] 여기서 말하는 '시월혁명'이란 1917년 11월 (구력 10월)에 레닌의 지도하에 러시아에서 발생한 프롤레타리아혁명을 지칭하는 것으로서, 무산 계급이 주체가 되어 모든 자본주의적 관계를 철폐하고 사회주의 사회를 실현하기 위하여 일으킨 혁명이다.[6]

---

3) 김필영, 『소비에트 중앙아시아 고려인 문학사』, 강남대학교출판부, 2004, 58-59면.
4) 송명희, 「고려인 시에 재현된 '시월 모티프' 연구」, 『한국문학이론과 비평』57, 한국문학이론과비평학회, 2012, 44면.
5) 송명희, 위의 논문, 45면.
6) 러시아혁명(The Russian Revolution)은 1905년의 혁명을 제1차 혁명, 1917년의

조선인들의 연해주로의 이주는 1860년대 중반부터 경제적 동기에 의해서 촉발된 이래 일본이 조선을 강제로 합병한 이후 특히 1919년에 3·1운동이 실패로 돌아가자 보다 정치적인 동기를 띤 이주로 바뀌게 된다. 즉 연해주 지역을 독립운동의 전진기지로 삼으려고 독립운동가, 지식인들이 조선 땅을 넘어서 이 지역으로 이동하였으며, 이와 같은 정치적 망명, 독립운동의 성격을 띤 이주는 일제의 탄압이 심해지면서 더욱 빠른 속도로 진행되었다. 특히 시월혁명이 일어났던 1917년에 러시아에 거주하는 고려인의 수는 10만 명 정도로 증가하였다.[7]

조선인들의 연해주로의 정치적 망명, 또는 독립운동의 성격을 띤 이주를 촉발시킨 사건이자 이주의 철학적 기반을 제공해 준 역사적 사건이 바로 레닌과 볼세비키에 의해서 주도된 시월혁명이었다. 특히 레닌에 의해 표방된 민족자결권, 인종과 민족을 초월한 프롤레타리아 국제주의에 의한 혁명성은 일제의 탄압 하에 고통을 겪던 조선의 사회주의 독립운동가들에게 매력적으로 인식되었다. "민족으로서의 형식은 유지하되 내용은 사회주의적으로 동질화한다"는 이념, 소수민족들의 자결권을 인정하고 소비에트가 다민족국가로 조화롭게 발전할 것을 강조한 레닌의 정책에 조선에서 온 이주민들은 열광했다. 특히 연해주시절 조선인 문학의 개척자라고 할 수 있는 조명희[8]는 일제

혁명을 제2차 혁명이라고 부른다.
7) 윤인진, 『코리안 디아스포라』, 고려대학교출판부, 2005, 92-93면.
8) 카프출신인 조명희(1894-1938)는 1928년 8월 21에 불라디보스톡으로 일제의 카프문인 탄압을 피해 망명하였다. 그는 스탈린에 의한 소수민족 강제 이주에 즈음한 소수민족 지도자 숙청작업에 의해 체포되어 1938년 5월 11일에 총살당하기 전까지 『선봉』의 편집자로, 소련작가연맹 원동지부 간사 등의 직함을 가지고 프롤레

의 카프문인 박해 및 체포를 피해 망명한 작가로서 연해주에서 사회
주의 이념을 구현하고자 했다.[9]

　일본 제국주의의 핍박을 피하여 이주한 조선인들에게는 무산계급
의 혁명에 의한 사회주의적인 세상의 구현이 연해주에서 가능할 것이
라는 기대와 믿음이 있었다. 특히 정치적 망명을 시도한 조명희와 같
은 사회주의자 지식층에게는 그러한 기대와 믿음이 더욱 강하게 존재
했다.[10] 하지만 그러한 기대는 결국 배반되고 말았다. 조명희를 비롯
한 이주민 사회의 지도급 인사들은 강제 이주 직전 체포되어 처형되
었으며, 1937년 18만 명에 달하는 조선인들은 아무런 이유도 모르는
채 중앙아시아지역으로 강제로 집단 이주되고 말았다. 이때 그들이
당했던 황당하고도 처참한 심경을 고려인 3세인 아나톨리 김은 다음
과 같이 표현하고 있다.

　　"정말 우리는 모든 것을 다 버리고 왔다. 지은 지 얼마 안 되는 새 집,
　　말 두 필과 젖소 한 마리, 일 년치 쌀농사 전부, 김장 김치, 그리고… 차
　　곡차곡 쌓인 이불이 가득 찬 농, 놋대야, 밥사발과 국그릇, 수저와 젓가
　　락 등 식기, 놋쇠로 만든 반짝반짝하게 닦은 그릇들을 선반 위에 그대
　　로 놓고 손도 못 대보고 떠났단다."

　　이처럼 한국인들은 이유도 모르는 채 극동에서 카자흐스탄, 우즈베

　　타리아 혁명문학의 기치 아래 왕성한 창작활동을 하는 한편 재소한인문학의 후진
　　양성에 열과 성의를 다하였다.(윤정헌, 「중앙아시아 한인문학 연구-호주 한인문학
　　과의 대비를 중심으로」, 『Comparative Korean Studies』10-1, 국제비교한국학회,
　　2002, 208-211면.)
9) 송명희, 앞의 논문, 46-47면.
10) 송명희, 위의 논문, 47면.

키스탄 등 중앙아시아의 사막과 소택(沼澤)지역으로 강제 이주당했
다. 자신의 집, 재산, 정든 땅을 모두 빼앗긴 이들이 1937년 늦가을 기
차 화물칸에서 내렸을 때 그들을 맞아준 것은 발하시 호수 부근의 갈
대 늪지대와 키질-쿠믜지역의 험한 사막뿐이었다.

이런 강제 이주는 무슨 죄를 지었다는 것을 넌지시 암시하는 것이
아니라 내놓고 죄 지은 이를 책망하는 것과 같았다. 그런데 우리 한국
인들이 도대체 무슨 죄를 졌단 말인가? 어쩌면 그들은 이주해 온 외국
인의 후예이며 그 어디엔가 조국이 있으면서도 그들과 전혀 닮은 데가
없는 사람들이 사는 남의 나라에 머물고 있다는 죄일까? 지금까지도
극동의 한국인들이 무슨 죄를 지었기에 그런 운명에 처하게 되었는지
분명하게 밝혀지지 않고 있다. 약 30만 명에 이르는 한국인들은 이유
가 분명치 않은 죄의식을 간직한 채 얼마가 될지 모르는 기나긴 유형
길을 떠났던 것이다.[11]

인용문에서 보듯이 그들은 정말 아무것도 챙기지 못한 채 빈 몸뚱
이로 화물칸에 짐짝처럼 실려 중앙아시아의 사막지대에 부려졌던 것
이다. 그리고 "이유가 분명치 않은 죄의식을 간직한 채 얼마가 될지
모르는 기나긴 유형 길을 떠났던" 고려인들의 황망한 이주체험은 스
탈린의 억압체제하에서는 문학으로조차 제대로 표현되지 못하고 긴
세월 동안 침묵을 강요당했으며, 그들은 점차 모국어조차 잃어버리고
말았다.

---

11) 아나톨리 김, 김현택 역, 『초원, 내 푸른 영혼』, 대륙연구소출판부, 1995, 14-15면.

2. 김준의 소설에 재현된 러시아 이미지

『시월의 해빛』에 작품을 수록한 작가는 모두 27명이지만 소설작품
을 수록하고 있는 작가는 총 9명으로서 작가와 작품은 다음과 같다.

작가명	작품명	비고
김준	「나그네」,「지홍련」	
전동혁	「낚시터에서」(1961), 「뼈자루칼」(1960)	
김광현	「새벽」(1967)	
태장춘	「어린 수남의 운명」(1959)	
김기철	「붉은 별들이 보이던 때」(1962~1963)	중편소설에서 발췌
한상욱	「보통 사람들」,「경호 아바이」	
림하	「불타는 키스」,「꾀꼬리 노래」	
리 와씰리	「첫 걸음」(1965)	
리정희	「아름다운 심정」(1965)	
총계 9명	13편	

13편의 소설작품들은 직간접으로 러시아와 관련된 이미지를 담고
있다. 작품집 『시월의 해빛』에 수록된 소설에 대해 유일하게 연구한
홍태식은 수록 소설들의 주제를 사회주의 리얼리즘의 구현, 휴머니즘
과 인정의 세계, 소련에 대한 헌신과 동화에의 열망으로 구분한 바 있
다.[12]

---

12) 홍태식, 「중앙아시아 고려인의 소설문학 연구(1)-공동작품집 『시월의 해빛』을
중심으로」, 『새국어교육』85, 한국국어교육학회, 2010, 799-831면.

고려인 작가 김준(1900~1979)은 1900년 원동 연해주 출생으로 모스크바 종합대학 철학부를 중퇴한 엘리트이다. 그는 중앙아시아 고려인 문단의 최초의 장편소설인 『십오만 원 사건』(1964, 카자흐스탄)의 저자이기도 하며, 두 권의 개인시집도 발간한 바 있다.[13] 그는 작품집 『시월의 해빛』에 「나그네」와 「지홍련」 두 편의 단편소설과 시 「내 고향 땅에서」를 발표하고 있다. 두 소설의 창작년도는 밝혀져 있지 않지만 1960년대에 창작한 작품일 것으로 추정된다.

김준은 소련에서의 고려인의 산 역사라고 할 수 있을 정도로 고려인 문학사에서 매우 소중한 존재이다. 그는 "특히 러시아에서 1918~1922년에 벌어진 국내전쟁 당시의 조선족 빨치산 명장들과 붉은 군대 장교들을 직접 알고 있었다."[14] 따라서 그들로부터 당시의 역사적 사건들에 대해서 직접 들을 수 있었으며, 그로부터 『십오만 원 사건』, 「나그네」, 「지홍련」과 같은 전쟁 관련 작품들을 창작할 수 있었다.

조정래는 『십오만 원 사건』에 대해 "중국을 배경으로 한 독립운동사의 한 자락을 서술하면서 작가는 끊임없이 사회주의 혁명의 전도사 역할을 잊지 않았다. 소련을 국적으로 삼으면서 민족의 자부심을 이야기하려는 그 열망의 한편에는 강력한 민족정신이, 또 한편에는 유민의 애환이 서려있다"[15]라고 했다.

---

13) 김준은 카자흐스탄에서 3권의 작품집이 출판되었다. 장편소설 『십오만 원 사건』, 문학예술출판사(카자흐스탄 알마아따), 1964, / 시집 『그대와 말하노라』, 사수석출판사(카자흐스탄 알마아따), 1977, / 시집 『숨』, 사수석출판사(카자흐스탄 알마아따), 1985.
14) 정상진, 『아무르만에서 부르는 백조의 노래』, 지식산업사, 2005, 232면.
15) 조정래, 「카자흐스탄 고려인 작가 김준의 장편소설 『십오만 원 사건』 연구」, 『현

김준의 「나그네」는 1920년 북만주의 일란거우라는 산골짜기 조선인 마을을 공간적 배경으로 설정하고 있다. 이 소설은 실제 일어났던 역사적 사건인 홍범도의 봉오동 전투가 배경이 되고 있다. 그가 쓴 장편소설 『십오만 원 사건』은 '1910년대 말 중령 간도의 고려인 청년들이 군자금 마련을 위하여 중령 간도의 일본은행으로 수송되던 돈 십오만 원을 탈취하고 조국독립을 위하여 항일투쟁을 벌인 사건을 서사화한 작품이다.'[16]

그런데 1920년대 초에 일어났던 항일무장투쟁의 역사적 사건이 1960년대에 와서야 비로소 서사화된 것은 스탈린(1879~1953)의 억압 체제하에서는 고려인의 역사를 창작할 수 있는 시대적 상황이 허락하지 않았기 때문이었다. 작가 김준은 스탈린 사후에 "20세기 초 원동 고려인들의 영웅적인 항일 활동상을 고려인 사회에 상기시킴으로 강제 이주 이후 고려인 사회가 겪고 있던 민족적 치욕을 치유하고 젊은 세대 고려인에게 민족적 긍지를 심어주기 위한"[17] 민족주의적인 의도에서 『십오만 원 사건』 같은 작품들을 창작했다.

『십오만 원 사건』에 반영된 김준의 민족주의적인 창작 의도는 단편소설 「나그네」에도 동일하게 드러나고 있다. 이 작품 역시 실제로 일어났던 역사적 사건인 홍범도의 '봉오동 전투'를 배경으로 삼고 있다. 홍범도는 1910년 조선이 일제에 의하여 강제 점령되자 소수의 부하를 이끌고 만주로 건너가 독립군 양성에 전력하다 1919년 3·1운동

대문학의 연구』37, 한국문학연구학회, 2009, 204면.
16) 김필영, 「고려인 작가 김준의 '십오만 원 사건'에 나타난 항일투쟁 시기의 민족주의와 사회주의」, 『한민족문화연구』29, 한민족문화학회, 2009, 207면.
17) 김필영, 위의 논문, 207면.

이 일어나자 대한독립군의 총사령이 되어 약 400명의 독립군으로 1개 부대를 편성, 국내에 잠입하여 갑산·혜산·자성 등의 일본군을 급습하여 전과를 거둔 역사적 실존인물이다. 특히 만포진(滿浦鎭) 전투에서 70여 명을 사살한 그는 1920년 6월, 반격에 나선 일본군이 독립군 본거지인 두만강 대안의 봉오동(鳳梧洞)을 공격해 오자 700여 명의 독립군을 지휘하여 3일간의 치열한 전투를 벌인 끝에 일본군 157명을 사살하였다. 이 봉오동 전투는 그때까지 독립군이 올린 전과 중 최대의 승전으로 기록되었다.[18] 봉오동 전투는 중국 영토인 만주 지역에서 조선의 독립군과 일본군 사이에 본격적으로 벌어진 최초의 대규모 전투로서 이 전투에서의 승리로 독립군의 사기가 크게 높아졌다.

「나그네」에 등장하는 부상병 장도철은 "홍범도 독립군 부상병"이다. 장도철이 일본군에 붙잡히게 되면 그 자신은 물론이며, 그를 숨겨준 옥만 부부까지도 죽임을 당하게 되는 위험인물인 것이다. 더욱이 그는 설상가상으로 전염성 높은 온질까지 걸려 있는 상태다. 온질은 감염되면 자칫 목숨을 잃을 수도 있는 위험한 질병이다. 그러한 위험 상황에도 불구하고 온질에 걸린 부상병을 집에 숨겨주며 안전하게 보호하여 살려 보내겠다는 옥만 부부의 강한 의지에서 독립군인 홍범도 부대원을 보호하겠다는 강력한 민족의식과 홍범도 장군에 대한 존경심을 확인하지 않을 수 없다. 봉오골 전투에서 참패한 일본군이 악에 바쳐 독립군 잔류병을 색출하고 있는 상황에서 작품 속의 옥만 부부처럼 홍범도 부대원을 숨겨준다는 것은 그야말로 목숨을 걸어야 하는

---

18) 「네이버 지식백과(두산백과)」, 홍범도(洪範圖) 참조.

위험천만한 행위이다. 그럼에도 불구하고 옥만 부부는 일본군의 수색에 기지를 발휘하여 나그네를 구해준다. 마침내 부상병은 병이 나아 은신처인 옥만 부부의 집을 떠나게 된다.

> 장도철이는 홍범도 군대와 함께 봉오골에서 일본 군대와 접전하다가 그만 부상을 당하였다. 제 집에서 남몰래 치료하고 또 홍범도를 따라가는 중이다.
>
> 홍범도한테 봉오골과 청산리에서 박살을 당한 왜놈들은 토벌대를 조직하여 가지고 조선사람들을 홍범도 독립군이란 이름을 붙여서 무수히 살해하는 판이었다. 그리고 이때에 이 지방에는 온질이 돌아서 수많은 사람을 쓸어내는 형편이었다.
>
> 소문만 듣고도 내내 우러러보던 홍범도를 이 집 주인도 한 번 본 일이 있다. 여름에 그는 군대를 거느리고 이 고장을 지나갔던 것이다. 실로 "귀신같이 나타났다가 귀신같이 간 데 없는 홍범도"인 듯했다.[19]

인용문에서 보듯이 옥만 부부의 홍범도와 독립군에 대한 존경심과 독립군을 감추어주고 병을 낫게 하여 살려 보내려는 의지에서 민족에 대한 강렬한 동포애를 읽을 수 있다. 당시 조국을 떠난 조선인들이 강한 민족애와 조국의 독립에 대한 강렬한 열망으로 결속되어 있었음을 작품은 보여준다. 그리고 결말에서는 홍범도 부대에서 낙오한 독립군 잔류병이 가는 곳을 '러시아'로 설정함으로써 작가는 러시아에 대한 긍정적 이미지를 재현하고 있다.

---

19) 현대국어의 표기법에 따라 필자가 교정했음 : 김준, 「나그네」, 『시월의 해빛』, 작가출판사(카자흐스탄 알마아따), 1971, 52면.

「나그네」는 민족의 독립을 위해 헌신한 홍범도에 대한 존경심과 운명공동체로서의 민족에 대한 사랑을 드러낸 민족주의적인 작품이다. 그런데 작가 김준은 작품의 결말에서 보름 만에 병이 나은 장도철이 향하는 길을 러시아로 설정함으로써 러시아에 대한 긍정적인 이미지도 재현하고 있다. 이러한 결말에서 작가는 러시아가 조선의 독립군들에게 일본군 토벌대의 위해가 없는 안전한 곳이라는 인식을 심어줌과 동시에 연해주 지역을 독립운동의 전진기지로 삼으려고 했던 조선 독립운동가와 지식인들의 러시아에 대한 신뢰를 보여주고자 했던 것으로 보인다.

실제로 홍범도는 봉오동 전투와 청산리 전투 이후 1921년에 러시아령(領) 흑하자유시(黑河自由市)로 이동하여 스랍스케 부근에 주둔, 레닌 정부의 협조를 얻어 고려혁명군관학교를 설립하는 등 독립군의 실력양성에 힘썼다. 「나그네」에서 김준은 실제의 역사적 사실인 봉오동 전투를 배경으로 설정함으로써 고려인 후세들에게 민족적 긍지를 심어주며, 소비에트연방 국민의 한 사람으로서의 국민의식을 결말의 긍정적인 '러시아 이미지'를 통해 드러냈다고 할 수 있다.

이 소설의 제목 '나그네'는 직접적으로는 홍범도 부대의 잔류병인 장두철을 가리킨다. 하지만 조국을 잃고 북만주에서 살아갈 수밖에 없었던 옥만 부부 역시 조국에 정착하지 못하고 떠도는 나그네 신세라고 하지 않을 수 없다. 즉 '나그네'는 북만주 지역을 떠돌 수밖에 없었던 나라 잃은 디아스포라 이주민을 의미한다고 할 수 있다. 그리고 작품에 등장하는 장두철이나 옥만 부부는 이역 땅 북만주에서 서로 도우며 살아갈 수밖에 없는, 같은 운명공동체로서의 민족이라는 것을 작품은 강하게 환기하고 있다.

「지홍련」[20]에서는 러시아에 대한 이미지가 보다 전면화되어 나타
난다.

　"아버지 우리 이렇게 더는 살 수 없습니다. 내 저 신당 러시아 사람
들과 함께 백파와 일본놈들을 족치겠습니다. 죽으면 죽고, 우리 이기면
이 땅을 화세 없이 갈아 먹습니다. 그러면 우리 잘 먹고 잘 입고 살아갑
니다." 땅을 화세 없이 갈아 먹는다니 나도 기쁘기는 무한 기뻤으나 아
들을 사지에 내 놓을 수 없었소…. (중략)

　"아버지, 용서해 주십시오. 내 아버지를 몰리우고 집을 떠나갔습니
다. 우리 빨치산들이 오라 잡아 백파와 일본군대를 족쳐 물리치게 됩
니다."[21]

　노인의 물음에 영파가 간단히 아뢰었다. 그들은 북간도에 공부하러
갔다가 돌아오는 길이라는 것, 북간도에는 조선 중학교들이 있다는 것,
입학은 하였으나 일자리를 얻지 못하여 몇 달 동안 굶주리다가 할 수
없이 제 고향 땅 러시아로 돌아온다는 것, 걸어서 스무날 만에 여기에
당도하였다는 것.[22]

이 작품에서 지홍련의 남편은 러시아 사회주의 혁명군인 적파와 함
께 빨치산 활동을 하다가 잠시 집에 돌아왔으나 일본군대에 붙잡혀
죽고 만다. 이 작품에 나타나는 정치적 입장은 러시아 혁명 신당인 적

---

20) 이 작품의 창작년도는 김필영의 『소비에트 중앙아시아 고려인 문학사』의 353면
　　에서는 1960년도 작품으로, 장사선·우정권의 『고려인 디아스포라 문학연구』,
　　월인, 2005, 43면에는 『레닌기치』에 1962년 7월 22,24,25,27,28에 실린 것으로 되
　　어 있다.
21) 김준, 「지홍련」, 『시월의 해빛』, 58면.
22) 김준, 「지홍련」, 위의 책, 56면.

파[23)]와 입장을 같이 하지만 일본군대와 구당인 백파[24)]에는 반대하는 입장을 분명히 한다. 주인공 지홍련이 백파와 일본군대에 잡혀 죽은 남편의 원수를 갚기 위해서 눈이 먼 시아버지와 시동생을 남겨두고 김영파와 재혼하기 위해 같이 길을 떠난다는 거짓말을 하고 집을 나와 빨치산 투쟁에 나선다는 것이 이 작품의 내용이다. 그녀가 "남편의 원수를 갚으러 신당들을 찾아"가려고 하는 빨치산 부대는 '얼두거우골'에 있으며, 그곳에는 조선인 빨치산과 러시아 신당인 적파가 같이 있는 곳이다. 즉 러시아 내전 시에 조선인 빨치산은 러시아 신당인 적파와 함께 '화세 없이 땅을 갈아먹을 수 있는' 사회주의 사회를 건설하기 위해 구당인 백파, 그리고 일본군대와 투쟁을 하였다는 것이 지홍련과 그녀의 남편을 통해 분명하게 드러났다.

러시아 내전(1917.10~1922.10)이란 1917년 러시아혁명 이후 볼쉐비키 적파군(赤派軍)과 반볼쉐비키 백파군 및 외국 간섭군들 간의 내전을 지칭한다. 1918년 초 일본은 러시아 내의 자국민 보호를 구실로 블라디보스톡 항구에 군함을 상륙시켰다. 일본은 레닌의 볼쉐비키

---

23) 1917년 볼세비키 혁명 이후 공산당 정부가 만든 소련군으로, 러시아 제국의 육군과 해군은 제정 러시아의 다른 조직들과 함께 1917년에 혁명이 일어난 뒤 해체되었다. 1918년 1월 28일, 법령에 따라 인민 위원회는 노동자와 농민 지원자를 바탕으로 적군을 만들었으며, 내전 시기에 의용군을 중심으로 재편성되어, 제국주의 국가들의 간섭군 및 반혁명군(백군)과 싸웠다. 그 뒤 적군은 1946년 소비에트 육군으로 개칭되었다.(「네이버 지식백과」, 적군(赤軍) 항복)
24) 러시아 백색 운동, 그리고 그 무력인 하얀군대, 또는 백위대는 10월 혁명으로 집권한 볼셰비키에 대항하여 러시아 내전에서 싸운 반혁명 세력을 말한다. 이들 구성원을 백색파라고 한다. 백색은 원래 왕당파의 색깔로서, 적색을 상징으로 삼은 볼셰비키나 붉은 군대와 대비로서 이름 붙여졌다. 러시아 내전에서 최종적으로 볼셰비키가 승리함에 따라 이들은 해외로 망명하거나 또는 볼셰비키에 체포되어 처형되었다.

를 상대로 싸우는 반볼쉐비키 백파 군대를 지원하며, 극동지역 점령에 대한 야욕을 드러냈다. 이때 만주, 러시아 및 조선의 국경지대에서 활동하던 조선인 무장 빨치산들은 러시아 빨치산 부대들과 연합하여 일본 및 백파 군대들을 상대로 빨치산 투쟁을 전개해 나갔다.[25] 이와 같은 시대적 분위기가 소설 「지홍련」에 가감 없이 반영되고 있는 것이다.

작중의 김영파라는 청년은 북간도의 조선 중학교에 공부하러 갔으나 일자리를 얻지 못한 채 몇 달 동안 굶주리다가 고향 러시아로 돌아오는 길에 지홍련의 집에서 하룻밤을 머물게 되었던 것이다. 이 소설에서 김영파는 러시아를 분명하게 고향 땅으로 호명한다. 즉 이주 조선인들에게는 러시아(연해주)가 돌아가야 할 고향이라는 뜻이다.

"러시아 사회주의 혁명군과 손을 잡고 백파군과 일본군에 대항하는 고려인 빨치산의 영웅적인 행적은 중앙아시아 고려인 사회의 민족 동질성 회복은 물론 소련 당국의 부당한 처사로 인해 훼손된 고려인들의 삶을 복원해 주는 상징적 역할"을[26] 담당했는데, 이 작품에서는 영웅적인 인물이 아니라 평범한 인물들을 주인공으로 내세우며 일본군과 반혁명세력인 백파군과 맞서 항쟁했던 것이 소수의 영웅적 인물에 한정되지 않았음을 보여주고 있다.

연해주 시절 고려인 무장부대는 러시아 혁명군과 일본군과 백파에 공동 항전하여 2천여 명이 사망하는 희생을 치렀다. 작가 김준은 적파와 협력하여 러시아의 사회주의 사회 건설에 고려인이 적극 동참

---

25) 「고려인 이주 150주년 특별연재7-신한촌 학살」, 『월드코리안신문』(wk@worldkorean.net).
26) 조정래, 앞의 논문, 207면.

하였다는 것을 드러냄으로써 스탈린체제하에서 훼손된 고려인의 자존심을 회복하고 민족적 동질성을 회복하겠다는 의도를 뚜렷이 하였다고 할 수 있다. 더욱이 젊은 여성이 빨치산 활동을 하겠다는 결연한 의지를 통해서 그 점을 더욱 확고히 드러냈다고 할 수 있다.

스탈린체제하에서 소련 당국의 고려인들에 대한 정치·사회적 차별은 고려인들에게 철저하게 과거를 잊도록 강요했다. 그러나 스탈린 사후 고려인들은 그동안 잊기를 강요당했던 고향 원동에 대한 기억들과 일제에 맞서 빛나는 투쟁을 전개했던 자랑스런 인물들을 그들의 문학을 통해 소환한다.[27] 김세일의 장편소설『홍범도』, 김준의 장편소설『십오만 원 사건』등이 대표적인 작품이다. 두 작품은 각각 항일무장투쟁의 역사적 실존인물 홍범도와 최봉설과 같은 영웅을 서사화했다. 그런데「나그네」나「지홍련」과 같은 단편소설에서 영웅적인 인물이 아니라 평범한 인물들을 주인공으로 내세웠던 이유는 일본군과 반혁명세력인 백파군과 맞서 항쟁했던 것이 소수의 영웅적 인물에 한정되지 않았다는 것을 말하기 위한 것이다.

그런데「나그네」의 '옥만 부부'나「지홍련」의 '지홍련'과 같은 평범한 인물은 1980년대 북한소설에서 등장하는 '숨은 영웅'과 같은 인물 유형에 해당한다고 볼 수 있다. 김재용은 '숨은 영웅'을 주체형의 긍정적 인물이되, 그들이 생활하고 싸우는 현장이 극히 평범하고 조용한 일상생활의 현장이며, 주인공도 비범한 인물이 아니라 일상생활에서 만나는 보통사람이라는 점에서 60년대 중반 이후 북한소설의 주

---

27) 강진구,「고려인문학에 나타난 역사복원 욕망연구」,『탈식민·역사·디아스포라』, 제이앤씨, 2007, 236-237면.

체형의 영웅적 · 긍정적 주인공들과는 변별되는 80년대적 유형으로 구분한 바 있다.[28]

소설 「지홍련」에서 보여주었듯 연해주의 고려인들이 일본군과 백파 군대를 적으로 삼아 투쟁했던 것은 소위 신한촌 참변이 계기가 되었다. 1920년 일본군은 적군(赤軍)에 대한 전면공격을 개시하면서 블라디보스토크의 신한촌(新韓村)을 포위하고 고려인에 대한 대대적인 체포, 방화, 학살을 자행했다. 이 사건으로 고려인 사회의 구심점이자 항일 민족해방투쟁의 본거지였던 신한촌은 초토화되었고, 300여 명의 고려인이 학살되고 수백 명이 체포되었다. 이 사건은 고려인들로 하여금 적군파와 연대하여 백군 및 일본군에 공동 항전하게 되는 계기가 되었던 것이다.

1922년 10월 마침내 일본군 철수와 함께 5년간의 적백 내전이 막을 내렸지만 소비에트정권이 고려인에게 다짐했던 공약은 식언이 되고 말았다. 혁명군 편을 들면 조국독립을 지원하겠다는 약속, 고려인에게 토지를 분배하고 사회주의 대의에 입각한 정책을 펴겠다는 약속은 지켜지지 않았다.[29]

3. 결론

1860년대부터 한반도를 넘어 연해주에 이주한 고려인들은 러시아

---

28) 김재용, 「1980년대 북한소설문학의 특징과 문제점」, 『북한문학의 역사적 이해』, 문학과지성사, 1994, 260-263면.
29) 김호준, 『유라시아 고려인-디아스포라의 아픈 역사 150년』, 주류성, 2013.

혁명과 러시아내전, 강제이주, 소비에트연방공화국 체제, 그리고 이후 소련의 해체와 독립국가연합이라는 격동하는 체제 변화 속에서 한 국가의 구성원으로서 제대로 인정받지 못한 채 부당한 대우를 받아왔다. 그들은 나라 잃고 억압받은 소수민족이었기에, 공식적인 역사에서 자신들의 역사마저 제대로 기록되지 못했다. 스탈린 사후, 그리고 소비에트연방 해체 이후 고려인들은 공식적인 기록에서 누락된 자신들의 역사를 문학 작품을 통해 복원해내고 있다.

본고에서 살핀 김준의 「나그네」와 「지홍련」 두 소설에서 공식적인 역사 속에서 자리매김하지 못한 자신들의 영웅적인 투쟁의 역사를 소설작품을 통해서라도 복원하겠다는 작가의 의지를 확인할 수 있다. 그 복원작업은 고려인들에게 민족적 긍지를 심어주며 민족동질성 확인이라는 민족주의적인 의도를 내포하고 있다.

「나그네」는 민족의 독립을 위해 헌신한 홍범도에 대한 존경심과 운명공동체로서의 민족에 대한 사랑을 드러낸 민족주의적인 작품이다. 그리고 작품의 결말에서 홍범도 부대원 장도철이 향하는 길을 러시아로 설정함으로써 러시아에 대한 긍정적인 이미지를 재현하고 있다. 이러한 결말은 러시아가 조선의 독립군들에게 일본군 토벌대의 위해가 없는 안전한 곳이라는 인식을 보여줌과 동시에 연해주 지역을 독립운동의 전진기지로 삼으려고 했던 조선 독립운동가들의 대 러시아 인식을 보여주고자 한 것으로 보인다.

「지홍련」에서는 러시아 내전시에 러시아의 혁명세력인 적파는 동지적 관계의 긍정적 이미지로 재현되고 있는 데 반해 일본군대와 백파는 척결해야 할 적으로 부정적인 재현이 이루어졌다. 그리고 남편의 복수를 위해 빨치산이 되겠다는 '지홍련'이라는 젊고 평범한 여성을 주인공으로 내세우며 일본군과 반혁명세력인 백파군과 맞서 항쟁했던 것이 소수의 영웅적 인물에 한정되지 않았다는 것을 보여주고 있다. 이 작품에서 러시아 혁명군 적파와 고려인은 동지적 관계라는 것이 드러나며 작중의 김영파가 러시아를 고향으로 지칭함으로써 고려인과 러시아인 사이의 강한 결속과 함께 러시아를 조국으로 생각하는 고려인의 동화주의적 생존전략이 드러나고 있다.

결국 김준은 두 소설을 통해 망각된 역사를 복원함으로써 고려인들에게 민족적 긍지를 심어줌과 동시에 러시아에 대한 긍정적 이미지를 재현함으로써 동화를 해야만 생존할 수 있었던 고려인들의 절박한 입장을 드러냈다고 할 수 있다.

참/고/문/헌

〈기초자료〉

• 『시월의 해빛』, 작가출판사(카자흐스탄 알마아타), 1971

〈단행본〉

• 강진구, 『탈식민 · 역사 · 디아스포라』, 제이앤씨, 2007.

• 김재용, 『북한문학의 역사적 이해』, 문학과지성사, 1994.

• 김필영, 『소비에트 중앙아시아 고려인 문학사』, 강남대학교출판부, 2004.

• 김호준, 『유라시아 고려인-디아스포라의 아픈 역사 150년』, 주류성, 2013.

• 장사선 · 우정권, 『고려인 디아스포라 문학연구』, 월인, 2005.

• 윤인진, 『코리안 디아스포라』, 고려대학교출판부, 2005.

• 정상진, 『아무르만에서 부르는 백조의 노래』, 지식산업사, 2005.

• 아나톨리 김, 김현택 역, 『초원, 내 푸른 영혼』, 대륙연구소출판부, 1995.

〈논문〉

• 김필영, 「고려인 작가 김준의 '십오만 원 사건'에 나타난 항일투쟁 시기의 민족주의와 사회주의」, 『한민족문화연구』29, 한민족문화학회, 2009, 207-238면.

• 송명희, 「고려인 시에 재현된 '시월 모티프' 연구」, 『한국문학이

론과 비평』57, 한국문학이론과비평학회, 2012, 41-68면.

- 윤정헌, 「중앙아시아 한인문학 연구-호주 한인문학과의 대비를 중심으로」, 『*Comparative Korean Studies*』10-1, 국제비교한국학회, 2002, 208-211면.

- 조정래, 「카자흐스탄 고려인 작가 김준의 장편소설 「십오만 원 사건」 연구」, 『현대문학의 연구』37, 한국문학연구학회, 2009, 197-222면.

- 홍태식, 「중앙아시아 고려인의 소설문학 연구(1)-공동작품집 《시월의 해빛》을 중심으로」, 『새국어교육』85, 한국국어교육학회, 2010, 799-831면.

〈기타〉

- 고려인 이주 150주년 특별연재7-신한촌 학살」, 『월드코리안신문』(wk@worldkorean.net).

(『한어문교육』31, 한국언어문학교육학회, 2014)

찾/아/보/기

저자 | 송명희(宋明姬)

현재 부경대학교 국어국문학과 교수, 〈문학예술치료학회〉 창립회장을 맡고 있으며, 〈한국문학이론과 비평학회〉 회장과 〈한국언어문학교육학회〉 회장, 〈부경대학교 인문사회과학연구소〉 소장을 역임했다. 『현대문학』을 통해 1980년 8월에 문학평론가로 등단했다.

문화체육관광부 우수학술도서에 『타자의 서사학』(푸른사상, 2004), 『젠더와 권력 그리고 몸』(푸른사상, 2007), 『페미니즘 비평』(한국문화사, 2012), 『인문학자 노년을 성찰하다』(푸른사상, 2012), 대한민국학술원 우수학술도서에 『미주지역한인문학의 어제와 오늘』(2010) 등이 있다.

그밖의 저서에 『여성해방과 문학』(지평, 1988), 『문학과 성의 이데올로기』(새미, 1994), 『이광수의 민족주의와 페미니즘』(국학자료원, 1997), 『탈중심의 시학』(새미, 1998), 『섹슈얼리티·젠더·페미니즘』(푸른사상, 2000), 『현대소설의 이론과 분석』(푸른사상, 2006), 『디지털시대의 수필 쓰기와 읽기』(푸른사상, 2006), 『시 읽기는 행복하다』(박문사, 2009), 『소설서사와 영상서사』(푸른사상, 2010), 『여성과 남성에 대해 생각한다』(푸른사상, 2010), 『수필학의 이론과 비평』(푸른사상, 2014), 『페미니스트 나혜석을 해부하다』(지식과교양, 2015), 『에세이로 인문학을 읽다』(수필과비평, 2016) 『캐나다한인문학연구』(지식과교양, 2016), 『트랜스내셔널리즘과 재외한인문학』(지식과교양, 2017), 『문학을 읽는 몇 가지 코드』(한국문화사, 2017)가 있다.

편저에 『페미니즘 정전읽기1, 2』(푸른사상, 2002), 『이양하수필전집』(현대문학, 2009), 『김명순 작품집』(지만지, 2008), 『김명순 소설집 외로운 사람들』(한국문화사, 2011), 『김명순 단편집』(지만지, 2011)이 있다.

공저에 『여성의 눈으로 읽는 문화』(새미, 1997), 『페미니즘과 우리시대의 성담론』(새미, 1998), 『페미니스트, 남성을 말한다』(푸른사상, 2000), 『우리 이혼할까요』(푸른사상, 2003), 『한국현대문학사』(현대문학, 2002), 『한국현대문학사』(집문당, 2004), 『부산시민을 위한 근대인물사』(선인, 2004), 『나혜석 한국근대사를 거닐다』(푸른사상, 2011), 『박화성, 한국문학사를 관통하다』(푸른사상, 2013), 『배리어프리 화면해설 글쓰기』(지식과교양, 2017)가 있다.

시집에 『우리는 서로에게 가는 길을 잃어버렸다』(푸른사상, 2002)가 있다.

에세이집에 『여자의 가슴에 부는 바람』(일념, 1991), 『나는 이런 남자가 좋다』(푸른사상, 2002), 『인문학의 오솔길을 걷다』(푸른사상, 2014)가 있다.

수상에 〈한국비평문학상〉(1994), 〈봉생문화상〉(1998), 이주홍문학상(2002), 〈부경대학교 학술상〉(2002), 〈부경대학교 교수우수업적상〉(2008, 2010), 〈신곡문학상 대상〉(2013), 〈부경대학교 우수연구상〉(2013)을 수상했다.

트랜스내셔널리즘과 재외한인문학

초판 인쇄 | 2017년 4월 30일
초판 발행 | 2017년 4월 30일

저   자 송명희

책임편집 윤수경

발 행 처 도서출판 지식과교양
등록번호 제 2010-19호
주   소 서울시 도봉구 쌍문1동 423-43 백상 102호
전   화 (02) 900-4520 (대표) / 편집부 (02) 996-0041
팩   스 (02) 996-0043
전자우편 kncbook@hanmail.net

ISBN 978-89-6764-074-3   93810   정가 31,000원